本书系无锡市文化艺术立项扶持项目

项目编号：2022-1-03

春 光 横 空

王荣方◎著

文汇出版社

谨以此书

致敬我的父母辈们

目　录

一　找到琼玥

　　窗外，春风洋溢，能闻到空气里丝丝馨香。窗内，美孚灯下，琼玥坐在一张小圆凳上，伏在一张小圆桌上，像根瘪瘪豆似的品味着李清照的词《满庭芳》："小阁藏春，闲窗锁昼，画堂无限深幽。篆香烧尽，日影下帘钩。手种江梅更好，又何必、临水登楼。无人到，寂寥浑似，何逊在扬州。　　从来知韵胜，难堪雨藉，不耐风揉。更谁家横笛，吹动浓愁。莫恨香消雪减，须信道、扫迹情留。难言处，良宵淡月，疏影尚风流。"琼玥耽思在词情意景中，不知怎么地被李清照的词弄伤了心："我何时能飞出这锁昼小阁？"琼玥眼窝里爬出两行泪来。

　　解放军渡江前半小时左右的摧枯拉朽般的炮击，炮弹落在长江南岸爆炸时产生的冲击波，把滨江的宏兴沙的土地震得瑟瑟发抖，把宏兴沙上的房屋撼得痛苦呻吟。琼玥不知道发生了什么，但听见屋外突然人声喧闹，大哭小喊，鸡鸣、狗吠、猪嚎。在江北的怒吼炮声中，琼玥家的楼房在剧烈晃动，屋顶上的瓦片滑到地上的破碎声不绝于耳，楼房似乎随时可能倾倒。琼玥睡的红木大床，在炮击声中晃得像摇篮。琼玥慌得连忙置李清照于不顾，狼狈地躲到床底下，还失禁弄湿了内裤。

　　家里乱作了一团。桌上的油盏灯，被炮弹的冲击波震得跳到地坪砖上摔得粉碎；碗橱被吓得倾倒，碗盆碎成一地；锅台上的铜勺铲刀，被炮声激励得奏起音乐。女佣翠莲紧抱着琼玥的女儿坐在一个墙旮旯里龟缩成一团，女佣菊花紧紧搂住被吓坏了的琼玥的婆婆花氏，两个护院家丁则手握铁铲守卫在楼房门口两旁。

　　"我不能慌，"琼玥告诫自己，"我现在是家里的主心骨，我必须镇静。"琼玥哆嗦着从床底下爬出来，两腿发软地走出自己房间，来到楼梯口，颤声说道："家里所有人都听好了，不要走动，待在房里；不要点灯，防止起火。如果楼房倒了，我们就压在一起。"琼玥悲怆地说完，摸黑来到翠莲房间。琼玥的女儿已哭不动了。琼玥抱过女儿，翠莲帮着换好尿布，来到自己房间，坐在床沿上，解开衣扣，撩开衣襟给女儿喂奶，坐等着死神的来临。

琼玥没想到，江北的炮声突然停了，再也没响起；却又突然听到后门外半里许的江边响起了激烈的枪声。

长江宏兴沙段江边，驻守着一个连的国军。

枪声响了没多久就停了，再没响起。

炼狱般的生死之夜，终于熬了过去。

琼玥庆幸自己毫发无损地活了下来。

翌日早晨，琼玥站在楼上房间的北窗前，看着一队又一队穿着黄色衣服的军人，越过江堤，秋毫无犯，从中兴圩东面走过。"看来要改朝换代了。"她心里明白，国军败逃了。她也不知道国军上校特务、丈夫陈国豪现在何处？她不敢出门，便吩咐翠莲出门去打探消息，看看圩上有何异样情况发生？

翠莲在中兴圩上转了一圈后回来如实告诉琼玥："圩上家家户户的大门都关着。"

四月二十二日中午时分，中兴圩上人家才打开大门。

心里忐忑、愁虑几天后，琼玥告诫自己："要顺势而为，要随机应变。"

渡江部队接管江阴县城后的第八天下午二时许，三十岁不到的柏舟，穿着一身黄军装，腰间的皮带上别着一个棕色枪套，里面插着一把手枪，回家来了。印大妹见儿子囫囵回家，惊讶得说不出话，只是下意识地张了几下嘴。两个女儿认出是父亲后，就各人抱住父亲的一条腿，号哭不已。被印大妹抱在怀里的那个闭着双眼的男孩，似乎感应到父亲的归来，突然睁开左眼眯笑了起来。

"舟，抱过去，这是你儿子。"印大妹将手中抱着的孙子给了柏舟。

柏舟接过，却不敢正视满脸皱纹的皮包骨头的儿子。

"她呢？"柏舟问。

"走了。"印大妹说。没有泪。印大妹的泪，早已哭干。

"走了？"柏舟急急地问。

"你还要老婆？你还要这个家呀？"印大妹爱恨交加地用拳头擂着儿子的胸脯。

范玉英生产时，解放军开始渡江。距江堤仅有100米的礼耕圩上人，被江北的炮声吓得逃的逃、躲的躲，连被吓坏了的跳出猪圈逃到猪舍外的肥猪在乱窜也没人管。这种情形下，接生婆也吓得不敢接生，是印大妹、是柏舟两个年幼女儿凄惨的哭声，才又留住了接生婆。范玉英的胎位不正，孩子的脚先出来后，就卡住不动了。经过接生婆和范玉英的几番努力，孩子生下来了，但范玉英却因失血过多而离开了这个乱世。

柏舟欲将儿子交给母亲。

印大妹说："已死的人，早两天晚两天去看，就是那么回事。眼下最要紧的是给你儿子找一个奶娘。你儿子是我们柏家的香火，他没有奶吃。你看看，你儿子瘦成什么样了？靠清汤寡水的粥汤，能养活他吗？"

"娘，我到哪儿去找奶娘呀？"柏舟急得六神无主地问。

"我打听到了，陈国豪家里人刚生了孩子不久。你赶快抱着你儿子找她去。"印大妹说。

"找她？"柏舟说，"万万不行。"

"怎么不行？"印大妹问。

"她是反动派的老婆，是剥削阶级，我怎么能去找她？"柏舟说，"再说，她家是有钱人家，我们是穷人家，粗纱布搭得上丝绸布吗？再有，我根本不认识她。"

"你这身黄衣服，你这把枪，是吃素的？"印大妹说，"不认识她不要紧，陈国豪家你总认得吧？赶快抱着你儿子去讨奶吃。"

陈国豪是宏兴沙中兴圩人，其父陈富泰在地方上是有名的富户，家中拥有良田百多亩，在江阴城里还拥有一家棉纺厂、一家酿酒厂。陈国豪是独子，上有两个姐，早已出嫁，都嫁在江阴城里。三十四五岁的陈国豪，是中统江阴县室负责人，公开身份是建国通讯社江阴分社社长，专门从事搜集中共党政军情报，侦缉、策反中共地下人员；调查国民党内部党政机构、民众社团人员的政治背景、工作履历、思想状况等。解放军渡江后的第二天，陈国豪从江阴东门走水路潜逃至上海。

柏舟无奈地硬着头皮抱着儿子去了陈国豪家。

陈家有两廒屋，前廒是三间高一丈三尺六的厅屋，后廒是三间两层木楼房，中间是一个南北间距十多米的大天井。陈家的百多亩地是租给佃户种的，夏收和秋收后，不是陈富泰回来，就是陈富泰派人回来收租。平时，陈家只有陈富泰正室花氏、陈国豪妻子琼玥、两个女佣、两个护院的家丁。

"柏裁缝，沙上人早议论你已死在外头了，怎么没死？"花氏很惊讶，"你怎么也穿上了北边人的黄衣服？腰里还有盒子炮？"

"我没死。"柏舟和他师父，曾几次被请到陈富泰家做过衣服，认识花氏。"我来找国豪家里人，给我儿子讨口奶吃。儿子命苦，一生下来，他娘就走了。"柏舟说。

听到楼下有个陌生男子在跟婆婆说话，穿着杏色绣花绸缎、七分袖子旗袍的琼玥，烫着波浪发型，颈根上戴着珍珠项链，左手腕上戴着一只蓝色玉镯，左手无名

3

指上戴着一枚嵌有红宝石的戒指，脚穿一双粉色高跟单皮鞋，款款地从楼梯上拾级而下，来到楼梯转弯处时突然止步。她右手搭在楼梯扶手上，俯视着楼下风仪齐整、眉目疏朗、英武阳刚的柏舟，顿然感到有一只小鹿猛地撞了一下她的心房，把她少妇的本已死水一潭的一颗心，撞出慌乱，撞出波澜，撞出奇妙感觉。她突感头晕，还有点口渴。她努力稳住跑马似的思绪，左手按在胸口，挪步下楼。她的美腿每挪下一级楼梯，她的水蛇腰就会婀娜一下，婀娜出无限的春光，婀娜出无比的春色，让柏舟看得眼珠不转，喘气不匀，傻了，呆了。没开口，没交流，典雅知性、超凡脱俗的琼玥，扰人心神、媚人心骨的琼玥，已把身高一米八三的不怕敌人枪林弹雨的柏舟的心搅得慌乱不已。

"国豪家里人，求你了，给我儿子一口奶吃吧。"柏舟第一次这样恳求一个陌生女人。

琼玥问明情况后说："唉，你儿子也真命苦。"琼玥抱过柏舟的儿子，坐到红木八仙桌前的一张红木太师椅上，不紧不慢地解着旗袍的纽扣，裸露出鼓胀的左奶，先用右手挤出一些奶，挤到男孩脸上，再用食指和中指将奶汁洇开，算给男孩洗了脸。男孩则两脚乱蹬，闭着眼睛大哭。琼玥轻轻哼着摇篮曲，用右手欲将左奶头塞进男孩嘴中，可那男孩仍是一个劲地哭，嘴不肯衔吮奶头。琼玥耐心地温软地用奶头蹭着男孩的嘴唇。或许是出于本能，或许是饿极了，男孩突然止住哭，猛然张开嘴衔住琼玥的奶头，拼命地吮吸起来。吃完左边奶，琼玥又换右边奶，让男孩吃了个饱。吃完奶，男孩突然尿起尿来，透湿了自己的尿布，还洇潮了琼玥的内裤。琼玥喊女佣"翠莲"，翠莲赶紧拿来一块干尿布。"少奶奶，我来换吧。"翠莲说。琼玥很少给自己女儿换尿布，大多由翠莲换的，却给柏舟儿子换起了尿布，换好，让翠莲抱走男孩，站起，当着柏舟的面，缓缓地扣着旗袍的纽子，还对着柏舟浅笑不已。

花氏见琼玥这样对待柏舟，嘴上虽没说什么，却用两只眼睛狠狠地剜了儿媳几眼。

柏舟欲接过翠莲抱着的儿子时，琼玥启唇一笑说："柏裁缝，我们已不是生人了，也就不用商量。这样吧，你把儿子放在我这里，我带一个是带，带两个也是带，省得你跑来跑去。再说，你看看你儿子，没娘没奶吃，瘦成什么样了？"

"这怎么可以？这怎么可以？"柏舟搓着两手，拿不定主意。

"不行。你这个剥脸皮的贱货，"花氏终于不满地对儿媳说，"陈家的脸皮迟早要让你剥光的。"

"婆婆，你有力气你就接着骂，但我已决定了。"琼玥不知哪儿来的胆量，第一次当着陌生人的面顶撞花氏，"柏裁缝，你放心地忙你的事去吧。我如果让你儿子少了一根汗毛，你就用你腰间的那把枪打死我。"

柏舟还在犹豫。他吃不准琼玥安的是什么心，摸不透琼玥为什么会无缘无故地对自己这么好。可看到儿子刚才吮吸琼玥奶时的那种饿劲，那种狠劲，早为人父的柏舟，心里是温暖的，放心的。为了儿子，柏舟眼睛一闭，牙关一咬，下决心豁出去了，软化了阶级立场，哪怕受到纪律处分，也在所不惜，只要儿子能有奶吃，只要儿子能活下来。"听你的。"柏舟说。

离开琼玥家时，柏舟竟然向琼玥敬了一个不算太标准的军礼。

琼玥开心地笑出声来。

柏舟走后，花氏又骂起儿媳，并把琼玥母亲吉虹也骂了进去："有其母，必有其女，都不要脸。"

琼玥不还嘴，也不生气，待婆婆骂完，就说："前几天穿黄衣服的一拨接一拨过江后往南追，守长江的国军呢，死的死，逃的逃。作为党国的军人、你的宝贝儿子，也逃得不知去向。所以，依我看来，今后公公靠不上，国豪更靠不上，靠得上的可能是这个姓柏的裁缝。"

"你为什么这么说？"花氏不解地问儿媳。

"就凭柏裁缝穿的那身黄衣服，腰上别的那把枪，以后肯定是穿黄衣服人的天下，江山必定由他们坐。"琼玥说。

"我弄不懂。我看不明白这个世道。"花氏嗫嚅地说。

"你怎么会懂？"琼玥从女佣翠莲手中抱过柏舟的儿子，走上楼去，"你真的老了，婆婆。"

二　告白亡妻

　　柏舟是独子，又是头生。柏舟三岁那年，也是单传的父亲病故。族里的一位叔公，非但不帮助这对孤儿寡母，反而整日觊觎着柏舟家两间破屋、两亩多薄地，不断找茬，并唆使村上的无赖晚上去骚扰柏舟母亲印大妹，企图逼印大妹尽早改嫁。眼见在柏家难以立足，在一个漆黑的夏晚，收拾了几件旧衣服，印大妹左手挽着五岁儿子柏舟的右手，右手抹着泪，头也不回地离开了泰兴柏家村，一路上饿一顿，饱一顿，风餐露宿，受尽白眼，被狗咬过，被小人轻薄过，也遇到过好心人。讨饭路上，年幼的柏舟尝尽了人间冷暖，吃遍了人间甘苦，看多了人间丑恶，也获得过人间温暖。有一天晚上，印大妹搂着儿子睡在一座石桥下面，柏舟突然说："娘，我长大后，一定把欺负你的那些人，一个个都杀死，为娘出气。"听了儿子的话，印大妹哽咽不已。

　　印大妹带着儿子，坐上一只小渔船，漂过长江，又一路讨饭来到宏兴沙，在几个好心人的帮衬下，用木头、芦苇秆、稻草搭了一个简易棚，落脚在了礼耕圩；租种了两三亩沙田，还在江堤下垦荒地，种些蔬菜，养几只鸡鸭，以此艰难度日。好在柏舟从小身体素质好，无病无恙，省却了印大妹不少心。柏舟十六岁那年，印大妹让儿子跟老沙（当地人称宏兴沙为新沙，因为其成土时间仅有四百多年；将宏兴沙以外地区称为老沙）上一个姓朱的中年男人学做裁缝。朱裁缝是老沙、新沙上手艺出名的裁缝。那么，印大妹怎么会与朱裁缝搭上界呢？

　　印大妹是一个很有几分姿色的女人。坊间传闻，印大妹跟朱裁缝有那么一腿，而且持续时间较长，有十余年吧。据传，柏舟的名字就是朱裁缝给改的。柏舟原来的名字叫狗儿。曾读过几年私塾的朱裁缝为什么要把印大妹儿子狗儿的名字改成柏舟这个姓名，不得而知，无从考证，也不好考证，但印大妹死去的丈夫姓柏是真实的，是江北泰兴人。据说，印大妹现在住的两间土坯墙冷摊瓦房子，也是当年由朱裁缝出钱雇人盖起来的。明面上的事是，柏舟是朱裁缝的干儿子。这是礼耕圩上的人都晓得的事。还有不确定的事是，礼耕圩上有人曾看到朱裁缝天刚亮就从印大妹家中出来过。为此，礼耕圩上有好事者想捉奸，但每次都扑了空。据闻，朱裁缝还在暗中资助柏舟，让他在国民宏兴初级小学读到初小毕业，依据是凭印大妹是根本没能力供儿子上学的。但这些据说、据传、据闻，终究是一种臆测，不足为凭，姑妄听之。

朱裁缝视柏舟如己出，在手艺上严苛要求，并毫无保留地把自己的看家手艺都传授给柏舟。柏舟也很勤快，只要在师父家，总是脚不停，手不歇，不是挑水就是垫猪圈，很讨师娘的喜欢。柏舟也有不讨师父喜欢的地方，就是嘴笨，话少，不会八面玲珑。这一点，朱裁缝曾给印大妹说过几次。印大妹说，柏舟像他老子。朱裁缝又说，不过，柏舟这孩子，悟性好，手艺学得快，以后肯定会超过我的。柏舟学艺三年出师那年，朱裁缝把从小就是孤儿、并由他抚养大的十七岁的外甥女范玉英，许配给了柏舟。

柏舟是农历十一月初八结的婚。婚后半月的一天，他被老沙上一家人家请去做衣裳，吃过晚饭往家走的路上，突然碰到一个慌不择路的穿棉袍戴棉帽的先生模样的男子。"后面有日本兵追我，帮帮我。"柏舟一听不像是沙上人的口音，根本来不及细想，就拽着那个陌生男子的手奔跑，跳到一处洼地，凭着对地形的熟悉，在夜色掩护下，来到一座被废弃的砖窑里，躲过了日伪军的追捕。追捕那位陌生男子的，是据守在宏兴沙西面的扼守入江口的新沟口检问所的日伪军。

"谢谢老乡的搭救之恩。"那个陌生男子说。

"老乡帮老乡，不用谢。"柏舟问，"你是教书先生？"

"曾经是。"陌生男子说，"我叫李顺达，武进人。"

"一听你的口音，就晓得你是南边武进人。"柏舟说，"你没事了，我们各走各的路吧。"

"行。"李顺达走了几步，站住，转身，问，"你叫什么名字？"

"我叫柏舟，裁缝，宏兴沙礼耕圩人。"说完，柏舟身披满天星星，在黑暗中回了家。

柏舟没想到的是，他救了李顺达没过半月，国民宏兴初级小学的宋先生有一天去礼耕圩找了他："柏舟，今天晚上到学校来一趟，有一个人要见你。"

宋先生名叫俊儒，二十五六岁年纪，江苏金坛人。他教过柏舟三年级、四年级的国语。由于其有学问，为人又好，宏兴沙上的人，大大小小，老老少少，都很敬重他。

"宋先生，谁要见我？"柏舟问。

"晚上去了学校，你就知道了。"宋俊儒说。

那天晚上八点左右，柏舟来到宏兴初小宋俊儒办公室。学校里有两位先生，一位是老沙上人，五十出头，今天是星期六，下午放学后他就回家去了。"是，是李先生？"不知是激动，还是惊讶，柏舟说话有点结巴，"宋先生，你，你们认识？"

"柏裁缝，"李顺达握住柏舟的手，"我们又见面了，没想到吧？"

"没，没，没想到。"天很冷，但柏舟却用棉袄衣袖管擦拭额头上不时冒出来的汗。

"别紧张，我和你的宋先生是师范同学。"李顺达朝宋俊儒使了个眼色，他就心领神会地站起，走出办公室，来到学校门口望风。宋俊儒知道李顺达中共地下党员的身份，也倾向革命，但就是不答应跟随李顺达一起革命。李顺达也不勉强他。

李顺达亮明了自己的身份，给柏舟讲了一些革命道理后，希望柏舟跟他一起革命。柏舟听得似懂非懂。"李先生，你说的革命，那是大事情，允许我再想想，好吗？"柏舟说。

"可以，过段时间，宋先生还会去找你的。"李顺达说，"不过有一点，我必须给你说清楚，就是今晚我们在宏兴小学见面的事，你必须烂在肚子里，绝不能告诉任何人。懂吗？"

"懂，懂。"柏舟又用棉袄衣袖管擦起额头上不断冒出来的汗。

柏舟走后，宋俊儒问李顺达："你怎么看上我学生了？"

"他的裁缝职业，他临危时表现出来的机敏、沉着、应变能力等，很适合从事地下斗争。"李顺达说。

"他刚结婚，"宋俊儒说，"估计不会跟你走。"

柏舟白天给人家做衣裳，晚上躺在床上则辗转反侧，难以入睡。

"你有心事？"一天晚上，范玉英问。

"没，没，没心事。"柏舟又结巴了。

"睡吧，有什么事好多想的。"范玉英又睡着了。

柏舟躺在黑暗中，双眼睁得铜铃般大。他在想着李顺达对他说的话："共产党领导穷苦人干革命，就是为了打碎穷人受穷、受剥削、受压迫的旧世界，就是为了建立一个没有剥削压迫、人人能过上好日子的新世界。"联想起母亲受人侮辱、自己被人欺负的种种不幸遭遇，柏舟想为母亲出口气的念头越来越强烈，而要为母亲出口气，办法只有一个，那就是革命。可是，革命是要被杀头的。想到这些，柏舟犹豫了。

一个星期已过去，宋俊儒没有再去找柏舟，柏舟以为事情可能就过去了。于是他心里想定，如果李顺达不再找他，他就安安心心做一个好裁缝；如果李顺达再来找他，他就跟李顺达走。他常听师父喝酒时说，成功细中取，富贵险中求。"说不定革命后，我只要命大不死，一旦革命成功，我不就是一个功臣？我不就能富贵起来，成为人上人？博它一博。死了认命，不死命大。"柏舟想定了。

学校放寒假那一天一早，宋俊儒又去找柏舟。这天晚上八点，柏舟在学校里又见到了李顺达。柏舟答应跟随李顺达一起革命。

"可是，我怎么革命？"柏舟问。

"你当我的秘密地下交通联络员。我为你在江阴城里开一家裁缝铺作为掩护。"李顺达说。

就这样，柏舟以裁缝职业为掩护，当起中共地下党江阴县委书记李顺达的秘密联络员，裁缝铺就成为秘密联络站。可印大妹、范玉英越来越觉得柏舟不对劲，一是他回家很少，总说自己忙；二是他口口声声说自己裁缝手艺好，裁缝铺生意忙得很，不要说平时了，就连年底时，也没有几个铜钱交给家里，使家里老是断炊。印大妹、范玉英跟他大吵几次后，柏舟才无奈地道出了实情。

"那是要被杀头的。"范玉英害怕地说。

"更要被满门抄斩的。"印大妹说，"赶快歇手。"

"已歇不了手，"柏舟说，"也回不了头了。"

也出于无奈，印大妹、范玉英只好由他去，权当他死了，对柏舟已不抱任何指望，终于熬到公元一九四九年。

一九四九年农历正月下旬的一天凌晨，陈国豪据手下人报告说柏舟晚上已回礼耕圩，就带上五六个便衣火速赶到礼耕圩抓捕，但印大妹、范玉英、柏舟的两个女儿，都说柏舟早已死在外头了。礼耕圩上的人也证明说已有大半年没见柏舟的人了，他连过年都没回家："陈家少爷，都是一个沙上人，我们说的话你该相信吧。"

陈国豪没吭声，但脸色很难看。当手下人为了解气，欲砸柏舟家东西时，陈国豪怒了："你们这群饭桶，不要再在我老家丢人现眼了，快滚。"

四月二十三日，江阴全境解放。这天晚上，在江北泰县张甸镇成立的中共江阴县委班子成员，分批渡江，抵达江阴县城。二十五日上午，在与江阴坚持地下斗争的李顺达等人会合后，江阴县委正式对外办公。同日，江阴县人民政府也正式对外办公，李顺达任县长。柏舟当了他的通信员兼警卫员。

四月三十日上午，柏舟说："李书记，我想回家看看。"

李顺达望着柏舟的脸，少顷后说："该回家去看看了。"说着，李顺达从口袋中掏出两枚银元交给柏舟，"把家里安顿好后，赶快回来"。

柏舟下午一回到家，怎么也想不到妻子会因难产先他而走了。

傍晚，西下的夕阳，像柔软的橘黄色的绸缎，裹住了范玉英的新坟。柏舟来到坟前，再给坟上添些新土，将坟头垒得再高一点，然后蹲在妻子坟前，双手捧住头，失声痛哭，哭过，柏舟心里轻松多了。他席地坐在妻子坟前，跟妻子说起了话：

"玉英，我天生嘴笨，不会说话，这你是知道的。玉英，现在，我抽空跟你说说话，我说得不对或不到家，你可不能再取笑我。玉英，结婚八九年来，我没能让你享过一天福，也没能让你过上几天安稳的日子。我不是个好男人。对孩子也没尽到做爹的责任，我也不是个好爹。你如果要骂我，就在那边天天骂吧，只要你骂后心里舒服，我绝不怪你，我也没资格怪你。我是一个不听老婆话的男人。可是，玉英，你对我说过的那些话，仅有些小道理，是只为家里人着想，可李书记的话，却包含着大道理。共产党人谁没有父母？谁没有妻儿？谁没有兄弟姐妹？为什么他们都会顾不上亲人而革命？因为他们懂得一个大道理：一个人不能在国难当头时仅为自己为家人活着，而必须站起来，拿起武器，与敌人斗争，拯救民族，解放百姓，让他们过上好日子。只有大家的日子好过了，我们小家的日子才会好过。

"玉英，这些道理，我以前也不懂，是我参加革命后，在李书记一点一滴的教育启发下，才慢慢懂的，一旦懂了后，我就不顾家，不顾你和娘，不顾两个女儿，义无反顾地与敌人做坚决斗争了。今天，人民解放军已胜利过江，江南大片土地已被解放，全国解放也快了。

"玉英，我现在很忙，有很多工作等着我去做，所以不能常来看你，但只要抽得出时间，我一定来看你。玉英，我一定会把三个孩子抚养成人，并把他们培养好。

"玉英，我今晚必须赶回县里。"

柏舟再次向妻子的坟头三叩拜后，饱含热泪地离开了。

柏舟给了母亲两枚银元、安顿好家里欲走时，印大妹给儿子说了陈国豪带人抓他又不许手下人砸自家东西的事。"舟啊，要不是陈家少爷，如果换作其他人，别说不砸东西，说不定连这房子都要被烧掉。"印大妹说，"我想不通，陈家少爷为何会对我们家心慈手软？"

"有这种事？"柏舟问。

"娘会编瞎话骗儿子？"印大妹说。

上海解放后，陈国豪又潜回江阴城，匿藏在父亲的住处，很少露面。他还要观察南方战场形势，还要看看自己忠于的党国是否会真的彻底溃败。他还不甘心失败。他对蒋总统、美国人，仍抱有幻想。但已成惊弓之鸟的陈国豪还是向父亲讨主意了：

"爹，你看，我下一步该往何处？"

"以静观动。你就待在老子这里，看看风向再说。"

"估计，共产党真要成气候了。"

"这是没办法的事。谁叫老蒋无能呢？"

"要不要把琼玥接到城里？"

"你在上海的那位呢？"

"她已去了香港。"

"尚可，尚可。"

"爹，我想回一趟沙上。"

"你要作死？算了，避避风头再说。过几天，再去别地躲几天。你身上背负着共产党人的血债，他们是不会放过你的。"

"不能老是躲。我还有潜伏的使命没完成。"

"你呀，真的是不到黄河心不死啊。"

见共产党忙于在城乡建立政权，对潜伏在江阴城里的蒋顽敌特分子没采取进一步的行动，陈国豪心里有点踏实起来，并酝酿起暗杀革命干部的阴谋。

三　征收夏粮

因滨江乡政治指导员沈兴昌要求，柏舟被李顺达派到滨江乡任人民政府副乡长兼民兵中队长，协助沈兴昌开展工作。江阴解放前，沈兴昌是江阴西乡地下武工队队长，与柏舟的革命战友情谊很不一般。宏兴沙隶属滨江乡。柏舟根据江阴县武装民兵总队的命令，积极动员全乡各保青年，尤其是宏兴沙青年参加民兵，经过动员报名、乡指导员审核同意，报西乡区民兵大队和县总队批准，一支由三十人组成的滨江乡民兵中队成立了。民兵中队的主要任务是剿匪肃特、征粮、维护地方治安、保卫新生的人民政权。

一天晚上，刚吃过晚饭的柏舟要出门时，被印大妹叫住了："陈家老夫人前天派人给我传话了，陈家老爷要你善待陈家。"

"我会按党的政策办的，娘。"柏舟说。

"陈家有恩于我们柏家。"印大妹说，"快两个月了，陈家少奶奶真的将你儿子视作她自己的孩子。舟，你抽空去看看，你儿子长胖了。我下午刚去看了孙子。舟，以后你可要多关照陈家少奶奶。她是一个不欺穷爱富的女人。"

因忙于组织训练民兵，到家后又要忙于地里的农活，已是农忙时光，柏舟也就顾不上去看儿子。然而，当听说已在宏兴沙传开了的诸如"陈家那么巴结柏舟，是在奉承讨好、拉拢腐蚀革命干部"的一些不三不四的闲话后，柏舟在一天中午奔到陈家，丢给琼玥一枚银元，抱起儿子就要走，却被琼玥拦住了。

"柏裁缝，你这是什么意思？"琼玥问。

"这是你近两个月的奶娘钱。"柏舟说。

琼玥开怀地笑了起来，笑得前俯后仰，笑得流出眼泪，笑得让柏舟也跟着笑了起来："柏裁缝，你真逗。我琼玥缺你这一块银元吗？记住，我奶你儿子，疼你儿子，是因为我恰好是一个哺乳期的女人。"

"我怕别人乱嚼舌头根。"柏舟说，"现在，沙上已有风言风语了。"

"怕了？"琼玥说，"你们共产党连国民党都不怕，还会怕风言风语？再说，我琼玥行得稳，坐得正，与你柏裁缝没什么拉拉扯扯的事情吧。我都不怕，你手里有枪的人倒怕起来了？你怕什么呢？"

尽管琼玥说得没错，但考虑到政治影响，柏舟还是说："陈家少奶奶，我儿子就不放在你身边了，每天三次奶，就由我娘抱着我儿子来你家让你奶吧。"

"好吧，"琼玥听后无奈地叹息一声，"人言可畏嘛。"

柏舟抱起儿子离开陈家时，琼玥将那枚银元又塞给了柏舟。"你现在还很艰难，等你以后有了钱再给我奶娘钱也不晚。"琼玥说。

听琼玥说得这么有心有肺，柏舟动容地说："这，这怎么行呢？"

"你把银元收好就行。"琼玥灿灿一笑，"柏裁缝，我不图你报答，只要你记住我的好。"

夏季征粮工作开始了。

为了支援前线，江阴县人民政府发布布告规定：一般有地农户按实际种地亩数上缴粮食；一般富裕农户除按规定上缴粮食外，还须按一定比例借出粮食，可在秋季征粮数中扣除；特别富裕农户则要义务献粮。

滨江乡其他保的征粮工作紧张有序地开展着，唯有宏兴沙两个保的征粮工作进展缓慢，阻力很大。宏兴沙的两个保是，一是滨江乡第五保，保长叫邓富贵，永稔圩人；另一个是滨江乡第六保，保长叫杜万生，永丰圩人。因其征粮工作不力，两个保长被沈兴昌训斥了几顿。邓富贵胆小，在沈兴昌面前唯唯诺诺不敢还嘴。杜万生胆大，敢于顶撞沈兴昌："沈指导员，我也是苦出身，我这个保长是国民党滨江乡曹乡长在解放前强加给我的，我根本不愿干。自你主政滨江乡后，我已三次向你提出不干这个保长了，是你沈指导员非要我干下去的。沈指导员，你赶快找个能人接替我，我这个愁头保长再也不想干下去了。"

听杜万生说了这么一番牢骚话后，沈兴昌口吻缓和下来了："杜保长，你这个保长还是要当下去的，不当是不行的。杜保长，我问你，宏兴沙征粮工作为何这么难开展？"

"沈指导员，我不是在你面前叹苦经，是你们乡里根本不了解我们宏兴沙的特殊情况。"杜万生说。

"打住，"沈兴昌说，"杜保长你这个人，没做好自己的工作，却还要找理由推卸责任。"

杜万生豁出去了，就是要与沈兴昌杠一杠："沈指导员，我不是要找理由推卸责任。我们宏兴沙就是有点情况特殊。你耐着性子听我把话说完，或许对接下来的征粮工作有点用处。"见到沈兴昌默默点头后，杜万生说开了："听老辈人讲，从清朝光绪时期起，我们宏兴沙的漕田、沙田，就归江阴县学务公所所有；从民国十八年起，绝大部分田地又归江阴县教育款产经理委员会所有。现在，我们沙上绝大多数人家种的还是江阴县教育款产经理委员会的租田。前不久，你们大军渡江后接管了江阴，也就接管了江阴县教育款产经理委员会，可你们政府不了解我们宏兴沙的实际情况，对有些问题并没有说清楚，比如我们这次上缴的夏粮，是不是就是代替上缴给县里的租粮，还是另外仍要上缴？这些问题你们政府的布告中没有讲明，弄得我们沙上人心里没底，不敢缴粮。再有，我们沙上人之所以不肯缴粮，还因为大家都在看第五保的大户陈富泰家。他家到目前一粒粮也没缴。"

　　杜万生不说，沈兴昌还真不知道宏兴沙的这一特殊情况。于是他把这一情况越级直接向县长李顺达做了汇报。李顺达听了汇报后说，我们的工作做得还不够细致，特事特办，县政府会根据宏兴沙的特殊情况专门做出有关夏粮的征缴规定的。

　　沈兴昌又专门找第五保保长邓富贵，了解陈富泰家的有关情况。邓富贵说，陈家现有一百三十多亩田，宏兴沙只有两户人家租种了他家二十多亩地，其余都由老沙上人租种。征粮工作开始后，我去过陈家几趟，可陈老太太不待见我，我也就不好意思多上她家的门。见陈家不缴粮，中兴圩也就没人缴，就影响到沙上人一个也不缴。大家都在看政府怎么对待陈家。

　　很快，江阴县人民政府针对宏兴沙征粮工作的专门规定下达到西乡区政府，区政府迅速传达到滨江乡。滨江乡政府全体工作人员都去宏兴沙宣传县政府关于宏兴沙夏季征粮工作的专门规定：无地农户，按实际租种的田亩数，每亩上缴麦子五十斤，剩下的归佃户所有；有地农户，按县政府原布告规定缴粮、借粮、献粮。宏兴沙人明白，在沙上只有陈富泰家要义务献粮。于是沙上人的眼睛又聚焦在陈家，但陈富泰家除按规定交足上缴粮后，再也不肯义务献粮，理由是县人民政府接管的原县教育款产中，已有陈家捐献的一百多亩田，现在还要陈家额外献粮，花氏就耐不住性子，愤愤不平地说："这是不公平。这是不合理。"花氏放出话来说，谁要是敢上陈家门再逼她献粮，她就死在谁的面前。花氏还放出大话说，就算是江阴县长大人李顺达亲自上门催献粮，她也绝不会给李顺达半点面子。

　　花氏的大话被传进沈兴昌耳朵后，他并没有发火。他知道陈富泰曾不止一次地帮助过李顺达，是为革命做出过贡献的，因而鼓励邓富贵多做工作，说服花氏。

保长邓富贵又上了几次陈家门，终究没能说服陈老太太。陈老太太心里也烦透了。眼不见，心不烦，她索性躲到江阴城里去了，把手中的烫手山芋甩给了儿媳琼玥。琼玥则与邓富贵打起太极，说她做不了主，她要邓富贵去城里找陈富泰。可邓富贵哪敢去城里找陈富泰啊？无奈，邓富贵只得把陈家抗拒献粮的情况报告乡里。指导员沈兴昌听后十分光火，把手枪往桌上一掼："柏舟，你带人去陈家，如他们再抗拒献粮，你就抓人。"

柏舟带领着五个民兵和邓富贵一起，来到陈家，还没开口，琼玥就笑着迎了上来。"哟，是威风凛凛的柏副乡长呀，"琼玥第一次称呼柏舟为"柏副乡长"，"是哪阵风把你吹到我陈家来的？请坐，大家请坐。"

"陈家少奶奶，"邓富贵说，"还不是为了你家不肯献粮的事？"

"哎哟，邓保长啊，你这话可不能乱说呀，你听谁说我陈家跟人民政府顶着不肯献粮的？再说，柏副乡长上门，我陈家也不会不给面子的吧。柏副乡长，你说是吧？"

"识时务者为俊杰。"柏舟说。

"我公公已从城里传来话，说一定支持人民政府，一定支援前线打仗。我做主献出小麦一百斤。若再要多，你们只得去城里找我公公了。"琼玥说。

"那好，我也做不了主，只好回去报告沈指导员。"柏舟站起后说。柏舟欲走时，琼玥把他拉到一旁，耳语道："我公公没传话回来，是我自作主张。"柏舟心里咯噔一下："你在儿戏？""不。我说了算。你们现在就把两千斤小麦拉走。""你做得了主？""为了给你面子，支持你工作，我什么都不顾了！"琼玥说。"那你刚才为什么说只献一百斤小麦？"柏舟问。"我要看看你的态度。"琼玥说。

"看我态度？"柏舟问，"我态度怎么啦？"

"比我想象得强硬。"琼玥说，"如果因为我是你儿子的奶娘，你徇私情的话，我心里就看不起你了。"

柏舟有点弄不懂琼玥。

经向区里、县里请示汇报后，陈家献了两千斤小麦就算完成了献粮任务。县里传话来说，陈富泰是开明的民族资本家，是县里的重点统战对象，不同于一般的农村大户人家，要求区、乡政府有所区别对待。

四　放他一马

十月一日下午三时，毛泽东主席站在北京天安门城楼上向全世界庄严宣告：中华人民共和国中央人民政府今天成立了！

这一喜讯通过电波传到江阴，人们奔走相告，集会游行，热烈庆祝，却急坏了陈国豪。他策划的几起暗杀、爆炸事件均未成功。潜伏江阴的十多个特务，已被公安战士击毙五人，其余人都作鸟兽散，陈国豪已联系不上他们了。

十月中旬的一天晚饭后，陈家父子聊了起来。

"国豪，该走了。"陈富泰说。

"我走了，你和娘怎么办？我放心不下你们。"陈国豪说。

"我不同于你。我没有血债。"陈富泰说，"我帮日本人做过事，也帮国民党做过事，更帮共产党做过事。"

"等到第三次世界大战爆发，蒋总统在美国人支援下，重新夺回江山，那时，我们父子又能团聚了。"陈国豪说。

"但愿吧。"陈富泰伤感地说，"不过，我不抱幻想。"

准备逃离大陆去香港前，陈国豪决定潜回宏兴沙一趟，与妻子琼玥告别一下，给她们母女安排一下。十月下旬的一天晚上，天黑得像倒扣的铁锅，还在淅淅沥沥地下着雨。陈国豪腰揣手枪，身披军用雨衣，脚蹬高帮雨鞋，手中提着一只精致的长方形棕色皮箱，神不知鬼不觉地窜回家。自人民政权建立后，在陈富泰授意下，花氏辞退了两个护院家丁。给陈国豪开门的是女佣菊花。

"少爷，是你？"住在前厢屋的菊花开门后惊喜地说。

听到丈夫回来，琼玥就从床上坐起，下床，划燃火柴，点亮美孚灯，穿戴整齐后坐在梳妆台前的一张圆凳上，坐等着可有可无的丈夫上楼来。

陈国豪脱下雨衣，换上布鞋，洗了一把脸后，就提着那只皮箱上楼。"回来了。"仍是坐着，琼玥不热不冷地说。"回来看看你和女儿。"陈国豪走上前，拉起琼玥，搂住，热吻。琼玥被动地应付着。陈国豪抱起琼玥，来到床边，放到床上。女儿由女佣翠莲带着，就睡在西隔壁房间。陈国豪猴急似的剥去琼玥的衣衫，琼玥则闭上双眼，无波无浪地任由丈夫倒腾，仅是在履行一个妻子应尽的义务而已。

"玥，我要走了。"陈国豪喘着大气说。琼玥没有接话茬，想听听丈夫下面会说些什么。"我娶你，是害了你，但我拗不过我爹……我天亮前就得走。我带回来的皮箱给你留下，里面是银元和金条，够你母女俩花两辈子了。"

"你要去哪里？"琼玥把陈国豪掀下身来。

"不知道。"陈国豪坐起后说，"走一步看一步吧。"

"不带我走？"琼玥问。

"有可能吗？"陈国豪反问。

"那你回来干什么？"琼玥开始生气。

"跟你告别，也许是诀别。"陈国豪幽幽地说。

"既然如此，我第一次也是最后一次问你：你爱我吗？"琼玥问。

"我们有亲情。"陈国豪说。

"不爱我，你为什么还要了我的身子？"琼玥问。

"我是你男人。"陈国豪说。

"那，那你走好。我累了。"琼玥眼梢处已爬出泪来。

"去把女儿抱来，"陈国豪一边穿衣一边说，"我想抱抱她。"

琼玥迟疑片刻，才开始穿戴，下床，趿着绣花拖鞋，从坐着的床沿上站起，再用双手拢一拢有些凌乱的头发，走到房门前，拨开门闩，打开门，跨过门槛，来到翠莲的房间，抱起睡熟的女儿，再回到自己房里。陈国豪下床，接过妻子手中的女儿，第一次就着美孚灯光，认真端详起女儿。"脸像我，眉像我，鼻梁、嘴唇、下巴像你娘。"陈国豪自言自语，喜不自禁。他低下头，笨拙地亲着女儿的脸、额。不料，熟睡中的女儿忽然号哭起来。

"你的胡子，把女儿的嫩脸扎痛了。"琼玥抱过女儿，"看看你现在这副样子，胡子拉碴，人不像人，鬼不像鬼，哪有半点国军上校的样子？"

"这种日子，很快会过去的。"陈国豪抽起烟来。

琼玥抱起女儿，走向翠莲房间。

"少奶奶，少爷回来不走了吧？"翠莲问。

"不该问的不要问。"琼玥把女儿交给翠莲后又返回自己房间。

四

放他一马

17

陈国豪和衣躺在外床。

琼玥默默地和衣躺在里床。

"为什么不脱衣服睡？"琼玥问。

"习惯了。"陈国豪说，"谢谢你给我们陈家留了后，虽然是一个女孩。"

"那个女的为什么没给你生一个？"琼玥问。

"不能生。"陈国豪说。

"她，生不出？"琼玥问。

"别乱猜，"陈国豪有点烦躁起来，"跟你说，你也不会懂。别烦我，让我眯一会，半夜我得走。"

琼玥侧转身，背对着陈国豪，暗自流起泪来，接着又哽咽起来。陈国豪却打起呼噜。

这天夜里十点多钟，西乡区政府周区长接到县长李顺达电话，要他火速带领民兵去滨江乡，抓捕潜回宏兴沙的蒋特分子头目陈国豪。周区长带人赶到滨江乡政府，叫醒指导员沈兴昌，沈兴昌派人叫来值班的柏舟，让他集合值班巡逻的民兵队伍，和区民兵一道，赶往中兴圩抓捕陈国豪。

滨江乡人民政府的办公地设在季氏祠堂。从滨江乡政府到宏兴沙有三里多路，因是雨天，道路泥泞，天又黑，民兵走得很慢。柏舟边走边想，要不要放陈国豪一马？因为陈国豪曾放他一马，不然的话，柏舟早去见阎王了。再说，陈国豪毕竟是琼玥的男人，若没有她，自己儿子能否活下来，很难说。可是，怎么样天不知地不晓地放陈国豪一马呢？这种事弄不好，一旦被人发觉，自己会被枪毙的。柏舟急出一身汗来。"怎么办？"柏舟问自己，"从革命立场出发，陈国豪该抓，该杀，因为他是共产党的敌人。可是，从做人义气方面说，自己也该放陈国豪一马，这样自己就不欠陈国豪了，在琼玥面前也好交代。然而，如果我这样做了，不就是背叛革命了吗？"柏舟思索着，为难着。

"放他一马。"柏舟想定后，掏出手枪，悄悄地打开保险，再放进枪套里。柏舟在酝酿着手枪走火事件。当沈兴昌他们来到一片高低落差很大的一片圩田时，柏舟假装脚下一滑，从高田埂上滚到低洼的麦田里，突然，他腰间的枪响了。这突兀的惊心动魄的枪声，刺破了宁静的夜幕。"谁打的枪？"收住脚，周区长厉声问。沈兴昌听到低洼田里有人在"哼"，就立马跳下去，一听就知道是柏舟。

"为什么要打枪？"沈兴昌低吼。

"沈指导员，全是我的错。我不知怎么脚下一滑，从上面滚下来时，枪突然走了火。哎哟，我的腰……"柏舟痛苦地说。

沈兴昌用右手一摸柏舟的腰间，就摸到黏稠的东西。握惯枪的人知道，这是血。沈兴昌报告周区长后，便派两个民兵轮换背着柏舟，赶往蓝陵镇上一家私人诊所治疗枪伤。抓捕陈国豪的民兵又赶往中兴圩。

陈国豪一听到枪声，就像一头狼猛地从床上跃起，拿起放在床头的手枪，不敢点灯，也顾不得跟琼玥说话，赶紧下楼，套上雨鞋，披上军用雨衣，打开后门，往北逃进深深的黑暗中。

琼玥关上后门，便坐在楼下中堂，就着一盏美孚灯，闭着眼睛，等待着大祸临临。两个女佣也都起来了。翠莲抱着熟睡的琼玥的女儿。

前廊屋的大门被人擂得震天响。后廊楼房的后门外，已被几个民兵把守住。琼玥站起，右手端着美孚灯，胆战心惊地来到前廊屋打开大门。周区长用手枪拨开琼玥，带着民兵，打着手电筒，冲进后廊屋，楼上楼下翻了个遍，却没搜到陈国豪。

"你男人呢？"周区长问。

"听到枪声后逃走了。"琼玥说。

"去了什么地方？"周区长再问。

"他没告诉我。"琼玥说。

周区长他们扑了空。

柏舟在蓝陵镇上一家私人诊所治疗枪伤期间，沈兴昌去诊所看过柏舟两次。"柏舟啊，这次你受处分是少不了的。周区长不肯放过你，他咬定你是故意鸣枪报信的。"周区长是苏北的南下干部，"李县长也可能帮不了你。"

"兴昌，"两人私处时都直呼其名，"你也认为我是故意的？"柏舟问。

"不可能，"沈兴昌说，"我相信你柏舟的革命坚定性。再说，你也根本没理由要给陈国豪鸣枪报信呀。"

"处分就处分吧。"柏舟说，"我革命八九年还从未被处分过。兴昌，只要让我继续革命工作，受什么处分我都认了。"

"你能这样想，我就放心了。"沈兴昌说。

柏舟痊愈后回到工作岗位的第五天，西乡区委对他的处分决定下来了：党内严重警告处分。事由：柏舟同志平时未能按要求管护好枪械，致使执行重大任务时手枪走火，客观上起到鸣枪报信放走蒋特分子陈国豪的作用。

柏舟在心里说："陈国豪，我也放了你一马，我们扯平了。如果你再被我抓住，我决不手软，一定要为被你枪杀的革命战友报仇！"

四
放他一马

五 不幸婚姻

一九五〇年九月中旬，柏舟参加了由江阴县委举办的第四期土改干部培训班。培训结束的那天上午，县长李顺达去培训班做革命形势报告。报告中一段话令受培训的柏舟印象深刻：

"新中国的成立，并不是中国历史上不断重复的'江山易主'，而是一次深刻的彻底的社会结构变革，是一次颠覆性的'江山易主'，不是换皇帝，而是由人民坐江山。我们即将在农村开展的伟大的土地改革运动，就是要把延续两千多年的致使农民永远摆脱不了穷苦命运的苦根子——封建土地剥削制度彻底废除，把被地主阶级剥削占有的土地夺回来，分给无地缺地的农民，让农民真正成为土地的主人，让农民真正开始摆脱贫困。这就是新中国之所以新的一个根本特征。"

中途休息时，李顺达找了柏舟。"家里情况怎么样？"李顺达关心地问。

"报告李书记，家里一切都好。"柏舟说。

"这里没有李书记，只有出生入死的革命战友。"李顺达说，"你儿子长得怎么样？"

"可爱极了。"提起儿子，柏舟来劲了，"那小子，长得白白胖胖，已会摸着墙壁走路，也会学说话了。可是到现在，还没有一个正式的名字。李书记，你再为我儿子起个响亮的革命名字。"柏舟两个女儿的名字都是由李顺达起的。

"你儿子哪天出生的？"李顺达问。

"听我娘说，就是我们大军渡江那天晚上出生的。"柏舟说。

"嗯，嗯，"李顺达沉吟一会儿后说，"就叫渡江吧，既响亮，又有纪念意义。"

"渡江，好听。定了，我儿子的名字就叫渡江。"柏舟说。

"柏舟同志啊，你，你的家庭，为了革命做出了不小的牺牲。党，政府，不会忘记你们的。"李顺达说。

"李书记，你不是也一样，为了革命，你妻子牺牲，就连你家的房子也被国民党'忠救军'烧了。"柏舟说。

"干革命就会有牺牲，在以后建设新中国中我们还会有牺牲。只有共产党人牺牲了自己的私利，才能换来人民的幸福。"李顺达说。

"李书记，你刚才做的报告太好听了。"柏舟兴奋地说，"我一定记住李书记说的话，搞好土改，带领农民摆脱贫困，为党争光。"

"柏舟说得好，"李顺达说，"记住，让农民彻底摆脱贫困，是我们共产党人的长期历史使命和庄严责任。"

江阴县东乡土地改革试点的事传到宏兴沙后引起很大反响，人们想法各异，议论不一。没田地的人中，有的说天上不会掉下馅饼，共产党不可能白白地把富人家的田地送给我们穷人，这世上还没有过这种事，谁敢信？有的说共产党就算白送给我田地，我也不敢要，说不定哪一天老蒋再打回来怎么办？有一些田地的人则在暗中议论、猜测共产党是否真的会共产？

一天早上，琼玥来到柏舟家。柏舟正在用干土垫猪圈。"陈家少奶奶，这么早找我有事？"柏舟问。

"我来看看我的儿子，想他了。"琼玥说，"以后，不要叫我陈家少奶奶，叫我琼玥。现在已是新社会了。"

"看你儿子？你明明生的是女儿嘛。"柏舟说。

"口误。"琼玥一笑，"看我的奶儿，这总行了吧。"

柏舟放下手中的活，由猪圈来到所谓的正屋，其实就是两间土坯墙的冷摊瓦屋，毛竹柱子、毛竹梁、竹头椽子，都是空心的。

"陈家少奶奶，你来就空手来嘛，还带鸡蛋来做什么呀？"印大妹见是琼玥，如是说。

"婶，这鸡蛋是送给我奶儿吃的。奶了他一年多，虽不是亲生的，却总惦记着，心里老放不下他。"琼玥说，"我去看看我奶儿。"

"陈家少奶奶，我孙子还睡着。"印大妹说。

"婶，以后别叫我陈家少奶奶，叫我琼玥就好。"琼玥说，"那我不去吵醒奶儿了。"

"不能坏了规矩。"印大妹说，"陈家少奶奶就是陈家少奶奶，怎么能无规无矩地叫你名字？"

"现在已是新社会，旧规矩也该改了。"琼玥说，"婶，就叫我玥吧。"听琼玥说得这么真诚，印大妹才"嗯"了一声。

这时醒来的柏渡江已在床上哭着喊"奶奶"。听到孙子哭，印大妹赶紧起身，走进房里，给孙子穿衣，然后抱着出来。见到琼玥，柏渡江稚声稚气地叫了"奶娘"。琼玥高兴地从印大妹手中抱过柏渡江，让他坐在自己的腿上。

"起名字了没有？"琼玥问。

"起了，"印大妹抢先说，"听柏舟说，是李县长起的名字，叫渡江。我家玉英是大军渡江的那天夜里生的我孙子，起名叫渡江，好记，更好听。"

"是吗，渡江？"琼玥亲起柏渡江的小脸蛋。柏渡江被琼玥亲得咯咯地笑出声来。"渡江，你真牛，你的名字竟然是县长给起的，单凭这一点，你今后必定是前程似锦。"

见琼玥没有走的意思，柏舟就站起，给大女儿舀粥，让她吃了好去上学。他自己也要去乡政府上班，就没跟琼玥假客气，自己也吃起薄浪汤的粥来。

"柏副乡长，我今天来，是想向你借样东西。"琼玥说。

柏舟听后心里一惊，赶紧放下手中的粥碗，有些紧张地问："我有什么东西好借给你的？"

"我想向你借土地改革法学习学习。有吗？"琼玥问。

"有。上班后，我给你拿好。"柏舟又端起粥碗，"明天早上，你再到我家来拿。"

"你下班后不好直接送到我家里去吗？"琼玥说。

柏舟默想一会儿后说："要不，让我娘给你送去。"柏舟提醒自己，要与琼玥保持距离，尽管心里已喜欢上她，但不能丧失阶级立场。

柏舟上班去了。

印大妹还在与琼玥聊着家常，聊着聊着就聊到琼玥的婚事上去了："玥，婶不好意思地问你一句，你娘家也是城里的大户人家吧？"

"婶，我娘家要是大户人家，我就不是今天这个命了。"琼玥说。

"你的命还不好？"印大妹说，"穿绸缎，吃米饭，住楼房。"

"婶，"琼玥突然流起泪来，"你我已不是外人，既然说到话头上，我就把有些事说给婶听听。"

琼玥的父亲叫琼树生，是江阴县城里辅延小学的一位教员。母亲叫吉虹，是陈富泰开办的棉纺厂中的一位女工，公认的厂花，早为陈富泰所青睐，但碍于其是有夫之妇，且陈富泰又是一位好面子的君子，所以只能解解眼馋，流流口水，而未有具体的行动。琼玥十岁那年，琼玥的父亲因肺病治疗无效而亡故，家中还因此欠了一大笔债。无商不精的陈富泰看中了商机，登门慰问，说他愿意帮助琼玥母亲吉虹解难纾困。权衡一番后，在丰厚的物质诱惑下，吉虹接受了陈富泰，半年后，就成为陈富泰的侧室，过起衣来伸手、饭来张口的优裕生活。

那时，琼玥尚小，不谙人间烟火，见自己年轻漂亮的母亲跟一个有钱的老头子（陈富泰比吉虹大二十三岁）同睡一床，起初很憋屈，很不懂，很不解，但母亲有钱后，让琼玥穿得美如彩色蝴蝶，同学们都很羡慕她，便渐渐稀释了心中不解不痛快的块垒，在心里默认了母亲的现状，也接受了陈富泰。

琼玥没想到的是，自己初中刚毕业，母亲就要她嫁人。当得知自己要嫁的男人是陈国豪时，琼玥默认了。琼玥认识陈国豪，也知道他是上海复旦大学毕业的，人长得帅，又是富二代，这样条件好的男人哪儿去找？

可琼玥的婚姻遇到了两方面的阻力。一方面来自陈富泰的正室花氏。她对陈富泰娶小本就心里不乐意，但在男权主义还盛行的中华民国，也只得忍气吞声，无奈接受现实。吉虹与陈富泰结婚后却不断上位、越位，气得花氏几次要动手打吉虹，但到头来，陈富泰护的还是侧室。有点脾气的花氏跟丈夫寻死觅活地大闹几场后，就决绝地从城里搬到中兴圩念佛吃素，发誓再也不去城里，再也不见吉虹。有了这个难解的心结，当陈富泰跟正室说要娶吉虹女儿为儿媳妇时，花氏气得差点死过去。她坚决反对。陈富泰问她反对理由，花氏说没有理由，就是为了反对而反对。听罢，陈富泰苦笑摇头。

另一方面来自陈国豪的极力反对。自父亲与吉虹成婚后，陈国豪不时见到琼玥，但很少正眼看琼玥，也很少与琼玥搭话。当父亲要他娶琼玥为妻时，陈国豪急得一蹦三尺高，坚决反对，决不答应，宁死不从。他的首条反对理由就是他已有恋人，是大学同学，南京人。还有一条反对理由是，陈国豪说自己所从事的伟大的特殊工作，不允许他结婚。最后一条反对理由是，父亲跟吉虹结婚，儿子跟其女儿结婚，后娘做丈母娘，父亲做丈人，这种事他做不出来。他怕被江阴人耻笑。陈富泰则不管那么多，只是一味地向儿子极限施压，软硬兼施，以死要挟，陈国豪终于屈服。

婚房安置在江阴县城的南街。

婚礼在正月初二举行。

婚礼的场面很大。江阴县城里各界头面人物悉数到场祝贺。

进入洞房后，陈国豪也不揭开盖在琼玥头上的红盖头，而是坐在一张小圆桌旁，抽烟生闷气。

琼玥知道自己的婚姻经历了一波几折，也知道陈国豪心里没有自己，更知道自己的婚姻是母亲与花氏在家庭权力的斗争中胜利的结果，也就相信母亲说的话："男人只要尝到了女人的味道，就离不开女人了。"琼玥不知道什么是女人的味道，母亲就在琼玥结婚的隔夜面授机宜。听后，琼玥羞赧地用绣帕遮住了脸。

琼玥坐在婚床的床沿上，耐心地等待着陈国豪。

已过晚上九点，陈国豪还是坐着不动。失去耐心的琼玥自己摘掉头上的红盖头，淌着泪水，和衣躺在床上，等待陈国豪。琼玥听到了陈国豪走近婚床的脚步声。陈国豪坐在床沿上，抽着烟说："玥，我们说说话。"

琼玥从床上坐起："我们躺在被窝里不能说话吗？"

陈国豪又站起，抽着烟，踱着步，跟琼玥讲起孙中山的"三民主义"，讲他此生信仰三民主义，追随领袖蒋总统，与美国盟友一起，彻底打败日本侵略者，振兴中华的人生理想。最后，陈国豪说："玥，现在抗日战争正处在胜利在即的关键时刻，我所从事的工作又很特殊，也很危险，所以为你目前的安全，也为你今后着想，我不能害你。"

琼玥根本不想听什么三民主义、什么陈国豪的人生理想。她居然在生气中睡着了，等她一觉醒来，只见陈国豪也趴在小圆桌上睡着了。琼玥无声地哭了。一连三个晚上，琼玥和陈国豪就是这样度过的。第四天一早，陈国豪就离开琼玥去了上海。

陈国豪走后，琼玥终于爆发，嚷着要与陈国豪解除婚姻，她不想做活寡妇。母亲左劝右说不顶用，最后陈富泰出面。他捏准了琼玥的七寸："再闹，就把你交给日本人。"听后，琼玥不闹不吵了。

读初三第一个学期时，琼玥参加了由中共地下党领导的外围进步组织——江阴县青年抗日协会。陈富泰知道后严厉地训斥琼玥，逼迫她立即退出那个组织。琼玥只得照办，在参加半年多活动后退出了协会，但发誓保守组织秘密。本与她十分要好的要求政治进步的同学，都因此而远离了琼玥。结婚时，琼玥邀请的八个同学，一个都没去参加她的婚礼，有的还写信嘲笑她是一具行尸走肉。琼玥大哭了一场。

于是琼玥不敢再提解除婚约的事，只是三天两头地哭，哭自己命苦，哭自己新婚中所受的憋屈。陈富泰听了琼玥的哭诉，知道了琼玥的心思，而这心思正合他的意，陈富泰便与正室、侧室商量后，同意琼玥的要求：把她婚房里的所有家具都搬到中兴圩。琼玥要住到中兴圩去，图个清静，免得同学们嘲笑她，她要离开伤心之地。

住到中兴圩后，琼玥心死般地熬着锦衣玉食的日子。为了报复，有时陈国豪从上海回来，她死也不让陈国豪近自己的身。可随着国内战争形势的逐渐明朗，不知出于何种考虑，已回江阴工作的陈国豪，则经常回到琼玥身边，让她怀了孕，并于一九四九年正月初七生下了一个女儿。

听完琼玥的平静叙述，印大妹叹息一声："人人都有难言的苦衷，家家都有一本难念的经。"见琼玥的眼神黯然下来，印大妹便关心地问，"对以后的日子，你有什么打算？"

"不知道。"琼玥说，"现在婆婆又住到城里，公公又不大过问乡下家里的事。家里的一切，都得由我操心、操持，所以我来向柏副乡长借土地改革法学习学习。"

"哦，原来是这样。"印大妹说。

六　突然遭灾

柏舟要去北京见毛主席的消息，像长了翅膀似的飞遍滨江全乡。

一九五〇年九月二十五日至十月二日，全国战斗英雄代表会议和全国工农兵劳动模范代表会议，将在北京隆重举行。柏舟是以"坚持地下革命的模范干部"的身份去北京参加会议的，是江阴县唯一的参会者。九月二十日上午，江阴县委、县政府举行仪式，热烈欢送柏舟赴北京参加全国英模大会。

琼玥知道柏舟去北京参加全国英模大会的事，是柏舟亲自上门告诉她的。她当时很惊讶，问柏舟为什么要把这么重大的事告诉她？柏舟说他也不知道为什么，只知道必须告诉她。在琼玥面前站了四五分钟欲离开时，柏舟要求琼玥辞掉家中的女佣。琼玥说已辞掉了一个，再把家里的一个女佣辞掉，谁来侍候我？

"你必须独立地开始新的生活。"柏舟说。

那个晚上，琼玥心神不宁，一夜没睡踏实，心里老是琢磨着柏舟跟她说的话。他是什么意思？他是在暗示我？若是暗示，又在暗示我什么呢？把脑袋都想大了，琼玥还没想明白为什么柏舟要跟她说那句话的意思。不过，琼玥倒是照柏舟说的去做了，辞掉家中仅有的一个贴身贴心的女佣翠莲。

第二天饭后，琼玥和翠莲说了辞退她的事。起初，翠莲哭着死活不答应，也不接琼玥算给她的工钱以及多付给她半年的工钱。琼玥则说："是人民政府要求我辞退你的。"翠莲听琼玥说辞退她是人民政府的意思后，就抱住琼玥说："少奶奶，我多么不愿意离开你呀。三年来，你把我当作亲妹妹，从未骂过我一句。可我，也要学你，听人民政府的话呀。少奶奶，以后，以后你只要需要我翠莲，我随叫随到。"翠莲恋恋不舍、一把鼻涕一把泪地走后，琼玥兀自笑了起来，笑自己为什么会如此听从柏舟的话？还把他比作人民政府？他是我什么人？凭什么我要这么听他的话？

翠莲走后，琼玥一切都得亲力亲为，可一开始什么都做不好。第一次烧的饭是夹生的，第一次做的菜咸得难以咽下口。同时，由于她过惯了衣来伸手、饭来张口的生活，因而当她亲自动手做饭、做家务后，她开始脱胎换骨，浑身疼痛，晚上睡觉翻身时，腿疼腰疼手臂疼，疼得她流出了泪。她有点坚持不住了，便起了再把翠莲雇用回来的念头，但很快被她否决了。她心里明白，她是听了柏舟的话才辞掉翠莲的。她现在必须想清楚想明白的问题是，自己为什么会听柏舟的话？"我为什么会听柏舟的话？"琼玥问自己。琼玥不得不承认，她已喜欢上了柏舟。喜欢柏舟什么？琼玥似乎能说得清，却又说不清。但是，为了柏舟，琼玥愿意自觉地改变和改造自己，摸索着学做饭，学种菜，学养鸡，学做家务。

琼玥的另一个重大变化是，柏舟去北京开会后，她不再看她婚后用来打发无聊而常看的《红楼梦》、唐诗宋词以及《双凤奇缘》《春秋配》《锦帐春风》《粉妆楼》《银瓶梅》等明清艳情小说，而是认真研读起土改法和划分农村阶级成分的决定。她逐字逐句，逐条逐款，反复揣摩，力求准确领会意思。同时，琼玥对照法律条款，结合自家的实际，试图努力找出法律中的不完善之处，使自家在土地改革中少吃亏。

"我这样做，是不是在对抗人民政府？"琼玥问自己，"不算吧。土改法是用来保护农民利益的，我如果能利用土改法来维护自家利益，也错不到哪儿去。"

土地法共六章四十条。琼玥通读几遍后，重点研究了这样几条：

第一条　废除地主阶级封建剥削的土地所有制，实行农民的土地所有制，借以解放农村生产力，发展农业生产，为新中国的工业化开辟道路。

琼玥的理解是，这次土改，就是要把有地人家的地，分给无地少地的穷人，目的是发展农业生产。这对琼玥来说能够理解。至于"工业化"问题，琼玥完全不懂，但她很快想到公公陈富泰在江阴城里开办的棉纺厂和酿酒厂。琼玥在心里盘算，自家的两家工厂算不算工业化？如果是，那么这次土改就会有利于工业化，也就会有利于陈家。

第二条　没收地主的土地、耕畜、农具、多余的粮食及其在农村中多余的房屋。但地主的其他财产不予没收。

什么是地主？琼玥第一次听说，不理解。她翻开关于划分农村阶级成分的决定，从中找到政务院对地主所做出的定义：占有土地，自己不劳动，或只有附带性的劳动，而靠剥削为生的，叫作地主。地主剥削的方式，主要是以地租方式剥削农民。构成地主成分的标准时间，以当地解放为起点，向上推算，连续过地主生活满三年者，即构成地主成分。

一琢磨，琼玥吓出一身冷汗。她想，自己嫁给陈国豪至今已有五年多，过的是饭来张口、衣来伸手、全由女佣侍候的生活，这是标准的地主生活呀，而且过了五六年。唉——琼玥想，自己是地主成分无疑了。可是，家里除了有一百三十多亩地租给佃户种以外，没有耕畜，没有大中型农具，仅有几把钉耙锄头和镰刀等，这些，还是护院的家丁使用的。家里也没有多少多余的粮食，每年夏收和秋收上来的粮食，都被公公运到城里酒厂酿酒了。房屋倒有六间，三间平房、三间楼房。算不算是多余的？怎样计算？标准是什么？就算全被没收掉，"但地主的其他财产不予没收"。什么叫"其他财产"？金银首饰、服装、家具等，算不算"其他财产"？还有陈国豪给自己的一只皮箱里的可以让自己和女儿能过几辈子好日子的银元、金条，算不算"其他财产"？琼玥在心里盘算着。

第四条　保护工商业，不得侵犯。

地主兼营的工商业及其直接用于经营工商业的土地和财产，不得没收。不得因没收封建的土地财产而侵犯工商业。

工商业家在农村中的土地和原由农民居住的房屋，应予征收。但其在农村中的其他财产和合法经营，应加保护，不得侵犯。

对于这一条文，琼玥理解起来虽有点费力，但大概意思她心中明白。琼玥心里滋生出一个纠结：公公陈富泰该是"地主兼工商业者"，还是"工商业者"？如果是"地主兼工商业者"，结果还是地主，其土地、多余的房屋，都要被人民政府"没收"。如果是"工商业家"，那么"在农村中的土地"和"由农民居住的房屋"，则被人民政府"征收"，而且是"应予"，富有弹性。"没收"与"征收"比较，不仅听觉效果不同，而且性质也不一样。"没收"是指把违反法律或禁令的人的钱财或物件无条件归公；"征收"是指政府依法收取，而且是有条件有标准的。

那么，公公究竟算作"地主兼工商业者"，还是"工商业者"？琼玥做着具体分析。凭她对陈家不全面的了解，陈富泰上一代还不算富裕，仅是一个能勉强维持温饱的普通农家。发大财还是在陈富泰手里。琼玥曾经听婆婆讲过，陈富泰主要是靠胆大，敢冒着被砍头的危险，在上海滩一家赌场赌赢了几大把后，金盆洗手，自己剁掉自己左手的小手指，发誓永不再赌，并且把赢来的钱，在宏兴沙置田造房，还在江阴城里与人合伙办起酒厂。慢慢地，又经过近二十年的打拼，陈富泰才拥有如今偌大的家业。

通过分析，琼玥认为，公公靠赌赢钱先成为富农，再成为地主，最终成为"地主兼工商业者"，可是，从自己搬到中兴圩居住起，公公就不大过问乡下家中的事，也很少回中兴圩，完全是城里人，一心扑在工厂上。这算不算是"工商业者"？算。琼玥认为，"工商业者"比"地主兼工商业者"好。"工商业者"关乎"工业化"问题，而土改的终极目的就是为了实现新中国的工业化。然而，公公会是怎么想的呢？琼玥决定上趟城，尽管她不愿见公公、婆婆和母亲，但为了维护自身的利益，该低头时就得低头。

琼玥这次上城，最大收获或者叫最值得骄傲的，是公公对她的刮目相看，两次夸她"成熟"，还自夸当年没选错她做自己的儿媳妇。花氏听了不停地从鼻孔里出声，还不断地朝丈夫翻白眼。吉虹听了则用手绢掩住右嘴角，盈笑不已。

吃过午饭，琼玥要回家时，陈富泰把她叫到他和吉虹的卧室。吉虹站在房门外偷听，但听不清他们在说些什么。其实，陈富泰仅是交代琼玥，要她多接近柏舟，多知道些共产党内部的事。琼玥"嗯，嗯"地点头。陈富泰还交代琼玥，要她注意方法，讲究手段，不要与人民政府的人硬顶，要学会保护自己，说以后的日子长着呢。交代完，陈富泰给了琼玥一张面额不小的存折："这是你和我孙女的生活费。"

吉虹抱着外孙女走进卧室。

最后，陈富泰当着吉虹的面，对琼玥说了自己对她的穿着的看法："玥，爹跟你说，回去后，你把旗袍、皮鞋、首饰都收起来，你烫的卷发也改改。"琼玥没反应，只是耐着性子听陈富泰往下还会说些什么话。她很不满意公公对自己穿着的干涉。"现在，县政府里上至县长，下至科员，男的都穿中山装，女的都穿列宁装。你要跟上新中国。你看，爹也不穿长衫，改穿中山装了。这是一种政治姿态。你要懂。"

听公公这么一说，琼玥当即表态："爹，我听你的。"

"不是听我的，而是要听共产党的。近来，我天天收听收音机。看来，共产党坐江山算是坐稳了，估计会越坐越稳，所以我们这种家庭的人，头脑要活络，要识时务。强汉不立市。老话不会错的。"

吉虹喜欢外孙女，琼玥就把女儿陈瑛留下了。

下午三四点钟光景，琼玥从江阴西门汽车站坐汽车到蓝陵汽车站下车，往北走回中兴圩时，忽见宏兴沙礼耕圩上空腾起一股龙卷风，风速极快，仅有两三分钟，把琼玥吓得腿都发软了。琼玥曾听圩上老人讲过，沙上发生龙卷风，还是在清朝康熙皇帝当政的时候。那次龙卷风所经之处，摧毁了永康、永丰两个圩上所有的房屋。于是琼玥心里叫苦不迭："不好，不好，柏舟家的房屋要遭灾了。"她双腿软软地艰难地挪步到礼耕圩，两条腿再也挪不动了。她被眼前的惨景吓怕了。她一屁股坐到了地上。

宏兴沙有八个圩，循着长江江堤走势，呈曲线分布，东西长约两公里，由东往西依序是永稳圩、礼耕圩、中兴圩、同兴圩、同盛圩、永丰圩、永康圩、永福圩。礼耕圩距离江堤最近，仅有一百多米，而柏舟家又坐落在礼耕圩的东北角上，距离圩上还有三十多米，距离江堤不足百米，像个孤苦伶仃的老人，无依无靠，无遮无挡。这次突如其来、百年未遇的龙卷风的边缘地带，刚好从礼耕圩经过，由于礼耕圩上数十间房屋，都是相互搭梁头，相互联结，抱团力强，没被刮倒，仅把屋顶掀掉，但柏舟家是单门独户，因而两间土坯墙的冷摊瓦屋和半间用于养猪的草屋，则被无情的龙卷风夷为废墟。幸好，印大妹和两个孙女、一个孙子安然无恙。

礼耕圩上的女人、小孩，号哭不已。男人唉声叹气，愁眉苦脸，不知所措。其他圩上的人、老沙上的人，仅是围观，口头安慰而已。面对突发的自然灾害，他们不知道怎么办，也没能力帮助灾民。

琼玥稳了稳神，双手撑地，慢慢地站起，抹掉泪水，在没人注意下，来到柏舟家的废墟面前，又坐在地上，搂住印大妹，陪她和孩子们哭泣，流泪，诅咒缺德无人性的龙卷风。

晚上七八点钟时，滨江乡政府领导赶到现场，安抚受灾群众，稳定民心，并派民兵巡夜。当得知柏舟家房屋已被龙卷风夷为平地后，沈兴昌急得不知如何是好。这时，去北京参加全国英模大会的柏舟，还在进京途中的火车上，根本不可能知道家里会遭遇这样的突然变故。沈兴昌一行来到柏舟家的废墟前，望着坐在地上搂着孙女、孙子的印大妹，他们仅见过一次面，印大妹对沈兴昌印象不深，他哽咽了。沈兴昌走上前，蹲下身，慢慢扶起印大妹："婶，我是沈兴昌，是柏舟的战友。"

"你是谁？"印大妹泪眼模糊，又是晚上，看不清楚。

"我是沈兴昌，柏舟的战友。"沈兴昌说，"柏舟虽不在家，但婶你不要愁，有我沈兴昌在呢，有共产党、人民政府在呢。"

在场的琼玥，仅在抓捕陈国豪那个晚上，与沈兴昌打了个照面，早已印象模糊，更不知道他是什么级别的官，但从他对印大妹的恭敬态度，能看出他与柏舟的关系很不一般。她没有多想，就主动对沈兴昌说："长官，我是渡江的奶娘，我叫琼玥，家住中兴圩。柏副乡长不在家，我可以把他的娘和三个孩子，接到我家去住吗？"

柏舟曾跟沈兴昌说过他儿子的奶娘叫琼玥，仅此而已。沈兴昌也知道宏兴沙中兴圩有个叫琼玥的女人，是蒋特分子陈国豪的老婆。去年十月底那晚缉捕陈国豪时，在陈家与琼玥匆匆照过一面，印象不深。

今晚在灾情现场，沈兴昌也没能看清楚琼玥的容貌，但她的声音很悦耳，沈兴昌很爱听，因而当琼玥主动站起来帮助灾民、为政府分忧时，作为滨江乡指导员的沈兴昌，想都没想，就一口答应了。

琼玥抱起柏渡江，在众目睽睽下，要印大妹和其两个孙女，跟她回家去。印大妹不肯，说去琼玥家住不合适。琼玥急了："婶，我是渡江的奶娘，你们去我家是暂住，有什么不合适的？柏副乡长去了北京又不在家，我帮你是应该的。"

见印大妹站着不动，沈兴昌开口了："婶，你就去吧。孙子还小，倘若住在外面，是受不住夜寒的。我做主了，婶，你就去吧。柏舟回来后，我会跟他说明情况的。"

听沈兴昌这么说，印大妹才点了点头，应允了。

七　暂住陈家

柏舟从北京开完会回到江阴，没有直接回家，而是先去县政府，向县长李顺达汇报自己赴北京参加全国英模代表大会的情况。

"李书记，"柏舟欲兴奋地说下去，却被李顺达打断："从现在起，必须改口叫我李县长。"

在江阴县委、县政府领导班子中，南下干部占绝大多数，并且处于绝对领导地位。跟随李顺达在江阴国统区进行地下革命斗争的地方干部，解放后仍习惯称呼李顺达为"李书记"，因而在县委召开的一次党员领导干部会议上，李顺达遭到南下干部、县委纪书记的严厉批评：江阴县委只有一个姓纪的书记，哪来还有姓李的书记？他是想另立县委，还是想篡权？这是一个极其严重的政治问题。会后，李顺达主动找纪书记承认错误，表示绝不会再有人叫他"李书记"了。纪书记听后从鼻孔里发出"哼"的一声。

柏舟憨厚地望着一脸庄重的李顺达，不敢问为什么，也不能问为什么，他只知道必须按李顺达的要求去做。"李，李，李县长，"柏舟突然咳嗽起来，"好不习惯啊，李，李县，长。"

"叫顺口了，就习惯了。"李顺达说，"汇报吧。"李顺达旋开钢笔帽，翻开记录本，做起记录。

柏舟畅谈自己听了毛主席重要讲话后的深受鼓舞，与毛主席、朱总司令、刘副主席、周总理等党和国家领导人合影的无上光荣，登上天安门城楼参加一周年国庆的无比骄傲。柏舟最后说："我一定牢记毛主席的话，事事干在前，处处走在前，哪里有困难，哪里最危险，哪里就有我柏舟，在群众中真正起到模范作用。"

"相信你定会说到做到。"李顺达说，"不过，柏舟啊，我有一件事必须现在告诉你。听后，你要挺住。"

"什么事？"听李顺达严肃的口吻，不知他要跟自己说什么事。"说吧，李县长，就算是天大的事，我也会挺住。"

"就是天大的事。"李顺达把礼耕圩和他家遭遇龙卷风的事告诉了柏舟。听完，柏舟还是从椅子上跌倒在地，爬起来后，哽咽了。

"柏舟啊，你也不用太着急，党和政府会管你们的。目前，你母亲和你的三个孩子，被安置在我们曾经的老对手陈国豪家里。据沈兴昌汇报，是陈国豪妻子琼玥主动把你母亲和三个孩子接到她家去住的，而且还住在楼房里，条件很不错。"

"噢——"听李顺达这么一说，柏舟松了一口气。此时，他的心里有股暖流在涌动。他在心里感激琼玥的雪中送炭。

"你了解那个叫琼玥的吗？"李顺达问。

"不太了解。"柏舟实话实说，"她是我儿子的奶娘，对我儿子很亲。"

"这些情况，我了解。"李顺达说，"根据县委安排，你们滨江乡的土改工作，将于十一月份开始。柏舟啊，陈国豪家的情况比较复杂，也有点特殊。据我们掌握的情报，陈国豪已于去年十月潜逃至香港，对他我们已无可奈何了。他父亲陈富泰，既是我县的开明资方人士，又是县各界人民代表大会代表。对他家的阶级成分的划分，我们须好好研究，好好把握。还有，按土改法的定性，陈国豪应该被定为罪大恶极的反革命分子。所以，柏舟啊，我必须提醒你，你现在要与陈国豪妻子琼玥暂住一个屋檐下，可你务必站稳阶级立场，严防她对你的拉拢腐蚀，特别要提防她对你使美人计，要百倍提高革命警惕性，防止她破坏伟大的土地改革运动。"

"请李县长放心，"柏舟站起，向李顺达敬礼后说，"我面对敌人的刀枪都不怕，还会怕她一个女人？"

"千万要牢记毛主席的'两个务必'的教导，坚决粉碎阶级敌人的糖衣炮弹的进攻。"李顺达说。

"是，保证完成任务。"柏舟说。

柏舟回到礼耕圩时，已经下午四点多了。如是往常，圩上人见到他都会热情地打招呼，可如今圩上人看到柏舟时，有的只朝他点点头，有的则愁眉苦脸地说这日子怎么过下去呀。柏舟看到，有的屋顶上已盖上新稻草，有的用油毡布遮盖了一下，还有的仅用蓑衣、破床单等遮盖了一下。好在已近霜降，雨水不多了。看到这种惨景，柏舟心里很不是滋味。

柏舟来到自家屋前，可哪里还有屋呀，剩下的只是一片废墟。走上废墟，看到的是自己睡的一张四柱头木床被倒塌的土坯墙压垮，母亲和女儿睡的木板铺被压断、灶头被压塌，锅、水缸被压破，碗、钵被压碎，连自家养的两头肉猪也不见了，真可谓惨不忍睹。柏舟蹲下身子，两手捧住头，禁不住呜咽起来。

夜色降临。

圩上的一条黑狗，拼命地对着柏舟狂吠。见那个黑影不动，黑狗就扑上去。这时，柏舟站起，低吼："狗眼，不认得人呀。"听到熟悉的滩里话（江淮话），黑狗猛地止步，甩了甩头，然后走到柏舟脚前厮磨、亲昵，嘴里还发出"呜呜"的撒娇声。柏舟突然蹲下，搂住黑狗的脖颈，人脸与狗脸贴在一起。柏舟感到一种奇妙的罕有的暖意。

来到琼玥家，柏舟看到母亲和三个孩子与琼玥，围坐在一张红木八仙桌上吃晚饭，其乐融融，不是一家，胜似一家。

"这么晚才吃晚饭？"柏舟问。

"等你呀。"印大妹说。

琼玥第一个站起，跟柏舟打了一声招呼后，赶紧到厨房盛了一大碗米饭，再拿了一双筷子，端到桌上："坐下，快吃，饿了吧。"没有称谓，没有拘束。

柏舟也自自然然地像在家里似的坐下，端起饭碗就大口吃起来。"真有点饿了。"柏舟说。

吃完一碗，琼玥又给柏舟盛了一碗。"婶，我猜对了吧。"琼玥笑盈盈地说，"我说，舟、舟哥，今天准会回来。我的预感就是准。"

"所以，"印大妹说，"我把舟的那份饭也做了，不然的话，舟回来就没饭吃了。"

吃过晚饭，孩子们上楼去玩了，印大妹在厨房里刷锅洗碗。柏舟和琼玥坐在八仙桌前，谁也不第一个开口说话。还是琼玥先打破沉默。

"去看了没有？"琼玥问。

"看了。"柏舟说，"我们无家可归。"柏舟说得有点凄惨，琼玥听了心疼得直流泪。

"就把这里当家吧。"琼玥说得很轻，很柔，很真诚。

"给你添麻烦了，"柏舟说，"不过，我家还是搬到前爨屋里去住比较妥当。"

"随你。"琼玥低眉道，"你们想住多久就住多久。"

"谢了。"柏舟说。

"谁不会遇到难啊，"琼玥说，"帮你，是我的本分。"

"还有，还有，不说了。"柏舟憋红了脸。

"有话直说。我是渡江的奶娘。"琼玥说。

柏舟望住琼玥。琼玥接住柏舟看她时的那种复杂的抑郁的目光。

"想跟你借些钱，置些简单家具，请瓦匠砌座灶头。"柏舟说。

"难听，借不借的。"琼玥站起，走上楼，少顷，又走下楼，将一沓钞票递给柏舟。

"不用这么多。"

"给我渡江儿的。"

"我以后还你。"

"要还，也得由我渡江儿还。"

几天后，柏舟一家住到前廒屋里去了。琼玥仍从前廒中间屋的过道进出。一天中午，见柏舟一人在灶上忙着洗刷，琼玥就走进去："给。"

"什么东西？"柏舟问。

"牙刷、牙膏。你要学会用。你大女儿也该用了。"

"我从不用的。"

"我让你用。"

望着琼玥期待且丰富的目光，柏舟点了点头。

"还有，你要天天晚上洗脚。"

"麻烦不麻烦？种田人没这么多讲究。"

"我要你讲究。"说完，琼玥笑着走了。

印大妹发现儿子变了，变得爱清爽，变得会低声说话了。一天早晨起来，印大妹第一次在后门外看到儿子在刷牙时，就急急地问："你在做什么？满嘴白沫，挺吓人的。"

"在刷牙。"柏舟说，"上头要求的。"

"噢——那你好好刷吧。"印大妹说。

柏舟母子俩的对话，飘进了琼玥的耳朵，听后，她偷着乐。"蛮听我话的。"琼玥掩嘴而笑。

八　共住一楼

根据江阴县委安排，滨江乡被定为全县第四批全面开展土地改革运动的乡镇。柏舟的主要工作就是协助沈兴昌、配合进驻滨江乡的县委土改工作队，做好各行政村农会主任、财粮委员的选举工作；带领民兵加强夜间巡逻，严防阶级敌人破坏土改运动。

新中国成立不久，就立即废除自隋唐起就施行的保甲制度，实行乡镇以下设行政村、组的新体制。村长由乡政府直接任命。宏兴沙由原来的两个保改为两个行政村：永稔圩、礼耕圩、中兴圩、同兴圩为第七行政村；同盛圩、永丰圩、永康圩、永福圩为第八行政村。每个圩为一个村民小组。滨江乡人民政府任命丁培生为第七行政村村长、罗桐为第八行政村村长。

根据江阴县委土改工作要求，滨江乡在正式开展土地改革运动前，先在各行政村通过村民民主直接选举的方法，选出村农会主任、村财粮委员。第七行政村选举大会前，没有人通知琼玥参会。选举大会召开的那天下午，印大妹捐着一条长凳出门时，被琼玥撞见："婶，你这是去干什么呀？"

"参加选举大会。"印大妹问，"你不知道？"

琼玥摇了摇头。

"我们一起去吧。"印大妹说。

"好，我们一起去。"琼玥高兴地说。

会场设在宏兴小学校院内操场上。琼玥进校门时却被一位民兵拦住了："你不能进去。"

"别人能进去，我为什么不能进去？"琼玥问。

"上面有规定，"那个民兵说，"你们陈家人没有资格参加选举大会。"

琼玥欲争辩，则被那个民兵推到一旁。见状，印大妹有话要说了："你这个小伙子，有话不会好好说啊，怎么就推人呢？"

"婶，"那个民兵是宏兴沙人，认识印大妹，"你别为难我。我不让她进去，是你家柏副乡长特别交代我的。"

听那个民兵这么说，琼玥忍不住用左手捂住嘴，低着头，红着脸，流着泪，回过头奔往家去了。

会场周围，七八个荷枪的民兵维持着秩序。选举大会由沈兴昌主持，土改工作队队长老杨同志发表讲话。他讲了民主直选村农会主任、村财粮委员的重要意义和选举办法。他说，直接选举村农会主任、村财粮委员，是你们第七行政村确保土改工作顺利开展的关键，土改中一切权力归农会；直接选举是新中国人民的民主权利，是人民当家做主的保障，所以，参加会议的每一个人，都要认真酝酿，选举出你们信得过的人。

老杨同志刚讲完，会场里就有人大声议论开了：稀奇稀奇真稀奇，哪有让老百姓来选当官的，只有共产党能想得出来；换汤不换药，历代是官官相护，谁当农会主任，说不定背后早就定了，今天开会不过是走个过场罢了；直接选举可是新鲜事，以前从未有过，我们应该相信共产党。

沈兴昌大手一挥说"安静"，会场顿时就安静下来。"下面，大家开始酝酿提名农会主任、财粮委员候选人。"沈兴昌说完，会场里开始交头接耳，小声议论。经过三个回合的提名，最终确定五个农会主任和五个财粮委员候选人，接着对候选人进行逐个举手表决，以举手人最多者当选。最终直选结果：印仲平当选第七行政村农会主任、于一圆当选村财粮委员。第二天下午，同样以直选的方法，选举耿伟为第八行政村农会主任、林森为村财粮委员。

印大妹开完选举会回到家，没忙着做家务，而是穿过天井，去敲琼玥家的门。大门没闩上。印大妹推开一扇大门进屋，在楼下喊着"琼玥"，喊到第五声，琼玥，从楼上走下来。

"没事吧？"印大妹问。

"死不了。"琼玥脸色惨白，脸上留有明显的泪痕。

"那就好，那就好。"印大妹说，"等舟回来，我好好问问他。"

琼玥没接印大妹的话。

"我回去烧夜饭了。"印大妹说。

吃晚饭时，印大妹一脸严肃地问儿子："为什么不允许她参加选举大会？"

柏舟明白母亲说的"她"指的是琼玥。"我哪有那么大的权力？"柏舟点燃烟，

"我是执行上级的指示。"

"她是坏人？"印大妹问。

"她家庭背景复杂。"柏舟说。

"等会儿，去看看她。"印大妹说。

"不方便。"柏舟说，"娘，你代表我去看看她，你跟她说，我柏舟不会看轻她的。"

晚饭后，印大妹去了琼玥家。

"婶，别担心我，我不会想不开的。"琼玥苦笑一下，"我舍得丢下手中抱着的女儿吗？"琼玥又流起泪来。

"玥，我问了，不让你参加今天的选举大会，不是他的意思，是上头的意思。他是照办罢了。他还说，他不会看轻你的。"印大妹说。

"婶，"琼玥抹了一下泪，"他真的这么说的？"

印大妹庄重地点了几下头。

"他的良心，还没有被狗吃掉。"

"玥，你还不了解舟。"印大妹说，"不要看他嘴笨，心却细着呢。谁能做他老婆，不会吃亏的。"

琼玥一个劲地边点头边"嗯嗯"着。

宏兴沙的土改工作进行得顺风顺水，不像其他地方有那么多矛盾、那么多问题、那么多阶级斗争。这也是由宏兴沙的特殊情况决定的。

据江阴县地方志记载，五千年前，古长江入海口还在镇江的金山、焦山一带，河口开阔，水流分汊，主泓南北摆动。由于潮流、径流的长期作用，泥沙在海湾不断搬移堆积，在水流作用下，致使沙洲密布、汊道纵横，并不断向东推进延伸。大约在东汉年间，长江入海口东移至江阴鹅山附近，江面宽三四十公里。三国东吴年间，长江江阴段淤涨出马驮沙，将长江分为南北两槽；之后，马驮沙又不断淤涨扩大，到明朝初叶，已淤涨成东西长三十五公里、南北宽五公里的大沙洲，至嘉靖年间，马驮沙北面的河槽全部淤塞，并与长江老岸相连接。至此，长江江阴段由分汊型河道变成为单一型河道，江面宽度收窄为三公里左右，接近现代河槽。

长江分汊时，长江江阴蓝陵段有一段长约两公里的江堤内凹，内凹纵深约一公里，改为单一型河道后，由于大量泥沙的不断冲积，逐渐淤满了内凹，至明朝中期已淤积成为一片小沙洲，被江阴县一位县丞命名为宏兴沙，并引来众多开发者。这些开发者被称为沙民，主要来自两个地方：一是来自江北扬中、泰兴等地的饥民和不堪税负的农民。二是来自江南的农民。宋朝起，江南就是朝廷的粮赋重地，农民税负繁重，如遇灾年，粮赋就难以完成，而县、乡的征税胥吏又追逼得紧，无奈之下，一些农民不得不举家外逃，来到宏兴沙。

起初，宏兴沙的开发处于严重的无序状态，谁开发的沙田归谁所有，因而为了争夺沙地常发生械斗事件，而在械斗中，沙民们都以姓氏抱团，好勇斗狠，悍厉成风，死人的事是经常发生的，于是去江阴县署诉讼的案件也不断增加，弄得知县、县丞们很头疼。为了有序开发宏兴沙，减少诉讼，维持地方安定，清嘉庆十九年二月，江阴县署介入宏兴沙开发利用，发动沙民构筑官堤，并报江苏省布政使批准，公开标价拍卖沙地：每亩水滩（沙洲涨出来后还没露出水面的叫水滩）白银四钱，每亩泥滩（露出水面后的叫泥滩）白银八钱，每亩高阜（地势较高的沙地）白银一两二钱，每亩熟田（经改造后可以直接耕种的沙田）白银二两四钱。这项政策出台后，既减轻了沙民们的筑堤负担，也减少了沙民们的纷争诉讼。同时，这种拍卖，不受地域、户籍的限制，因而江阴周边地区消息灵通的有钱人，纷纷到宏兴沙投资，至清朝光绪年间，"田属外邑大户者十居三四"。这些拥有沙田的外邑大户者，又将沙田租给沙民种植，渐渐形成宏兴沙八个圩。

宏兴沙八个圩的人，姓氏众多，谁都没有绝对优势。同时每个圩又是多姓聚居，而不是单一或两三个姓氏聚居一圩。宏兴沙八个圩的圩名，也不是以姓氏命名的，而是寄寓着沙民对未来美好生活的期盼。这也说明了宏兴沙的复杂性和丰富性。宏兴沙八个圩的姓氏是这样分布的：礼耕圩有薛、李、陈、魏、黄、王、朱、曹、印、戴、季、丁、童、施、蒋、尤、薄、文、高、柏二十个姓氏，柏姓是宏兴沙唯一一个姓氏；中兴圩有张、吴、薛、王、施、陈、范、于、潘、高、缪、叶、栾、冷、邱、顾、谢、包、聂、周、吉、刘、冯、许、倪、蔡、蒋、柳、朱、奚、徐三十一个姓氏；同兴圩有蒋、高、解、黄、吴、常、缪、沈、冷九个姓氏；同盛圩有丁、陈、印、林、周、耿、冯、董、王、施十个姓氏；永福圩有王、耿、刘、严、尹、侯、朱、林、赵、薛、谢、潘、邓、杨、蔡、陈、韩十七个姓氏；永稔圩有赵、高、谢、蔡、周、韩、薛、邓、陈、罗、朱十一个姓氏；永康圩有王、陶、丁、钱、何、马、鞠、陈八个姓氏；永丰圩有解、王、奚、陈、洪、顾、黄、鞠、宦、施、林、浦、刘、魏、杜、曹、朱十七个姓氏。

经过宣传发动、激发农民土改热情阶段后，宏兴沙人对土改的愿望是迫切的，可真到与地主进行面对面斗争的时候，积极性却不高了。虽然土改工作队队员再三发动，村农会主任反复做工作，但就是没有人愿意斗争地主。

这又是宏兴沙有别于其他地方的一种具体的实际的特殊情况。

在宏兴沙能算得上是地主的，排来排去，只有第七行政村的陈富泰。可在宏兴沙只有两家农户租种了陈富泰家二三十亩地，其余的百多亩地则由老沙上的农民租种。实际情况是，绝大多数的沙上人并没有受到陈富泰的剥削与压迫，对陈富泰没有什么阶级仇恨。再者在两户佃农看来，陈富泰家的地租是相对较低的，他们与陈富泰家没有深似海的阶级仇恨。况且，宏兴初级小学又是由陈富泰出资创办的，宏兴沙子弟在学校读书时交的束脩是很少的，大多由陈富泰承担，村民受惠多多。再说，陈富泰常年在县城办厂，难得回宏兴沙，在地方上既没干过什么伤天害理的事，也没得罪过什么人，在宏兴沙百姓中有着较好的口碑。至于陈富泰儿子陈国豪，在宏兴沙也没做过什么坏事，在沙上人看来，他虽是国民党特务，还枪杀过共产党地下人员，负有累累血债，但他已逃得杳无踪影，他的罪行不应由他的父亲承担，更不应该由他的妻子琼玥来承担。一人做事一人当，不好株连无辜。

鉴于宏兴沙的这些特殊情况，滨江乡土改工作队通过反复讨论研究，并报县委批准，宏兴沙土改工作跳过斗争地主这个阶段，直接进入丈量、登记土地，划定阶级成分阶段。由于宏兴沙的绝大多数农民种的是原江阴县教育款产委员会的租田，原来都有明细，所以，土地丈量、登记工作很快完成，过程中也无多少周折与纷争。但在划定阶级成分时，滨江乡土改工作队遇到了棘手的新问题，那就是陈富泰的阶级成分是地主兼工商业者，还是工商业家？他们拿不准，请示县委，县委也拿不准，最后请示中共苏南区党委，其答复是"工商业者为宜"。

陈富泰的阶级成分明确了，但其儿子陈国豪的阶级成分怎么划定？根据政务院关于划分农村阶级成分的决定中的相关规定，陈国豪应定性为"罪大恶极的反革命分子"，可他的户籍不在宏兴沙，不算宏兴沙人。滨江乡土改工作队也拿捏不准，于是请示县委。县委意见是，陈国豪户籍虽不在江阴，人也潜逃至香港，但"罪大恶极的反革命分子"帽子还是要给他戴的，其罪行虽不能清算，但账还是要给他记上的。根据政策规定，陈国豪的所有财产必须被没收。可问题是，陈国豪原是国民政府的人，他的名义私有财产，只有江阴南街的一套婚房。至于中兴圩的房屋、土地，房契、地契上都是陈富泰的名字，属于陈富泰所有。

根据土改政策，陈国豪在县城的一套婚房被政府没收，陈富泰在宏兴沙的一百三十多亩地被政府征收。但在如何处置陈富泰在宏兴沙的房屋问题上，土改工作队又犯难了。房屋的户主是陈富泰。陈富泰的意思是由政府处理，但琼玥不同意。为此，母亲吉虹把琼玥叫到城里，做她的思想工作，欲说服她做个城里人。琼玥则说，做城里人有什么好？我可不愿意与你们住在一起。吉虹未能说服女儿，以为女儿心里的结还没解开。陈富泰则数说琼玥不识时务。

琼玥决意要住在中兴圩的冠冕堂皇的理由，是她不愿意去城里跟公公他们住在一起。这个理由，吉虹相信，陈富泰相信，但中兴圩人不相信。他们想破脑袋也想不明白琼玥为什么不愿做城里人。其实，琼玥不愿去城里住，是有一个不可让外人知晓的重要原因，那就是琼玥心里已装满了柏舟。于是她提出要求，前厢三间平屋由政府征收，后厢三间楼房由她和柏舟两家人家七口人居住。土改工作队队员问她理由，琼玥说："柏副乡长家房屋已被龙卷风卷走，住在我家已半年多，你们总不能赶他走吧。还有，柏副乡长是功臣，是全国英模，为了革命，吃了很多苦，担了很多惊，连老婆的命都搭上了。你们说，柏副乡长有没有资格住楼房？"

"你这样替柏舟说话，居心何在？"工作队队员说，"你图谋跟他共居一屋，拉他下水？"

"什么图谋不图谋？告诉你，我男人虽是反革命分子，但是，我没说过一句反动的话，更没做过一件伤天害理的事。"琼玥说，"我还可以告诉你，我一九四三年秋就参加了由共产党领导的秘密外围进步组织——江阴县青年抗日协会。我从事抗日活动时，你还不知道在哪里呢？我相信共产党、相信人民政府是有理讲理的，所以我敢这么说。"

经过逐级请示，最终原属陈富泰所有的三间楼房未被征收，而是分给琼玥和柏舟两家共同居住，柏舟家分得楼上楼下两间楼房，琼玥家分得东面的楼上楼下一间楼房；楼梯由两家共用。这一决定一经公布，中兴圩人公开议论的少，暗地里议论的却很多；其他圩的人公开议论的多，暗地里议论的却很少。将所有议论归结为一点，那就是柏舟干革命干出了名堂经。

划定的阶级成分结果也公布了：柏舟家是雇农；琼玥家既不是地主，也不是富农，而是反革命分子，但在土改中，反革命分子则不属于阶级成分划分范畴，也没有这样一个阶级。根据土改的土地分配政策和宏兴沙可耕地总量的实际情况，宏兴沙人均分得一亩半地，多出来的田地划给缺地、少地的其他村里。柏舟全家五口人共分进七亩半地，琼玥母女俩分得三亩地。土改结束后，本是礼耕圩的柏舟一家人，便成了中兴圩的人。

虽然江阴县人民政府颁发的《土地房产所有证》上明确写明柏舟拥两间楼房的房产权，但在实际使用中，两家是平均使用的：柏舟一家占用西边的楼上楼下，琼玥一家占用东边的楼上楼下；楼下的中堂两家共用，楼上中间一间，留作柏渡江长

41

大后分床睡的房间；楼梯共用。这是印大妹首先提出来的想法，柏舟立即同意，琼玥欣然接受。

　　鉴于前廒三间厅屋已被征收，为了出入方便，经与琼玥商量后，柏舟在天井的东围墙上开了一扇门，因为东围墙外就是一条南北走向的村道。自此起，他们就从这扇门里进出。

九 没有征兆

三月的一天，正在吃午饭时，中兴圩的吴坤度与施银生，手拉手地吵到琼玥家，要琼玥做当中人，说句公道话，给他们评评谁是谁非。

琼玥说："我又不是村干部，找我评理有什么用？"

吴坤度说："陈家少奶奶，我和银生家的地，土改前是你家的，你本来就是我们分得田地的主人，你说的话最有分量，我听你的。"

琼玥感到好笑，说："我到现在还不知道你们因为什么而争吵。"

施银生说："陈家少奶奶，坤度瞎说我挪动了我们两家地界的界桩。"

"你明明是挪动了界桩，多占了我家一分多地，还不承认，死不要脸。"吴坤度说。

于是两人争着吵着竟然要动手起来。

印大妹看不下去开口了："我不是说你们俩，本无一寸田地，土改了，都分到了地，理该知足，还动什么界桩？这么贪心啊？好了，别吵了，回家去吧。若要论出是非来，你们找村长丁培生去。"

"找过了，"施银生说，"他说不介入我们的事。他那个老好人，缩头乌龟，找他没用。既然来了，就要陈家少奶奶给个说法。她无论说什么，我银生都听她的。"

"我不会给你们什么说法的。"琼玥说，"我没有这个资格。你们如果一定要评理，就去乡里找柏副乡长评理去。"

就这样，吴坤度和施银生余气未消地走了。

下午，吴坤度和施银生真的去乡政府找柏舟评理了。听着两人的各执一词，柏舟掏出腰间的手枪，往办公桌上一掼，再从口袋中掏出香烟，自顾自地抽起来，眯着眼，瞅住施银生的脸不放。柏舟了解施银生这个人，他会见人说人话，见鬼说鬼话，能说会道，算盘精明，老实巴交的吴坤度根本不是他的对手，在柏舟看来，瘌痢头上的虱子明摆着，挪动界桩的只会是施银生。

　　见施银生仍嘴硬不承认是自己挪动了界桩，柏舟说："这样吧，我做当中人，现在就回去，找丁培生他们再把你们两家的田地丈量一遍，反正村里有各家各户分地的明细账。但话要挑明，如果你们两人中间有谁暗中动过土改分地时敲下的界桩，性质就严重了，那叫破坏土地改革运动的胜利成果，轻则游斗，重则坐牢。"听柏舟这么一说，施银生终于心虚胆怯地承认是自己动了界桩，表示回家后将界桩恢复到原位。

　　吃晚饭时，柏舟说了下午吴坤度和施银生去乡里找他评理的事。听后，琼玥笑了，说："这叫蜡烛不点不亮。银生那个爱占小便宜的人，就该吓唬吓唬他。"

　　吃完晚饭，柏舟说："玥，我跟你商量个事。我想把明堂的西围墙拆掉，准备用拆下来的墙砖，在楼房的西山墙搭一间简易屋，养养猪，造点肥。分了七亩半地，没有猪灰做基肥，庄稼是长不好的。"

　　"房子是你的，一切由你做主，用不着跟我商量。"琼玥说，"要我说，舟，"土改后，私处时，琼玥不再称谓柏舟"柏副乡长"，而是直呼其名，"干脆把东围墙也拆了，把猪舍屋造大一点，像样一点，好给我多养一只猪，要下多少本钱，我照出。总之，我的三亩地，你要想办法帮我种熟。"

　　"我会请人帮你种的，但工钱得由你出。"柏舟说。

　　"我琼玥是那种小气量、贪别人小便宜的人吗？"琼玥说，"工钱，我会出的。就算是你给我干活，我同样照出工钱。"

　　"我是有话在先，免得以后发生不必要的误会。"柏舟说。

　　琼玥听了柏舟的话，肚里有点不适意，但她还是笑脸一张。这就是琼玥。

　　琼玥抱着三岁的女儿陈瑛上楼后，印大妹对儿子说："舟，她是否对你有意思？"

　　"谁呀？"柏舟装糊涂。

　　印大妹朝走上楼去的琼玥努了努嘴。

　　"不可能。"柏舟说。

　　"想想也是，"印大妹说，"你是革命干部，她是反革命分子家属，是不同的两个阶级，不可能在一只锅里盛饭吃的。这是新社会的新规矩，是你们共产党的规矩。不过，要是搁在以前，只要两厢情愿，也不是没有可能。"

　　"娘，你操的心太多了。"柏舟说。

　　"能不操心嘛，儿子。渡江娘已走了两年多，你还是再找人的好年龄。舟，要不娘给你撮合一个？"印大妹说。

"眼下没这个心思，过几年再说吧。"柏舟说。

"再过几年你就要成老头子了，哪个女人还会稀罕你？"印大妹说。

"没女人稀罕，我就一人过。反正，我已习惯了。"柏舟说。

小麦成熟了，夏忙要开始了。

动忙前，琼玥要柏舟去蓝陵镇上的铁匠铺，为她选购两把镰刀，她说自己也要下地割小麦。柏舟说你长到这么大从未下过地干过活，你吃得了那种苦吗？琼玥说你不要小看我，看我是吃得了还是吃不了干农活那种苦。于是，柏舟为琼玥选购了两把镰刀，并每天帮她磨好，好让她替换使用。

琼玥第一天下地时，引来正在干农活的人的围观，他们像看西洋镜似的想看琼玥将会怎样割麦，因为琼玥住到中兴圩五年多，圩上人从未见过陈家少奶奶下过地。琼玥手握镰刀柄，走下田埂，来到自家麦地，开始割麦。可她割麦时的那种笨拙样子，引逗得围观者捧腹大笑。琼玥装聋作哑，不顾旁人的嘲笑，一小把一小把地割着自家地里的小麦。由于小麦秸秆比较硬，再加上琼玥第一次割麦，不得要领，手劲又小，因此割得很慢。

这时，中兴圩的一个叫邱八的人，贼忒嘻嘻地走到琼玥跟前，说要教琼玥割麦。邱八做了个示范动作后对琼玥说，你照我刚才的样子来做一遍。琼玥学着邱八的样子，如何跨步，左手如何揽麦秆，右手握着的镰刀如何贴地面平拖。琼玥就是手劲小，不能大把割麦子，还是只能几根一割，像在数数一样。邱八说我来手把手地教你。还没等琼玥反应过来，邱八就走到琼玥身后，俯下身，伏在琼玥背上，右手帮琼玥握着镰刀柄，左手捏着琼玥的左手揽麦秆。看到邱八的那种恶心状，围观者都笑了。在笑声中，琼玥的脸臊得通红。她竭力推开邱八，邱八却用右手握住了琼玥高耸挺立的右乳。琼玥站直身子后，转过身，甩手给了邱八两个耳光，然后拿起镰刀，回家去了。

琼玥走后，人们七嘴八舌地说开了。有的说邱八你的一亩半地能否种熟，还要问老天爷呢。有的说邱八你也算是种地的人呀，整天晃荡来晃荡去的不着家，还好意思去教陈家少奶奶割麦，简直是天大的笑话。有的说邱八教人家割麦是不安好心，是为了占人家便宜，欺侮人家没有男人。有的说……你们不要说了，邱八说，我也是刚翻身得解放的穷苦人，占一点反革命分子家属的便宜，犯法吗？一直听说共产党是共产共妻的，哪知道共产党只共产而不共妻。如果能共妻，分给我一个女人，我邱八就彻彻底底完完全全翻身得解放了。我现在只翻身解放了一半。

柏舟是小乡半脱产干部。夏忙开始后，他上午去乡政府上班，下午就不去上班

45

了。有时上午乡里没事，他就在上午十点不到，就提前回家干农活了。那天，当柏舟上午十点多到家拿着镰刀来到麦地时，印大妹准备回家做午饭："舟，刚才一些人在看她的把戏。她刚回家。看样子她是哭着走的。"

"谁欺侮她了？"柏舟问。

"那个落掉魂死不了的邱八。"印大妹说。

天突然阴了下来。

正是吃午饭的辰光，柏舟还没回家，印大妹要大孙女柏艳丽给她父亲送饭去。此时，已吃好饭的琼玥说："婶，我顺便带去吧。看着天阴下来了，我要下地多割些麦子，多抢收一些。"

印大妹说："玥，也好，就由你顺便把饭带给舟吃吧，省得艳丽多跑一趟路。还有啊，你有什么难处，直接开口跟舟说。他能帮定会帮你的。我们同住一个屋檐下，不是一家，也似一家，用不着面嫩客气。"

琼玥说："我记住婶说的话了。"琼玥提着装饭菜的一只小竹篮走往麦田。

琼玥家的地相距柏舟家的地仅相隔两块田。来到田头，见不远处的柏舟正弯着腰埋着头割着麦子，四周又空无一人，阴沉沉的天似乎又很暧昧，使琼玥顿然滋生出一种奔向前去搂住柏舟的那种强烈冲动，不知在多少个难眠之夜，她曾无数次地美丽想象过，但她还是克制住了。她站在田埂上大声喊："舟，吃饭了。我把饭给你带来了。"

柏舟听到是琼玥喊他，就收住镰刀，站起，撸一把汗，然后朝琼玥走来。琼玥把饭菜从小竹篮里端出来，递给柏舟，柏舟接过，就坐在田埂上吃了起来。望着敞着怀坐在田埂上狼吞虎咽吃着饭的柏舟，望着臂膀胸肌发达的柏舟，琼玥终于抑制不住春情激荡，突然变得像喝醉了酒似的，不管不顾地扑倒柏舟："自从看到你第一眼起，你就把我本已死的心给激活了。"柏舟猝不及防，手中的饭碗被甩出老远。两人滚倒在麦田里。田埂边的青草，散发出沁人心脾的清香。柏舟处在大脑短路状态，既被动又热烈地迎合着琼玥的狂吻。被琼玥狂吻着的那种难以言表的奇妙感觉，柏舟第一次尝到，妻子范玉英从未给过他这种感觉。在琼玥生命的强劲张力下，柏舟的生命之帆急剧膨胀，猛然高昂，驾驭着琼玥掀起的汹涌波涛，踏波犁浪，潜入琼玥生命的奥秘深处。

"舟，你让我真正女人了一回。"琼玥幸福地哭了。

天空中已是乌云密布。

十 游民邱八

　　邱八的身世，令人同情。

　　邱八的祖籍是江北扬中。民国十八年春天，他父亲拉着一家四口人讨饭来到宏兴沙。宏兴沙中兴圩上有几家扬中籍邱氏，见邱八父亲流落到宏兴沙，又是同乡同宗，就动了恻隐之心，帮助其落脚在了中兴圩。天有不测风云。落脚中兴圩的第三年，在莳秧时节，因众人抢水灌田而发生了群体性械斗，邱八父亲在械斗中不幸被对方一扁担劈死，但械斗事件却是由邱八父亲挑起的。邱八父亲死后，对方主事的人还不买账，因为对方也死伤惨重，于是就在邱八父亲死后的当年冬的一个黑夜，就串通老沙上的一个陈姓人氏，纠集了一帮人，将邱八母亲抢亲到常州郊区一户农家，把邱八五岁的妹妹抢走后卖给武进芙蓉圩里的一位刘姓家当童养媳。

　　抢亲那天晚上，夜黑风吼。邱八母亲欲反抗，一个男人伸手将她的棉裤腰带的结扯开，再把裤腰带抽走。那时的穷家女人，冬天都穿叠腰棉裤，外面没有罩裤，里面不穿内裤。于是她只得提着裤腰，乖乖地跟着走了。邱八母亲被抢时，中兴圩没人起来干涉，只有一条狗叫了几声。母亲、妹妹被抢走后，七岁的邱八便成了无亲无故无依无靠的孤儿。为了生存，邱八开始乞讨，整天在宏兴沙上转悠。沙上人看他可怜，就从口中抠下一口粥饭给邱八吃，使邱八过着饥一顿饱一顿的日子，但不至于被饿死。

　　邱八的作为，却又令人作呕。

　　如果邱八一直手脚干净地可怜下去，沙上人也许会一直同情可怜他下去。可随着年岁的增大，好吃懒做、又无父母教养的邱八，贼主意就多起来，干起了偷鸡摸狗的勾当。起初，沙上人家以为自家少了一只鸡或鸭，只怀疑是被黄鼠狼叼走的，后来沙上人渐渐发现，邱八手中时常举着鸡大腿，边啃边游荡，像在向沙上人示威似的。于是，沙上人多了一个心眼，暗地里提防起邱八。

在有一年的春二三月的一天黎明时分，邱八窜到礼耕圩，正在偷尤氏家鸡棚里的鸡时，被尤氏逮了个正着。尤氏便把邱八的脏衣服剥光，与两个儿子一起，将邱八五花大绑后，吊在自家门前的一棵枣树上，以示惩戒。礼耕圩上没有一个人出面为邱八说情，到头来，还是回中兴圩小住的陈富泰出面说了情，尤氏才放了邱八。那一年，邱八十五岁。

知道邱八是偷鸡贼后，宏兴沙人个个严防他，碰到他就威吓他。邱八也知道众怒难犯和恶狗还护三村的朴素道理，于是，他眼睛朝外，专偷沙外人家的东西，吃的、穿的、花的，逮到什么偷什么，而且偷技日益娴熟高超，难得失手。

邱八不仅偷物、偷钱，而且偷人。二十岁的邱八，色胆包天地偷了老沙上一户小康人家的一个十六岁的女佣哑巴女，还不止偷了一次，进而把哑巴女的肚子偷大了。那户人家的主人发现哑巴女肚子大起来后，甚是惊骇，逼问她是谁干的，哑巴女怎么也说不清楚。无奈，那家主人只得把孤儿哑巴女草草地嫁了人。

邱八不仅偷，还赌，而且敢跟人家赌命。正因为邱八是一个亡命之徒，所以人家不敢跟他赌命，赌场也不让他进。为了活下去，又不想通过诚实劳动过日子，邱八就想尽办法去饭馆混吃。蓝陵镇上和江阴城里的大小饭馆里，常能见到邱八在饭桌间窜来窜去的身影，也常能看到邱八被人打得鼻青脸肿，嘴边淌血。

邱八偷、赌、混吃等作为，虽为人不齿，却练就了邱八见风使舵、曲意逢迎、有空子就钻、有便宜就贪、下手狠、算计别人且能说会道的独特的生存本领。二十五岁那年夏天，邱八突然经常回中兴圩转转，看看属于他的那两间欲倒不倒的茅草屋，刷刷存在感，让中兴圩的人瞧瞧，他邱八还没死，因为这年夏天，江阴刚解放不久。邱八的母亲被抢走后，他家租种的地就被江阴县教育款产经理委员会收回去了。现在，邱八即使想种地，也无地可种。

土改运动开始后，邱八掐准时间回到中兴圩，把那两间茅草屋胡乱收拾一下后，就作为栖身之处。同时，嗅觉灵敏的邱八，真正意识到共产党要真正大翻天后，就整天跟在土改工作队队员、村农会干部后头，呼三吆四，起劲地义务地帮着做些有关土改工作方面的事，因而深得土改工作队队员的好感。

土改中划分阶级成分时，根据政务院《关于划分农村阶级成分的决定》规定，中农、贫农、雇农的划分，是在农民内部进行，并且采取自报成分、民主评议，再由村农会审议、逐户划定阶级成分的方法。自报阶级成分时，邱八自报的是雇农，因为在宏兴沙，绝大多数农户，几辈子租种的都是县教育款产田，自己没有一寸田地，所以绝大多数人家的阶级成分是雇农。可邱八虽然从小是孤儿，但他没租种过一天地，倒是整天游手好闲，虽不能说是坏事干尽，但也是整天在外游荡，就像"白露里的雨，到一宕坏一宕"，人们都很憎恶他。像邱八这种人，怎么能划定为雇农成分呢？中兴圩的农民就是通不过，尽管有土改工作队队员帮他说话。最终经滨江乡土改工作队多次研究，决定将邱八的阶级成分划定为游民。

政务院颁布施行的《关于划分农村阶级成分的决定》中规定：游民是指在紧靠解放前，工人、农民及其他人民，被反动政府及地主买办资产阶级压迫剥削，因而失去其职业和土地，连续依靠不正当方法为主要生活来源满三年者，习惯上叫作流氓，或叫流氓无产者。所谓依靠不正当方法为主要生活来源，指的是依靠偷窃、抢劫、欺骗、乞食、赌博或卖淫等不正当收入为生。

人民政府对于游民的政策是，争取其群众，反对其中依附反动势力而积极参加反革命的分子。对于普通的游民，人民政府采取的办法是，在农村，分配其一份土地，但须在农村居住，且自己能耕种；在城市及集镇，安排其一份工作，让他们靠劳动收入而生。

根据政策，滨江乡第七行政村农会分给邱八一亩半地。这是滨江乡土改中每人分得土地的标准。

土改结束后，村农会组织虽还存在，但已没有多少事可做。村干部的主要工作，平时调解村民间的矛盾纠纷；征粮工作开始后，就忙于征粮；征兵工作开始后，再忙于征兵。此外，村干部们就各自忙着自家田里的农活，没有多少公务可办，年终时，乡里给村干部们一定的误工补贴就可以了。

见村干部们没有多少公务可办，邱八也就没有跟在村干部后面跑的机会，只得在自家的田头转悠。可邱八游手好闲惯了，又不谙农事，自家田里的庄稼，长得连黄鼠狼蹿过身上也不会沾上露水，收到场的稻麦，与播下去的种子比多不了多少，一亩半田的收成，除上缴国家的公粮外，所剩不多。

一九五一年秋收前的一天，邱八去找村长丁培生，说要把自家的一亩半地便宜地卖给他，丁培生摇着头回绝了。丁培生知道邱八是个剥皮生，谁摊上他谁就会倒上八辈子霉。邱八又先后去找村农会主任印仲平、财粮委员于一圆，也被他们回绝了。"奇了怪了，有便宜的地，还没有人要买？我就不信。"邱八嘴里嘀咕着，又找到第八行政村村长罗桐，说要把自家土改中分到的一亩半地便宜地卖给他，同样被罗桐回绝了。还不死心。邱八想，他们不要我的地，可能是穷，买不起。邱八掰着手指头在排队，排来排去，认为还是琼玥极有可能买他的地，因为她有钱，而且还是女人，容易被哄骗。可一想到琼玥与柏舟同住一个屋檐下，邱八心里就发怵，两

49

腿就发软。在宏兴沙，邱八最怕的人是柏舟，怕柏舟笆斗般大的拳头，怕柏舟腰间的短枪，更怕柏舟的后台靠山、滨江乡指导员沈兴昌和江阴县县长李顺达；最最怕柏舟的是他在外面的大名声：毛主席都知道柏舟，还接见了他，并跟他拍照合了影。

怕归怕，邱八还是硬着头皮，在一个中午去了琼玥家，见柏舟也刚好在家，便吞吞吐吐地说明来意。

柏舟问邱八："为什么地分到你手里半年多就要急着卖？"

邱八说："我种不熟地。"

柏舟接着问："若把地卖了，你以后的日子怎么过？"

邱八说："共产党不会让我邱八这个穷人饿死的。"

柏舟听后皱了下眉头，不再言语了。

琼玥听后没有说什么，从坐着的凳上站起，上了楼，没过一会儿，手里拿了一小沓人民币，走下楼来，对邱八说："都是同一圩上的人，乡里乡亲的，低头不见抬头见，我是决不会贪便宜买你地的。你也老大不小了，要好好种地，好好做人，尽快找个女人成个家。给，这是五十万（人民币旧币，五十万元人民币旧币，相当于币制改革后的五十元。这在当时也是个不小的数目），拿去，把你住的草屋修一修，再添点家具，把家弄得像个家。"

没想到会是这样的结果，在邱八算来，他的一亩半地能卖到三百万元就烧高香了。接过琼玥手中的钱后，邱八也不会说声谢谢，只是心里感到有一种暖流在涌动。"以后，我邱八没脸见你了。"说完，邱八低着头，不敢正视琼玥一眼，像贼似的溜走了。

"玥，你心太善了。"印大妹说。

"姊，细想想，邱八也怪可怜的，从小没爹没娘。"琼玥说。

十一　今夜真好

　　土改后，不经意间，琼玥渐渐成为乡、区政府干部及宏兴沙人注目与议论的人物。注目与议论的重点，首先在于琼玥的衣着打扮：她由原来常穿的旗袍，改穿了列宁装和西裤；头发是齐耳短发，不再是波浪卷发；脚穿的是圆口褡襻布鞋，不再是皮鞋，看上去就像一个女干部。其次是作为大户人家过惯好日子的陈家少奶奶琼玥，居然会自觉地下地劳动，自食其力，而这对于解放妇女、动员妇女参加农业生产劳动，解放和促进农村生产力，具有典型示范作用。当时，在江阴西乡，下地劳动的女人还是不多的。

　　滨江乡、西乡区人民政府中有领导很想树立琼玥这个典型，然而当时的意识形态则不允许，因为琼玥既是反革命分子陈国豪的老婆，又是资本家陈富泰的儿媳妇，属于阶级敌人，作为滨江乡、西乡区人民政府，无论如何是不能树立琼玥作为妇女解放的典型代表的，但在宏兴沙却起着无声的示范作用。要求经济独立的妇女，则以琼玥为榜样，说服丈夫或父亲允许其下地参加农业生产劳动；不愿下地劳动的妇女，丈夫或父亲则要求她们学习琼玥，下地劳动。就这样，宏兴沙凡有劳动能力的妇女，都向琼玥看齐，解放双脚，迈进农田。这是琼玥做梦都没有想到过的。

　　然而人们只看到琼玥之所以下地劳动的表象一面，却没能看到琼玥下地劳动表象后的另一面，那是因为她比一般女人早看到新中国发展的趋势，还因为她为了能跟自己心爱的男人柏舟相匹配。为了这两个原因，琼玥自觉地苦其心智，劳其筋骨，像蛇蜕皮求得新生似的改造自己，自愿把自己改造成为新中国所需要的、柏舟所喜欢的新人。在这自觉的自我改造中，琼玥也因田间的劳作所带给她的一时难以忍受的浑身筋骨痛、手心脚底起了血疱后的锥心的痛而产生过放弃改造自己的念想，但最终还是咬牙坚持了下来。琼玥的这些心思，唯有她自己知道，尽管她迫切地想把埋藏在心底的这些心思倾诉给柏舟听，柏舟却对她若即若离。琼玥为此心里矛盾着，痛苦着，煎熬着。

可琼玥不知道的是，第一次领略了琼玥的旖旎风光后的柏舟，心里已然产生了很大的化学反应，既想天天拥有琼玥，琼玥有能耐让柏舟的激情澎湃到极致，却又怕见到琼玥，他怕陷入琼玥的温柔梦乡中难以自拔。他在心里努力地把琼玥当作阶级敌人，把琼玥主动奉献给自己的作为视作是她使的美人计，进而巴望她能搞一些破坏活动，能说一些反动的话，若是这样，他就可以抓住证据拿捏她，断然地与她结束那种关系。可琼玥从不会搞也从没想过要搞什么破坏活动，反而常说共产党的好话，说共产党治理国家、治理社会的本事要比国民党大好多好多。柏舟抓不到琼玥什么把柄，于是在心里设定一条底线：不主动与琼玥搭话，不单独跟琼玥待在一起，对琼玥不冷不热，以此迫使琼玥知难而退。

琼玥是个要面子的自尊心极强的女人。她在麦地里第一次跟柏舟疯狂后，曾幸福地哭过几个晚上。她虽与陈国豪有夫妻名分，但屈指算算，总和加起来，他们的夫妻生活超不过五十次，并且每次都是不咸不淡，清汤寡水，尽管陈国豪也很卖力，然而由于琼玥心里幽恨陈国豪，心里有障碍，放不开身心，所以也从未有过什么异样的感觉。可她跟柏舟不同。她完全放开，而且是积极主动，渴望已久，心甘情愿，哪怕疯狂一次后即刻死去也在所不惜。她更没想到的是，柏舟竟然那么来事，在麦地里居然狂炸了琼玥两次。柏舟就像汹涌狂野的海浪，一次次地把她推向浪尖，再让她一次次地沉没，又一次次地托起她，进而使她欲罢不能，欲死不能，把她给彻底洗礼了，彻底凤凰涅槃了，让她第一次真切体验到灵肉融合、相互激荡时的那种美妙。事后，琼玥总以为柏舟会有和她一样美妙的感觉，自信柏舟会主动地把已燃起的熊熊生命之火，接着持续燃烧下去的。如果是这样，琼玥就决定跟柏舟挑明：奋不顾身地嫁给她。在琼玥想来，柏舟既有本事让她生理性福，也定有本事让她以后的家常日子过得安宁适意。

可琼玥没想到有了头次与柏舟的对口交流、深入探讨的关系后，柏舟居然换了一副面孔，像变了一个人似的，竟然对琼玥不冷不热，爱理不理。琼玥看不清柏舟的真面目，揣摩不透他的真实心思。抑郁寡欢的琼玥，不忍看到柏舟那张冷脸，在快要莳秧的时候，却带着女儿陈瑛，去了城里母亲那里。她要看看柏舟会否把她家三亩田的秧给莳了。她想考验他。

"她去城里好多天了，怎么还不回来？"有一天晚饭时，印大妹自言自语，"要不，舟，你抽空去一趟城里看看她。"

"我去看什么呀，"柏舟说，"我是她什么人？娘啊，你不要给我添乱，外面已有风声，说我和琼玥已怎么怎么的了。娘，是不是你在外面多话了？"

"娘啊，很想多话。"印大妹说，"可儿子呀，你有什么值得我在外面好多话的？你啊，不要满脑子都是政治原则、阶级斗争什么的，有种你就把她娶了，省得娘瞎操心。我们种地的怕什么？"

柏舟伸出舌头，舔了下自己的双唇，研究似的望住母亲，没接她的话茬。

夏至那天下午三四点钟时，琼玥从城里回来了。刚跨进家门，三岁的柏渡江，就扑向琼玥："奶娘，去哪里了？我找也找不到奶娘。"

"今天，奶娘不是回来了吗？"琼玥高兴地抱起柏渡江，像鸡啄米似的，亲着柏渡江的脸，把他亲得痴笑不止。放下，琼玥从手提袋里拿出一只圆的小铁盒子，里面装有半斤白兔牌粒粒奶糖，乡下人是很少见到的，不要说是吃了。"渡江，这是奶娘给你的糖。"琼玥打开漂亮的铁盒盖子，取出一粒，将糖纸头剥去，再把糖块塞进柏渡江的嘴里，"甜吗？"

"奶娘，真甜。"柏渡江捧着糖盒子跑进印大妹的房里，"奶奶，吃糖，奶娘送给我的。"

印大妹走出房间。"回来啦，"印大妹开心地说，"渡江念叨你好多天了，说奶娘怎么还不回来。"

"早想回来，可又不想回来。"琼玥叹一口气，"夏至了，也该回来看看，不知田里的秧莳好了没有？"

"放心，舟请人第一个莳你家田里的秧，已活棵了。"琼玥听印大妹这么说，心里很是欣慰。

"玥，你的脸色怎么这么难看？是否病了？"印大妹关心地问。

"晚上老是睡不好觉。"琼玥说，"婶，我有点累，上楼去了。对了，婶，舟回来，跟他说一声，我已回家了。"

吃晚饭时，印大妹说："舟，上去叫她下来吃晚饭。知道她没做，我就多做了她的一份，还特地为她烧了一碗水焖鸡蛋。"

"我去叫她？"柏舟端起饭碗就吃。

土改后分了地，除按规定卖给国家公粮和余粮外，还有不少剩余粮食，柏舟一家温饱基本解决了。今晚，印大妹特地烧了米饭。

"她对渡江比亲娘还亲。你心里要有数，不要辜负人家。"印大妹说，"快去叫她。"

柏舟上楼去叫了。几分钟后，他就下来了。

"人呢？"印大妹问。

"她说她不饿。"柏舟生硬地说。

正因为柏舟站在琼玥的房门口说话生硬，躺在床上的琼玥听了心里不温暖，就赌气不下来吃晚饭。

"我去叫奶娘。"说着，柏渡江就奔到楼上去叫琼玥。

"还不如你儿子。"印大妹说。

"奶娘，奶娘，下去饭饭吧。"柏渡江跪在床前，甜甜地说。

"你阿爹让你来叫奶娘的？"琼玥问。

"不是，是我自己想到的，就上来了。"柏渡江说。

琼玥侧转身，搂住柏渡江的头，流泪了："江儿，还是你对奶娘好。"

"奶娘，我会一直一直对你好的。"柏渡江童声稚气地说。

"江儿，下去跟你阿爹说，让他把饭菜端上楼来给奶娘吃。"琼玥说。

"嗯。"柏渡江下楼传达琼玥的指令。

印大妹心里在笑着。

柏舟无奈地端着饭菜上楼。

柏渡江也要跟着上去，被印大妹拉住了："大人的事，不好让小孩看到的。"

"吃吧，不要饿坏了。"同住一屋半年多来，柏舟还是第一次走进琼玥的房间。

见柏舟放下饭菜后就要走，琼玥说："你不陪我，这饭我吃不下去。"

犹豫踌躇一番后，柏舟终于坐到一张小圆凳上。琼玥也不拘小节，故意穿着躺在篾席上的衣衫：下身穿一条花布短裤，上身着一件白色的府绸面料的圆领衫。因那时没有胸罩，琼玥的两只没有束缚、自由奔放且坚挺的丰乳，突兀且骄傲地耸立在胸前，要命地逼迫着柏舟，让他甚是不安。

琼玥也已有一些时日不跟柏舟同堂吃饭了。自土改后再与柏舟同住一楼的半年多中，在楼下的中堂里，放着一张红木八仙桌，那是琼玥和女儿用餐时坐的；同时放着一张简易杂木方桌，那是柏舟一家人坐的。琼玥经济宽裕，每天中午无荤不吃饭，做中饭时总要做两份荤菜，一份给柏舟家吃。琼玥的这种善意，反而使得印大妹母子很不自然，极为尴尬。有一天，印大妹转告琼玥，说了柏舟的想法，认为琼玥那样做是在显摆，是在施舍，他难以忍受。听后，默想一会儿，琼玥说："理解舟。这样吧，我把我的那张饭桌搬到楼下东间屋里去吧，反正那屋空着。"自此后，楼下的中堂里就剩下柏舟家一张饭桌，吃饭时，也就少了些许尴尬。琼玥只是时不时地把柏渡江叫过去，让他和她女儿一起吃饭。琼玥这样做，柏舟心里虽有不能说出来的想法，但也只得由琼玥去了。

琼玥已有一段时间吃不香，寝不安。现在有柏舟坐在一旁陪着吃饭，她食欲极好，很快地吃下一碗饭。"婶做的饭菜，就是香，好吃，很想天天顿顿吃她做的饭菜。"琼玥话中有话地说。

柏舟站起收拾碗筷。

琼玥说："洗好浴后，再到我房里来陪我。"

柏舟没接琼玥的话，只是端着空碗下楼了。

天下起了雨，不大不小，不急不慢。

琼玥沐浴后，在身上扑了些香粉，就仰躺在红木大床上的凉席上，手中摇着扇子，耐心又焦急地等着柏舟的莅临。晚上八点过后，听到了熟悉的脚步声，琼玥紧张，激动，身体开始微微颤抖，喉咙口感到在冒烟。房门开了。柏舟穿着短裤，赤膊，穿着一双用蒲草打的拖鞋，走路时发出的声响很小，走近红木大床。躺到床上，掖好蚊帐，两人没有言语，唯有手、嘴的探索与交流，当水到渠成时，两个饥渴的灵魂，冲决了尘世间的一切羁绊……床门柱上那两只用来钩挂白纱帐的铜吊钩，随着床的晃动节奏，像要挣扎掉枷锁获得自由似的，忘情地肆无忌惮地荡着秋千，足足荡了半个多时辰，荡吃力了才渐渐停止摆动，还喘着大气。

"你还是要我了。"

"我没出息……过不了你的关。"

那晚，琼玥说了一个世纪的话。她说了自己不幸的婚姻，说她心里的痛苦与煎熬，说她如何用读书来稀释她心中不幸福的块垒；更说她会积极支持柏舟的工作，会认真地改造自己；当然也说了她对柏舟的无限渴望。柏舟口头说得很少，多的是慰藉琼玥的肢体语言。

整个晚上，两堆干柴燃烧着的火焰从未熄灭，燃烧了一波又一波，直燃烧到东方升起旭日，尽显云蒸霞蔚、气象万千的意境。

琼玥的头发像从水里捞出来似的，湿漉漉："我从未这么美过。"

柏舟下巴尖上的汗珠，有节奏地下滴在琼玥的酥胸上："玥，今夜，真好。"

"好吗？"琼玥笑了，"说出来听听，怎么好法。"

"说不出来。"柏舟说。

"过几天，我告诉你说不出来的好。"琼玥说，"我要好死你。"

两人没有枕畔山盟，衾中海誓，唯有琼玥的莺声燕语，柏舟的倒海翻江。

55

十二 求教校长

柏舟又不近琼玥的身了，弄得琼玥哭笑不得。琼玥不明白，两人演绎故事时，柏舟是那么热烈，无故事时，却是那么冰冷，判若两人，似乎发生了什么事故。

一天早晨，在后门外头，柏舟面向北，左手叉腰，右手的食指与中指夹着香烟，悠然地抽着。琼玥好不容易逮着与柏舟独处的机会。

"有事有人，无事无人。"琼玥说。

"难听。"柏舟说。

"你可以说好听的给我听听呀。"琼玥说。

"会有那么一天的。"柏舟要进屋。

"给你。"琼玥将折叠好的纸条塞给柏舟。

"什么东西？"柏舟问。

"你说不出来的好。"琼玥说。

柏舟开始心神不宁，紧张上楼，来到他的房间，关好房门，站在窗前，小心地展开琼玥给他的折叠好的纸条。纸条上写有一段文字，是用钢笔写在道林纸上的，字很美，就像琼玥长得美一样。柏舟倒过来看，再正过来看，就是看不太懂纸条上写的是什么意思，虽然柏舟认识纸条上的大多数字。

"哼，你在欺我识字不多，故意为难我。"柏舟心里说，"看我怎么修理你，玥。"柏舟嘴边展现出些许笑意。

柏舟上班时多转了一段路，先来到宏兴小学，找到校长宋俊儒。

"柏副乡长，怎么有空来学校？"宋俊儒问。

"求教宋校长一点小事。"柏舟说。

宋俊儒把柏舟带到自己宿舍，坐到铺上后说："说吧，什么事？"

柏舟从裤袋里掏出那张折叠着的纸条，宋俊儒接过，展开，一看，笑了。

"上面写的是什么？"柏舟问。

"好事。"宋俊儒说。

"告诉我，是什么好事？"柏舟问。

"可以，不过不是现在，我马上要上课，没时间跟你多说。"宋俊儒说，"晚上来学校，带瓶酒来，最好再带点下酒菜来，到时，我好好跟你说道说道。"

"宋校长，真是的，你想把我急死啊。"柏舟离开了学校。

小乡干部大都是半脱产干部，一般是上午上班，处理些公务，下午若没特殊情况，就不上班了，大多在自家地里干活。这天，柏舟回家吃过午饭，午休一小时后，就掮了一把钉耙转田头去了，看看自家和琼玥家的稻田里要不要放进点水，或是放出点水。水浆管理是水稻生长过程中必须抓好的重要环节。

转完田头回到家，切好山芋藤，早早喂好猪，跟印大妹说声"我不在家吃晚饭"后，柏舟就走出家门，来到蓝陵街上一家沽酒店，买了一斤用小麦自酿的土烧酒，再买了些猪头肉、烂化蚕豆等下酒菜，来到宏兴小学时已近傍晚。快要放暑假，校园很安静。宏兴小学仍是初小，不过不再是复式班，现在是四个年级四个班，是单轨制，有五个老师，三男两女。宋俊儒是外地老师，常住校。其他四位老师都是地方上人，只在学校用午餐，下班后都已回家了。

在宋俊儒宿舍，两人坐在一张旧课桌前，面对面喝起酒。两人喝掉半斤左右烧酒后，宋俊儒便从枕头席下取出柏舟让他看的那张纸条。"柏副乡长，我先读给你听听。"宋俊儒读了起来：

　　　　玉炉冰簟鸳鸯锦，粉融香汗流出枕。帘外辘轳声，敛眉含笑惊。　　　　柳阴轻漠漠，低鬓蝉钗落。须作一生拼，尽君今日欢。

"什么乱七八糟的，我听不懂。"喝下一口酒后柏舟说。

"告诉我，这张纸条是谁给你的？"宋俊儒问。

"这，这……我能不说吗？"柏舟顿然觉得内急。

"你不告诉我，我怎么能给你讲纸条上写的是什么东西呢？"宋俊儒说。

"唉——"柏舟坦白，"琼玥。"

"这就对了。"宋俊儒说，"告诉我，你们在一起时的情景。"

"那种事，怎么能随便启齿告诉外人？"柏舟说。

"我，是你的外人？"宋俊儒把酒碗往桌上一放，"你这么说，这酒我喝不下去了。"

宋俊儒与柏舟关系不一般。两人既是师生关系，宋俊儒又是柏舟当年跟随李顺达干革命的中介人。解放后，又因宋俊儒与李顺达是师范同学这层关系，两人也走得比较近，在一起时两人也谈得来。见宋俊儒生气，柏舟赶忙站起，端着酒碗敬宋俊儒酒，给他赔不是，并说："宋校长，今晚就我们俩，我也不怕难为情。我把夏至那夜的事都跟你说了吧……"

"她是个尤物，"宋俊儒听完，呷一口酒后感慨，"更是个难得的好女人。柏副乡长，纸条上说的就是你们在那天夜里做的事。"

"真的？"柏舟说，"她真会写，也真懂啊。"

"她是抄录了牛峤的一首词。这首词的内容就是你俩欢愉时的真实写照。"宋俊儒说。

"牛峤是什么人呀。"柏舟说，"男的，还是女的？"

"男的。唐末五代有名的词人。这首词的名字叫《菩萨蛮》，是一首写枕边情事的艳情词。"宋俊儒说。

柏舟听得云里雾里，似懂非懂。他感慨文化人就是深奥。

"既然如此了，"宋俊儒说，"你们何不公开地把婚事办了？"

"她究竟是什么心思，我还捉摸不透。我们在一起时，她从未说过我们的未来。"柏舟说，"再说，她仍是陈国豪的女人，是一个有夫之妇。所以我和她的事，非同一般。"

宋俊儒敏感地就此打住，换了个话题："柏副乡长，我能问你一个问题吗？"

"什么问题都好问。"柏舟喝一口酒后说。

"柏舟这个名字，谁给你起的？"宋俊儒嚼着猪头肉问。

"怎么啦？"柏舟问。

"有深意。"宋俊儒说。

柏舟望住脸色潮红、一脸严肃的宋俊儒，说："听我娘说，是我寄爹、后来成为我师父与老丈人的朱裁缝给我改的这个名字。我师父小时候曾读过几年私塾。遗憾的是，他未能看到江阴解放就已病故。我也未能给他守灵送终。我亏欠他很多。"

"我的理解，你师父给你改柏舟这个名字，或许因为你姓柏，或许因为你三岁失去父亲，五岁跟随你母亲，像浮萍似的，一路由泰兴讨饭到宏兴沙，你就似江河中的一叶小舟，经受了很多大风大浪的吹打，经历了很多艰难危险的锤炼。因此你师父给你改柏舟这个名字，可能还寓意你这辈子将不会一帆风顺，以后还将经历我们现在预料不到的坎坷曲折，甚或还将有性命之虞。"宋俊儒说。

"宋校长，你不要吓我啊。"柏舟说，"我的命运真的就像你刚才说的那样？"

"我也不是吓唬你。"宋俊儒说，"我仅是一种预言。柏舟啊，"宋俊儒改换称呼，"由你的名字，让我想到《诗经》中的《柏舟》这首诗。"宋俊儒喝一口酒后，就从坐着的床铺上站起，清一下嗓子后，开始抑扬顿挫、摇头晃脑地背诵起《柏舟》：

泛彼柏舟，亦泛其流。

耿耿不寐，如有隐忧。

微我无酒，以敖以游。

我心匪鉴，不可以茹。

亦有兄弟，不可以据。

薄言往愬，逢彼之怒。

我心匪石，不可转也。

我心匪席，不可卷也。

威仪棣棣，不可选也。

忧心悄悄，愠于群小。

觏闵既多，受侮不少。

静言思之，寤辟有摽？

日居月诸，胡迭而微。

心之忧矣，如匪澣衣。

静言思之，不能奋飞。

宋俊儒背诵完《柏舟》，柏舟看到，宋俊儒满脸泪水。

"宋校长，你怎么啦？"柏舟惊愕地问。

"诗言志呀！"宋俊儒端起酒碗，喝了一大口酒后又坐下，转过身，又从枕头席下拿出折叠好的纸条，递给柏舟："我把刚才背诵的诗，已用毛笔抄录在这张纸上了。你可以把它交给琼玥。"

柏舟庄重接过，塞进裤袋后，又给宋俊儒和自己碗里斟了一点酒后说："宋校长，你刚才背的《柏舟》的诗，是什么意思呀？"

"琼玥如能读懂，自会跟你说些什么。她如读不懂，也必会来找我。"宋俊儒说。

"你们读书人，就是心思多，有话不给你一次说完，非要说一半留一半，还要转弯抹角，真有点受不了。"柏舟说。

"但你会受得了琼玥。不，你这辈子将会离不开她。"宋俊儒说，"柏舟，你今天不来找我，过两天我也要去找你的。我现在要给你说个正事：根据学校对学生生源摸底，暑假后宏兴小学要扩班，急需教师。我已向沈兴昌汇报了这个问题，并推荐了琼玥。他当时没表态。"

"上级会同意吗？"柏舟问。

"我已想好了，一放暑假，我就专门去跑这个事。"宋俊儒说。

"这是好事，"柏舟说，"可我不便为她出面去说情啊。"

"不用你出面，"宋俊儒大喝一口酒后说，"我会直接去找顺达老同学的。"

一放暑假，宋俊儒就去县里找了李顺达。听明来意后，李顺达问："俊儒，你对那个叫琼玥的，了解多少？"

"不能说完全了解，但可以说大致了解。"宋俊儒说，"就拿穿着来说，她很快向革命干部看齐，穿列宁装和西裤，皮鞋换成布鞋，卷头发换成齐耳短发，不再描眉涂口红，不再佩戴任何首饰，紧跟新中国前进的步伐，这是其一。其二，她能勇敢地与她所在的反动阶级划清界限，自觉地改造自己，靠劳动养活自己，走在了妇女解放的前头。其三，她平时言论进步，乐于助人，连沙上的游民邱八都说她人好，善良，不看轻穷人。其四，她帮了柏舟非常大的忙，这你是知道的。你不知道的是，他们两人已真正好上了……其五，宏兴小学原本就是她公公陈富泰一手创办的。她既有文化，学校又缺教师，由她去我们学校当老师，也是合乎情理的。这件事，我已给滨江乡沈兴昌指导员汇报过了。"

"俊儒老同学，你了解到的情况还不少嘛。"李顺达说，"我会找有关部门领导商量你说的事的。"宋俊儒刚走，李顺达就拿起电话，跟沈兴昌通了话："柏舟跟那个叫琼玥的女人搞在一起的事，你知情吗？"

"不知情，但听到一些传闻，"沈兴昌说，"真有那种事？"

"确定无疑。"李顺达说，"你找他严肃地谈一次话，表明组织的态度。他们绝不能搞在一起，更不允许他们结婚。这会毁掉柏舟一生的。"

"明白，"沈兴昌说，"不过，柏舟要是听不进我的话呢？"

"给他画定一条红线：坚决不允许他们结婚。这是组织纪律。我们都是柏舟的老战友，决不能看着他犯错误而不闻不问。我们要对他负责。"李顺达说，"还有，关于你们乡里暑假后学校扩班需招收教师的事，你们乡政府赶快打报告上来，特别要考虑那个叫琼玥的。"

"我懂。"沈兴昌说。

"希望你真的懂。"李顺达说。

半个月后，已是滨江乡党支部书记的沈兴昌，代表组织找柏舟进行了一次严肃的谈话，他严厉地批评柏舟阶级立场不稳，被阶级敌人的美人计给俘虏了，革命的坚定性弱化了。柏舟听了心里不服，就与沈兴昌争辩起来，说琼玥使的不是美人计，对他是真心实意的；说琼玥没有拖他工作后腿，反而鼓励他积极工作，为党和人民多做事；强调自己并未丧失阶级立场，革命的坚定性非但没有弱化，反而更坚定，工作更积极。这是大家有目共睹的。

沈兴昌与柏舟是老战友，了解他的脾气，也知道他唯听李顺达的话，于是把李顺达搬了出来。"我现在传达李县长的指示，"沈兴昌说，"柏舟同志与那个叫琼玥的女人同居，只是严重的生活作风问题；如果结婚，就是犯了重婚罪。"

"李县长真的这么说的？"柏舟问，"你们怎么都知道我们已经在一起了？"

"不信？你可以直接去找李县长。"沈兴昌心里不满地说，"若要人不知，除非己莫为。李县长知情着呢，比我都知道得多，而且还具体详细。"

"我，我听组织的，听李县长的。"柏舟表态说，"我决不会与她在一只锅里吃饭的。"

沈兴昌高兴地握住柏舟的手："这才是知错就改的好同志。"

暑假期间，琼玥参加了由江阴县文教局举办的新招录的小学代课教师培训班，开学前去宏兴小学报了到，被安排教一年级语文、算术。

滨江乡很少有人会想到琼玥能当上宏兴小学的老师。

沈兴昌这样跟干部群众解释："琼玥是陈富泰儿媳，而陈富泰曾为革命做出过贡献。组织上批准琼玥当老师，说明组织不会忘记曾为革命做过贡献的人的。"

十三　临危受命

　　宏兴沙两个行政村的农业合作化运动老是停滞不前，周边地区已普遍进入农业初级社，有的地方已在试办农业高级社了，可宏兴沙还徘徊在常年互助组阶段。滨江乡政府曾派干部到宏兴沙蹲点促进，但效果不彰。

　　一天上午，沈兴昌找柏舟谈话，问："宏兴沙人为何不思进取？"

　　"我说不上来。"柏舟说，"我也先后找过丁培生、罗桐他们。他们都认为常年互助组蛮好的，合得来的七八户人家，农忙时合起来一道干活，农闲时各顾自家地里的活，没必要办初级社，还可以少掉不必要的矛盾纠纷。"

　　其实，宏兴沙人，老岸上人叫他们为"沙包头"，即沙民，与其他地区的农民相比较，还是有所区别的，其中最大的区别，就在于沙民大都安于现状，只求过得去，不求过得好。这是有历史原因的。

　　宏兴沙刚开发时，沙民们为了争夺生存资源，拼命好斗，血性十足，但随着生活的逐渐安定，文化的礼陶乐化，使其暴戾之气逐渐被消磨，因而变得保守起来。同时沙民们性格直率，思考问题简单，只知道种好自己的一亩三分地，不愿离开故土外出谋生，也拒绝接受新事物，所以三四百年来，宏兴沙的发展远没有老沙上发展得快。江阴地方志中曾有这样的记载，宏兴沙上的"土著之户，既无仕宦，四民也不知越境谋食"。因此，当地流传着这么一句话："穷奔沙滩富奔城。"

　　说到底，宏兴沙人循旧保守，是由其沙民文化底色决定的。从地理位置看，宏兴沙属苏南地区，方言本该属于吴语系，但其沙民的先辈绝大多数来自江北的扬中、泰兴等地，其方言属于江淮语系，俗称江北话。除方言不同外，他们的生活习俗与老沙上及周边地区比，也有不少不同之处。比如在节俗上，每年的春节、清明、七月半，江阴人祭祀祖先大都是在接近节气的前几天择日进行，而宏兴沙人必须是当日祭祀。还比如在丧俗上，江阴大都是以三天为期，叫作搁三朝，一到第三天，即把死者埋葬，入土为安；而宏兴沙人则一定要请阴阳先生看日子，确定死者在家停放的时间，长的要十天半个月。再比如婚俗中的回门，宏兴沙的新娘子回门，必须重走迎亲时走的路线，不走其他路径。在他们看来，走同一条路线，寓意一生同心同德。

宏兴沙有一座庙，庙里供奉的不是菩萨，而是关羽，被称为关帝庙。由于宏兴沙的沙民先辈，身在异乡，他们的雇主是陌生人，合作伙伴也是陌生人，因而用什么来建立彼此间的信任？用什么来化解彼此间的矛盾？他们需要一个有公信力的人或神为他们主持公平公道。这是一方面。另一方面，他们离开家族，只身闯荡，常常要面对自然灾害、疾病、偷盗、欺凌等情况，每每会处于一种无助的时候，进而他们需要有一个保护神。作为忠勇、仁义化身的关公，就成了他们的不二选择。土改后其他地方寺庙里的菩萨大多被砸烂，庙宇用于办学校，但宏兴沙关帝庙里的关帝塑像保存完好，没有人想到要毁掉它，更没有人敢毁掉它。

宏兴沙形成后，不断有垦荒的移民涌入，至清朝同治、光绪时期，以扬中、泰兴等地为主体的移民成了这里的绝对主体，他们有着相同的方言、相同的生活习俗。他们在这里生息繁衍，足不出沙，但又受到吴文化的深刻影响，进而逐渐形成了既有别于吴文化又有别于江淮文化的宏兴沙文化。

"我跟西乡区委江书记汇报过了几次，我们认为，宏兴沙农业合作化运动之所以推不动，根本原因是缺乏一个有威望和强势的领头人。柏舟同志，"已改任滨江乡党总支书记的沈兴昌说，"我已跟江书记商定，并请示李县长同意，决定派你回宏兴沙，打开宏兴沙农业合作化运动新局面。"

"……我能不回宏兴沙吗？"柏舟犹豫着说，"宏兴沙人蛮难弄的，事情也蛮难办的。"

"正因为难，党才派你回宏兴沙。你没有退路，我也不给你留后路，但我会全力支持你工作。你不要辜负党对你的期望，不要辜负上级领导对你的信任。"

"既然上级领导这么信任我，我一定不辜负沈书记的期望，坚决服从组织决定，回宏兴沙把初级社搞起来。"柏舟说。

柏舟是以第七、第八行政村联合党支部书记的身份回到宏兴沙主持工作的。

琼玥知道柏舟从乡里回沙上工作后，心里想柏舟不感到吃亏吗？当时，小乡半脱产干部每月补助十七点五元，全脱产干部月薪为三十三元。每个小乡仅有指导员（书记）、乡长两人是全脱产干部。柏舟担任宏兴沙书记后，还能不能享受半脱产干部待遇？她要听听柏舟的想法。

一天晚饭后，琼玥暗示柏舟出后门，柏舟坐着没动。琼玥假咳两声后先出了后门，在后门外约莫等了一支烟的工夫，柏舟才开了后门出来。

　　"有话在屋里说不好吗？"柏舟问。

　　"不方便，"琼玥说，"氛围不好。"

　　两人沿着一条圩上人天天走的通往江堤的田埂向北走去。

　　"舟，问你一个问题。"琼玥说，"在乡里，你虽是半脱产干部，但毕竟是乡干部，每月还有半个月的薪水。如今你回沙上了，还会有半个月薪水吗？"

　　"不知道，"柏舟说，"但我知道，上级组织不会让我饿着肚皮干革命工作的。再说，解放前我革命，非但没有半分薪水，我的裁缝铺所赚的每分钱，都用于了革命，更不用说每天还要把脑袋别在裤腰带上。我不懂什么大道理，也不会计算什么，只知道听党话，跟党走。今天，党要我回宏兴沙把初级社搞起来，我就一定要把它搞起来。其他问题不是我想的。"

　　琼玥当上教师后，有机会接触一些共产党的基层干部。这些干部给琼玥的印象是似乎不食人间烟火，为了党的工作，他们很少考虑个人得失、利益。她心里由衷敬佩，但也有点想不通，共产党人为何会这般大公无私？今天听了柏舟的一番话后，她找到了答案。

　　"舟，你给我上了一课。"琼玥说，"你想怎么干就怎么干。我不会拖你后腿。舟，近来，上头抓教师的政治学习抓得很紧。宋校长在一次政治学习会上说的一席话，很深刻，让我醍醐灌顶——'党在过渡时期的总路线的核心即一化三改造的内在要求，就是要对包括知识分子在内的旧职员、旧教员，无论是医生、会计、机关干部、教师实行思想改造，通过改造，使其成为合格的全民干部'。我是从旧社会过来的人，我一定自觉地加强学习，刻苦地改造思想，争取做一个合格的符合新中国要求的教师。"

　　"玥，你能这样想，我很高兴。"柏舟说，"听宋校长说，你课上得不错。"

　　"那是宋校长抬举我。"琼玥说，"我没有骄傲的本钱，只有努力，努力，再努力。舟，我能问你一个问题吗？"

　　"尽管问。"柏舟说。

　　"你是哪一年参加革命的？"琼玥问。

　　"玥，今天，你怎会想到问我这个问题？"柏舟说。

　　"我要深入了解你。"琼玥说。

　　"一九四〇年冬吧。"柏舟说。

春光横空

"你为什么会跟着李县长干革命的？"琼玥问。

"我娘也问过我这个问题。"柏舟说，"李县长是一个值得我追随的人。"

"你当年干革命的最初动机是什么？"琼玥问。

"要为我娘争气，出气。"柏舟说。

"怎么讲？"琼玥问。

"我娘、我常被人欺侮。我当初干革命，就是想着有一天能拿着枪，带着我的兵，回到宏兴沙，将欺侮我娘、欺侮我的人毙了，为我娘出口气。"柏舟说，"后来，在李县长的不断教导下，通过学习毛主席著作和革命理论，我才真正懂得革命的道理：革命的目的不是为了报家仇、私仇，而是为了救中国，救民族，是为人民谋幸福。"

"我要向你学习。"琼玥说，"学习你的革命坚定性。舟，我在一九四三年秋，也秘密地参加了我们学校的青年抗日协会。我们学习毛主席的《论持久战》，我们深夜在大街上张贴抗日标语，我们在人群中散发抗日传单。可后来，在陈富泰的威胁下，我害怕了，退出了青年抗日协会。如果那时我听了同学童丽娟的话，勇敢地逃出家门，跟她去苏北，我现在恐怕也是共产党的干部了。"

"你有这样的经历？"柏舟兴奋地说，"怪不得你能紧跟形势呢。"

"说来惭愧。"琼玥说，"我就是小资产阶级一个，缺乏革命的坚定性。舟，你现在是沙上的党支部书记，就是沙上的共产党。我一定听你话，跟你走，彻底改造自己的非无产阶级的思想，积极工作，不断进步，努力地配得上你。"

"玥，我懂你的心思。"柏舟说。

"我知道你的处境，宋校长已提醒过我。舟，我不会逼你跟我结婚的，我也不图你给不给我什么名分，更不在乎别人说我什么闲话，只要你真心喜欢我，我对你决不会三心二意。"琼玥说。

两人漫步在江堤上。仲秋的晚上，还是一个暗星夜。江面上一片漆黑，唯听得江浪拥吻沙滩时的咂嘴声，亲昵，柔和，深情。

柏舟搂住琼玥："我会对你好的，玥。"

"我信。"琼玥偎依在柏舟胸前，"舟，说句难为情话，也是大实话，我离不开你。可是……"

"可是什么？"柏舟问。

"我是个有夫之妇，尽管名存实亡。还有，我还拗不过我公公。"琼玥说，"舟，我知道，你在这方面的顾虑也很大。"

琼玥的公公陈富泰，在资本主义工商业的社会主义改造中，率先实行公私合营，起到示范带头作用，促进了江阴的工商业改造，经县各界人民代表大会选举，作为资方代表，他当选为江阴县人民政府副县长。陈富泰听到琼玥与柏舟有那种关系的传闻后，就让人捎口信，叫琼玥去一趟城里。在一个星期天，琼玥和女儿一起去了母亲那里。

　　陈富泰委婉地提起有关琼玥与柏舟的一些传闻，本想听到儿媳的矢口否认，哪知琼玥坦然承认，还故意说她正准备着与柏舟结婚的事宜。她想看看公公的反应和态度。素来沉稳有涵养的陈富泰，听了儿媳的话，竟然失态地将手中用了二十多年的一只宜兴紫砂茶壶，猛地摔在地坪砖上，碎了一地，并吼道："你休想。我儿子还没死，你就要嫁人，你让我这张老脸往哪儿搁？"

　　琼玥不买账，也失态地说："你有本事，就让你那个反革命分子的儿子从香港滚回来，我就不嫁人。"

　　"放肆，没教养。"陈富泰说，"作为儿媳，有你这样跟公公说话的吗？告诉你，只要你不结婚，只要你名义上还是我陈家的儿媳妇，任由你暗地里搞男人，我不干涉。你若给我这个面子，我就始终认你这个儿媳妇，也会在经济上满足你，否则，我一个铜板也不给你，而且我哪怕不当这个副县长，也要把你搞得出门见不得人。不信，你不妨试试。"

　　"你威胁我？"琼玥反击，"我不在乎你的钱。我有工资，能养活自己和女儿。再说，现在是新中国，讲婚姻自由，其中就有离婚自由。我的婚姻我做主。我一定争取离婚成功。我有追求幸福的权利。"

　　陈富泰冷笑："只要你还没有跟国豪离婚，你就是有夫之妇。你若结婚，我就告你们重婚罪。"

　　陈富泰的话提醒了琼玥。琼玥缄口不语了。她决定离婚成功后，再谈论她和柏舟的婚事。见女儿不说话，母亲吉虹又苦劝起琼玥，琼玥表面上妥协了。见琼玥妥协退让，陈富泰也顺杆而下，口吻变得温和了。"孩子，"陈富泰有些伤感地对琼玥说，"我是一个为面子而活着的人。我已失去儿子，如果再没有儿媳，没有后代，陈家的血脉不就彻底断了吗？我活着还有什么意思？还有什么念想？你就可怜一下我这个即将进棺材的老人吧。"陈富泰说得老泪纵横，呜呜哽咽。

　　从未看到丈夫这样无助、悲苦的花氏，被吓得脸色惨白，双手颤抖，嘴里说不出一句完整的话来。花氏与陈富泰结婚近五十年来，第一次看到丈夫这么脆弱，心里顿然生长出一种特别的怕来。"老爷，你千万不能哭坏了身子。你若是有个三长两短，我怎么活呀？"花氏搂住陈富泰号啕大哭。

"哭丧呢，"陈富泰又霸道起来，"就是你死了，我也死不了。快去给我泡杯茶来，我口干了。"

吉虹抢在花氏的前头，用一只紫砂茶杯泡了茶，递到陈富泰手中。

喝一口茶后，陈富泰对琼玥说："孩子，爹说的话，你仔细思量思量。"

与公公正面交锋后，琼玥确实好好想了，想的结果：只有与陈国豪离了婚，才有资格跟柏舟谈他俩结婚的事。

"我要通过法律途径解除我的婚姻。"琼玥对柏舟说。

十四 如此村情

柏舟回到宏兴沙后，先花四天时间跑遍沙上八个圩，每天跑两个圩，每到一个圩，就挨户摸底做笔记：每户有几人，劳力有几人；种几亩地，收成多少；住几间屋，是瓦屋，还是草屋；一年收入多少，出账多少。四天走下来，柏舟对宏兴沙两个行政村的基本情况了然于胸。第五天下午，柏舟在关帝庙主持召开党员、村干部、常年互助组组长会议。柏舟翻开笔记本说道："我回来后，用了四天时间，摸了摸沙上的情况。我们沙总共有一千二百一十一人，劳动力五百三十六人，种着近两千亩地，还有近千亩蒲草地、芦苇地、湿地有待平整开发；一年两熟的收成，亩产不过四百斤；大约百分之六十的人家住的是草屋，百分之四十的人家住的是冷摊瓦房；年人均收入不足五十元。这就是我们宏兴沙的家底，或叫村情。这家底、这村情说明什么？说明了我们宏兴沙穷，穷到大多数人没裤子穿。如何改变这种破败穷困的现状？我认为，只有走符合社会主义方向的农业合作化道路。今天开这个会，就是要大家议议如何尽快办起农业初级社。"

与会者只顾埋头抽烟，闷声不响，柏舟急了，就口出粗话："是哑巴了，还是嘴里生了疮，怎么就放不出一个屁来？"还是没人开口。这时，第八行政村村长罗桐，咬了下柏舟耳朵，柏舟听着不停地点头。罗桐耳语完，柏舟宣布散会。

柏舟听从罗桐建议，在两天后的下午，组织宏兴沙的党员、村干部和常年互助组组长，到于门乡第三行政村的红星初级社学习取经。大家听了红星社刘社长创办初级社的经验介绍后，很受启发，但疑问亦不少，担心则更多。在座谈交流时，有的问刘社长："初级社以后的发展方向是什么？"有的问："在初级社里一起劳动，田多劳力少的人家不是占便宜了吗？"还有的问："劳力多田地少的人家不是要吃亏了吗？"

刘社长笑笑说："你们说的这些情况，我们在办社过程中都碰到过。我们的解决办法，一是加强对社员进行党的总路线教育，提高社员的思想觉悟；二是采用平衡法，到年终时给予劳力多的人家以适当的补助，或以粮食相抵，或用现钞支付。关键是作为社长，为人要公道，做事要有原则，不偏向某部分社员，一碗水端平，不能有私心。"

接着，刘社长又向大家介绍了他们正在试办高级社的情况。刘社长说："到了高级社，每户人家的田地都要归高级社所有，农户家的大中型农具也要折价给高级社，在高级社里就不会再有你的我的问题，都是大家的了。所以，你们刚才提到的一些问题，到了高级社就不存在了。到了高级社，社员们统一劳动，靠挣工分吃饭，多劳多得，少劳少得，不劳不得，按劳分配。"最后，刘社长总结性地说，"无论是办初级社，还是办高级社，关键要靠党员干部带头引领。"

从红星社学习取经回来后，柏舟到永丰圩亲自抓初级社的创办工作。他走门串户，先来到奚炳度家听取意见。奚炳度是一个忠厚人，平时与柏舟没什么接触，对柏舟仅是认得而已，谈不上对柏舟有多少了解，但对柏舟的盛名很是钦佩，因而对柏舟是敬而畏之。他低着头抽着旱烟筒，思量着如何跟柏舟说初级社的事。

"炳度，有什么说什么，不要有什么顾虑。"柏舟说。

奚炳度抬起左脚，右手拿着烟筒杆，在鞋底上敲着烟筒头，将烟筒头里的烟灰敲掉，再把烟筒杆放在饭桌上后，才开了口："柏书记，你是第一次上我炳度家门，是看得起我。如果我一言不发，就有点不识时务了。关于办初级社的事，沙外人都在办，南面山脚下我的连襟村上也办起来了，听我连襟说，好处要比互助组多一点。至于我们圩上要不要办，圩上也有不少议论，我也听到了一些。我的想法是，我炳度家有七个人，土改中分到了十亩半地，但劳力少，就我、老婆和大儿子三人干活，既没牛也没耙，说句实在话，是有点种不熟十亩半地。如果我们圩上能办起初级社，我炳度会参加，不会当落后分子。在互助组中，总有几个人说我炳度是揩他们油的，听了这些话，我心里很不焐心。我炳度不会穷一世的。"

柏舟又走了几家人家，在基本了解群众思想倾向后，他先召开骨干座谈会，提高他们的思想觉悟。接着，柏舟又连续两次主持召开永丰圩农户代表会议，逐步统一大家创办初级社的思想，讨论通过了初级社章程，半个月内办起了永丰圩初级社。在永丰圩初级社的示范下，在柏舟的强力推动下，在秋忙前，宏兴沙其他七个圩也都办起初级社，但入社的农户仅占农户总数的百分之五十三。

为什么会出现这种情况？这又与宏兴沙先辈是移民有关。虽然宏兴沙的沙民主体是江北的扬中、泰兴籍人，但也有不少移民是其他地方的人，因而形不成宗族优势，各有盘算，人心涣散，缺少一定的凝聚力和向心力。在没有入社的百分之四十七的农户中，大部分是非扬中、泰兴籍人。他们中间，有一部分农户认为自家劳力多，种田有经验，怕入社后吃大亏，不愿入社；有一部分农户不知道初级社究竟好不好，以前从未有过，是个新事物，心里没底，想观望一段时间后再做打算；还有一部分是懒汉，他们想入社，可社里不要他们；最后是极少数不符合入社条件要求的，比如地主和富农。

中兴圩入社的农户比例稍高一点，占总农户的近百分之六十。有两户很想入社，却又不能入社，一户是琼玥，她在土改时的阶级成分，既不是地主，也不是富农，而是属于罪大恶极的反革命分子的家属，阶级成分颇为模糊，群众则把她当作地主阶级成分来看待。根据党的农业合作化政策，地主不能参加初级社。另一户是邱八，他的阶级成分跟琼玥一样模糊，不属贫、雇农，而是农村游民，即农村流氓无产者。从阶级属性来说，邱八则可划入被剥削被压迫阶级，根据政策，是绝对可以入社的，但中兴圩已入社的农户，一致反对邱八入社，其理由是邱八人懒，还会动心机，搬弄是非，算计别人，中兴圩人人都怕他，都躲他。

琼玥知道自己因反革命分子家属而不能入社后，委屈地痛苦地大哭了一场。她意识到自己已明显地被划入了另类，心里就憎恨起自己母亲当年为何要那般苦逼她非要与陈国豪结婚不可，更愤恨自己当年为何要屈服妥协。哭过，琼玥也就认命了。她白天上课，放了晚学，或是星期天，就下地劳动。夏秋两熟来不及收种时，琼玥仍叫柏舟代为请人帮种三亩地。

秋忙结束后，没有加入初级社的农户，看到初级社的农活比他们单干的要好得多，快得多，便感性地认识到初级社要比一家一户单干好。于是他们纷纷找柏舟，要求加入初级社。柏舟乘势而为，促使宏兴沙八个圩，除了同盛圩的董超、永福圩的谢慕是富农，以及中兴圩的琼玥家不能入社外，其余的农户全都入了初级社，连邱八也被允许加入初级社。宏兴沙农业合作化运动不仅全面推进，而且成效显著，由后进跃升为先进，进而受到乡、区、县三级政府的表彰。柏舟在一九五六年也因此被评为江苏省社会主义建设先进生产者（等同于省级劳模）。这是后话先说。

实行粮食统购后，由于上头的统购指标定得过高，为了完成统购任务，在乡干部的严厉督促下，宏兴沙各初级社干部，按照各户种的田亩数，不问产量高低，一刀切地平均分配统购任务，并逐户征缴统购粮。有的农户为了少缴统购粮，居然在晚上把粮食藏到外头；有的农户则想方设法拖延时间不肯交统购粮。针对这些情况，柏舟带领村和初级社干部，逐户抄家，迫使农户把粮食交出来，对于能识相地交出粮食的农户，不追究责任；对于死活不肯交粮的农户，则将当家人绑送到乡政府关押，因而惹得群众对干部们痛骂不绝，怨声载道。

自秦汉以来，历朝历代，无论是庸吏、傲吏，还是才吏、清吏、循吏，凡为吏，要想达到"致君泽民"的理想是很难的，因为一方面，地方胥吏的主要职责之一就是催缴粮赋，亦即"催科"，这是为"国计"着想，是为了朝廷的财政收入，必须坚持政治正确，不折不扣地完成朝廷指派的粮赋征缴任务，哪怕得罪民众；另一方面，地方胥吏都懂得官逼民反的道理，又不得不安抚民众，考虑"民生"问题，以维护地方稳定，因而地方胥吏常会陷入一种矛盾之中，不得不在政治正确与得罪民众之间做着艰难抉择，抉择的结果，一般都向政治正确倾斜。新中国成立后，农村基层人民政府由于缺乏治理社会经验，又因国家急需粮食，为了"国计"，农村基层干部工作方法粗暴，得罪民众，也就难以避免，并且在相对长的时段内，也未能很好地解决"致君泽民"的历史难题。

"我憋屈啊，"一天晚上，柏舟在家里独自喝起闷酒，这是非常罕见的，"上面在压我、训我，下面在顶我、咒我，我成了风箱里的老鼠，两头受气。可又有谁知道我有多难吗？"

印大妹说："有什么好难的。你当年为了革命，连家都不要，连死都不怕，现在还怕群众骂你几句？"

"娘，我难就难在这里。我当年革命，是为了什么？还不是为了能让穷苦人过上好日子？可如今，我却被群众咒骂得抬不起头来。我不是怕丢面子，而是心里在痛。我也不想对那些犟头货动粗啊，可我又不得不动粗，否则，他们怎能服帖我？否则，上头下达的粮食统购任务怎能完成？群众怎么就不能体谅体谅我的难处呢？自古以来，皇粮能少缴吗？不能。所以，我们动点粗，也是没有办法的办法，当干部的，谁愿意多得罪群众呀。可群众非但一点不理解我，反而把我柏家的十八代祖宗都骂进去了。我该死的吗？"柏舟竟然呜咽起来。

见儿子第一次这么难受，印大妹很心疼，就说："舟，既然你工作这么难做，要不就别干了。你回家来安安心心种好自家的地，管好自家的事。谁稀罕当干部就让谁当去。"

"娘，你说的是什么话？"柏舟抹了一把泪说，"谁说我不想干工作了？"

"看你委屈难受呀，"印大妹说，"我想让你不干了。"

"你想让我不干？"柏舟突然笑起来，"娘，当年你拼着命不允许我革命，我听你了吗？要是遇到一点困难，就躺下不干，我当年为何要革命？上级训我，群众骂我，说明我没有把工作做好。"

"那你为什么要哭？"印大妹说。

"我想哭呀。"柏舟说。

"弄不懂你。"印大妹咕噜一句。

"我也弄不懂自己，有时候。"柏舟说，"解放前，我面对敌人枪口，毫不畏惧，可今天面对一些不识大体、不顾大局的人，有时我真的没有什么好办法对付他们。唉，刁民，有时候比敌人还难对付。"

这时，琼玥参加完学校组织的政治学习回到家，见柏舟还在喝酒，就开口了："西边出太阳了。我从未见到你在家里喝过酒，今天怎么一人喝起酒来了？遇到什么喜庆事了？"

这时，柏渡江和陈瑛乖巧地从楼上下来。"奶娘，我阿爹刚才还哭了呢。我听见后，吓得浑身发抖，不敢下楼。"柏渡江说。

"我也听到柏叔哭了。"陈瑛说，"我也吓得不敢下楼。"

不知是出于什么想法，今年暑假过后，琼玥让五岁的柏渡江和陈瑛住在了楼上的中间屋里，说让他们同睡一床，可以相互关爱、相互促进，有利于孩子的成长进步。对于琼玥的这种安排，柏舟无意见，印大妹无想法，可读小学五年级的柏舟长女柏艳丽，则对印大妹说："奶奶，他们两个还那么小就睡在一床，传出去后，人家听了会笑死的。""艳丽，你还小，不懂大人的心思。如果有人要笑，就让他们笑去吧。"印大妹说。

"舟，你真的哭了？"琼玥惊讶地问。

"真的哭了。"印大妹说，"一个大男人，今天不知是搭错了哪根神经，头回见他哭得一把眼泪一把鼻涕的。"

"为什么事而哭？"琼玥问。

"因为统购粮难收，还没完成任务。"印大妹叹了一口气。

"舟就像风箱里的老鼠，为了统购粮，上下两头受气。群众当面和背地里骂他的话，我也听到一些，确实有些难听。不过，他们的心情可以理解，他们的艰难处境值得同情，干部们的一些做法也应该反思。"琼玥说。

"少说风凉话，"柏舟喝了一口酒后说，"你来当一天干部试试？"

琼玥没接柏舟的话头，只是走到柏舟身旁，用右手在柏舟肩膀上捏了一把，似乎在暗示什么，并说："想喝，你就再接着喝，但不要喝高。"

"不喝了，"柏舟说，"酒不能解决我的工作难处。我会坚持住的，也会挺过去的。"

十五　离婚路上

　　琼玥之所以敢离婚，主要是受了"婚姻法宣传月"活动的鼓励。婚姻法虽从一九五○年五月一日公布起施行，也进行过宣传，但与刚性的土地改革、抗美援朝、镇压反革命三大运动结合在一起，因而作为软性的婚姻法常常被挤到一边，学习宣传贯彻不深入、不到位。鉴于此，根据上级要求，江阴县于一九五三年二月成立贯彻婚姻法运动委员会，并把三月定为"婚姻法宣传月"，并在全县城乡掀起了宣传贯彻婚姻法的热潮。滨江乡、宏兴沙的妇联干部、妇女积极分子，通过召开会议、快板说唱、张贴标语、走村入户等形式，宣传婚姻法，维护妇女的合法权益。西乡区人民政府采取教育和强制相结合的方法，依法解除了宏兴沙两桩婚姻，一桩是永丰圩的买卖包办婚姻，一桩是同盛圩的童养媳婚姻。

　　琼玥从中受到鼓励，便动起离婚的念头，但她没有立即付诸行动，因为她还不知道柏舟的真实想法。如今，柏舟的心思已然明确，他喜欢琼玥，但不能跟她结婚，因为琼玥是有夫之妇。陈富泰也用这一点来要挟琼玥。琼玥心里琢磨，自己若能成功离婚，就表明她与陈家没有半点关系，自己也不再是反革命分子家属，在政治上就可以与柏舟平等了，如果他们结婚也就不会有什么障碍了。

　　琼玥走上了离婚的旅程。

　　琼玥认真研读婚姻法后，写了离婚诉讼书。她在诉讼书中强调三点：她与陈国豪的婚姻是包办强迫婚姻，同时陈国豪还有另外一个妻子；陈国豪与她已有三四年无通信关系，她不知道他身在何方，是死是活；离婚双方不涉及家庭财产分割，离婚后她和陈国豪的女儿陈瑛，由她一人抚养，并请求将陈姓改为琼姓。琼玥按照婚姻法规定的离婚办理程序，将离婚诉讼书递呈给了江阴县西乡区人民政府。

　　西乡区人民政府接到琼玥离婚诉讼书半个月后的一天，一位民事调解员、一位妇联干部，在滨江乡妇联干部陪同下来到宏兴沙，先找柏舟了解情况。柏舟听说琼玥要离婚的事后，先是抽烟不语，在他抽完一支烟后才说："我们一定配合好区里、乡里的工作。至于琼玥离婚诉讼书中讲到的情况，区里的两位领导还是多听听群众的意见。"

遵循"依靠群众，调查研究，就地解决，调解为主"的处理离婚案件的方针，区、乡三位干部，先找琼玥谈话，进一步了解琼玥的婚姻状况。琼玥把离婚诉讼书中的内容复述了一遍。但他们遇到了一个新问题：琼玥坚决要求离婚，但被调解的男方陈国豪非但不能到场，而且还是一个潜逃到香港的蒋帮特务、反共反人民的反革命分子。这种离婚情形，婚姻法中没有做出相应规定。他们意识到，琼玥的离婚诉讼，不是普通的民事诉讼，而是牵涉到政治，牵涉到阶级斗争。于是，他们没有召开群众座谈会进行调查研究，而是将琼玥的离婚诉讼书转呈给了江阴县人民法院。

一个星期过去了，琼玥没有等到区、乡妇联干部第二次去找她，就在一个中午找了柏舟："我离婚的事，你知道吗？"

"他们找过我。"柏舟说。

"我在等他们再来找我。"琼玥说，"可我有点等不及了。舟，你估计，我离婚成功有几分把握？"

"我说不好。"柏舟说，"你的情况，有点特殊。"

"我知道，"琼玥说，"容易离了，就不特殊了。明天，我去区里找他们。"

第二天上午，琼玥去西乡区人民政府找了那位民事调解员。调解员说区里已把琼玥的离婚诉讼书转呈县人民法院了，让琼玥直接去县法院询问。琼玥没有多耽搁，就在西乡区汽车站候车，从上午十点不到等到下午一点多，才等来了由常州到江阴县城的班车。琼玥无心思欣赏窗外的景色，恨不得一个箭步跨到县城，可老爷汽车像一头衰朽的老牛，口中不断地吐着黑烟，吃力地爬行着，并且逢站必停，中途还坏了一次，待到江阴县城汽车站下车时，已近下午三点半了，二十多公里路，行驶了近两个小时。

琼玥原想直接去县法院，但转念一想，就先去找了中学同班同学、县妇联主席童丽娟，希望得到她的帮助和支持。琼玥进了县政府院子后，打听了三个人，才找到童丽娟办公室。童丽娟见与自己一样装束的琼玥，先是一愣，很快转喜，再让座沏茶。"我们有八年多没见了吧。"童丽娟说，"老同学，找我有什么事？"

"你还认我这个老同学？"琼玥在童丽娟面前有点自卑。

"我不是接待你了吗？"童丽娟说，"有事说事，我很忙。"

琼玥跟童丽娟说了自己离婚的事。"丽娟，你是管我们女人死活的，一定要帮我，为我说话。"

童丽娟早猜到琼玥找她因为何事了，前两天，县法院的一位副院长已找过童丽娟，商量过如何处理琼玥离婚诉讼的事。法院的意见是，不调解，不判决，维持现状，理由是，琼玥与陈国豪的离婚情形，婚姻法中没有相应的规定，情况特殊，政治敏锐性强，不好特例特办。童丽娟的建议是，能否在婚姻法第五章《离婚》中的第十九条"自本法公布之日起，如革命军人与家庭两年无通信关系，其配偶要求离婚，得准予离婚"上再通融通融？副院长说，我们也考虑过你刚才所建议的情况，但现在的问题是，陈国豪是蒋帮特务，是反革命分子，而不是革命军人，虽与家庭无通信关系有三年多，人却在香港，还活着。这事难办啊。

"琼玥，你先回去。"童丽娟说，"你的事，我知道了。"

琼玥是聪明人，听得懂童丽娟的话，就识趣地站起。"帮帮我。"琼玥流下泪来。

童丽娟用右手拍了拍琼玥的左臂膀："我记住了。你走好。"

琼玥走出童丽娟办公室，抬腕一看手表，这只手表是陈国豪送给她的，是下午四点五十分，这时已没有去蓝陵的末班车了。她准备步行回去，从江阴县城到宏兴沙，抄近路走也就二十多里路，顶多走三个小时，到晚上八点左右也就可以到家了。她继而一想，女儿陈瑛在母亲那里已住了十多天，有点想女儿了，既然到了县城，为何不去看看，住上一晚，第二天一早坐头班车回去？

没走几步，琼玥又止步："今天，我只跟宋校长请了上午半天假，可我已在外头一天了。我的课会有谁去上呢？"一想到学生，琼玥就责怪自己太自私，只想着自己的私事，而忘了教学这一大事。琼玥急出泪来。"回去吧。"琼玥转身走了几十米后又停下来，"女儿、母亲还是要去看的，一看完，我即刻就走。"主意拿定后，琼玥去了母亲家。走进母亲家门，见花氏坐在一张太师椅上，就叫了一声"婆婆"，可花氏没吭声，脸色很是难看。琼玥并不介意，她早已看惯了花氏棺材板似的脸孔，就来到母亲房间。女儿陈瑛见琼玥来了，就像小鸟似的飞向琼玥："妈妈，瑛瑛想妈妈了。"坐下，抱着女儿，琼玥问母亲："我婆婆怎么拿她那张棺材板脸孔待我？"吉虹笑着说："她没寻死已是很识相了。"

"什么意思？"琼玥问。"她被老头子休了。"吉虹说，"就是前五天的事，休书已由县法院发给他们了。她现在只是被允许住在这里而已。"于是，吉虹跟琼玥说起陈富泰与花氏离婚的事。

一天，李顺达把陈富泰叫到办公室，推心置腹地说起陈富泰一夫两妻（姜）的事。李顺达说："陈老，您是我们共产党人多年的老朋友，在革命战争年代，你为我们做了不少事，帮了我们不少忙，我们感谢您；在公私合营中，陈老您又率先示范，做出榜样，我们赞赏您。您开明，您拥护共产党，拥护人民政府，因而县委、县人民政府、人民群众信任您，推举您为县各界人民代表大会代表，选举您担任副县长。可是，陈老，您有一件事，在我们县政府机关干部中、在社会上反映不是很好，就是您的一老一小。陈老，我今天找您谈话，不代表县委、县政府，仅是作为您的老朋友。我的意思是，陈老，您有一老一小，那是解放前的事。可如今已是新社会，婚姻法中禁止纳妾。您要处理好这件事，希望您在这方面也能带个好头。至于如何处理，我们尊重您的决定。"

陈富泰心里明白李顺达找他谈话的目的，经过深思熟虑、权衡再三后，在一天中午，把在县城的两个女儿和女婿叫回家，宣布他的决定：与元配花氏离婚。见女儿们要发作，陈富泰摆了下手。"你们先不要开口反对，先听我把话说完。"陈富泰说，"我有两个女人，虽是旧社会的事，但如今已是新社会，国家的婚姻法规定只许一夫一妻。我作为县人民政府副县长，必须遵守婚姻法，只能留一个在我身边。我反复考虑后，决定把吉虹留在我身边。之所以做出这一决定，因为我今年也已六十八岁了，你们母亲又大我五岁，今年七十三岁，身体又不是很硬朗，已服侍不动我，也侍候不了我了。而吉虹呢，比我年轻二十三岁，身强力壮，有力气照顾好我。再说，我现在公务活动较多，应酬也不少，有吉虹陪着我，你们不是省心放心多了？当然，我与你们母亲解除婚约后，还是把她当作家里人，她还是住在这个家里，还是有保姆伺候，原来怎样，仍然照旧，仅是没有夫妻名分罢了。"

听陈富泰这么说，又安排得这么周到，尽管心里对吉虹有怨气，两个女儿在面子上也不好再跟父亲争辩什么了，就劝说母亲，要母亲想开些，好好活着，气死狐狸精吉虹。在女儿的再三劝导下，花氏才放弃寻死的念头。

听了母亲的讲述，琼玥又改变了想法，决定不在母亲这里吃晚饭。"他快下班回家了，"吉虹说，"吃过晚饭就住在妈这里，明天头班车回去。"

"不了，"琼玥说，"我得连夜赶回去。"

"那，那这样吧，"吉虹说，"我这里还有一纸袋桃酥，你带在路上吃。还有，你要走夜路，妈不放心你，你把手电筒带上。"

琼玥没有抄近走小路，走的是镇澄（江阴至镇江）公路，虽要多走一段路，但相对说比较安全，路也好走。天完全暗下来了。公路两旁是空旷的田野，一片漆黑。肚子也饿了，琼玥吃起了桃酥，边吃边走路，还用手电筒这里照照那里照照，给自己壮胆。

柏舟见琼玥没有回家吃晚饭，心里就有些不安。吃过晚饭，坐在中堂里连抽三支烟后，再也坐不住了，柏舟就起身，开大门出去了。他先来到学校，在教师宿舍后窗，敲了宋俊儒宿舍的窗玻璃。宋俊儒还在批改学生作业，听到有人敲窗玻璃，就起身开了窗户，见是一脸急相的柏舟，便问："柏书记，找我有急事？""我就是来问问，琼老师下午来没来学校上课？"柏舟问。"没有，"宋俊儒说，"她只请了上午半天假，下午的课还是我代她上的。琼老师还没到家？""还没有。"柏舟说，"可能去了县城，办事不顺利，就住在她娘家了。"宋俊儒说："也许吧。"柏舟说："宋校长，我走了。"

柏舟往回走时，又转念一想，要是琼玥搭不上末班车一人走回来呢？要是她走回来，这么黑的天，一旦路上遇到坏人，那可怎么好？想到这些，柏舟来了个急转身，快步走往镇澄公路，可没走多远又站住了。"她要是真的住在娘家，我在路上还接得到她吗？"点燃一支烟后，柏舟心里想定，"去接她，哪怕走到城里。"

琼玥走了一半路程，脚底就疼了起来。她平时很少走这么远的路，又是在黑夜里。手里虽有一把手电筒，但琼玥心里还是阵阵发怵，想象着一旦遇到坏人将怎么对付？越这样想，她心里就越发毛，脚步就特别快，心跳也厉害。突然，手电筒照到前面有个人影，琼玥赶紧关掉手电筒，蹲下身子，左手搂紧公路旁的一棵杨树，右手紧握着手电筒，双眼紧盯着前面移动的黑影。那个黑影越来越近，而且还从公路南面蹿到北面，迎面向琼玥走来。"莫非发现了我？"琼玥感到自己的一颗心已跳到喉咙口，紧张得喘不过气，说不出话来。当那个黑影距离自己只有七八米时，琼玥不知哪来的勇气，猛地站起，打开手电筒："谁？"手电筒照住了柏舟的脸。"舟，你怎么来了？"琼玥抱住柏舟，哭了，轻声地哭了。"接你呀，"柏舟说，"急死我了。"

两人并排走着，说起了话。

"那事办得怎样？"柏舟问。

"没去法院。"琼玥说，"陈富泰与花氏离婚了。"琼玥的思维呈跳跃性。

"那么大年纪还离婚？"柏舟问。

"婚姻法不许他有两个老婆。"琼玥说，"走不动了，你背我。"

柏舟没言语，立即蹲下身。琼玥没想到柏舟真会背他，她仅想撒个娇而已。"快伏到背上来。"柏舟说。琼玥像个乖女孩似的，听话地伏到柏舟背上。柏舟轻松地驮起琼玥就走。

"不怕我压累了你？"琼玥说话时从嘴中溢出的气息，撞到柏舟的耳朵根时，使柏舟顿有一种痒痒的酥酥的写意。

"两个琼玥我都驮得动。"柏舟说。

琼玥身高一米六八，体重却不满五十五公斤，身材还是那么姣好，而且该凹的地方凹，该凸的地方凸，根本不像生过孩子的样子。"你好大胃口，"琼玥笑了，笑得很幸福，"你居然想背两个琼玥？"琼玥的右手拧住了柏舟的右耳朵。

"天底下会有两个完全一模一样的琼玥吗？"柏舟说。

琼玥欢欣地松开了拧柏舟右耳朵的右手。

"我的婚，估计难离。"琼玥说，"但我不会气馁。我有追求幸福的权利。"柏舟没接话头。"舟，不管离得成离不成，我都会黏住你不放。我不要名分，也不怕旁人的碎语闲言，只想做你的女人。"琼玥说。

十天后，琼玥又请假去了县人民法院，得到的答复是：维持婚姻现状，不予判决。

琼玥问法院的人："为什么？"

法院的人说："你没资格享受婚姻法赋予的离婚权利。"

琼玥豁出去了："我是反革命分子家属，我是阶级敌人。可阶级敌人也是人，凡是人总有追求幸福的权利吧。可我的权利在哪里？婚姻法为何就不适用于我？"

"你再胡言乱语，看我不把你抓起来。"法院的人说。

"你抓吧，抓吧。我也不想活了。"琼玥伸出双手，等着法院的人用手铐铐她。然而法院的人并没有铐她，只是把她推出了大门。

"毛主席说：'占人类总数四分之一的中国人从此站立起来了'，"琼玥站在法院大门外高声喊道，"我是反革命分子的老婆，但我不是反革命，我是中国人。毛主席都让我站起来，你们为什么不允许我站起来？！"

回到家，琼玥发起高烧，却又犟得不肯去蓝陵镇上的卫生所看医生。柏舟不放心，就让母亲印大妹在家看护着琼玥。在家躺了三天后，琼玥去学校上课了。

十六　仕途受挫

　　柏渡江上学的第一天下午，就与同学打架了，并被同学打破了头，还是琼玥给他包扎的。柏渡江与同学打架的原因，是为了保护陈瑛不被男同学欺侮，结果与三个同班男同学打了起来。包扎头时，琼玥问柏渡江头疼不疼？柏渡江说有点疼，但我不怕疼。办公室里的一位男教师问柏渡江，你为什么要为陈瑛而与三个男同学打架？柏渡江说："我听我阿爹说过，一个男人要敢于为保护自己喜欢的女人而与别的人拼命。"办公室里的教师们听了都大笑起来。有个女教师想寻柏渡江开心："渡江，陈瑛是你喜欢的女人吗？""陈瑛不是女人，是我姐姐，我喜欢她。"柏渡江说。琼玥听了柏渡江的话，眼眶里蓄满了泪水，心里特别温暖。

　　吃晚饭时，琼玥将柏渡江叫到自己屋里，让他与女儿陈瑛一起吃晚饭。琼玥特地为柏渡江煎了两个荷包蛋，说给他补补流掉的血。柏舟端着粥碗，踱到琼玥屋里，坐到桌上，边吃边问儿子为什么会跟同学打架，还被打破头？

　　"柏叔叔，渡江是为了保护我而与三个男同学打架的。"陈瑛说。

　　"阿爹，没事，"柏渡江以大人的口吻说，"他们三个打我一个，不算本事，有种一个一个跟我打，看我不打破他们的鼻子。"

　　琼玥把一块红烧肉搛到柏舟的粥碗里："把粥吃完，我给你盛碗饭。"琼玥家条件就是好，有钱花，有肉吃。

　　"不用，我吃饱了。"柏舟说。

　　琼玥也就不再客气，便说："渡江像极了你。"说完，琼玥笑出了声。

　　"笑什么？"柏舟说，"哪有儿子不像老子的？"

　　琼玥把柏渡江在教师办公室说的"我听我阿爹说过"的话复述给柏舟听，柏舟听后差点笑喷了饭："这小子，我说的话多了，他怎么就单单记住了那句话？"

　　"是不是跟你一样？"琼玥歪着头，眨着眼睛，含蓄地问柏舟。

"他不像我，哪他像谁？"柏舟说，"平时，你要严格管教他，不能再宠他。"

"我才不会宠他呢，要宠，"琼玥凑近柏舟耳旁，悄悄地说，"也只让你宠我。"

"妈妈，你跟柏叔叔说什么悄悄话？"陈瑛问。

"奶娘，你跟我阿爹说什么悄悄话？"柏渡江问。

"不告诉你们这两个小人精。"琼玥眉开眼笑。

秋忙结束后，宏兴沙八个圩的初级社，无论巩固与否，在区、乡政府的强力推动下，几天内全都转入高级社，成立宏兴沙农业高级社，下设十五个生产小队。柏舟担任宏兴沙农业高级社党支部书记、社长。

在给高级社起名时，大多数社干部建议去掉"沙"字，说用"宏兴"命名，说起来顺口，听起来好听。柏舟则说保留"沙"字好，它可以让我们记住"我们是谁？我们从哪里来？"书记发了话，大家再无异议。人民公社时，也就顺延为宏兴沙大队。

人虽快步进入了高级社，但思想并未同步进入高级社。几个队长问柏舟："土改时把地主的地和富农多余的地分给我们，归我们个体所有，而高级社为什么又要把已属于我们个体的地再收归大家共有？还要把土地证交出来？我们想不明白。"

柏舟回答说："走农业合作集体化道路，是社会主义建设的需要。党要我们走社会主义集体化道路，我们跟着党走就是了。"

那几个队长又说："我们还是想不明白。难道说不走集体化道路，就不是跟共产党走？"

柏舟说："想不明白，你们就慢慢想明白，但是不许掉队。谁掉队，我就撤谁的职。"

永丰圩的奚炳度，死活不肯交出土地证。一天，宏兴沙高级社副主任罗桐对柏舟说："炳度这个人搞互助组、入初级社时都蛮积极的，现在进入高级社了，他反而成了阻力。我去催了他几次，他就是不肯把土地证上交，拿他一点办法都没有。"

"再做做工作。"柏舟说。

"估计难做通，"罗桐说，"听他老婆说，他为了要把在土改中分给他的土地再交给高级社这件事，连哭了几个晚上。更弄不懂他的是，据他老婆说，他居然到自己地里挖了半袋土，藏在了他的床底下。他说这土比他的命还金贵。"

"所以，毛主席说'教育农民是一个严重的问题'。"柏舟说，"奚炳度这种农民的思想意识还是旧的，还认识不了我们党的崇高奋斗目标。我们要加强教育引导。再说，我们党员干部也包括我，我们的思想不是也跟不上目前快速发展的形势嘛。"

高级社成立后，地里种什么，怎么种，开始由上级说了算了，柏舟只要按照上级的生产计划执行就好。但他的烦心事也多了，主要是邻里纠纷、队干部与社员间的矛盾，有的是为了一句话说毛了就动起肝火，双方动了手，不仅扯破了衣衫，还抓破了皮；有的是为了上工迟到被扣多了工分，与队长杠上了；有的是父子打架，原因是自成立初级社起，父亲在儿子面前已少了不少威权，加入高级社后，父亲几乎没了威权，儿子敢不听父亲的话，却不敢不听队长的话，因而父子俩常说不到一块去，于是气不过的父亲就动手，不买账的儿子也开始还手。这些事从性质上说，都是一地鸡毛似的琐事，但在社员眼里却是大事，如果处理不及时或处理不好，很容易激化矛盾。为了处理这些琐事，柏舟常常劝得口干舌焦，常常错过吃中饭、吃晚饭时间，被弄得疲累不堪，但他无法，只能硬撑着。

　　为适应农业高级社的发展，加强党对农村农业农民的领导，江阴县委、县政府根据上级要求，实行全县乡镇行政区划调整，撤并小乡、建立大乡，将原有的一百六十二个乡镇合并为四个县直属镇和三十五个乡。滨江乡并到蓝陵乡。沈兴昌担任由五个小乡合并而成的蓝陵乡党委书记。

　　在并小乡、建大乡前，西乡区委唐书记曾向县委力荐柏舟拟担任新建的蓝陵乡副乡长。县委组织部也派人到滨江乡对柏舟进行了民主测评考察，考察结果比较满意，但最终因柏舟与琼玥的生活作风问题，在一次县委常委会会议对人事安排进行研究时，多数常委反对柏舟担任蓝陵乡副乡长。柏舟知道这一实情后并没多想，仅是苦笑一下。琼玥知道后却哭成了泪人，埋怨自己连累了柏舟，断送了柏舟的仕途。柏舟则把琼玥揽在怀中，说："玥，用一个副乡长头衔换个你，我赚发了。再说，我也当了四五年的滨江乡副乡长，早已过足副乡长的瘾了。"

　　"只有你会这么想，"琼玥说，"滨江乡副乡长能跟蓝陵乡副乡长比吗？蓝陵乡副乡长是全民干部，滨江乡副乡长仍是农民。舟，这是我琼玥这辈子欠你的。"

　　"不好这么说的，"柏舟说，"玥，拥有你，我就知足了。"

　　建立大乡后，柏舟参加的会议多了。小乡时，县里开三级干部会议，只要县、区、乡三级领导参加，区里又难得开三级干部会议，所以，柏舟参加的会议并不多。现在，作为宏兴沙高级社党政一把手的柏舟，乡里开会他要参加，县里开三级干部会议他也要参加。此外，他作为省劳模，还要参加有关活动；他作为县人大代表，还要参加人代会、人大代表活动。还有，为了传达上级会议精神或文件精神，为了部署社里的党建工作、农副业生产，柏舟还要经常主持召开会议。总之，大乡成立后，柏舟几乎成为开会的专业户。会议一多，柏舟坐办公室或坐会议室的时间也就多了，他在办公室里听汇报的时间也多了，而办公室或会议室与基层实际或底层百姓，是相对隔绝的，因而在田埂上就不常见柏舟的身影，就连琼玥有时也会十天半个月见不到柏舟的人影。就像温水煮青蛙，柏舟开会开出瘾来了，如果一星期没有会议，他就会浑身不舒服。

宏兴沙高级社刚成立时，柏舟曾请示滨江乡党总支书记沈兴昌，他想搞个高级社的办公场所，沈兴昌没点头；并小乡建大乡后，柏舟又请示蓝陵乡党委书记沈兴昌，他说很有必要。于是，柏舟把原属琼玥家的在土改中被政府征收的那三间厅屋，再经过收拾整理一番后就作为宏兴沙高级社的办公场所。那三间厅屋，因在土改中争房的人多，分不太平，因而自柏舟家搬出后，就索性空着，一直无人居住。

前面是办公室，后面是家，柏舟感到很方便。但社员们觉得柏舟开始变了，在他们看来，柏舟已会摆架子说官话、说套话了，说话也没以前直率和坦诚，已会"嗯""哈""研究研究"了。其他高级社干部也和柏舟一个样。社员心里有话也不能像进入高级社前那样直说了，更不能想说什么就说什么，而是要想定后才能说，否则就会得罪干部。高级社后，社干部的权力也越来越大，控制社员的方面也越来越多。可以说，高级社干部特别是一把手，掌握着社员的命运。这些，柏舟心里也清楚地意识到，并认为这是顺理成章的事。他不怕死地革命，从其初心来说，就是为了有一天能坐上江山，就是为了能替他娘争口气，让当年那些欺侮过他娘、瞧不起他的人，见到他时要唯唯诺诺。他这种潜意识很强。所以，在他看来，坐办公室就是坐江山的象征，开会、听汇报就是手握权力的象征。

农历腊月初十，琼玥请假提前一小时下班，一到家就对印大妹说："婶，今晚你不要做晚饭，来我家吃。"

"不好意思的，琼老师。"自琼玥当老师后，印大妹有时叫"玥"，有时叫"琼老师"。

"我们早就是一家人了嘛，还客气什么。"琼玥笑着说。

"可你还没叫过我一声'娘'哪，怎能算是一家人？"印大妹开起玩笑。

"想听，我现在就改口。"琼玥开心地说。

"玩笑，玩笑。"印大妹说。在心里，印大妹早已把琼玥视作儿媳妇了，就是还没捅破那层窗户纸，心照不宣罢了。

柏舟从乡里开完会回到家时，两家人，还有宏兴小学校长宋俊儒，都坐在琼玥家的那张红木八仙桌上等着柏舟。柏舟被琼玥叫去坐下后，刚好八个人，坐满一桌。见桌上摆放着八大碗有荤有素的菜，柏舟问琼玥今晚有什么事？琼玥笑笑说等会儿告诉大家。琼玥拿出一小坛十斤装、存放了五年的女儿红黄酒，打开酒坛帽子，再用潮布头擦干净坛口，捧起，给柏舟、宋俊儒、印大妹、自己的金边花汤碗里倒上酒。给印大妹倒酒时，她捂住碗口不挪手，说她从未喝过酒，不用倒了。琼玥则说婶今晚你必须喝一点，强调说今天是个特殊日子。印大妹才挪开捂住碗口的手。

半碗黄酒下肚后，琼玥说："今天是腊月初十，是我三十周岁生日。在座的都是我最亲的人，感谢你们能和我一起过生日。"听琼玥这么说，印大妹接了茬："琼老师，你该提前告诉我一声，我可以为你请生日经呀。"

"谢婶了。再说，现在是新社会，不兴过去的那套老法了。"琼玥说。

宋俊儒第一个站起敬琼玥酒，祝她生日快乐，并宣布了一个好消息："琼老师已由代课教师转正为民办教师。县文教局文件前天刚下来。"于是，印大妹，接着是柏舟的两个女儿，最后是柏渡江和陈瑛，先后站起，端着汤碗，或以酒，或以水代酒，敬琼玥，祝她生日快乐，祝贺她由代课教师转正为民办教师。

印大妹和四个孩子先吃饭，吃完就下桌了。四个孩子去做他们的家庭作业了。印大妹去了灶下，烧了半锅开水，然后提起琼玥家的两只空热水瓶，给灌满水后再提到琼玥屋里。

琼玥又端起酒碗，第三次敬宋俊儒酒。宋俊儒说："琼老师，你应该敬柏书记酒了。"

"今晚我才不会主动敬他酒呢，今天是我生日，可他到现在都没敬我酒。"琼玥说，"来，宋校长，我敬你。"琼玥又一口喝完小半汤碗酒。喝了酒的琼玥，特美，韵味无穷。"宋校长，你是我的领导，更是我的恩人。若没有你，我琼玥这辈子休想当上人民教师。"琼玥说。

"过奖了。"宋俊儒说，"琼老师，真正帮上你的是柏书记。"

"此话怎讲？"琼玥问。

"我仅是把你推荐给乡里而已。你能否当上教师，拍板决定的是县文教局局长，而局长是听李县长的，这其中起作用的关键因素是柏书记。琼老师，你知道，我和李县长虽然是师范同学，但我和李县长之间的交情，怎能与柏书记相比？我有自知之明。"

"既然这样，"琼玥说，"李县长为何要反对我和柏舟结婚？他不知道柏舟早已没了老婆？他不知道我琼玥是个活寡妇？"

"关乎政治问题。"宋俊儒说，"再说，你们现在这样，不也是很好吗？在宏兴沙，有谁不知道你琼老师是柏书记的家里人？这是公开的秘密。"

"琼玥，我敬你，祝你生日快乐。"柏舟这时才站起，接过宋俊儒话头说，"宋校长有恩于你、我，我记在心里头呢。今晚，我当着宋校长的面只说一句话，玥，我一辈子会对你好的。"

今晚柏舟没有热情主动地先敬琼玥酒，是因为在今天下午乡里召开的会议上，沈兴昌在讲话中不点名地批评了宏兴沙高级社偏低折价了三户社员家中型农具的事。这三户社员因不满闹到了乡里。柏舟听了沈兴昌的话心里有点不舒服。

"谁想听你说这么一句话，没糖没盐的。"琼玥此时说话舌头有点大了，"我生命中经历过两个男人，一个是陈国豪，一九一六年出生，大我十岁，与柏舟是你死我活的政敌；一个是柏舟，一九二一年出生，大我五岁，是一位老革命。我有时想想，会禁不住笑出声来。我怎么会先后成为他俩的女人？这或许就是命运捉弄人吧。陈国豪是我不爱的却是拜过堂的男人，且早已去了香港，使我成了一个活寡妇。柏舟是我钟情的男人，值得我为他去死的男人，却因为所谓的阶级成分、政治问题，让我们不能名正言顺地在一起生活。这是哪家的理啊！现在的干部难道都是只讲阶级而不懂情感的政治动物？都是冷血动物？"

"琼老师，你喝多了。"宋俊儒见好就收地说，"时间已不早，我先回学校了。"

送走宋俊儒，柏舟抱起大醉的琼玥上楼，还没到楼上，琼玥就吐了他一身。把琼玥小心地放在床上给她盖上被子后，柏舟就下楼脱掉被琼玥吐有脏物的棉袄罩衫，再拿抹布抹干净被琼玥吐脏的楼梯，然后端着倒有热水的一只铜盆，来到琼玥房里，绞了一把热毛巾，给琼玥擦嘴，擦脸，擦手。柏舟陪在琼玥身旁，大半夜未眠。

琼玥被尿憋醒后，才发现柏舟还披着棉袄坐在被窝里没睡。"我要尿尿。"琼玥说。柏舟下床，半扶半搂着琼玥坐到马桶上，让琼玥尿完后，再扶着琼玥上床。

"有你，真好。"琼玥钻进了柏舟的怀里。

十七　一九五八

柏舟正在后门口刷牙，邱八一早就来找他了。

"找我有事？"刷好牙，吐掉口中的水，柏舟问。

"有事，"邱八说，"我找柏书记，就是为了跑步奔向共产主义的事。这几天，我队里的人都在议论加入人民公社的事。柏书记，加入人民公社后，真的就是进入了共产主义？真的就可以需要什么就有什么了？如果真的是这样的话，柏书记，我第一个报名加入人民公社。至于我最需要什么，柏书记你是知道的。"

"我不知道。"柏舟说。

"你怎会不知道？"邱八急了，"虽然我住圩西头，你住圩东头，不在一个生产队，但我们终究是同住一个圩，你怎会不知道我邱八最需要什么？我最需要的，就是我加入人民公社后，人民公社能给我这个社员分配一个老婆。我最缺的就是老婆。"

柏舟听了又好气又好笑："邱八，你听谁这么说的？"

"大家都在这么议论。"邱八说，"是队长印仲平叫我来问你的。"

中兴圩相对人多，划分为第五、第六两个生产队。柏舟家和琼玥家被划分在第五生产队。印仲平是第六生产队队长。"这个印仲平，怎么好跟邱八这种人开这种玩笑？"柏舟在心里责怪印仲平。他同时也意识到，在关于人民公社化的宣传中已出现偏差，必须迅速纠正。"那你就等着天上掉下老婆来给你吧。"柏舟没好气地说。邱八讨了个没趣，嘴里咕噜着什么走了。这天上午上班后，柏舟就让社干部分头通知十五个生产队队长，于下午一点半，到社部参加社队干部会议。

下午一点半，社队两级干部会议在社部召开。柏舟着重说了早晨邱八找他要老婆的事。与会者听后顿然放肆地大笑。柏舟摆到第三次手时，与会者的内容丰富的笑声才戛然而止。柏舟接着说："从邱八要老婆这件事上看，说明在座的干部中，有人把严肃的神圣的人民公社这个新生事物庸俗化了，更理解偏了。实现人民公社化，是为了更好地发展生产，是为了多快好省地建设社会主义，而不是给没老婆的人配给老婆。世上哪有这种荒唐事？今天会议后，各生产队队长要继续组织本队社员，严肃地讨论为什么要加入人民公社？要严格按照上级的宣传口径讲给社员听，决不能再信口开河。谁若还要满口胡言，我柏舟就撤他的职。"

一九五八年九月二十四日，蓝陵人民公社成立；二十个高级社改为生产大队，每个大队辖若干个生产小队。柏舟被任命为宏兴沙大队党支部书记。十月，为了适应"大跃进"形势的需要，蓝陵公社将二十个大队划分为六大工区，每个工区建立班、排、连、营军事化管理体制，实行全公社统一分配。宏兴沙大队被编入第三工区，社员们上工、收工都要排队报数。同时上级要求每个生产队都要办起人民公社大食堂。这可把于一圆为难住了。宏兴沙大队第五生产队仅有两间茅草仓库屋，根本不适宜办食堂。队长于一圆找了柏舟几次，求他想办法解决队里办食堂的场所。柏舟排来排去，思来想去，唯有用于大队部办公的三间厅屋，才适宜于第五生产队办食堂。问题是把大队部安置在何处？他想到琼玥家楼下那间屋。

一天晚饭后，柏舟跟琼玥说了他的想法。琼玥起初一口拒绝，并责问柏舟为什么总要千方百计打她的主意？柏舟听后光火了，第一次与琼玥红脸，数落琼玥没有共产主义觉悟，思想落后，并说："我们每个人都属于人民公社，何况是房屋？"柏舟还接连几天不给琼玥好脸色看。最终还是琼玥憋屈了几天后头一个妥协，并向柏舟道了歉，做了自我批评，说她心中缺少共产主义远大目标，没有大局观念。柏舟也和颜悦色，检讨自己说话生硬，没有站在琼玥立场上想事情。

"我想好了，为了不影响我们两家的生活，可以在楼房东山墙新开一扇门，这样，大队干部进出，就不会干扰到我们的生活。"柏舟说。

"这个办法好。"琼玥说。

"我的玥，更好。"柏舟拥住琼玥。

"少给我灌迷魂汤。"琼玥笑说。

就这样，宏兴沙大队部被临时安排在琼玥楼下的那间屋里。

第五生产队的大食堂办起来了。

大食堂办起来后，每家每户的土灶头被拆除，粮油盐都集中到大食堂。社员们响应上级号召，大力支援公社大炼钢铁，把用不着的铁锅砸了，把家里的铁窗掰了，把家里能搜集到的废铁，悉数送到公社大炼钢铁的场地。公社把原属于社员的自留地、家前屋后的树木、社员家饲养的家禽家畜，全部收归公社所有。社员们

春光横空

敞开肚皮吃饭，鼓足干劲生产，每月还有三块零花钱，过起军事共产主义的供给制生活。

通过社员民主直选，印大妹等三人被选为第五生产队大食堂炊事员。印大妹出身于穷苦人家，日子过得一直很紧巴，炒菜放油都是以一滴一滴来计算的，做饭的米是用升罗号的，只少不多。她的这种"小器法"用在大食堂里，遭到了其他炊事员的嘲笑，说印大妹是赶不上大时代的"小脚女人"，而当看到大食堂里因大手大脚造成浪费现象时，印大妹很是心疼，回家后跟儿子说说，柏舟也说她思想不解放。印大妹实在想不通，难道人民公社大食堂浪费粮油是天经地义的？

一天晚上，奚炳度来到柏舟家，刚进门，就要紧地从口袋里掏出土地证，双手恭敬地递给柏舟："柏书记，前两年，我觉悟太低，思想太落后，跟不上国家形势。现在，我加入了人民公社，同样是种地，却和城里人上班一样，每月还有工资，真是过上了天堂日子。我看明白了，跟着共产党走，穷人是不会吃亏的，我们再也不会穷了。现在，我把土地证交还给你柏书记。"

"炳度，你能这样想，我很高兴。"柏舟接过土地证后，递给奚炳度一支烟，他不肯接。"拿着"，当奚炳度接了烟后，柏舟接着说，"炳度，我们的好日子，才刚刚开始呢。"

"那是，好日子才刚刚开始。我相信共产党。"奚炳度吸着烟说。

星期三下午放学回家，路过一片桑树地时，琼玥看到装有大约重二百斤白米的两只米袋躺在桑树地里无人问津，回家后跟柏舟说起这事，他还不相信。琼玥急了，说："不信拉倒，算我嘴上抹石灰——白说。"见琼玥真生气，柏舟说我这就去看看。一看，琼玥所说的情况果然属实。他想把两布袋大米捐回大队部，可又捐不动。于是，他回到家，推起独轮木车，将那两布袋大米拉回，放到大队部。

第二天上午一上班，柏舟就吩咐大队干部，分赴各生产队查问大米丢失的事。一个多小时后，大队会计包林根回到大队部，说他已找到失主。"哪个队的？"柏舟问。"六队的。听队长印仲平说，是前三天他让邱八去开河工地上的，没想到这家伙偷懒，从独轮车上卸下了两袋米。"包林根说。听了，柏舟摇头苦笑。于是，两人各捐一袋米送到六队食堂里。

在人民公社化时期，像邱八这样不把粮食当粮食，任意糟蹋、任意浪费的事，司空见惯，见怪不怪。大家都在过共产主义生活了，谁还会在乎浪费一点粮食？那时，人有多大胆，地就有多大产。粮食你要多少就有多少，用不着天上掉下来，也用不着地上长出来，而是由狂热的人们用嘴巴激情地吹出来的。还有，穷队与富队拉平成一个样，队队平均，人人平均。

对于粮食产量放"卫星"，柏舟总是想不明白，跟不上"大跃进"时代步伐，几次被沈兴昌严厉地批评为右倾。右倾也好，"左"倾也罢，柏舟想，总不能睁着眼睛说瞎话吧，一亩地怎么可能长出万斤、十万斤粮食？柏舟已然深切地感受到，从事地下革命斗争与领导农业生产根本是两码事。战争年代，有时你不怕牺牲，狭路相逢勇者胜，兴许就真的取得了一次战斗的胜利，但搞农业生产，你就是再不怕牺牲也无济于事，农业生产还是搞不上去。农业生产根本不听领导的官话，根本不受革命口号的鼓动，它有其内在的发展规律。

全大队一半壮劳力上了县水利工地，五十多个壮劳力又被公社抽调去大炼钢铁，剩下的壮劳力、妇女和上了年纪但仍有劳动能力的男劳力，在柏舟带领下，也都上了大队的地里平整土地。

宏兴沙大队是由江滩沙地开发而形成，因而蒲地、芦苇地、湿地面积较大，约占全大队总面积的一半。同时，由于不少田块之间高低落差相距一二米，因而致使高田难以灌上水而干旱、洼田积水排不出而被淹，严重影响粮食产量。于是，秋收刚结束，柏舟就主持召开由全体大队干部和各生产队队委干部参加的会议。会议的主题是，平整部分农田和蒲地，开挖一条东西走向、贯穿全大队的总渠道。在会上，柏舟讲了两点意见：一是平整土地的必要性。柏舟说，平整土地是贯彻落实江阴县委关于一九五八年冬和一九五九年春大兴农村水利建设规划纲要的实际行动，我们必须闻令而动，雷厉风行。二是平整土地的重要性。柏舟说，平整土地既能扩大可耕地面积、改善生产条件、提高单位面积粮食产量，也是改变宏兴沙落后的基础设施的基础工程，更是应对人口日益增长的新举措。对于这一点，与会者都未想到。

柏舟点燃一支烟后说："解放九年来，我们宏兴沙大队增加了三百八十一人。土改时，我们人均是一亩半地，现在人均一亩二分地都不到。大家好好想想，再过十年、二十年，我大队人口将会增加多少？我们人均占有可耕地面积还将有多少？我们总不能把嘴挂在北风口上吃西北风吧。所以，从今冬起，我们要乘'大跃进'的强劲东风，有规划地进行冬季土地平整。要改变宏兴沙的历史穷面貌，等不得，要不来，归根结底要靠我们宏兴沙人自己的奋斗。我们要有自觉改变贫穷落后面貌的强烈意识。"

柏舟给各生产队下达了平整土地的任务，提出了平整土地的具体要求，强调要路、渠、沟配套。柏舟最后充满激情地说："我心中有个目标，就是吃苦八年或十年，把我们宏兴沙的所有农田，全部平整成大路、小路相连，河、渠、沟相通的格子方田。这样，就能确保天旱干勿煞、雨涝淹勿煞，旱涝保收。我有这个信心。"

在平整土地中遇到一个棘手问题，就是要迁坟。柏舟请示沈兴昌后，以宏兴沙大队部名义发布一份布告，规定：一是在平整土地范围内的坟墓，必须在五天之内迁移；二是三代以上的祖坟不再迁移，就地平掉。布告贴出后，社员看干部，干部看柏舟，迟迟没有人迁坟。

柏舟必须带头。在即将平整土地的范围内，柏舟没有祖坟可迁，要迁的是自己妻子的坟。他跟母亲商量如何迁坟，印大妹说要迁的是你妻子的坟，你自己决定就是了。一个星期天上午，他和两个女儿、儿子来到妻子范玉英的坟前，跪着三叩头、再烧了些纸钱后，就用钉耙先把坟堆平掉，再用铁铲挖土。当见到棺材时，柏舟小心了，生怕铁铲弄坏了棺材。柏舟没想到的是，当四周全被挖空、被风吹后的早已腐朽的薄皮棺材，突然散架，范玉英的尸骨暴露无遗。

"这就是你们的娘。"柏舟哽咽起来。

见到母亲的尸骨，柏艳丽、柏秀丽姐妹俩放声大哭。母亲去世时，柏艳丽八岁，柏秀丽五岁。她们对母亲还有记忆，特别是母亲因难产而停止呼吸时的那种惨状，就像刀削斧砍般地刻在她们的脑海中。姐妹俩哭喊："娘，为了生弟弟，你死得好惨啊……娘，我们想你——"

听父亲哽咽、两个姐姐号哭，站在一旁的柏渡江也想哭，可他就是哭不出来。理智告诉他，面前坑里的白骨，就是他亲生娘的白骨，他与这白骨有着血肉联系，是生命相系。可从感性上讲，柏渡江对母亲一点印象都没有。范玉英生前没有留下照片。那时，农村人是没有照片的。印大妹虽跟孙子多次提起过范玉英，但母亲的形象在柏渡江心里，是模糊的，抽象的，空洞的，所以，柏渡江对母亲，说不上有什么感情。因为如此，此时的柏渡江，面对母亲的白骨，似乎成了一个局外人，显得有些冷漠。

见儿子像树桩似的站着，不哭也无眼泪，柏舟生气了："你没看见你两个姐在哭啊。你为什么不哭？她是你娘啊。她是因生你而死的娘。"

"我知道是我娘，可我哭不出来。"十岁的柏渡江说，"我对娘一点印象都没有，叫我怎么哭？"

柏舟坐在坟坑前，点燃香烟，给三个孩子讲起了在范玉英生产柏渡江时自己为什么没能在家的原因："那时，解放军即将过江。为了迎接和配合江阴解放，我和李伯伯、沈伯伯他们，要做的事情很多。我们要为解放军渡江后顺利接管江阴绘制行进路线图，要为解放军提供国民党军在长江江阴段的兵力布防图，要为解放军筹措军粮，要在解放军渡江时切断江防敌人的电话线，要在解放军先头部队渡江后当好他们的向导。同时，国民党的警察、特务，更是加紧对我们的侦缉，形势严峻，斗争残酷。为了革命的胜利，我不能顾家了，不能照顾你母亲了。如果我在家，你们的母亲或许不会死。但是，那时候，我没有办法分身，只能选择革命。"

柏舟又续上一支烟，抹了一把泪，接着说："孩子们，你们都已懂事。阿爹跟你们说，阿爹很在乎我们的家，也很在乎你们的娘。你们要理解阿爹，要懂阿爹。特别是渡江，你是男孩，又戴上了红领巾，要记住你的身世，要知道你名字'渡江'的来历。从某种意义上说，你娘是为解放军渡江而死的，你渡江是为解放军渡江而生的。你渡江，与伟大的渡江战役，有着割不断、抹不掉的关联。"

十岁的柏渡江，到此时才意识到自己的命运，是与渡江战役有着密不可分的关联的。

"渡江，你知道你这个名字，是谁起的吗？"柏舟问。

"听奶奶说，是李顺达伯伯起的。"柏渡江说。

"是的，"柏舟说，"艳丽、秀丽，你俩的名字，也是由李伯伯起的。他不仅希望你们人长得美丽，更希望你们的生活过得美好幸福。我和李伯伯他们，不顾家、不怕死地革命，归根结底，就是希望我们的后代能过上好日子。"

"我还是头次听说。"柏艳丽说。

"我也是。"柏秀丽说。

"艳丽、秀丽，你们都已小学毕业，要好好劳动，干出成绩。渡江要好好读书，取得优异成绩。你们千万不能辜负李伯伯对你们的殷切期望。"柏舟说。

"我们不会给李伯伯和阿爹丢脸的。"三个孩子异口同声地说。

柏舟站起，拍掉屁股上的尘土，跳进坟坑，认真地将妻子仅存的尸骨，捡进一只陶瓷罐中，然后用盖头盖住，再用一块红洋布包裹住，自己捧着，来到中兴圩后面原属自家的自留地上，将其安葬。一路上，柏舟口中不停地喃喃："玉英，我给你搬了新家。我们住得更近了。"

在柏舟的带头下，党员干部也纷纷迁坟。见党员干部已在迁坟，社员们也都行动起来。

在迁坟中遇到了"钉子户"，他就是陈富泰。陈富泰的爷爷、奶奶，父亲、母亲的坟，也正好在要被平整的田块中。陈富泰起先很强硬，表示决不迁祖坟，并振振有词："子孙挖祖坟，是不肖之孙，是要遭天打五雷轰的。"后见"大跃进"形势锐不可当，陈富泰专程回到宏兴沙，亲自跟柏舟商量，希望柏舟改变原土地平整规划，并表示他愿意出一笔钱作为补偿，但被柏舟拒绝。柏舟说："今年冬大队的土地平整规划，是由大队党支部研究决定并报公社党委批准的，怎么能你让我改变我就改变？你虽然是副县长，但你没有这个权力。我更没有这个权力。"

无奈之下，陈富泰只得出钱雇人把祖父母、父母亲的坟挖开。他祖父母的两口棺材早已散架。他父母亲的两口棺材，因板材厚、材质佳，完好无损。见状，陈富泰心里很宽慰，口中低声说着："爹、娘，我年轻时，你们常骂我是陈家的不肖子孙，是好吃懒做的浪荡子，结果怎样？结果，我后来有了钱，发了财，也让你们两老的晚年过得适意。你们死后，我买了江阴城里最好的最贵的棺材厚葬了你们。看看，埋在地下二三十年了，你们的棺材还是完好如初。"陈富泰把祖父母的遗骸、父母的棺椁，重新安葬在中兴圩原属于他家的宅基地上。陈富泰要付两百元钱给五队队长于一圆，说是买墓地的钱。

柏舟没让于一圆收下陈富泰的钱。

十八　解散食堂

　　过了一九五九年农历正月，印大妹就对儿子说："舟，我不去食堂烧饭了。"柏舟问母亲原因，印大妹说："我把十根手指头全部斩下来放到锅里，也凑不全原来烧饭的米。现在，米的供应量开始减少，饭烧得越来越烂，既不像干粥也不像干饭，社员意见很大，好像米都被我们食堂里几个人偷吃掉了。我们又不是猪身狗肚，能吃多少？我受不了那种闲气。"

　　"娘，大度点嘛。"柏舟说，"你饭都可以吃两大碗，一点闲气就吃不了？别放心里去，百姓百姓，就是一百条心嘛。"

　　"受气是小事，我担心的是，这大食堂能否办得下去。"印大妹说，"舟，跟娘说实话，其他地方的情况，是否跟我们宏兴沙一个样？"

　　"娘，这不是你关心的事。"柏舟说，"大食堂办一天，你就安心烧一天饭。"

　　进入春荒三月，一日三顿虽然仍由生产队大食堂供给，但中午吃不上米饭了，一日三顿吃粥，且越烧越稀，社员的肚皮开始填不饱了，大食堂越来越难以为继。

　　"舟，这大食堂不死不活的，还能维持多久？"一天晚上，印大妹问，"上头知不知道大食堂已撑不下去的情况？"

　　"我想，上头可能知道的吧。"柏舟模棱两可地说。

　　"什么叫可能？哼——"印大妹一肚皮不满，"刚过上半年吃勿愁的好日子，眼看又要过过去吃勿饱的苦日子了。这究竟算是怎么一回事？"

　　四月，江阴县委根据上级指示精神，调整人民公社管理体制，撤销工区，取消班、排、连、营的军事化管理体制，恢复公社、生产大队、生产小队管理体制；由以公社为核算单位改为以生产大队为核算单位，调整工资与供给在分配中的比例；将由公社使用的耕牛和大型农具、猪羊鸡鸭、自留地等下放给生产大队使用与管理；允许社员私人饲养鸡鸭羊兔，屋前屋后不便于生产大队经营的零碎土地，由生产小队统一规划，社员种植，谁种谁收。同时，大食堂还得办下去，但已不集中用餐，而是由社员打了粥饭回去吃，搭饭菜自行解决，因而上头允许社员家重新砌灶头。

吃大食堂时像刮一阵飓风似的，一夜天辰光，社员们都把自家的灶头拆了，可要重新砌灶头，就没有那么便当了，一是供销社来不及供应石灰、铁锅、木锅盖，要凭票排队计划购买；二是地方上灶头砌得好的瓦匠师傅来不及砌，社员一时难请到他们，也要排队。为此，社员们又开始满腹牢骚，说什么的都有。

柏舟好不容易走后门买回石灰、铁锅、木锅盖，又到大队砖窑上买回砌一副三眼灶头所需的砖头（砌灶头一般用的是土墼，因来不及人工制作土墼，只好用砖头替代，成本高了一点），再凭大队书记的大面孔，请来老沙上一个有名的瓦匠大师傅。砌灶头是要当日砌当日竣工的。宏兴沙和老沙上有一个共同的习俗——暖灶，也就是新灶头当日砌好就要当日生火做饭，并且还要作飨供拜灶家菩萨，以图吉利祥和。暖灶那天，主家要备一两桌酒席，招待前来道贺的至亲好友。在宏兴沙，新砌灶头也是农家的一桩大事和喜事，大多要闹闹的。柏舟身为大队书记，在宏兴沙又是最早新砌灶头的，暖灶那天，他家小闹闹也备了三桌酒菜。大队干部、中兴圩两个队的队长都受到邀请，但柏舟给他们约法三章，谁都不许送东西，谁送东西谁就不要去吃暖灶酒。干部们都听柏舟话，一个人也没送，都两只肩胛扛个头，去柏舟家吃暖灶酒。

按照传统习俗，柏舟家新砌灶头暖灶，他丈母娘家的人要送暖灶礼物的，比如鱼、肉、鸡等。柏舟妻子范玉英早逝，其既是师父又是岳父的朱裁缝也已早故，因而在平时柏舟与朱裁缝的子女们也就来往不多，柏舟丈母娘家的人在暖灶那天，是不会也不太可能送暖灶礼物的。但门面还是要装的，琼玥担起了这个责，尽管柏舟不让她破费，琼玥还是按她的心思操办，先到城里买了黑市米，再买了三桌酒席所需要的黑市猪肉、猪大肠、鲤鱼、鸡等荤菜及其他蔬菜，还有烧酒。

三桌人在吃暖灶酒时，印大妹当着大家的面，给琼玥表了功，说今晚三桌菜都是由琼玥置办的，并进一步说："琼老师虽还不是我印大妹的过门儿媳妇，但早已胜过我印大妹的儿媳妇了。"印大妹的话，博得了在场人的喝彩声，大家都说琼玥能在这青黄不接的辰光置办出三桌酒菜来，实在不容易，一般人是没本事办到的。已开始吃不饱肚皮的三桌人，把桌上的八大碗菜吃了个底朝天，连汁汤汁水都不剩一滴。

由于琼玥楼下的那间屋被用作大队部，没地方砌灶头，所以从暖灶之日起，琼玥就和柏舟同吃一只锅里的菜了。

大食堂供应的一日三顿粥越来越稀，稀到可以照出人影，却还灌不饱肚子，又没有什么东西可以替代粮食充饥，就连宏兴沙书记柏舟家的日子也难过下去。一天晚上，柏渡江在灶间突然大哭。印大妹还听到一只钵头被打碎的声响。她赶紧走到灶间，一看，被吓住了：只见二孙女柏秀丽呆站一旁，脸色煞白，吓得说不出话来；只见孙子柏渡江站着，一股血流沿着他的左脸直往下淌；只见一只盛稀粥的空钵头，被打碎在地上。

"怎么啦？"印大妹厉声问二孙女。

"弟弟抢我正在舔着的粥钵头，我用铜铲刀在他头上敲了一下。"柏秀丽哭着说。

柏舟放下饭碗刚出门，不在家。

哭声惊动了琼玥，她急忙奔到灶间，看见柏渡江头上仍在淌血，心疼得要命，就急忙奔向楼上，去房里拿了一小团新棉絮，再拿了一块干净的布和缝补衣服用的青线，从楼下快步奔下来，来到灶间，用棉絮团在盛有食用菜油的油钵头里沾些油，然后将棉絮团压在柏渡江头上冒血的地方，再用布按好，最后用青线沿下巴把头扎好。做完这一切，琼玥又上楼去拿了两只鸡蛋，煎了荷包蛋给柏渡江吃，说柏渡江吃了荷包蛋，既能很快止血，又能补充柏渡江流掉的血。荷包蛋煎好，盛在一只碗里，琼玥再把柏渡江拉到她跟前，用筷子搛着让他吃荷包蛋。柏渡江吃得欢，琼玥却肉疼得直掉泪。

柏秀丽与柏渡江之所以抢舔粥钵头，是因为肚中无食，饿久了，饿极了，饿慌了，饿急了。

一天上午，柏舟刚走进大队部，中兴圩六队的邱八和承包饲养生产队耕牛的包福天就闹到大队部。邱八检举包福天偷了队里的菜籽饼，包福天不承认，要邱八拿出他偷队里菜籽饼的证据来。邱八说，证据就是你包福天的儿子包福兆上学路上吃着炒的菜籽饼，被我撞到，我闻出来的味道就是菜籽饼香。说这话时，邱八直咽口水。

"有这事吗？"柏舟问包福天。

包福天先不承认，但听柏舟说要去学校找他儿子对质时，包福天承认了。于是，柏舟派人将印仲平叫到大队部，把包福天交给队长印仲平处理。印仲平很惊讶，心想，连老实厚道的包福天的手脚都不干净，要偷队里的菜籽饼，这世上还有几个人的手脚能是干净的？

承包饲养生产队耕牛，队里一年补助一百五十个工，相当于一个女劳力半年挣的工分。在社员们眼里，承包饲养生产队耕牛也算是一块肥缺，因而争抢的人很多，其中包括邱八。去年入冬前，六队队委会就耕牛饲养承包的问题，专门开会讨论过几次，因意见不统一而难以确定人选，于是，印仲平建议召开生产队社员会议，由社员举手表决决定。队委们同意印仲平的建议。在社员大会上，印仲平提出包福天、顾忠义、吉锋三个候选人。经过三轮举手表决，包福天成为承包饲养生产队耕牛的承包者，承包期一年，承包期满，如果社员满意，可以续包。

走出大队部，在回生产队的路上，印仲平对包福天说："福天，想不到你也会手脚不干净？"

"队长，我，我，"包福天突然呜咽起来，"我也是实在没办法。队长，你是知道的，我讨老婆有多么不容易。可她肚子不争气，连续给我生了四个女儿，到第五胎才生了个儿子。儿子生下来后，因缺奶水，再加上体质差，小毛小病一直未断过。今年开春以来，就开始饿肚皮，我们大人还能挺挺，熬熬，可我儿子难挺啊，难熬哇。他正在读小学四年级，队长，你也看到，我那儿子瘦成啥样了？风稍微大一点儿，就能把他吹上天。他整天喊阿爹我饿。我不能让儿子饿死呀，我包家不能断了香火啊。为了儿子，我就……可是，队长，我不是一个贪心之人。我每天在铲给牛吃的菜籽饼时，仅拿两三片，从不多拿。拿回家后，我再把菜籽饼片掰成大拇指甲那般大，然后放在锅里炒一炒，很香，就给我儿子一人吃，给他垫肚，给他营养，让他活下去。我说的是实话，队长，你也看到，队里的牛瘦了吗？可以让社员评评。"

"福天，牛确实没大瘦，但你偷队里的菜籽饼，这是事实，而且全圩人都晓得了，如果对你不作处理，我不好交代呀。再说，如果对你不作处理，喜欢见风就起浪的邱八，会放过这件事吗？要怪，福天也只能怪你自己。你为什么要让你儿子在上学路上吃菜籽饼呢？不好在家里吃完了去上学吗？"印仲平说。

"我不知道呀，"包福天急得额头上冒出汗来，"我也千嘱咐万交代过我儿子，不要到外面去吃菜籽饼，可儿子怎么就不听老子的话呢？"

印仲平召开了两次队委会，队委们才统一意见：终止包福天承包生产队耕牛；包福天已饲养生产队耕牛的四个多月，生产队不给予工分补贴；包福天在生产队社员大会上作检讨。

包福天愿意接受前两条处理意见，却不肯在社员大会上作检讨，认为这是坍祖宗台的有辱家门的事，也是败坏他名声的事。可手臂扭不过大腿，包福天还是在社员大会上做了检讨："我偷了队里一点菜籽饼，虽不多，但性质严重，是破坏农业生产的犯罪行为，是在挖社会主义的墙脚，是在做让敌人开心、让人民揪心的蠢事。我决心痛改前非，好好改造自己，重新做人。"

包福天检讨后，社员们大都谅解了他，唯独邱八不肯放过包福天，不断挑刺，寻衅滋事，弄得包福天当场大哭起来。

社员大会后，包福天睏在床上不停地唉声叹气，三天没出门。邱八还不放过包福天，他在社员大会后的第二天上午，跑到大队部找了柏舟，要求大队游斗包福天。柏舟听后火了："邱八，福天要是死了，你能得到什么好处？快给我滚，不要唯恐天下不乱。"邱八悻悻地走了。

硬撑到麦子上场，上头终于同意生产队大食堂解散。

江阴县委又根据上级要求，再次对人民公社管理体制进行调整：由以生产大队为核算单为调整为以生产小队为核算单位，原被收归公社和大队所有的社员自留地，再重新分给社员；原由生产队饲养的生猪，也改为由社员家庭饲养，并实行土地固定、劳力固定、耕畜固定、农具固定；公社和大队不得随意征用生产队土地、劳力、耕畜和农具。与此同时，农民也从此时起，就像羊被拴在羊桩上，被严格固定在生产队的土地上，不得随意外出或流动。

十九　欢唱麒麟

柏舟万万想不到，困难局面会越来越严峻。

一九六〇年正月底的一天上午，礼耕圩三队队长文仁，手中握着一抔细土，来到大队部办公室，把手中的细土往柏舟办公桌上一放，说："柏书记，你尝尝。"

"土有什么好尝的。"柏舟说，"再饿肚皮，也不会到吃土的地步吧。"

"不是让你吃，是让你尝。"文仁说。

柏舟真的用食指和拇指，捻起一点细土，放进嘴里品咂。"怎么回事，这土怎么是咸的？"柏舟惊讶地问，"哪儿来的？"

"我们队一块麦地里的。"文仁说，"我总觉得那一方十七八亩地，无论是麦还是稻，自人民公社化后，长得一年比一年差。我就琢磨，注意观察，今天一早走到田头，突然发现麦地里长出一种像盐一样白色的东西，我就用手指捻了点白色状的东西，用舌头一舔，居然是咸的，吓得我直跳。麦地里怎会长出咸东西来呢？后来仔细一想，找到了原因。一九五八年秋忙深翻时，我们听从上级号召，相信盐能增加肥力，就往地里撒了不少盐，没想到，盐起作用了，非但没能增加土地肥力，反而造成了不是盐碱地的盐碱地了。柏书记，我们干了傻事。这是很要命的。"

柏舟重重地叹息。往地里撒盐，是他要求各生产队做的，他又是按县、公社的要求做的。"我知道了。这事你就不要到外面去嚷嚷了。"柏舟说，"找我，还有其他事吗？"

"有，"文仁说，"柏书记，我们沙上已有不少人外出讨饭了，拦也没能拦住。出去讨口吃的总比待在家里等着饿死强吧。柏书记，我想出去唱几天麒麟，做一回体面叫花子，讨几口剩饭回来给老婆孩子吃。"

"你是队长，出去唱麒麟讨饭，合适吗？"柏舟说，"再说，现在天底下人都在饿肚皮，你到哪里去讨得到饭吃？"

"我可以不当这个队长呀，"文仁说，"柏书记，你也都看见，在宏兴沙能吃的树叶都摘光，田埂上能吃的草也都抢割没了，江堤上的茅草根也被掘尽，江滩上和芦苇地里新长出来的芦苇嫩叶子也都被割尽，还有什么东西可以用来填肚皮的？我知道现在很难讨得到饭，但我还是想出去碰碰运气。"

"上面正在想办法，我也在努力向上争取。"柏舟说，"再过几天，上面就会有一批青糠拨下来，到时我做主，多分给你几斤，好吗？文仁，越是在困难的时候，我们党员干部越要沉得住气，不能有畏难情绪，务必带领社员搞好春耕生产，这才是克服困难、熬过春荒的根本法子。"

"我不是党员，没你觉悟高，"文仁说，"现在是春闲，我出去唱几天麒麟，也不会误农事。如柏书记认为我不适合当队长，你随时把我撤了。我没半点意见。"说完，文仁就走出大队部。

唱麒麟是江北扬中、泰兴等地的地方说唱文化。由于宏兴沙绝大多数人的祖籍是扬中籍和泰兴籍，因而唱麒麟也被传承了下来，其形式类似安徽的"凤阳花鼓"。唱麒麟的道具是一只用竹篾扎成、再用纸糊成的麒麟。麒麟是中国古代神话中的瑞兽，性情温和，传说其能活两千年，为长寿吉祥的象征。其形状集龙头、鹿角、狮眼、虎背、熊腰、蛇麟、马蹄、牛尾于一身，《礼记·礼运》中将麟、凤、龟、龙，谓之四灵。

民国期间，宏兴沙唱麒麟的人不少，每年从腊月二十日至来年正月底，沙上人常常五六个人一起，各执一件打击乐器，手举"麒麟"，走村串巷，挨家挨户说唱，动嘴不动手，只唱不做动作。说唱内容有古代人物的、有故事或传说的，但大多数是见人唱人、见物唱物、见景唱景的即兴说唱，没有固定的唱本，说唱的大都是赞扬、祝福人的好话，以求得赏赐；偶尔遇到不善之人，唱词也有贬人的。

宏兴沙唱麒麟的人中间，要数文仁的父亲文富的水平最高，其佐证是民国二十四年正月初一上午，在江阴城里的西横街上，唱麒麟的文富他们五六个人，跟唱春的姓李的两个人，为了轧苗头多得赏赐，较起劲来，进行了"文斗"。用江阴话来说，这叫相互"抵吃量"；用宏兴沙的滩里话说，这叫"即口才"，指双方通过"斗唱"，比比谁的水平高，如果谁输了，谁就立马走人。这种"斗唱"，除比嗓子、比口才、比反应、比熟练程度外，还要比谁的知识面宽。文富和姓李的"斗唱"了近三个小时，引来围观者无数，把西横街堵得水泄不通。"斗唱"结果，文富赢了，从此声名大噪，进而他想把唱麒麟这只饭碗传给儿子文仁。

文仁十五岁起跟父亲学唱麒麟，学了十多年，可能是智商问题，也可能是素养问题，总之没能学到父亲唱麒麟的精髓，挑不起大梁，只能当个和唱角色。正因为有父亲罩着，文仁出人头地的内在动力也就不足，唱到农业高级社时，文仁和沙上众多唱麒麟的人，也就不唱了，因为沙上人都走上了社会主义农村集体化道路；因为沙上人的生活得到了改善，不需要唱麒麟当体面叫花子了。

文仁没想到的是，为了生存，如今他还得出门去唱麒麟。

去年农历年底，文仁就跟父亲说他准备在今年春节期间出去唱麒麟，父亲则说不合时宜，认为现在人人都在饿肚皮，谁有钱物赏赐给你？再说，已有五六年不唱了，有些生疏，还能唱好吗？父亲的话提醒了文仁。他先去蓝陵街上的新华书店买了些颜色纸，让父亲把原来的一只旧麒麟的破纸撕去，糊上新纸。同时，他开始复习背诵传统的麒麟唱词，比如《十房媳妇十枝花》等，并让父亲对他进行点拨。

父亲说："唱麒麟最要紧的，是要有见什么人唱什么好话的本领，要能随编随唱，要有针对性，更要紧跟时代形势。"

见正月快要过去，文仁通过温习，唱麒麟已说得过去，父亲就问儿子："文仁，你准备和哪些人一同出去唱？"

文仁说："我一人出去唱。我要学唱春的。以前唱春的至少也要两人，后来不是一人也能唱吗？我准备把一只小锣鼓挂在胸口前，左手举麒麟，右手敲鼓，边敲边唱。"

父亲则说："文仁，老子提醒你一点，就是出去之前，最好再跟柏书记打声招呼。你是队长，不好得罪他。"

文仁嘴上答应父亲，但心里根本没把父亲的话当回事，出去之前并没有再去跟柏舟说一声，因为他早不想当这个愁头队长了，也就不在乎柏舟撤不撤他队长的职。一天天刚亮，文仁就出门了。他没转村头，直接来到江阴北门浮桥头时，恰是早晨七点多，正是上市的好辰光。文仁之所以先要来到北门浮桥头，是因为这里船户多，商铺多，人来人往也多；还因为是，这里的居民大多是江北的扬中、泰兴籍人，是他的老乡。他以为老乡会念乡情，多赏赐他食物的。

他先来到一家专卖渔具的店门前，站住，见店主是一个中年男人，便左手擎起麒麟晃几晃，接着右手"咚、咚"地敲响锣鼓后，就欢快地说唱起来：

锣鼓一敲格排排，
花花麒麟送得来；
贵店一年风光好，

99

春夏秋冬广进财。

店门口一会儿围了二三十人，嘻哈着看闹猛，这种闹猛已有好几年没见了。

那个店主走出柜台，来到店门口，不跨出店门槛，他要看看文仁如何唱下去。看闹忙的人谁都不说话，也想看看这个唱麒麟的人怎样收场。见这阵势，文仁灵机一动，又欢快地说唱起来：

> 锣鼓一敲格排排，
> 尊声老板你笑开怀；
> 贵店生意通江海，
> 斗大的元宝滚得来。

那个店主听后，有了点笑意，但仍未开口。善于察言观色的文仁，再次欢快地说唱起来：

> 锣鼓一敲格排排，
> 小小麒麟歇下来；
> 歇在你上首做大官，
> 歇在你下首坐八抬。

此时，看闹忙的人发出一阵叫好声。

那个店主开了笑口："我也是泰兴人，念你麒麟唱得还不错，赏你一角钱，另加一个熟山芋。"说着，店主转身，走到柜台前，拿了一角钱、一只熟山芋赏给文仁，文仁则取出一只小布袋，张开袋口。可店主并没有将钱和山芋放进布袋，而是转身，又把一角钱和一只熟山芋放到柜台台面上。文仁则走进店里，左手拎着布袋，右手拿着敲鼓的一根小圆棒，将柜台台面上的一角钱和一只熟山芋刮进布袋里。店主见状，朝文仁翘起右手大拇指，又加赏他五分钱。

按照传统规矩，唱麒麟的人接受赏赐时，只许用一只小箩筐接，万不能用手去接。如用手接赏赐，那就是乞讨，就是叫花子，接受的不是赏赐，而是施舍。这就有失唱麒麟人的体面、人格和尊严。所以，唱麒麟的和唱春的一个样，都是体面叫花子。

春光横空

文仁算是旗开得胜，出师顺利。他赶快跑到一个角落里，赶紧从小布袋里掏出一角五分钱，放在右手心里掂了又掂，看了又看，才喜滋滋地揣进旧棉袄的内口袋里，扣好扣子后还要用手再摸摸，恐怕钱会长了翅膀飞走似的。文仁又从小布袋里掏出那只还有点热气的山芋，像饿死鬼似的，拼命往嘴里塞，塞得他不停地打噎，发出"嗝"声来。

文仁又来到一家门前，只见门框上挂着两小块腊肉在晒着。两扇木门，一扇开着，一扇关着，并没有关死，文仁就走近门口，轻声喊"屋里有人吗？"一个六十多岁的妇人从里间走出来，见是唱麒麟的，就说："现在人人都吃不饱，还有谁能赏赐东西给你？你走吧，等年景好了再来唱吧。"

文仁不走，不恼，却欢快地说唱起来：

> 锣鼓一敲闹忙忙，
> 奶奶家咸肉吊得高；
> 平常无事舍不得吃，
> 过年过节才拿出来烧。

老妇人听到文仁是在赞扬自己省吃俭用会持家，心里很开心，就说："唱麒麟的，再唱些好听的给我听听。"

文仁来劲了，嗓门更高了：

> 锣鼓一敲热闹闹，
> 你家大门朝南开；
> 上头雕着龙和凤，
> 下头元宝滚进来。

"依金口，依金口。"老妇人来了兴头，"能再唱一曲吗？"这时，一男一女两个八九岁的孩子从里间出来。那天恰好是星期天，孩子不要上学。"奶奶，门外站着的是什么人呀？"一个男孩问。"唱麒麟的。"老妇人说，"唱麒麟的，能再唱唱我一个孙子、一个外甥女吗？"

"能，我唱。"文仁欢快地说唱起来：

　　　　　　　　　　锣鼓一敲格正正，
　　　　　　　　　　书香人家真勤奋；
　　　　　　　　　　十年寒窗苦中乐，
　　　　　　　　　　今后大学金榜登。

　　老妇人笑得弯下腰，还双手拍着膝盖："唱麒麟的，你就是会唱。你再看看，我的一个孙子、一个外甥女，今后真的能'金榜登'吗？"

　　"能，一定能，保准能。"文仁说。

　　"依你金口，依你金口。"说着，老妇人走进里间，出来时，手中握了一把米。文仁赶快张开小布袋口。"这两年日子，城里人、乡下人都过得艰难。我实在拿不出手，但已经是咬了咬牙才给你这把米的。"听后，文仁的眼睛湿润了。

　　接下来，大半个上午，在浮桥头一带，文仁再也没有受到其他人的赏赐。他饿着肚皮来到江阴城里的西横街时，已是吃饭辰光，跑了几家人家，都没人愿意听他说唱麒麟。他来到县政府对面的一家商店门口，不知因为什么，居然毫无针对性地说唱起了《十房媳妇十枝花》：

　　　　　　　　　　一房媳妇一枝花，
　　　　　　　　　　料理农事要数她；
　　　　　　　　　　那块地里种黄豆，
　　　　　　　　　　那块地里种芝麻；
　　　　　　　　　　别家地里收成孬，
　　　　　　　　　　她家地里好庄稼。

　　有三五个人围上来听了。

　　文仁接着说唱：

　　　　　　　　　　二房媳妇二枝花，
　　　　　　　　　　劳动生产要数她；
　　　　　　　　　　每天五更清早起，
　　　　　　　　　　天天下地种庄稼；
　　　　　　　　　　割草挖泥挑担子，

> 车水栽秧又耢耙。
>
> ……
>
> 八房媳妇八枝花，
> 孝顺公婆要数她；
> 中午吃饭摆六碗，
> 早上还有蛋和菜；
> 倘若婆婆说几句，
> 笑脸相迎叫亲妈。

　　"八房媳妇八枝花"刚唱完，两个穿公安制服的人走上前来，不容文仁多说就把他带到穿制服的办公室，穿制服甲怒气冲冲地夺过他手中的麒麟，往地上一掷，再踏上一只脚，踩得它体无完肤。文仁心疼死了，但敢怒不敢言，只得将头勾得很低很低。穿制服甲又抢过文仁手中的小锣鼓，予以没收；还要没收布袋，搜他的身。文仁终于忍无可忍，两眼怒睁，用滩里话骂穿制服甲是国民党，是土匪。两个穿制服的人没听懂滩里话，就很凶地问他刚才说了什么。文仁马上改口说想给他俩唱唱麒麟调。两人出于好奇，就说唱来听听。

　　文仁开始说唱：

> 锣鼓一敲咚咚响，
> 来了救星共产党。
> 三座大山被推翻，
> 穷苦百姓得解放。

　　"你刚才唱的也是这个？"穿制服乙问。

　　"是啊。"文仁说，"唱共产党好唱错了？"

　　穿制服甲说："不信。你这四句话，要唱那么长辰光？听的人会那么放肆地大笑？我观察你有半个时辰了。交代吧，是否散播了封建的黄色下流东西？"

　　"不信？我再唱一曲给你们听听。"文仁唱道：

> 锣鼓一敲乐融融，
> 感谢领袖毛泽东。

> 人民江山人民坐，
>
> 劳动人民最光荣。

"你是在变着法子骂人？"穿制服乙说。

"我敢吗？"文仁说。

穿制服甲问："你是何地人？"

文仁不开口，被逼急了，就用滩里话说自己是江北泰兴人，来江阴城里唱麒麟是为了讨口饭吃活下去。他不敢承认自己是蓝陵公社宏兴沙大队人。

穿制服乙说："你属于'盲流'，按国家政策规定，该被遣送原籍。念你是初犯，又是在宣传共产党好，就不遣送你了，但你的小锣鼓必须没收。记住，回家后不要再乱跑。现在整治'盲流'很紧张，弄不好，要被关进去的。"

盲流也称为盲目流入人口，指的是为了逃荒、避难或谋生，从农村常住地迁徙到城镇、无稳定职业和无稳定居所的人。二十世纪五十年代初期起，我国每年都有大量农村人口，因贫困流入城市，给城市供给、治理造成不小压力。一九五三年四月，政务院发出《劝止农民盲目流入城市的指示》，"指示"中首次提出"盲流"的概念。一九五六年秋，农村人口外流到大城市和工业建设重点地区的情况十分严重，国务院于是年底又发出《防止人口盲目外流的指示》，并于一九五七年初，对该"指示"做了补充后再次下发。一九五九年三月，中共中央、国务院下发《关于制止农村劳动力盲目外流的紧急通知》，指出所有未经许可擅自离开乡土、"盲目流入"城市的农民，都是"盲流"。"通知"不仅要求各地严格制止农民外逃，而且指示各地将"盲目流入"城市和工业矿区的农民收容、遣返。

文仁第一次听说自己由乡下跑到江阴城里来唱麒麟讨赏是"盲流"。至于什么叫"盲流"，他不懂，可又不敢细问穿制服的人，只得唯唯诺诺地弓着身退出穿制服的办公室，空着肚子往家走，彻底打消了再外出唱麒麟的念头。他害怕自己被当作"盲流"而被关起来。他因饿而无力地回到礼耕圩时，天已很黑了。

二十　共渡难关

大食堂解散后，宏兴沙大队部又搬到前面中兴圩五队办大食堂的那三间厅屋里，琼玥家楼上房间下面的那间屋的东山墙新开的门又被砌上了，尽管瓦匠使出浑身解数，新砌的部分终究难与原来的墙面浑然一体，明眼人一看就知道这堵东山墙曾被拆动过，很难恢复到原状，但琼玥并未计较。

已在中兴圩生活了十五六年的琼玥，无事是不串门的。土改前，琼玥是陈家少奶奶，如果乱串门，就有失陈家体面；土改后，琼玥是反革命分子家属，是阶级敌人，如果再串门，就有拉拢腐蚀革命群众之嫌。琼玥当了老师后，除了去学生家家访外，平时也不与社员家走动。除没有串门习惯外，琼玥无事不去社员家，还有一个原因，就是因出身背景、成长背景、家庭教育、上学读书的种种不同，她和社员们在世界观、人生观、价值观这"三观"上存在着很大的不同，层次不一，品位不同，没有多少共同语言，很难真正说到一起去。鉴此，琼玥给自己的定位是，少与沙上人来往，保持一定距离，但对每个沙上人都笑脸相迎，对有困难的沙上人，能帮则帮。

一天晚饭后，琼玥去了队长于一圆家。

"琼老师，稀客，快坐，快坐。"于一圆老婆热情地与琼玥打招呼，让座。

"找我有事？"抽着旱烟筒的于一圆问。

"明天是星期天，我想下地劳动，但不要队里给我记一分工分。"琼玥说。

于一圆停下吸着的旱烟筒，狐疑地望着琼玥："琼老师，你这是……"

"我想帮帮柏舟。"琼玥说，"近来，他老是唉声叹气，老是自责自己没本事让沙上人吃饱肚皮，老是说好不容易被拢聚起来的沙上人的心又开始渐渐地散了。一圆，不要说整个宏兴沙，就拿我们中兴圩五队来说，出去讨饭找活路的也有五六个人吧。再这样下去，春耕生产谁来搞？春耕生产搞不好，怎能获得夏熟丰收？怎能获得全年粮食丰收？我想定了，从明天起，我每个星期天都下地劳动，心愿是想增强一点社员克服困难、熬过春荒、发展生产的信心，能替柏舟分点忧，担点愁。"

"琼老师，也只有你能想得到，做得出。"于一圆说，"现在，社员普遍情绪消极，牢骚很多，不思生产。琼老师，由你这样一带头，有可能带动起社员的信心来。"

第二天是星期天，队里没开早工。一吃过早饭，于一圆吹响了上工的哨子。这天的农活是麦田除草。琼玥穿一身旧衣服，脚穿一双旧的褡襻鞋，捎了一把锄头，跟着于一圆下地了。他俩干了半个小时左右的农活，在家的男女社员才三三两两来到田头，见到琼玥在麦地里干活，都很惊讶。她们没想到琼玥会下地劳动，更不知道琼玥为何要下地劳动。于是一些社员开始以小人之心度君子之腹，七嘴八舌地议论说琼玥当了老师有了工资还要跟社员抢工分，真可谓是人心无足事，有了还想更有。我们穷人是没有活路了。

于一圆听不下去了："你们的嘴巴是否刚到清水茅坑里洗过？怎么这么臭？你们知道琼玥老师为什么要下地劳动吗？"见社员们不说话，于一圆接着说，"昨晚，琼老师去我家找我了，她说今天要下地劳动。今天是什么日子？是礼拜天，是琼老师的休息天。她说以后每个礼拜天都会下地劳动，而且不要队里给她记一分工分。她是义务劳动。琼老师为什么要这么做？她要和大家一起克服困难，熬过春荒，发展好生产。她是在帮我们。她是在增强我们战胜困难的信心。可你们这些人还没明就里，就信口胡说八道，说些不是人说的话。好了，我已说清楚了。大家干活吧。"

几个女社员又在窃窃私语了。"她是在给柏舟长脸。""到底是柏书记的暗头里女人，觉悟就是比我们高。""如果我也是柏书记的暗头里女人，一天学一点，一年学三百六十点，几年下来也会学到不少，我不一定会输给她。""好啊，蜡梅，你去做柏书记暗头里的女人呀。你做成了，我们也好沾沾你的光。"她们在说笑着，打趣着。可她们的这些话一出口，就被东南风吹得无影无踪，无声无息，没留半点痕迹。琼玥根本没听进耳朵去半句话。

柏舟主要负责督促礼耕圩两个生产队的春耕生产。礼耕圩社员的心最不稳定，外出乞讨、凭手艺出门挣饭吃的人在宏兴沙是最多的。晚上，柏舟一个个地做党员、主要队委干部的思想工作，鼓舞他们的士气，组织社员搞好春耕生产；白天，他下地劳动，今天在三队，明天在四队，后天再在三队……其他大队干部也都有明确的分工，各自负责所督促的生产队的春耕生产。柏舟告诫大队干部们，只有发展生产，才能从根本上解决社员的饿肚皮问题。

自开始吃不饱肚皮起，柏舟家的日子过得也是很艰难的。他全家五口人，也有揭不开锅的时候。他是大队书记，如果有点私心，完全可以从上头拨下来的救济粮（包括米粞、麸皮、青糠、黄豆饼、油菜籽饼）中克扣一部分下来拿回家，但他没有这样做，而是与社员一起，有苦同吃，肚皮共饿。这些，宏兴沙的干部社员，个个看在眼里，都从心底里敬佩柏舟。

这个星期天晚上，正在吃晚饭时，有人在敲柏舟家的门。所谓晚饭，吃的是薄浪汤的麸皮糊粥，粥里一粒米也没有，柏舟连吃三大海碗，肚皮被灌得直挺起来，但只要转几个身，撒几次尿，肚皮又贴在脊梁骨上了。柏舟听见敲门声，便起身开了门，见是永丰圩的奚炳度，就请他进屋，待奚炳度坐下后就问："炳度，找我有事？"

奚炳度吞吞吐吐一阵子后，终于说明来意："柏书记，我有一件急事求你帮忙。"

奚炳度五十出头，生了三个儿子、两个女儿。最小的儿子也已二十四岁了，因儿子多，没房子，至今没有一个儿子成家立业。前几天，有一对母女，女孩刚过十七岁生日，从江北兴化讨饭到永丰圩，因一路上已两天没讨到吃的了，女孩子突然饿昏在奚炳度家的门口。他小儿子奚建中二话没说，就把那个女孩抱到他睡的竹榻铺上，并用他娘省下没吃完的半碗稀粥，喂那个饿昏过去的女孩子吃了，女孩才缓过神来。奚炳度老婆又是个热心肠的人，温暖了那个女孩的母亲。那个女孩母亲就磨蹭着不愿走，奚炳度老婆又留不起那对母女，便暗示那对母女离开，那女孩母亲终于向奚炳度说出自己的心思，说她已看上奚炳度的小儿子，愿意把女儿嫁给他，只要五六十斤山芋或胡萝卜作为聘礼。

"柏书记，求你想想办法帮帮我。"奚炳度说，"这样便宜的媳妇，过了这个荒年头，到哪里去找呀？可我炳度穷，家里拿不出一点点东西做聘礼。柏书记，你千万千万要帮我寻成功这个儿媳妇。"

柏舟也一筹莫展，只是一个劲地挠着后脑袋。他很想帮奚炳度促成他小儿子的婚事，可他手中既无山芋也无麸皮等能充饥的替代食物啊，更不用说钱了。看到奚炳度那种着急相和对自己的无限信任，柏舟又不忍心一口回绝。他不能伤奚炳度的心啊。当年农业合作化时，奚炳度也曾是积极分子，帮过柏舟做工作的。

"让我想想办法。"柏舟说。

"好，好，柏书记，明天一早，我再来听你的回音。"奚炳度说。

奚炳度刚走，琼玥也已陪着柏渡江和陈瑛做完家庭作业，就从楼上下来，看到柏舟坐立不安的样子，就问："刚才，谁来了？"

柏舟就把奚炳度找他帮忙解决的事跟琼玥说了一遍，琼玥听后立马就说："炳度这个忙，一定要帮。"

"拿什么帮呀？"柏舟说。

"我帮，你出头。"琼玥说了自己的想法。

柏舟则说："玥，你帮就是你帮，不要把你做的好事都算在我头上。我娘已跟我说了，说你今天这个星期天帮队里做了一天义务劳动。我知道，玥，你这样做是在帮我，是在支持我工作。我很感激你。若你有能力帮炳度，你就出面帮。"

"你分得清了。"琼玥说，"不跟你争。舟，我就借给炳度三十元钱吧。"

柏舟想了一下，又朝琼玥看了几眼，心想你哪儿来钱呀，但还是点了点头。

琼玥走上楼去，来到她房间，打开一只樟木箱，从箱底下取出三张面额十元的正散发着樟脑味的钞票下楼来了："舟，你陪我去一趟炳度家。"

"不用这么急，明天一早去也不碍事。"柏舟说。

"还是今晚去好，"琼玥说，"如果今晚不去，炳度肯定一晚上睡不踏实。去吧，给他吃一颗定心丸。"

琼玥和柏舟出了门，来到永丰圩奚炳度家门口，从门缝中见到桌上的油盏灯还亮着，就敲门。奚炳度开门后，见是柏舟和琼玥，心里顿然兴奋起来，赶紧把他们请进屋，再让座。琼玥说明来意后就从口袋中拿出三十元钱给奚炳度，奚炳度的手突然像被开水烫得颤抖起来，不敢接琼玥递给他的钱。正常年景，这三十元钱，在宏兴沙作为讨媳妇的订婚礼金，也已拿得出手。

"琼老师，这是我炳度借你的。等年景好了，我一定本息归还。琼老师，你这种救急救难的大恩大德，我炳度家几世都不会忘记。"奚炳度说。

"炳度叔，不要放在心上。谁没有遇到急难的时候？再说，你儿子的婚事，是天大的事，我能帮上一点忙，也是我的福分。我们是村邻，有难互相帮，都是本分。"琼玥说。

第二天一早，奚炳度又找来那对母女，将三十元钱递给女孩的母亲。母亲不接，嘴中却这样说："在这世上，钱是好东西。可是，在这个人人饿肚皮的年代，这钱既不能当饭吃，也买不到吃的东西，我不要。我只要五十斤山芋，或者五十斤胡萝卜。这些东西能让我活命下去。"

于是，奚炳度就拿着这三十元钱出门了，总以为能买到山芋或胡萝卜的，可他花了几天工夫，跑了周边几个集镇，可农贸市场早被取缔，哪有农产品卖啊，更不用说是粮食。他又在老沙上转了几个村子，终于打听到有个生产队有藏在地窖里过冬的山芋。这些山芋是待到清明前拿出来用于培育山芋苗的。他找到那个队的队长，求爹爹告奶奶，好话、可怜话说了一大船，终于让那个队长动了恻隐之心，松了口："可以卖给你五十斤山芋，但要一块钱一斤。"

"这么贵啊？"奚炳度急了，"能否便宜点？"

"我是为了成全你儿子的亲事，才自作主张答应帮你的。这个年头，不要说没钱，就是有钱，你到哪里去买得到能填饱肚皮的东西？"那个队长说。

奚炳度踌躇起来，心想，"好年景时，这三十元钱也能作为订婚聘礼了，怎么到了荒年，反倒变成五十元钱的聘礼？"他又转念一想，"我在怪谁呢？那个女孩的母亲可没开口要我奚家一分聘礼钱呀，她要的仅是五十斤山芋，或五十斤胡萝卜呀。这五十斤山芋，或五十斤胡萝卜，在正常年景，能值几个小钱呀！可这个队长竟然要把五十斤山芋卖五十元钱，这不是要我的命吗？"

正当奚炳度为难时，那位队长问："山芋你还要不要？"

奚炳度说："让我回去跟老婆商量商量再说。"

"随你便。"队长有点不满地说。

奚炳度回到家跟老婆一说，她被惊吓得说不出话来。"接下来，怎么办？"老婆问丈夫。

"不知道。要不，小儿子这门亲事就算了吧？"奚炳度说。

"这怎么行？如果这门亲事就这样算了，小儿子会怨恨我们大人一辈子的。炳度，要不，你再厚一回脸皮去找找琼老师？"老婆说。

"看来，也只有我再厚一回脸皮了。"奚炳度叹口气说。

第二天早晨，奚炳度没直接去琼玥家，而是瞅准琼玥上班的时间，在路上创造了一个偶遇的机会。

"琼老师，上班啦？"奚炳度跟琼玥打招呼。

琼玥驻步，关心地问："你儿子的亲事定下了吗？"

"快了，快了，就是，就是……"奚炳度欲言又止。

琼玥问："又遇到了什么困难？"

听琼玥这么一问，奚炳度就直说还缺二十元钱买山芋的事："琼老师，我还缺二十元钱，你能否……"

"行，我再借你二十元钱，你中午到我家去取。"琼玥说。

奚炳度最终花五十元钱买了五十斤山芋，换回了一房儿媳妇。同时，琼玥鼎力帮助奚炳度娶儿媳妇的事，在宏兴沙也口口相传成一段佳话。

二十一　柏舟住院

柏舟终于挺不住倒下了，被送进了江阴县人民医院。他面黄肌瘦，眼珠变黄，四肢无力，皮鞋都快要拖不动了。经医生确诊，柏舟得的是严重肝炎。柏舟得肝炎的原因有多种，其中很重要的原因是他常年劳累、长时间饥饿、营养严重不足所致。柏舟在县人民医院住院期间，琼玥趁星期天的时间，去医院陪了柏舟一整天，并给他带去了高级糖果、高级饼干。

"哪来这么金贵的东西？"柏舟问。

"他从香港寄来的。"琼玥淡淡地说，"你把它全吃了，有了力气，才可以跟他斗争到底。"

"我不吃资本主义的东西。"柏舟说。

"过去地主、资本家吃猪肉，穷人也吃猪肉，难道猪肉也分资本主义与封建主义的？"琼玥剥了一颗奶油软糖递到柏舟嘴边，柏舟别转头不吃。

"要不要我嘴对嘴喂你？"琼玥用右手扳转柏舟扭过去的头，左手将那颗糖塞进柏舟嘴里。品咂一会儿后，柏舟说："这糖挺甜的，也挺香的，好吃。"琼玥瞄了柏舟一眼，嘴笑心里更笑了："尝到甜头了吧。"

琼玥告诉柏舟——

这个星期三上午，蓝陵公社邮电局负责宏兴沙这条邮路的一位姓陆的邮递员，背着一只绿色邮递包，步行来到宏兴小学，刚进校门，就放开嗓子喊："琼老师，快拿私章出来。香港有人给你寄信、寄邮包、汇钞票来了。"听到喊声，刚下课回到办公室的几位老师，都跑出教师办公室，好奇地问姓陆的"是什么邮包？""汇了多少钱？"

琼玥拿着私章，走出办公室，来到陆邮递员面前，在陆邮递员递给她的汇款收讫记录单上签了名盖了章后，陆邮递员就给了琼玥一封国际挂号信、一张包裹提取单、一张汇款单。老师们纷纷围住琼玥，问是谁来的信？给她寄了什么好东西？汇给她多少钱？琼玥则没好气地说："不告诉你们，这是我的隐私。"老师们顿然哑了。

陈国豪给琼玥寄来了两铁盒高级奶糖、两铁盒高级饼干、两双她穿的高跟皮鞋、她和女儿各两双高帮雨鞋；给她汇来了两万元港币，作为她和女儿的生活费。陈国豪写给琼玥的信不长，大意是说他从香港媒体上了解到大陆正处在大饥荒的情况后，心里很是不安，踌躇犹豫一段时间后，才下决心写了这封信，并给琼玥和女儿寄去一些日常用品，汇去一点生活费，聊以帮助妻儿度过暂时困难。他还说他在香港一切安好。

琼玥把陈国豪信中的大意告诉柏舟，但柏舟听了一半就制止琼玥不要说下去了。

"为什么要跟我说这些？"柏舟问。

"你是我男人，又是宏兴沙书记，我信任你。"琼玥说。

"我不想听。"柏舟说。

"吃醋了？"琼玥问。

"这不是吃醋的问题，而是严重的阶级斗争的新动向问题。你赶快把信烧了。"柏舟说。

"我已烧了。"琼玥说。

柏舟松了一口气。

"舟，这几天，我气得白天上不好课、吃不下东西，晚上睡不着觉。"琼玥说。

"什么事能把你气成这样？"柏舟问。

"转正公办教师的事。"琼玥说，"近几年每年都统考，我所教班的考试成绩，每次都名列全公社前五名。教学成绩还好吧。再说我的政治表现，我自认为起码可以达到良好级。可是，我教学成绩再好，政治上再努力要求进步，参加工作九年来，从未被评上过一次先进教师。这我气得过，也想得开。谁叫我是资本家的儿媳妇？谁叫我是反革命分子的家属？可我气不过的是，这一次蓝陵中心小学把我转正公办教师的材料上报了县文教局，听宋校长说，凡是在一九五六年前参加教育工作的民办教师，这一次全都转正为公办教师。我是一九五三年八月参加教育工作的，完全符合转正条件，但被刷了下来。理由是，我阶级成分不好。这算什么理由？还让不让人活下去了？在共产党队伍里，出身于剥削家庭的人，不是照常有人当干部吗？有的还是大干部。为什么唯独对我琼玥这个弱女子，这么不公平？这么不公正？这么不公道？"琼玥禁不住啜泣起来。

柏舟握住琼玥的手："玥，你的心情我理解。要不等我出院后再去找找李县长？"

"来不及了，不要去给李县长添麻烦了。再说，李县长虽是一县之长，但在我转正这件事上，恐怕他也做不了主，别去难为李县长了。"琼玥说。

"可我看你生气，心里难受啊。"柏舟说。

"没什么要紧的。"琼玥说，"我不会一直生气的，生了一段时间气后，气自然就会顺的。转不了公办教师就转不了吧，我就当一辈子民办教师好了，只要能让我当教师，我也就知足了。"

柏舟说："你能这样想，我就放心了。"

在县人民医院住院五天后，柏舟就要求转到蓝陵公社卫生院。柏舟由县人民医院转到蓝陵公社卫生院后，琼玥每天晚上去医院陪护，还想方设法为柏舟做好吃的，有时候是红烧肉，有时候是鲫鱼汤，有时候是老母鸡汤，有时候是鸡蛋，给柏舟增加营养。这些东西，在当时很少有人买得起，也难买到。琼玥条件好，除每月有三十元五角工资外，她公公每月还给她女儿二十元生活费，陈国豪离开大陆时又给了琼玥不少金条、银元等。最近，陈国豪又给她寄了两万元港币。她有钱，也舍得拿出钱来，花高价到黑市上去买能买到的可以增加柏舟营养的东西。柏舟虽是大队书记，但没有国家公费医疗保障，住院看病与普通社员一样，都是自费，因而在转院时，连在县人民医院的住院费、医疗费都付不起，都是由琼玥支付的。

此外，在近三年的大饥荒中，琼玥不时地拿出钱去黑市上花三五元钱买一斤大米、花七八元钱买一斤菜油，接济柏舟家。由于两家同住一楼，琼玥就把柏渡江当作自己的亲生儿子，自与柏秀丽抢舔粥钵头事件后，就让柏渡江一日三餐跟着她吃，总体说来，柏渡江没饿过多少肚皮，所以身体健康，个子也长得高，感动得印大妹在一天晚饭时感恩地哭着说："玥，你是一个活菩萨，救了我一家人的命。"

琼玥则在那天改口叫印大妹"娘"。

柏舟住院期间的一天下午，蓝陵公社党委书记沈兴昌去看望他，看到病床床头柜上放着一只大的白色搪瓷杯子，就揭开盖一看，见到杯子里还有半杯老母鸡汤和好几块鸡肉，就说："伙食不错嘛。"柏舟说："都是她做的。"沈兴昌明白柏舟口中的"她"指的是琼玥。"柏舟，你交上了好运。"沈兴昌说，"患难见真情。你要好好待她。她是一个难得的好女人。"柏舟问："你也这样认为了？"沈兴昌说："柏舟，你看，在你和琼玥的问题上，你又要说我的不是了。"柏舟说："我才不会不知好歹呢。"又聊了一会儿工作上的事，沈兴昌告辞。

柏舟住院六天后，医生才勉强同意他出院。出院那天上午，琼玥向学校请了假，为柏舟支付了所有医疗费用、办妥出院手续后，就手拎着一只放有脸盆、碗筷的网袋，搀扶着柏舟走出卫生院，一路往北，走回宏兴沙中兴圩的家里。走进宏兴沙地界时，在地里干活的干部社员见到柏舟时，都纷纷跟他打招呼。

柏舟来到楼上最西面的自己的房间，只见自己床上的床铺、蚊帐都换了新的，心想只有琼玥才会这样做，就深情地望住身边的琼玥。琼玥相视一笑后，就伺候柏舟躺下。

"在你养病期间，我照顾你。"琼玥说。

"为什么要对我这么好？"柏舟握着坐在床沿上的琼玥的手问。

"我对你，好吗？"琼玥说，"我做得还不够好。"

在家躺了两天后，柏舟再也躺不住，就去大队部上班了。在柏舟住院和在家休养的十多天中，罗桐把大队部工作抓了起来，柏舟对罗桐的工作比较满意。他走在田埂上，一个生产队接着一个生产队地走，与在田里干活的社员攀谈，向队长了解农业生产情况。干部、社员看到柏舟大病初愈，都抢着跟他打招呼，劝他以后工作起来时可不能再那么拼命了，要注意保重身体。柏舟听后心里暖暖的。

总体上说，宏兴沙的三麦长势要比去年好。

五月上中旬，元、大麦上场后，社员们的肚皮勉强可以填饱，严重的春荒得以缓解。

二十二　无奈搬家

　　上小学六年级起，柏渡江再也不肯与陈瑛同睡一床。陈瑛也不愿意和柏渡江同睡一床。

　　琼玥问女儿："陈瑛，你跟渡江闹矛盾了？"

　　"我的琼老师，你想多了。"陈瑛调皮地说，"没矛盾，很自然，很正常。"

　　琼玥尊重两个孩子的意见。

　　柏渡江搬到父亲房里，却不肯与父亲同睡一床。柏舟就在自己的大床前，南北向地给儿子搁了一张竹榻铺。

　　陈瑛仍一人睡楼上中间那间房。

　　上学时，柏渡江有时和陈瑛一起走，大多数时候是跟中兴圩上的其他男同学一道走；放学时很难得与陈瑛一同回家的。在家做家庭作业时，陈瑛伏在她家的红木八仙桌上做，柏渡江伏在他家的那张杂木饭桌上做。两人形影不离的情景已很少见。

　　有一天，柏舟问儿子："渡江，你怎么不跟瑛瑛一同上学一同放学一同做家庭作业？你们闹别扭了？"

　　"我的书记阿爹，你想得太多。我跟瑛瑛好着呢，没有什么别扭。"柏渡江说。

　　其实，两人分开睡，是柏渡江首先提出来，陈瑛同意了的；两人不经常一同上学一同放学，也是他俩商量好的。

　　有一天，柏渡江问陈瑛："我们俩睡一床，你有没有觉得有点难为情？"

　　陈瑛说："以前小不觉得，现在觉得了。你呢，渡江？"

　　"我和你一样的感觉。"柏渡江说。

　　于是两人决定分床睡。

　　此外，柏渡江首先提出与陈瑛分床睡，除长大外，还有一个原因，那就是他觉得陈瑛将会妨碍他进步。他要与陈瑛保持一定距离。别小看柏渡江人小，却蛮有政治头脑。他读二年级时就加入了少先队，可陈瑛到六年级还加入不了少先队。他听一位老师说过，陈瑛之所以加入不了少先队，是因为她出身不好。琼玥虽是老师，却也帮不了陈瑛。柏渡江就有点朦胧地感觉到，陈瑛和他不是一类人。柏渡江的这点小心思，陈瑛却丁点不知道。

考取蓝陵初级中学后，陈瑛被分在初一（1）班，柏渡江被分在（2）班，两人虽不在一个班，但柏渡江还是要躲避陈瑛。柏渡江之所以要躲避陈瑛，是因为他听到同班的一个男同学对他的冷嘲热讽，说他爹柏舟是一个吃软饭的人，还与反革命分子老婆同流合污，狼狈为奸；说他与反革命分子的女儿是青梅竹马；等等。为这，柏渡江与那个男同学干了一仗，不分输赢，两人都鼻青脸肿。这是进入初一第二个星期发生的事。冷嘲热讽柏渡江的那个男同学，据说其父亲是蓝陵公社机关的一位干部。

打架事情过了后，柏渡江专门去学校图书室查了词典，才知道"吃软饭"是指男人依靠女人的钱财过日子的意思。开始会思考问题的柏渡江，联想起自家住的楼房原来是她奶娘家的、奶娘给父亲和自己好吃的、好穿的……便以为自己和父亲都是靠奶娘养活的，都是吃奶娘"软饭"的男人。柏渡江深感耻辱，小男人的自尊心受到极大伤害。柏渡江就赌气不理父亲，不拿好脸色给父亲看；就躲避陈瑛，不想自己再被班里的同学瞎议论。

柏舟也感到儿子有点不对劲，便在一天晚饭后，主动与儿子谈心，问儿子为什么会无缘无故不明不白地不理他这个父亲？柏渡江被逼急了，便口不择言地脱口而出："因为我有一个吃软饭的阿爹。"柏舟听后火冒三丈，要动手打儿子，被印大妹劝住了："你儿子长大了，心思多了，想法也多了。你得耐住性子，听听渡江说出个子丑寅卯来。"

不料，柏渡江也吼了起来："你打我算什么本事？你有本事就去学校打那个骂你的同学。"柏渡江委屈地大哭起来。印大妹将孙子的头搂在胸前："渡江，不许哭，有什么事，好好跟你阿爹说。"柏渡江就哭着把自己跟同学打架的原委告诉父亲。听完，柏舟紧握拳头，将饭桌擂得震天响。

琼玥和女儿在楼上听到柏舟父子俩吵架时，就先后来到楼梯口，女儿要下楼时被琼玥拉住了。母女俩站在楼梯口把柏舟父子吵架的事由听得一清二楚。见女儿要开口说话时，琼玥用右手捂住了女儿的嘴，并把女儿拉到自己的房间："他们父子间的事，我们不要掺和，不要介入。"

"阿爹，我现在给你两个选择，"柏渡江果断地抹了一把泪说，"要么我们搬出去，要么我不上学。"

"我的小祖宗，你可千万不能不上学。"柏舟着急地说，"我还盼着你接我革命的班呢。你这一代人不上学，缺乏文化知识，怎么能接好由我们这一代革命者创立的无产阶级革命事业的班？"

"好啊，既然这样，阿爹，"柏渡江说，"我们就尽快搬出去住。"

柏舟没有吱声。

在柏渡江看来，父亲没吱声，就是默认。"我要看你的实际行动，阿爹，我保证自己说到做到。"柏渡江说。

柏舟陷入进退两难的境地。

第二天中午，琼玥在学校用餐后回了家。她要听听柏舟的真实想法。琼玥昨夜一夜没睡好。她怕柏舟搬出去。她不会让柏舟搬出去的。她需要柏舟。

"玥，你说，我怎么办？"柏舟问。

"要不，今晚我再劝劝渡江？"琼玥说。

"但愿你能说服他。"柏舟说，"这个倔种，活脱脱像我，说一句是一句，决不会说话不算数的。"

"渡江不像你，那你想让他像谁？你这个当老子的，亏你说得出这种话来。"琼玥说。

晚饭时，琼玥叫柏渡江去她屋里吃，柏渡江先不肯，在琼玥叫第三遍后，在奶奶催促下，才去了琼玥屋里吃晚饭。虽然吃的是粥，但很稠，像烂饭，还有炒鸡蛋搭搭。柏渡江也不客气，又是正在长身体的时候，连吃三大碗粥后才肯放下手中的碗。吃完，琼玥吩咐女儿去洗碗。当陈瑛收拾碗筷离开饭桌后，琼玥问："渡江，今天家庭作业多吗？"

"还好。"在琼玥面前，柏渡江就是大声不起来，"奶娘，我知道你会找我的。奶娘，在这件事上，我要不听奶娘的话了。奶娘，你早晚会懂我的。"

"没有商量的余地？"琼玥问。

"奶娘，我刚才说了，别的事我都听奶娘的，唯独这件事我不会听奶娘的。奶娘，我已长大。我有男人的尊严。"

"你是在为难你爹。"琼玥说。

"我不管，谁叫他是我阿爹。"柏渡江说。

琼玥也没能劝得动柏渡江，从这件事上，她才第一次真正见识到柏渡江是一个一旦做出决定、做出选择，绝不会改变的人。她内心很欣赏柏渡江的这种性格。她认为这是男人成大器必备的性格。一个人云亦云、人趋亦趋、没主见、没决断的人，尤其是男人，是干不出也干不成大事的。琼玥不同意也只得同意柏舟搬出去。

可搬到哪里去住呢？

"我准备造好新屋后再搬出去。"柏舟跟琼玥说，"照我心思，我是不愿意搬出去的，可我拗不过儿子。为了儿子的前途，我只能依着他。玥，我决定造三间瓦房。"

"那你手头上有多少积蓄？"琼玥第一次问柏舟"钱"的事。

"我手头上有三百多元积蓄，"柏舟说，"我想好了，砖瓦可以到大队砖窑上去欠，等房子造好后，再逐年归还砖瓦款；买梁、买柱子等材料，三百元钱肯定不够。我准备向要好的朋友借点。"

"舟，你估算一下，造三间瓦房的材料费、瓦木匠人工费等，总共需要多少钱。告诉我一个数，我给你。"琼玥说。

"不行，这要让渡江知道了，他又要跟我闹了。"柏舟说，"我想办法出去借吧。"

"向别人借的钱是钱，"琼玥说，"我借你的钱就不是钱？钞票上写有我琼玥的名字啊？你这个木货。我们两人说定，你造房子的钱我想办法出，但为了在渡江面前好有一个说法，你可以写借条给我。这样吧，我先给你一千元，不够，我再想办法。"

"你到哪里去想办法啊？"柏舟说，"一千元钱不是一个小数目。"

"这你就不用操心了，我自有办法。"琼玥说。

"但也用不了一千的。"柏舟说，"你非要给，就给八百吧。"

"我的钱会烫你手啊，"琼玥说，"舟，你三个孩子已大了，开销也大了，你手头上该有几个钱了，遇到急事时也好应急。"

翌日下午，琼玥请了半天假，去江阴城里的中国人民银行，悄悄地取了存款单上的钱，晚上就把一千元现金给了柏舟。柏舟要给琼玥写借条。

"真的要写借条啊，"琼玥说，"舟，有点顶真了吧。"

"形式还是很有必要的。"柏舟说，"你叫我怎么还得清呢。"柏舟把写好的借条递给琼玥。

"还不清，就把你这个人抵给我。"琼玥笑着说，"不过，你这借条要重写，写我借你五百元。"

"为什么？"柏舟问。

"哪儿来那么多为什么？"琼玥说。

宏兴沙的东端，有条夏禹河，传说最早是由夏禹组织人疏导出来的；西端有条新沟河。两条河都北通长江。宏兴沙烧砖瓦有点年头了，据老人讲，在清朝道光年间就有人在新沟河东岸盘了一座砖瓦窑，烧制的青砖、薲砖、青瓦，畅销江南、江北。一九五六年办起农业高级社后，砖窑被折价后收归宏兴沙高级社所有，一九五八年人民公社化时就为宏兴沙大队所有。

柏舟在大队砖窑场上定购好造三间房屋所需要的砖瓦后，又找李顺达批条子，到县供销合作社生产资料部买回了木头梁、木头椽子、石灰等，再到蓝陵公社采石场开了购买块石的票。秋忙前，在大队窑上的一窑砖瓦出窑后，柏舟就请了瓦、木匠和帮工，开墙槽，排屋基，动工造房子。一星期后，三间高丈五的新瓦房矗立在中兴圩的破旧矮屋中间，显眼、醒目，与琼玥家的三间二层楼房一起，珠联璧合地构成了宏兴沙的地标建筑物。秋忙一过，柏舟选了一个吉日搬了家。

搬家时，琼玥要柏舟把他睡的床搬走，柏舟不同意："这张金贵大床，本就是你公婆睡的，属于你公婆所有，只是土改中分给了我，我已睡了这么多年，现在怎么能搬走它呢？再说，现在也没人会拆装这种大床，弄坏了，我可赔不起。"

"舟，你有时就是少根筋，不会深入想我的话。"琼玥说，"既然你不肯搬走就放在这里吧，反正是你的。"

柏舟说的"金贵大床"，指的是陈富泰与花氏在中兴圩小住时睡的大床。这张床是紫檀月洞门四柱架子床。它的四角有四根柱子，上承床顶，顶盖四周装着楣板；床门的两边和后面有半月形围栏，正中无围栏，是上床的门户。这张床，材质名贵，设计巧妙，雕花繁复，装饰精美，造型变化多端，流动着中国人骨子里的风情雅致，显得厚重且耐人寻味，富有浓郁的民族风格和较高的美学价值。

床不乱上。不同等级的人睡不同的床，各有各的寓意。这是中国床文化的传统。陈富泰和花氏睡的那张床，叫作"长寿床"，是有名的百福千工床，用了三年制作时间，整张床的周围，精心雕刻着多子多福、吉祥如意、吉星高照、松鹤长寿等图像，寓意十分好。

柏舟搬家那一天，办了五桌搬家酒。琼玥像女主人似的，忙里忙外，把要办的事办得妥妥帖帖，可晚上回到家后，竟然放声哭了起来。

陈瑛急坏了："妈，为什么哭？你在柏叔家还是一脸高兴的。"

"我也说不清楚为什么。"琼玥掬了一把泪说，"妈心里就是憋不住要哭。"

二十三　邱八升迁

　　永稔圩罗椿的儿媳妇叫薛冬梅，是蓝陵公社最西南的蓝南大队人，娘家成分是富农，于农历八月初二嫁给了罗椿的大儿子、刚退伍不到半年的罗晓军。罗晓军是宏兴沙大队管委会主任罗桐的侄儿。成亲后没几天，薛冬梅就找了罗桐，问江堤下那一片片的蒲草怎么卖？罗桐很是奇怪，问侄媳妇为什么要问他这个问题？薛冬梅说，她娘家村上家家户户都做蒲包，一年做下来，每户至少可以净挣一两百元。她说她嫁给晓军后，也想做蒲包，挣点活络钱，尽快把房子造起来。她问罗桐怎样才能买到蒲草？

　　蓝陵地区流行这么一句话：嫁女宁往南嫁一丈，不往北嫁一尺。原因是蓝陵公社北部的沿江地区很穷，其中数宏兴沙最穷，本地姑娘大都不肯嫁到宏兴沙。罗椿生了三个儿子、两个女儿，仅有两间冷摊瓦屋、两间草屋，条件很差。薛冬梅家条件比罗晓军家条件好多了，要不是自己家成分高，要不是罗晓军当过兵，人长得帅，凭他家那种条件，她哪肯下嫁？

　　"往年，每过八月半后，就有人来购买蒲草。哪个生产队的蒲田，由哪个生产队卖蒲草，大队从不插手。"罗桐说，"侄媳妇，你说的事，我要过几天才能答复你。"

　　罗桐跟柏舟说了他侄媳妇想买蒲草做蒲包卖钱的事。柏舟听后说："罗主任，你启发了我。实行以生产队为基础，小队、大队、公社三级所有的人民公社体制后，我就开始琢磨如何尽快摘掉我们大队落后帽子的事了。现在机会来了，与其由你侄媳妇一人做蒲包，不如我们大队办一个蒲包编织厂，我们请她当师父，由她教大家做蒲包，为大队里挣点活络钱。"

　　听柏舟这么一说，罗桐高兴地一拍大腿，完全赞同柏舟的想法。两个主要领导意见一致后，说干就干，柏舟立即召开大队支委会进行具体的研究和筹划。一星期后，在永稔圩东边的一块三亩多大的旱地上，搭起了用毛竹做柱、毛竹当梁、竹头为椽子，椽子上面铺上芦帘，芦帘上面再盖上牛毛毡的五间简易房。在这五间简易房里，大队部召开了各生产队队长、会计会议，柏舟要求每个生产队推荐一个手脚勤快一点、年纪轻一点的女社员，到大队蒲包编织场上班。另外三五个男的名额，由大队部决定。

柏舟解释："本来想起名为编织厂的，后来一想不妥。为什么？大家可以放眼望去，在我们蓝陵公社，在整个西乡，有哪个大队办起了工厂？我们不做出头鸟。再说，若是起名为厂，上面同不同意还是另一回事。即使同意了，办起手续来也是要跑断腿的。我们起名编织场，一个'场'字，包含的农业味道很浓，上面也就说不着我们，我们也不用办任何手续。管他场与厂，只要能赚钱就好。"

柏舟进一步说："我们为啥能办蒲包编织场？因为我们大队有蒲田，可以就地取材，降低成本，同时，我估计销路也不会成大问题。那么，我们为什么要办蒲包编织场？这是穷则思变。我们可以通过办蒲包编织场这个途径，来探探如何治穷脱贫的路子。要想过好日子，终究还得靠我们自己。"

柏舟强调："有蒲田的生产队，必须在规定时间内将蒲草割下晒干，由大队蒲包编织场收购，年终将蒲草款划拨给有关生产队；编织场人员工资，年终也由大队编织场划拨到各生产队，参加所在生产队工分分配。"

柏舟最后宣布："为加强大队党支部对编织场的领导，经大队党支部研究，决定柏舟同志兼任宏兴沙大队蒲包编织场场长、薛冬梅为技术指导员。"

薛冬梅没有辜负柏舟对她的期望，在短时间内就教会了十五六个女职工编织各种规格的蒲包，这很不容易。做蒲包，不能坐着，只能蹲着，不是轻松活，但最苦、最累的活要数用木榔头捶蒲。这既是个体力活，没有点臂力和手劲，那个木榔头是举不起来的，又是一个技术活，蒲条捶到什么柔软程度，全凭手感，蒲条过硬不好，过软也不行，要恰到好处。这种技术活，全由薛冬梅一人负责检查把握。

柏舟的任务主要是打开业务门路，保证销路，确保原材料供应。这对柏舟来讲，不是大难事。他找了县长李顺达，为他疏通好了县供销社的路子，宏兴沙大队蒲包编织场生产出来的蒲包，全由县供销社下辖的生产资料部收购，并且货款到账周期短，没有赖账、死账的问题；所需要的蒲草，江阴圩区不少，有很多蒲田还没改造，李顺达一个电话，有关公社的书记个个热情地满足柏舟的要求。到年终一结算，扣除职工工资、生产成本和其他必要开支外，创办三个多月，编织场净赚一千六百多元。这让柏舟高兴得合不拢嘴。

正当宏兴沙大队蒲包编织场在天时地利人和的相互作用下，顺风顺水地快速发展的时候，社会主义教育运动（亦称"四清运动"），开始在江阴农村广泛地开展起来了。根据上级要求，为了更好地领导农村社会主义教育运动，江阴县成立了贫下中农协会（简称贫协）。各公社、生产大队、生产小队，也都成立相应的贫协组织。就像一九五〇年进行土改运动时一切权力属于农会一样，领导"四清"运动的权力也属于贫协。

宏兴沙大队也成立了贫协，主任由罗桐兼任，副主任则是邱八。邱八能当上宏兴沙大队贫协副主任，是大多数大队、生产队干部，尤其是广大社员根本没有想到的。提名邱八当贫协副主任的竟然是柏舟。由于柏舟是老革命、老资格，再加上他工作确实积极有成绩，还有闯劲，为人又好，也善于拿权，因而在宏兴沙干部社员中，不仅有很高的威望，而且令人敬畏。在宏兴沙，柏舟说的话，就似最高指示，没有人会不相信，也没有人会不听，更没有人敢不执行。

那么，柏舟怎么会看上邱八呢？这是有原因的。进入高级社后，加强了对社员的社会主义思想教育，邱八在接受教育中似乎变了个人似的，不仅手脚干净，再未做过偷鸡摸狗的事，而且很接近柏舟，常到柏舟家坐坐，给柏舟讲些他听不到的话，说些他不知道的事。同时，邱八也很会巴结琼玥，见到琼玥，就会把恭维话、奉承话说到一箩筐，久而久之，琼玥也逐渐改变了对邱八的不良看法，并时常在柏舟面前说起邱八的好话。所以，在柏舟看来，邱八的进步，是经年开展社会主义思想教育所取得的成果；将要开展的社会主义教育运动，由邱八这样的人来组织开展，也就再合适不过了。

话还得说回来。

邱八之所以会积极地靠近柏舟，会主动地巴结讨好琼玥，归根结底，还是由邱八见风使舵、善识时务的投机取巧的本性使然。解放十五年来，在宏兴沙，柏舟的权力宝座越坐越稳，谁也没能力没本事撼动他的权力宝座。还有，琼玥虽不是柏舟的合法妻子，恰是他的女人这一铁的事实，有谁不知不晓？在宏兴沙，明面上虽有人还会非议琼玥的所谓生活作风问题，但在暗地里，又有谁不想巴结琼玥？问题是有的人想巴结还巴结不上呢。巴结上琼玥，会得到什么实惠好处？她当然没本事给，但柏舟有权力给。儿子当兵、宅基地安排、孩子的学杂费减免、年终困难补助等等，都是柏舟一人说了算。大队主任罗桐、大队会计包林根等主要干部，从未有也从未敢违拗过柏舟说的话。邱八正是看到了柏舟在宏兴沙拥有至高无上的权力这一点，便花心思千方百计地靠近柏舟，变着法子巴结讨好琼玥，因而他从大食堂解散那年起，每年年终都能得到一份困难照顾款，他女儿上学的学费，每学期都被减免。这就是邱八靠近柏舟、巴结讨好琼玥获得的好处。

邱八是光棍，哪来的女儿？这也是邱八靠近柏舟、巴结讨好琼玥所获得的另外好处，而且是长久的好处。

三年困难时期最后一年的那个春天，有一天在公社开会，跃进大队书记老韩，刚好坐在柏舟旁边，平时两人关系又不错，便抽着烟低着头轻声地说起话来。老韩说："我大队里有个哑巴女，三十六岁上下年纪，长得较周正，就是很可怜。她丈夫在前两年生病死后，留下一个儿子和一个女儿。公婆对她很凶，不把她当儿媳看待，几次要把她赶出家门。"

"天底下还有这样的公婆？"柏舟问。

"这里面是有原因的。你仔细听我说啊。"老韩接着说，"据说，那个哑巴女结婚时，肚里就已带了孩子过来。那时那家人穷，讨不起老婆，见有人甘愿把自己的哑巴女儿不要一分彩礼地白送人，也就没那么讲究了。结果，婚后没几个月，哑巴女就生下一个儿子。又过了好多年，却始终不见哑巴女肚皮大，可在其丈夫生病期间，她倒怀上了，丈夫死后三个月，就生下了一个女儿。公婆怀疑哑巴女的女儿是偷男人偷来的，可没有证据，哑巴女又说不清楚。"

"现在，那个哑巴女怎样？"柏舟问。

"还能怎样？"老韩说，"不知听了谁的点拨，她天天缠我，比画着手势说要我保护她。柏书记，你们宏兴沙有没有差不多相配的单身男人，如有，帮我老韩解决下困难。"

"有是有一个，不过，我没把握。过几天给你回音。"柏舟说。

会后第三天吃早饭时间，柏舟来到邱八家跟邱八一说，邱八喜出望外，说可以见个面。见面那天，哑巴女收拾得清清爽爽，让邱八看了很顺眼。哑巴女也心仪邱八。老韩、柏舟没想到事情会发展得这么顺利，就趁热打铁，让邱八选了个吉日，把哑巴女和她的五岁女儿接了过去。邱八结婚那天，琼玥还送给他五元人情钱。婚后，哑巴女把邱八和他们的家收拾得干干净净。

可新婚蜜月还未过，哑巴女和邱八竟然打得不亦乐乎，让中兴圩的人看不明白。一天中午，哑巴女来到柏舟家，给他看被邱八打肿的脸。柏舟也不好说什么，就是说了些什么，哑巴女也听不见。哑者必聋嘛。

琼玥则对柏舟说："你去说说邱八，话说重点。作为男人，怎么能这样打妻子？还是一个残疾人？有没有怜悯之心？再说，柏舟，若不是你五劲起着六劲与韩书记从中出力撮合，他邱八能找到老婆吗？哑巴女仅是不会说话、耳朵听不见而已，其他方面哪样不如健全人？"

见哑巴女不肯走，又听琼玥这么说，柏舟就和哑巴女去找邱八。柏舟家住在中兴圩东头，邱八家住在中兴圩西头。两个生产队之间，有一条南北向的宽一米多、深半米多的出水沟相隔着。来到邱八家，见邱八脸上也被哑巴女抓出了道道血痕，柏舟摇着头苦笑："邱八，你怎么刚结婚就弄成这样？不想把日子过下去了？"

邱八满脸委屈、低眉顺眼地嘀咕："是她不想把日子过下去，突然发痴劲。你看，她把我的脸抓的，像猫抓似的，还让不让我出门见人哪。"

"你们打架总有原因吧，"柏舟说，"邱八，你的婚事是由我促成的，你不跟我说实话，以后我柏舟再也不会介入你们的事，你们有什么事也不要来找我。"在柏舟的催问下，邱八无奈地道出了他们夫妻打架的原因。

天底下巧事真是多。当年邱八偷的女人就是哑巴女，可他当时不知道。

哑巴女是老沙上一家殷实人家的下女，每天晚上都睡在柴草屋里。惯偷邱八早已盯上了那家殷实人家，经过白天的几次踏勘，才找到入室偷盗的下手处：那家人家的后院墙的外边，有一棵大枣树，长得像一个弓背的老头，一根弯曲的大树干有一半伸到院内。一个夏夜，猴子似的邱八，学着汪洋大盗的样，穿着短裤，赤着膊和脚，用一块黑布蒙住自己的脸，只露出两只贼眼，敏捷地爬上枣树，攀上那根树干，轻盈地下坠到院内，悄无声息。他主要是来偷吃的。在月光下，邱八找到厨房，见厨房没上锁，就推门进去，找来觅去，只找到半钵头馊粥。饿极的邱八顾不上挑食，捧起钵头，一口气将半钵头粥灌下了肚。

由于吃得太饱，肚里有点难受，邱八想翻越院墙溜走，可翻了几次都没能翻越上院墙，遂找了个僻静处蹲下，待肚里的食消化后，再翻越院墙溜走。蹲在墙角处，却难耐蚊子叮咬，邱八就站起来，又到厨房门前转悠，忽然听到厨房隔壁的柴草屋里有人咳嗽，还是女的声音，就蹑手蹑脚地来到柴草屋门前，轻轻推门，发现门被闩上了。老到的邱八，就从裤腰带上解下一根铁丝，伸进门缝，慢慢拨开门闩，轻轻推门进去，再转身把门虚掩上，然后反身靠近一张简易铺，依稀感觉到铺上只有一个女的。邱八二话不说，摘下蒙面黑布，揉成团，猛地塞进那个女的口中，再骑上她身，两只手的食指和拇指并用，不轻不重地捻着女人的两个乳头。那个女人起先还蹬腿舞手，后来慢慢地摊开上肢，任由邱八拨弄，当邱八瞎跌乱撞地一头扎进去后，女的就紧搂住邱八的腰不放了。

第一次顺利得手后，邱八又连续重温了几次，每次都很顺利。邱八已然清楚，制伏那个女人的最好手段，就是恰到好处地手捻她的乳头，只要一捻，那个女人就浑身酥软了。可在快活中，那个女的除口中发出"哼""哇""啊"外，从未开口说过一句话，两人也从未看清过对方的脸，但凭手感，邱八知道他偷的女人很年轻。

近二十年过去了，邱八还不知道他当年偷的女人就是哑巴女。结婚那天晚上，邱八又老调重弹，在发起进攻前，捻起了哑巴女的乳头，哑巴女受用地不停地"哼"出声来，可到了结婚后的第二十一个晚上，邱八又要捻妻子的乳头时，哑巴女不依不饶了。两人先是相持，后来发展到动手。动手过程中，在哑巴女的不停的急急的手语中，邱八好像明白了现在的哑巴女，居然就是二十年前他偷得手的那个女人。

柏舟听后捧腹大笑："邱八，你现在怎么想？"

"哪有什么想法？"邱八哭丧着脸说，"我是不会让哑巴女走的。柏书记，你再好人做到底，送佛送到西，帮我劝劝哑巴女。你跟她说，我以后会对她好的。"

"我试试看吧。"柏舟就当着邱八的面，笨拙地与哑巴女进行手语交流。哑巴女起初不停地摇头，摇手，嘴里还不停地"哇"着"嚷"着什么，但她看得出柏舟的脸色变化，到后来她就不"哇"不"嚷"，也不摇头，也不摇手了。

柏舟劝和后不久，邱八让哑巴女怀上了。随着肚皮的隆起，哑巴女与邱八再不吵架了。但哑巴女就是邱八当年偷大肚皮的那个哑巴女的传闻，先在中兴圩，再到全宏兴沙，像长了脚似的，跑遍角角落落。有好事者向邱八求证。邱八说："去问你的丈母娘。"两人因此差点动起手来。

不过，邱八真的以实际行动，证明他对哑巴女好，对她拖油瓶过来的女儿也视如己出。邱八的变好，中兴圩的人看在眼里。哑巴女十月怀胎后，给邱八生了个女儿。女儿集两人之精华，很漂亮，因而很讨邱八欢心。自己有了一个亲生女儿后，邱八也不厚此薄彼，仍是一视同仁。特别是本就很懒的邱八，有了女儿后，人变得勤快了，他家的自留地也由他种熟了。这些，柏舟更是看在眼里，认为邱八结婚后，真正走上了正路，因而开始高看他，高估他。

正因为邱八有看得见、摸得着的进步表现，又因为邱八热衷于政治运动，当柏舟提出让邱八担任大队贫协副主任时，其他大队干部也就没有不同意见。就这样，邱八当上了大队贫协副主任。

二十四　处分柏舟

　　根据江阴县委文件要求，蓝陵公社成立社会主义教育运动宣讲队，分赴各大队，以生产队为单位，指导开展群众性的社会主义教育运动。所谓群众性，就是每个社员必须参加学习、参加会议、参与"四清"；所谓"四清"，也即"小四清"，就是清账目、清仓库、清财物、清工分。其方法是让社员通过"三诉三比"（诉小农经济的苦，比集体经济的优越性；诉投机倒把、物价飞涨的苦，比计划经济、物价稳定的好处；诉封建迷信的苦，比科学文明的好处）进行自我教育。目的是清除社员头脑中的非社会主义思想，坚定社员走社会主义道路的信心和决心。

　　宏兴沙大队贫协副主任邱八，自告奋勇地抓自己所在生产队第六生产队的"四清运动"。他现身说法，以自己的身世，哭诉旧社会如何黑暗、腐朽、反动，使他成为孤儿、小偷、光棍；喜说共产党如何好，土改中分给他田地，让他站起来，昂起头，挺起胸，堂堂正正做人；歌颂社会主义如何好，让他变懒为勤，走上社会主义道路，讨到老婆，年年或多或少享受困难补助……邱八的"一哭诉""二喜说""三歌颂"，受到公社宣讲队队员的高度评价，也让中兴圩六队社员不得不重新打量他。他们没想到，邱八说的是那么政治正确，那么符合形势要求，那么口若悬河。

　　其实，在解放前，邱八是"游民"，也可算是江湖中人，本就巧舌如簧，只是在解放后，他人虽也获得解放，但解放后的农民打心眼里还是瞧不起邱八，仍然提防着他的偷盗，平时不想听也不愿意听他的胡言乱语。谁能想到，现如今，邱八已当上大队贫协副主任，成为领导贫下中农的干部。有了这个名正言顺的名分，上级又给他提供了这么好的平台，善于见风使舵的邱八，怎会错失良机而不好好地表现自己呢？邱八成功了。

　　随着第六生产队"四清运动"的深入，运动的矛头越来越清晰地指向大队会计包林根。包林根与邱八同在第六生产队。邱八唆使本队与包林根有矛盾、有过节的社员，千方百计地寻找包林根挪用、贪污公款和多吃多喝多占的证据。在第六生产队召开的一次"洗手洗脚"会议上，邱八点名包林根向社员交代问题。包林根说他没什么问题可以交代。邱八顿然光火起来，当场揭发包林根在大办大食堂期间常在第六生产队大食堂里大吃大喝的事，以及在三年困难时期私分上级调配下来的清糠等问题。包林根当场矢口否认。邱八勇敢地当着全队社员的面，抽了包林根几个嘴巴，包林根居然忍气吞声，没敢还手。若是在往常，就是借给邱八一百个胆，邱八也不敢碰包林根一根毫毛。可在"四清运动"中，邱八敢了。

社员们被邱八的正常又反常的举动镇住了。

宣讲队员则对邱八大鼓其掌。

通过查账、清理账务，真的查出了包林根有挪用、贪污大队公款的问题，但数额不是很大，然而包林根还是被开除党籍，撤销大队会计职务。

社员们都在背地里议论，说包林根这么老谋深算的人，竟然会栽倒在邱八的手里。

柏舟还出面欲保下包林根，却遭到沈兴昌的严厉批评。

柏舟这才意识到"四清运动"力量的强大。

"小四清"运动还没结束，"大四清"（清政治、清经济、清组织、清思想）运动又接踵而至。"大四清"运动的重点是"整党内那些走资本主义道路的当权派"（简称整"走资派"）。

"大四清"运动的性质是所谓的社会主义与资本主义的矛盾斗争。在运动中，社会主义必须战胜资本主义。在这种思想指导下，宏兴沙大队创办两年多且发展势头很好的蒲包编织场，则被进驻蓝陵公社的县社会主义教育运动工作队定性为走资本主义道路的反面典型，必须取缔。

柏舟将大队蒲包编织场视如己出的孩子，极力维护其生存发展，因而与工作队发生了明显的意见分歧。工作队了解到柏舟是老革命、老模范，而且曾是李顺达的老部下等情况后，开始采取迂回战术，不跟柏舟在编织场问题上进行正面交锋，而是暗中搜集不利于柏舟的证据。通过诱导甚至威胁，工作队掌握了柏舟有问题的所谓证据。首先是柏舟的经济问题。据社员反映，凭柏舟和她母亲在生产队挣的工分，还要负担三个孩子生活，怎么有可能在三年困难时期刚过的一九六二年秋忙前造出三间堂堂皇皇的丈五大六厅屋？可是，通过暗中查大队财务账、查大队砖瓦窑场和蒲包编织场的财务账，没有查出柏舟有什么经济问题，但是难不倒工作队。其次是柏舟与琼玥的所谓严重的生活作风问题。

工作队开始与柏舟正面交锋。工作队跟柏舟算起经济账，从江阴刚解放柏舟担任滨江乡副乡长算起，一直算到如今，柏舟个人能有多少总收入，扣除他个人花费总支出，还能剩余多少；再算他母亲的工分总收入、家庭副业总收入及家庭的总开销。经这么一细算，柏舟真的不可能造出那三间房屋来。被工作队这么一细算，柏舟也傻了眼，他根本没想到工作队会如此无情地清算他。

"交代吧，"工作队队员问，"哪儿来的钱造房子的？是否受贿来的？"

"借的。"柏舟回答。

"问谁借的？"工作队队员逼问。

"没必要告诉你们。这是我个人的私事。"柏舟说。

"共产党员没有个人私事，必须向组织坦白交代。"工作队队员说。

被逼无奈下，柏舟说："向宏兴小学琼玥老师借的。"

工作队队员找到琼玥："柏舟问你借钱了？"

"借了。"琼玥说。

"多少？"

"大概五百元。"

"到底多少？"

"五百元。"

"有何证据？"

"有借条。"

"有借条？"

"是。"

"请你拿出来。"

"放在家里，下午拿给你们。"

中午回到家，琼玥翻遍房间的角角落落，就是找不到当年柏舟写给她那张借条。琼玥依稀记得，当年她是把那张借条放在她的一只首饰盒底下的。可那只首饰盒仍在，却没有了那张借条。琼玥努力回想，就是想不出那张借条究竟放在哪儿了。去问他？琼玥继而一想，不妥，那会把问题复杂化的。于是，琼玥如实回复工作队，说那张借条弄丢了。

工作队队员一听，就瞪着两眼大吼："你在对抗工作队。"于是没商量地把琼玥隔离关押了起来。

工作队队员又找柏舟："琼玥借给你多少钱？"

"一千元。"柏舟回答。

"到底多少？"工作队队员严厉地问。

"让我好好回忆一下。"柏舟皱紧眉头，极力回忆着，"借我五百元，又送我五百元。"柏舟如实说。

"借你五百元，有证据吗？"工作队队员问。

"有。"柏舟说，"我写的借条在琼老师手里。"

"可她拿不出来。"工作队队员说。

"绝对不可能。"柏舟说。

工作队队员又追问："她为什么要送你五百元？"

"她说我家庭负担重。"柏舟说。

"宏兴沙比你负担重的人，比你穷的人，可以一撸一大把。她为什么不送钱给他们？"工作队队员厉声问。

"她是我女人，心疼我。"柏舟实实在在地说。

"无耻，简直无耻至极。"工作队队员擂桌发怒，"长期与一个历史反革命分子的老婆姘居，不以为耻，反以为荣，竟然振振有词，说她是你的女人。你的党性哪儿去了？你的阶级立场哪儿去了？你还是一个共产党员吗？"

见比自己年轻得多、资历比自己浅得多的工作队队员如此训斥自己，柏舟实在忍无可忍，终于爆发："你算老几？我当年提着脑袋干革命的时候，你在哪里？今天的社会主义红色江山，是由我们这些老革命打下来的，你算哪根葱？你居然敢对我吹胡子瞪眼？毛主席见到我都微笑着跟我握手呢，你算老几？你给我滚出宏兴沙！"

柏舟的大麻烦来了。

"四清"工作队就是揪住柏舟不放，很快给他罗列出五宗严重错误：一是柏舟在宏兴沙大搞一言堂，实行专制独裁；二是柏舟在宏兴沙大搞资本主义，偷办大队蒲包编织场，引导社员走资本主义邪路；三是柏舟长年与有夫之妇、历史反革命分子陈国豪老婆琼玥姘居，严重败坏党风，影响极其恶劣；四是柏舟总以老革命自居，骄傲狂大，目空一切；五是柏舟官僚主义、命令主义严重。

鉴于此，工作队拟对柏舟的处理意见是：开除党籍，撤销其党内职务。

沈兴昌知道后，立即找工作队队长交换意见："柏舟同志是有错误，但还没有严重到开除党籍、撤销职务的程度，是否让他做个口头的深刻检查，并在党内通报批评？"

工作队队长是江阴县委宣传部的一位副部长，行政级别为副科职，是一位中师毕业生，书生气十足，本本主义严重，一口强调说："根据县委文件精神，在'四清运动'非常时期，工作队拥有组织处理权。"

沈兴昌则坚持说："蓝陵公社党委是根据党章规定成立的一级地方党委，是否处分党员、是否撤销党员党内职务，是党章赋予的权力。"沈兴昌建议召开公社党委会，研究决定是否处分柏舟。

工作队队长没作声。

沈兴昌主持召开蓝陵公社党委会会议。工作队正副队长、负责宏兴沙"四清运动"的工作队队员列席党委会。会议首先听取工作队关于柏舟所犯严重错误及拟处分意见的通报。工作队队长强调，柏舟就是这次"大四清"运动所要整的党内重点对象"走资派"。沈兴昌没接工作队队长的话茬，只是要求与会党委委员发表意见，但委员们个个缄口不语。鉴于会议的冷场状况，沈兴昌说开了。他从柏舟参加地下革命说起，一直说到是柏舟打开了宏兴沙农业合作化运动的新局面，是柏舟带领广大干部群众，战天斗地，正在改变着宏兴沙一穷二白的落后面貌，由原来的老落后、老大难地区，正在跻身蓝陵公社乃至全县的先进行列。

沈兴昌进一步说："柏舟同志不是完人，工作中确实存在着这样那样的不足甚至错误，但这是难免的。毛主席说过，世上只有两种人不会犯错误，一是死人，二是没出生的人。我们要充分认识到，我们现在所从事的伟大的社会主义建设事业，是历史上崭新的事业，没有现成的模式可照搬，没有现成的经验可照抄，一切要靠我们的不断探索，不断实践。既然是探索实践，哪有不出差错的？毛主席都说自己也犯了错误，所以在七千人大会上做了自我批评。何况是我们？更何况是柏舟？我们在座诸位，有谁敢拍胸脯说自己永远正确，从不会犯错误？"

见与会者安静地听他说，沈兴昌点燃烟，猛吸一口，再喝一口茶，口气变和缓了："对于工作队给柏舟同志定性的五大错误，我个人认为，是有其表象而没有其实质，没有那么严重。在座诸位或许对宏兴沙的历史不甚了解。"沈兴昌又扼要地讲了宏兴沙的历史，讲完，又回到正题，重点讲了柏舟与宏兴沙的关系："解放十六年来，宏兴沙发生着较大发展变化的事实说明，如果没有柏舟的强力果敢，是很难打开宏兴沙工作新局面的，是很难拢得住宏兴沙人的心的。江阴解放前，我在这里搞过地下武装革命斗争；江阴刚解放我就在滨江乡工作，我了解宏兴沙，我有发言权。当然，我这样说，并不是在给柏舟评功摆好，而在于说明：历史的进程再宏伟，也是靠人推动的，而且得靠关键少数人的强力推动。"

沈兴昌喝一口茶后接着说："柏舟同志在蓝陵公社率先创办大队蒲包编织场，

这是努力改变宏兴沙落后面貌、壮大大队集体经济实力的一种新尝试，一种新探索。他们因陋就简，就地取材，三年来，编织场共获净利润一万多元，既增加了大队收入，又减轻了社员负担，各生产队不仅向大队少交了公益金，而且像供养'五保'老人等公益性支出也已由编织场承担。同志们，大家想想，柏舟创办编织场有错吗？错在哪里？大队经济实力增强、社员负担减轻、分配水平提高，就是走资本主义道路？难道永远是一穷二白，就是社会主义？如果是这样，我们当年还革命什么？说句心里话，我沈兴昌做梦都想着，蓝陵公社二十个大队如果个个大队都能和宏兴沙大队一样，那么我的工作就好做多了。"

沈兴昌继续说："毛主席早就说过，共产党一切工作的出发点和落脚点，就是全心全意为人民服务。什么才是全心全意为人民服务？依我看，柏舟同志正在实践着探索着的如何摆脱贫困、让社员群众过上好日子，才是全心全意为人民服务。至于柏舟与琼玥之间的关系，组织上早有说法。同志们，柏舟与琼玥的关系，不同于一般的男女关系，有其特殊性。再实事求是地说，他和琼玥的关系，并未给党的事业造成什么损害，也未影响他的工作，在宏兴沙也未造成什么恶劣影响。宏兴沙大队绝大多数干部群众都理解他们，同情他们，默认他们。至于人民教师琼玥究竟是一个怎样的人？大家可以到宏兴小学去问问广大师生，去宏兴沙大队问问广大干部群众。前阵子，工作队把她关押隔离后，好多社员来公社找到工作队领导为她打抱不平。这已经很能说明问题了。"

最后，沈兴昌站起来说："我要提醒大家：柏舟是全国英模，是受到毛主席接见的；是省劳模、省人大代表。我们要谨慎慎重地对待他。"

工作队队长可不听沈兴昌那一套说辞，霸权地凌驾于蓝陵公社党委之上，竟然要求与会党委委员表决，形成集体决议。想不到居然有人附和。沈兴昌以为自己能掌控局面，也就同意表决。又有人建议，进行无记名投票表决。沈兴昌也同意，但他决没有想到，九个党委委员中，居然有六个党委委员政治正确地选边站队到工作队一边去了。

"你们的党性哪儿去了？"沈兴昌擂桌怒吼，"我要向县委报告。"

据江阴县档案馆馆藏档案资料记载，当年围绕着要不要处分和如何处分柏舟，江阴县委常委会曾召开两次会议进行讨论研究，在会议上，常委们的意见分歧始终很大，最后在县长李顺达的力排众议和新任县委书记的默认下，常委会会议才形成这样的处理意见：给予柏舟同志党内严重警告处分；取缔宏兴沙大队蒲包编织场。

二十五　围滩造田

　　柏舟受到党内严重警告处分后，陷入极度的痛苦之中，又在痛苦中思索。他始终想不明白，自己创办大队蒲包编织场、发展壮大集体经济错在哪儿？他连续三天没去大队部上班，白天躺在床上，印大妹不叫他就不起床吃东西，即使吃东西也吃得很少，烟瘾却大增，一天要抽三包烟，并且胡子不刮，牙齿不刷，头发蓬乱，自己把自己弄得不像人样。本来话少的柏舟话更少了，一天说不满五句话。印大妹跟他说话，他也不搭理。见儿子这样，印大妹心疼得不得了，可又帮不上儿子："唉……只有去叫琼玥来了。"

　　琼玥知道柏舟受处分后，心里很是难过，背地里哭过几次，哭苍天对柏舟的不公，哭柏舟命运的多舛，哭自己又连累了柏舟。琼玥知道柏舟的"五宗错误"中有一宗是因为自己时，差点一时想不开寻了短见，幸亏被陈瑛发现得早。连续几个晚上，琼玥泪湿枕巾，思量再三，下狠心与柏舟断绝关系，为了柏舟的前途。

　　一天放晚学前，印大妹去宏兴小学找琼玥："阿玥，几天没见到你，怎么瘦得脱了形？你病了？"

　　在校门外，听到不是婆婆胜似婆婆的印大妹一声亲昵的"阿玥"，琼玥禁不住泪水哗哗："娘，找我有事？"

　　"放学后，和陈瑛去娘那里吃夜饭。"印大妹说。

　　"娘，不去了。"琼玥说，"我这几天浑身没劲。"

　　"去看看柏舟吧，"印大妹流泪了，"我说不了他，只有你阿玥说得了他。"

　　"娘，柏舟他怎么啦？"琼玥急切地问。

　　"你去了就知道了。"印大妹说完离开学校回家了。

　　琼玥看着印大妹远去的背影犹豫起来了，可她终究硬不起心来与柏舟断绝关系，放了晚学还是去了柏舟家，并且住在了柏舟家。两个痛苦的不屈的灵魂，相互依偎，相互取暖，相互鼓励，一起探索讨论起"中国人从此站立起来了"的问题。讨论中虽有不同见解、不同认识的争论，但两人通过争论，逐渐趋同这样一种粗浅的认识：中国人从此站立起来了，主要指新中国成立后，消灭了阶级剥削制度，驱逐了外国势力，争取到了国家主权的独立；人民不再受地主资本家的剥削压迫，不再受外国帝国主义的压榨，在政治上翻身得解放，当家做主成为国家主人。但站起来后，国家与人民如何站得稳，向前走得快，不再被敌人打倒，这就需要大力发展生产，让国家强大，让人民尤其是农民吃饱肚皮，住上新屋，穿上新衣，过上好日子。一句话，只有每一个人过上了好日子，生活富裕了，才能站得稳，走得快，国家才会强盛，才能真正有力量打倒美帝国主义和蒋介石反动派。

认识提高后，柏舟的精神也振作起来了。

作为老战友、老领导的沈兴昌，在柏舟受处分、心里最不好受的日子里，于一天晚上来到柏舟家，找柏舟谈心，鼓励他向前看。沈兴昌说："柏舟，我知道你心里委屈，憋屈，但我们面对的是强大的政治运动。解放以来的十六七年，我们经历过多少次政治运动？每次政治运动中，我们看到了有不少党员干部倒下了，在这些倒下的干部中，有的是自身确实犯有重大错误而倒下了，有的则是政治运动扩大化的结果，有的就是政治运动目的所需要的。冤屈干部、枉杀党员的事，在我们党的历史上不是没有发生过。柏舟啊，你或许还不知道，我，我也受到了党内警告处分。"

"为什么？"柏舟问。

"因为我没能与工作队在政治思想上保持一致。"沈兴昌说，"我也有好几个晚上睡不好。我想了很多很多。后来我想通了。柏舟啊，当年革命时，我们常说的一句话是什么？还记得吗？"

"记得。"柏舟说，"生是为了革命，死也是为了革命。"

"柏舟同志，"沈兴昌激动地握住老战友柏舟满手老茧的粗糙的手说，"想想为夺取中国革命胜利而牺牲的我们武工队的战友，想想那些为革命牺牲的无数无名先烈，我们能活着继续为党为人民工作，是多么幸运？跟他们比，我们又赚了多少天，多少月，多少年？要奋斗就会有牺牲。我们为人民利益而奋斗，就不怕任何牺牲。"

没有了思想包袱，明白了活着的目的和意义后，柏舟又轻装上阵了。他主持召开大队党支部会议，研究宏兴沙大队农副业发展问题。柏舟给支委们出了这么一个题目：如何理解毛主席提出的"全党动手，大办农业"的指示？有的说，就是要提高粮食产量；有的说，就是所有党员干部都要抓农业；有的说，就是在能种的地方都种上粮食。

柏舟说："大家说的都有一定道理，但我的想法，可能与大家想的有所不同。"

"快说说你的想法。"罗桐说。

柏舟说："我的想法，就是我们要把农业理解得宽一点，不能只局限在粮食生产上，还应该考虑发展集体副业。"

柏舟点燃一支烟后接着说："我先问大家三个问题：一是如何提高粮食产量？二是靠谁来提高粮食产量？三是提高粮食产量的最终目的是什么？谁来回答这三个问题？"见没有人接他的话茬，见大家都在等待他说下去，柏舟猛吸一口烟后说："如何提高粮食产量？我的看法是，一要提高亩产单产，二要扩大粮食种植面积提高总产。那么靠谁来提高亩产和总产？靠我们在座的五个支委？"

支委们你望我我望你，不知道怎样回答柏舟提出的问题。"柏书记，你就别卖关子、别吊我们的胃口了，"一个支委说，"快来个竹筒倒豆子，全都说出来让我们听听。"

"我的想法是，"柏舟说，"单靠提高亩产，我们宏兴沙大队增产潜力有限，不可能提高多少，但是，我们如果能围垦江滩，扩大粮田面积，那么粮食总产增幅将会很大。我去江滩看了几次，用脚步也丈量了几遍，我估算过，在我们大队范围内，至少可以围垦出两百多亩滩田来。当然，我们还没有这么大的胃口一下子能围垦到位，但我们可以分几年围垦。现在，农历十一月刚过半，是长江枯水期，正是围滩造田的好时光。我们如果集中全大队青壮年男女劳动力，突击围垦一个月，估计可以围垦出五六十亩滩田来。"

柏舟端起一只白色搪瓷杯喝了一口水后继续说："那么，这些滩田围垦出来后归谁？又由谁来种？这些问题我已想好了。我们大队的蒲包编织场虽被取缔了，但那房子还在，我们可以从各生产队抽调社员成立一个大队种养殖场，由他们耕种围垦出来的滩田。此外，他们还要养猪、栽桑养蚕、在蒲田里养鱼。这样，不仅能提高全大队粮食总产，还能增加大队经济收入，增强为社员办好事的实力。至于如何围垦江滩，我们等会儿再商量。这是我要讲的头一个问题。我要讲的第二个问题，我们如何发展副业？我的想法是，我们一方面要办好大队种养殖场，另一方面也要让各生产队各显神通，发展生产队副业，增加生产队经济收入。总之，我们所做的一切，就是为了让社员能逐步过上好日子。今天的会议，主要是统一思想认识。大家如有什么其他想法，都可以说出来讨论。"

支委们都认为柏舟的想法很好，点子新，且可以办到。接下来，支委会就如何做好围垦江滩工作进行具体研究部署。会议决定：一、围滩造田工作，由柏舟亲自抓；二、罗桐负责大队种养殖场的筹建工作，兼任场长；三、关于各生产队副业发展问题，过年后再召开队长会议专门进行研究部署。

宏兴沙有这样一个传统习俗，就是每次匼圩前要祭圩。沙上一些长者听说大队要在江滩上匼圩造田后，就纷纷找到柏舟，要求在匼圩前，大队部务必组织人祭圩。柏舟劝说他们，现在是新社会，已不兴祭圩那套封建迷信了。长者们听后很生气，情绪化地说，新社会就不要祖宗了？祖宗说的话、祖上形成的规矩，全都是错的？不听老人言，必定吃亏在眼前。

祭圩，柏舟是不信的，就算信了也不能搞，因为主流意识形态绝不会允许他搞的。但柏舟想，如何匼圩倒是可以听听长者意见的。他们中间有几个人曾在民国初匼过圩，有一定的匼圩经验，而柏舟和大队干部，包括各生产队队长，没有一人参加过匼圩。一天下午，柏舟主持召开座谈会，听取参会的七个年长者的意见。其中一个年长者说着说着，竟然兴奋地唱起《修圩歌》：

修圩莫修外，留得草根在。
草积土自坚，不怕风浪喧。
修圩只修内，培得脚跟大。
脚大岸自高，不怕东风潮。
教尔筑岸塍，筑得坚如城。
莫作浮土堆，转眼都倾颓。
教尔分小圩，圩小水易除。
废田苦不多，救得千家禾。

归纳起来，年长者对如何匼圩的建议、意见是：一是要选准匼圩的朝向；二是匼圩前必须先筑好圩堤：先放样打桩，后扎竹篾网，再挑泥，每层都夯实，这样匼出来的圩堤就会坚固，不易被江水冲毁。听后，柏舟和罗桐他们喜出望外，一致认为长者们的建议、意见很好，必须照办。

座谈会后，柏舟又带领支委一班人，去江滩进行实地勘察，当场画好草图，布局好哪里是涵洞，哪里是水套（浅浅的用于灌排水的河道），估摸好圩堤的高度是多少，底部宽多少，顶部宽多少，东北西三面的圩堤加起来总共有多长，要打多少根树桩，桩与桩之间的间距是多少等。接着，他召开生产队队长会议，给各生产队下达任务，强调树桩由各生产队按大队下达的任务指标完成，实在完成不了的，由大队出资到公社生产资料部购买杂树。

围滩造田分两步进行：第一步放样打桩筑圩堤，挑滩泥；第二步筑田埂，格田块。根据放好的样，先夯好树桩，再用竹篾编成网，把树桩连缀起来，形成网状；接着用草包灌进滩泥，垒筑圩堤，垒一层滩泥，就用小石磨盘夯实一层，直至达标。圩堤形状采用不规则弧形，不用直线形，从力学角度讲，弧形圩堤抵御江潮的冲击力，要比直线形的强得多。圩堤筑好后，再挑滩泥，填到与圩堤差不多高。挑滩泥不能在圩堤附近挑，而要到距离圩堤百米外的江滩上去挑，这样，才能稳固圩堤基础不动摇。由于是冬天，长江进入枯水期，因而江滩纵深有一公里多长。

柏舟和大队干部们与近五百名男女壮劳力一道，每天公鸡报晓即上工，挑灯夜战至十点才歇工，顶北风，战严寒，经过二十多天的奋战，匼圩六十多亩滩田。为了减轻汛期江潮对刚匼圩堤的冲击，根据以往的匼圩经验，又在圩堤的外侧江滩上种植了芦苇。芦苇的根茎是横向发展的，纵横交错，能够起到稳固圩堤的作用。同时还在匼圩的外堤坡上，栽种了水杨树，凭借水杨树犬牙交错的发达根系，用以进一步稳固匼圩的圩堤。

随着第一阶段围滩造田计划的完成，宏兴沙大队种养殖场也已组建到位。一九六五年新年刚过，罗桐就带领社员对匼圩起来的滩田进行格子方，每两亩左右为一格田，同时构筑田埂，开挖灌、排水渠道，翻垒滩泥，捡拾杂草根和芦苇根；再每隔十天左右翻垒一次，捣碎滩泥，捡拾杂草根或芦苇根须。

刚匼圩的滩田，土质松，渗水快，不宜直接栽植水稻，所以，第一熟就种了八月白早黄豆。选种黄豆，因其根须发达，不仅可以松软土质，黄豆成熟时落下的叶子，还可以改良土壤，提高肥力。黄豆收获后，就可以翻耕播种小麦了。

与此同时，根据大队部要求，有关生产队将蒲田划给大队种养殖场后，他们在蒲田里顺着水流自然流向，开挖了弯曲的宽两米、深两米的壕沟，用于养鱼。水多时，鱼可以在蒲田里四处游弋；水少时，鱼则在壕沟里洄游。

围滩造田取得显著成效后的宏兴沙大队，在"以粮为纲"的年代，被江阴县委、县政府表彰为向大自然要粮的先进典型。

二十六　琼玥堕胎

柏舟搬走后，琼玥心里生出无限的惆怅、难言的失落，心里空荡荡，食无味，寝不安，人也明显地消瘦了。严冬的一天深夜，陈瑛睡得正酣，迷糊中隐约听到有人敲她的房门。清醒后，陈瑛才知道是母亲在敲她的房门，就迅速坐起，披上外衣，下床，摸到床头小圆桌上的火柴，划燃，点亮美孚灯，再去拨开门闩。

"怎么啦，妈？"陈瑛问。

"妈，睡不着。"琼玥叹息。

"柏叔搬走了，妈的魂也跟着柏叔走了。"陈瑛说。

柏舟新造的三间瓦房，就在琼玥家楼房的东面，相距不到三十米，虽近在咫尺，也常相见，但两人就是不能像原来那样常相拥。

"我才不想他呢。"琼玥躺进女儿睡的被窝，搂住了女儿的肩，"是妈，命苦。"琼玥的泪，随即掷地有声地滚下来。

见母亲流泪，已是少女的陈瑛说："妈，若想柏叔，就去找他，或叫他过来。这里，本就是柏叔的家。"琼玥抹一下泪，没吱声。"妈，后天就是星期天，我陪你去他家，当着他全家人的面，锣对锣鼓对鼓地把要说的话全说清楚。妈不便说的我替你说。看柏叔怎么说。"

琼玥苦涩地说："女儿，你还小，有些事，你不会懂。妈和柏叔何尝不想天天生活在一起啊，无奈……"

"无奈什么？"陈瑛问。

"睡吧，明天你还要上学。妈和你一起睡。"琼玥搂着女儿，陈瑛在母亲怀里很快入睡。琼玥则圆睁着两眼，在黑暗中望着天花板，直至天明。

星期天上午，陈瑛在大队部门前的场地上转悠，寻找跟柏舟说话的机会，可转悠了半上午，还没见柏舟出大队部门，直至近十点半时，才看到柏舟冲出门来，快速来到场地南面的麦田旁，朝着麦田里撒尿。柏舟撒完尿转过身时，陈瑛迎了上去，跟柏舟说："我妈，病了。"

"病了？"柏舟问，"什么病？"

"我又不是医生，怎会知道？"陈瑛说，"今早起来，我妈连吐了三次，吃下去的粥都吐出来了。"

回到大队部，柏舟坐立不安起来，好不容易挨到午饭时候，就瞅准没人看见的时光，闪进琼玥家。看见柏舟进屋，陈瑛放下手中饭碗，站起来要给柏舟盛饭，被柏舟劝住。"不在这里吃。跟你娘说几句话后回去吃。"柏舟跟陈瑛说。

陈瑛端起饭碗，识趣地离开了饭桌。

"你脸色怎么这么苍白？"柏舟问。

"睡不好，"琼玥说，"已有一段时间了。"

"陈瑛跟我说，早上你吐了？还不止一次？"柏舟说，"吃过饭，我陪你去医院。"

"没什么大碍。"琼玥说，"我心里有数，不用去医院。你若在这里吃饭，我给你盛去。今天烧的是咸饭。"

"还是去医院让医生看看。"柏舟说，"否则，我不放心。"

"在乎起我来了？"琼玥说。

"什么时候没在乎过你？"柏舟说。

"搬了新家，还会在乎我？听说，前几天有人给你说媒来了？"琼玥问。

"我事先根本不知道。"柏舟说，"是我娘在瞎掺和。"

"听说，还是个黄花大姑娘，人家还不嫌你老？"琼玥说。

"被我一口回绝了。"柏舟说，"我还跟我娘发了火，说如果她再瞒着我在背地里瞎起劲，我就不进那个家门。"

琼玥听了，长长地吁出一口气："你回去吃饭吧。"

也不能怪印大妹瞎起劲。柏舟自搬出琼玥家后，两个多月里没有去过琼玥家一次，琼玥也没到过柏舟家一次。印大妹又不好意思多问儿子与琼玥的事，误以为两人的关系断了。她看不下去儿子一人孤苦地过日子，就托人给儿子做了媒。

琼玥在柏舟家上梁的那个晚上，或许是喝了点酒，或许是有了某种危机感，就与柏舟在自己的红木大床上疯了大半夜，之后，琼玥就没来过例假，便知道自己身上已有了。这种时候，琼玥特别需要柏舟的温暖。可柏舟似乎忘了琼玥。本就十分敏感的琼玥，听说有个女人，而且是一个姑娘居然到柏舟家相亲来了，竟然还看中了柏舟。这给了琼玥很大压力，误以为柏舟会离开她，因而琼玥寝食难安。

"琼玥，我不会离开你的。"柏舟说，"不过，现在的形势又紧张起来了。我们要避避风头。"

"我明白你的意思了。"琼玥把本想告诉柏舟她已怀了他孩子的话又咽回肚里去了。

上午学校放了寒假，下午琼玥就去了江阴城里母亲那里。吉虹十八岁生琼玥，如今虽是五十四岁的人，但由于生活条件好，她又懂得保养打扮，因而看上去就像四十出头的女人，丰满，滋润，风韵犹存。陈富泰则是老态龙钟，行动不很利索。陈富泰前妻花氏，已在两年前病逝。吉虹见女儿脸色憔悴，形体消瘦，心想女儿可能病了，否则不会一放寒假就来城里的。

吃晚饭时，刚吃几口，琼玥就放下饭碗，立马站起，用右手捂住嘴，来不及似的奔到灶间，蹲下，对着一只泔水桶呕吐起来。吉虹赶紧来到灶间，见女儿在一个劲地呕吐，就心疼地拍起女儿的背。呕吐完，站起，琼玥从裤袋中掏出手帕，抹了嘴，又擦泪。

"怎么呕吐成这样？"吉虹问。

"我有了。"琼玥淡淡地说。

"有什么？"吉虹见女儿苦笑，终于回味过来，"几个月了？"

"大概有两个月了。"琼玥说。

"跟他有的？"吉虹问。

琼玥点头。

"他，知道吗？"吉虹问。

"不想让他知道。"琼玥说，"妈，明天上午，你陪我去县人民医院，把我肚里的孩子做掉。一个寒假，我正好休息，不会耽误下学期上课。"

"你要打掉孩子？"吉虹急急地问。

琼玥点头。

"不告诉他一声？"吉虹问。

琼玥摇头，摇得坚决，摇得果断，不容商量。

"我没机会第二次当外婆了。"吉虹叹息一声。

两人来到中堂，再次坐到饭桌上，陈富泰开了口："你们母女俩哪儿来那么多话？还要躲到灶间去说，怕我听见？"陈富泰推开面前的碗盏，颤巍巍地站起来，"不听你们说话，我去房里了，你们慢慢吃吧。"保姆搀扶着陈富泰离开了饭桌。

第二天一吃过早饭，在母亲陪同下，琼玥去江阴县人民医院做人流，并恳求医生同时给她做输卵管结扎手术。医生起先不肯做，非要琼玥的丈夫来医院签字后才肯做手术。琼玥说自己上了节育环也没用，照样怀孕，又说她丈夫在外地工作。见医生在犹豫，琼玥说，现在是新社会，女人能顶半边天。我的事我做主，用不着丈夫为我做主。站在一旁的吉虹，听女儿说自己"丈夫"后，心里在暗笑。医生问吉虹，你女婿真的在外地工作？吉虹赶紧点头。这样，医生才肯给琼玥做了人流和结扎节育手术。在医院住了五天，就已接近年关，在琼玥的几次催促下，吉虹才雇了一辆人力车，把琼玥接回家，并用心地调养女儿的身体。

　　腊月廿八那天刚吃过午饭，柏渡江告诉柏舟，说奶娘病了，还在县人民医院住了好几天，要父亲去城里看看奶娘。

　　"谁告诉你奶娘病了？我怎么不知道？"柏舟问。

　　"昨天，我和陈瑛去她外婆家看过奶娘了，看上去，奶娘的病好像有点重。"柏渡江说，"奶娘说快过年了，你事多，特别忙，就再三关照我不要跟你说，怕你分心，影响你工作。可我再三再四地想后，决定还是要让你知道。阿爹，我们要有良心，要对得起奶娘。"

　　"小子，你就不怕阿爹'吃软饭'？"柏舟说。

　　"老是揪住人家的一句不成熟的话不放，还是大队书记呢。"柏渡江咕噜道。

　　柏舟跟印大妹说了声"娘，下午如有人找我，就说我有事出去了，不要说我去城里看琼玥"后，就顶着呼呼叫的西北风，到蓝陵汽车站等车，等了一个多小时，才坐上去江阴的汽车。在西门汽车站下车后，柏舟沿着西大街，由西往东来到县政府南面的副食品商店，从口袋里掏出一把券，望望，又放进口袋。这些购物券是昨天刚拿到手的，是公社里发下来给大队干部、队长们的，柏舟还没来得及发给大家。"没券，就买不到副食品，但总不能空着手去看琼玥吧。"柏舟又从口袋中掏出购物券，拿了自己的一份，继而一想，就买两样东西去看琼玥？一张购物券只能买两样食品类东西。太小气了吧。柏舟一咬牙，心里说，挪用别人的吧，反正还没发放，谁也不知内情，就难得做一回亏心事吧，为了琼玥。

　　从副食品商店出来，柏舟就往东朝吉虹家的方向走去。柏舟从未去过陈富泰家，但大致地段知道，便来到高巷路，问了几个人，才找到陈富泰家。陈富泰和吉虹住着三间甏砖地坪砖厅屋，柱子有半人抱那么粗，梁也很粗，椽子也大气；还有两间侧厢屋。

　　"你就叫柏舟，柏书记？"吉虹问。

139

"我是柏舟。"见面前站着一个风姿绰约的中年女人，吃不准是谁，不敢乱称呼，柏舟便试探性地问："您是……"

正像丈母娘看女婿，吉虹上看下看、左看右看、前看后看柏舟后，感到很满意，就不管唐突不唐突、冒昧不冒昧，便脱口而出："我是你从未见过面的丈母娘。"

"婶好。"柏舟说，"这么冷的天，打扰婶了。婶，琼玥呢，我来看看她。"

吉虹把柏舟领到西面房里。

琼玥躺在床上，盖着两条被子。虽说做人流、做结扎不是大手术，但吉虹还是将女儿视作生产后坐月子来对待，丝毫不马虎。

"你来了。"琼玥说得很轻，很柔，心里很热乎。

柏舟将在县城副食品店里买的东西，放在床前一张小桌上。"不要说无钱，"柏舟说，"就是有钱，在副食品店里也无多少东西可买。还有，什么东西都要凭券购买。"

"少发牢骚，"琼玥说，"随遇而安吧。要相信，这种紧日子早晚会过去，宽裕日子终将会到来。"

"生的什么病？"坐到床沿上，待琼玥披好棉袄、坐在被窝里后，柏舟握住琼玥的手，关切地问。

"小毛病，"琼玥说，"过了年，就可以回去了。"

"玥，我们结婚吧。"柏舟说，"我不能再苦你了。"

"不，"琼玥说，"现在已开始年年讲、月月讲、天天讲阶级斗争了，我万万不可影响你的政治前途，更不能影响渡江儿今后的政治前途。你不在我身边，苦是苦了点，主要是心里苦，但我能熬过去。"

"其实，有时我也熬不住想你。"柏舟说，"玥，以后，你可以去我那里。"

"不方便。"琼玥说，"还是你去我那里好。"

"可以跟我说了吧。"柏舟说，"玥，你哪里不好？"

"没什么不好。"琼玥斟酌再三后才决定说，"舟，本来不准备告诉你的，我会一直放在肚里的。今天，看你表现好，态度好，这是一；其二，这也是我们两个人的事，你有权知道。如果现在不告诉你，以后你知道了，会责怪我的。我们，我们有，有，孩子了……"琼玥小鸟依人地躲进柏舟怀中。

"孩子？"柏舟搂着琼玥，亲了她的脸后，伸出右手，要摸琼玥的肚皮，被琼玥用手挡住了。

"没了。"琼玥说。

"哪儿去了？"柏舟问。

"做掉了。"琼玥说，"我何尝不想把我们的孩子生下来啊！可我能把孩子生下来吗？"琼玥抱住柏舟，啜泣起来。

"让你吃痛苦了。"柏舟吻了琼玥的额头。

"对了，舟，围滩造田一期任务完成了吗？"琼玥问。

"你这个样子还有心思关心大队里的事啊。"柏舟说，"前天就已完工了，干部社员的劲头十足。"

"我哪个样子啊？"琼玥说"舟啊，你不容易，更不简单。"

"你病着呢。"柏舟说，"我不是一遇挫折就趴下不干的人。"

"若说是病，还不是被你弄病的？"琼玥浅笑，"我男人做着的大事，我怎能不关心不支持？"

二十七　陈瑛发痴

三年初中生活很快将要结束，一九六五年的中考逼至眼前。

六月中旬的一天，陈瑛吃过晚饭，拿着作业本，来到柏渡江家。柏舟不在家。印大妹在灶下洗碗刷锅。柏艳丽已出嫁。柏秀丽也于今年正月初五定了婚。男方是老沙上人，是一个木匠。柏秀丽问："瑛，你多长时间没来我家了？"

"秀丽姐，我想来，可有人不欢迎我。"陈瑛说。

"谁呀？"柏秀丽问。

"远在天边，近在眼前。"陈瑛说。

柏舟家三间房屋是这样布局的：东面一间屋一分二，前五步屋是柏舟房间，后二步屋是猪圈；中间屋也一分二，前五步屋是起坐间，后二步屋是灶间；西面一间屋仍一分二，前四步屋是印大妹和孙女的房间，后三步屋是柏渡江的小房间。

"去找他吧。"柏秀丽对陈瑛说。

柏秀丽和姐柏艳丽一样，都读到完小毕业。她很满足。像她这样年纪的女孩，在宏兴沙还有不少人都没进过校门，即使上学的，也大多读到初小（小学四年级）毕业，能读到完小毕业的，不多见。

"来了。"柏渡江头也不抬，仍在演算一道几何难题。

"我有几道代数题不会做。"陈瑛说。

"稍等一会儿，"柏渡江说，"等我把这道几何题做好，就帮你做。"

望着眼前全神贯注地做着数学题目的柏渡江，陈瑛心里忽而实满满的，忽而又是空落落的。她轻轻叹息一声。她驾驭不了柏渡江。

柏渡江终于抬起头来："瑛，你哪道题目不会做？"

陈瑛摊开作业本："空着没做的三道题。"

柏渡江拿过作业本一看，笑了："这么容易的题目，你还不会做？还是数学课代表呢。"

"谁像你这么能，这么聪明呀。"陈瑛说，"我就是笨，怎么了，看不起我？"其实，陈瑛是故意不会做的。她是为了找由头能和柏渡江多点时间待在一起。她总有一种说不出的感觉，距离中考越近，柏渡江似乎离她越远。

柏渡江认真地教着，陈瑛装出很谦逊的样子学着。三道题做完，柏渡江问："瑛，你准备报考高中还是中专中师？"

"我不知道。"陈瑛说，"等中考成绩出来后再说吧。"

三天中考开始了。

第一天考的是语文和化学。陈瑛的感觉特好，与老师做的标准答案一对照，陈瑛估摸两门考试成绩均可达到优秀级。她问柏渡江考后的感觉，柏渡江说没有什么特别的感觉，与平时考试时的感觉没什么不同。

第二天上午考的是数学，待终考铃声响起，陈瑛还没有做完试卷，走出考场，就躲到厕所里偷哭了一场。中午在学校食堂拿饭盒时，柏渡江看到陈瑛精神不佳，就走近她："哭了？"

"数学考砸了。试卷都没做完。"陈瑛说。

"别紧张，放下包袱，考好后面的三门课。加油，我们一同加油。"柏渡江说。

陈瑛深受鼓舞："嗯，我一定把后面的科目考好。"

半个月后，中考分数公布。

柏渡江对自己的中考成绩很满意。老师们也满意。柏舟更满意。琼玥掩饰住自己的满心欢喜。

陈瑛对自己的中考成绩也比较满意。老师们则说她考试怯场，没有考出应有的成绩来。琼玥是心满意足。柏舟则夸奖陈瑛聪明。

"还聪明呢，总分比渡江少了二十五分。"琼玥说。

"女孩子嘛，能考出这样的分数，很不容易了。"柏舟说。

根据中考分数，柏渡江第一志愿填报了江阴的南菁高中。该校是一所百年老校，是江南地区名校，能考取该校的都是佼佼者，不出意外，一般都能考上大学。填报的第二志愿是西乡片中高中部；第三志愿是一所部属重点中专学校。

陈瑛填报的第一志愿是一所中等师范学校，第二志愿是一所中专，第三志愿是西乡片中高中部。

填报完志愿，两人相互交流时，陈瑛问："渡江，你为什么不填报一所中师？"

"我不想当老师。"柏渡江说。

"当老师有什么不好？你看我妈，有多好？"陈瑛说，"我就想当一位小学老师。"

"不是当老师不好，"柏渡江说，"是我不适合当老师。我口头表达能力没你好。"

八月中旬，考生的录取通知书陆续邮寄到蓝陵初级中学。柏渡江如愿以偿，收到了南菁高中的录取通知书。可到月底，陈瑛还没等到录取通知书。班主任徐老师劝慰陈瑛："最后一批中专录取工作，要到九月上旬才结束。别急，再耐心等等。"

根据录取通知书规定，柏渡江必须于八月二十九日前去南菁高中办理报名入学手续。在柏渡江于八月十六日拿到录取通知书后，琼玥就忙开了，去县城一家布店剪了几段布料，请了一位裁缝为柏渡江做了两身衣服；又上商店给柏渡江买了两双跑鞋、一双高帮雨鞋、一把雨伞、一只搪瓷脸盆、一只铁壳子热水瓶；还用购物券买了一斤半头绳，在暑假里亲手为柏渡江编织了一件头绳衫。

陈瑛看在眼里，心里很有想法，一天晚饭时对母亲说："妈，有你这样对待渡江的吗？比亲生的还亲生，我有点看不惯。"

"吃醋了？"琼玥说，"等你拿到录取通知书，我一样会给你置办的。渡江虽不是你妈亲生的，但我早已把他当作亲生的了。他已是我生命中不可缺少的一部分。"

"那我呢？"陈瑛问。

"跟渡江一样重要。"琼玥说。

柏渡江去学校报到前两天的一个傍晚，琼玥让陈瑛把柏渡江叫到家里来吃晚饭。在印大妹催促几遍后，柏渡江才和陈瑛从他小房间里出来。来到琼玥家，见到那张红木八仙桌上放了一桌子菜，柏渡江高兴地说："奶娘，做这么多好吃的菜呀。"

琼玥说："是啊，你渡江是谁呀，是我奶娘的心肝宝贝，胜过亲生儿子。你考上南菁，奶娘就该犒劳你。"

陈瑛说："渡江，听听，你是我妈的心肝宝贝。你知足了吧。"

"少说两句，"琼玥让柏渡江坐下，笑着说，"别听你瑛姐酸溜溜的话。"

三个人坐在桌上。

一盏明亮的美孚灯，放在八仙桌边上。陈瑛打开一瓶暗红色的果汁酒，给三只小汤碗里倒上酒。

"我从未喝过酒，不喝。"柏渡江说。

"任何事情都有头回，少喝点，尝尝。"琼玥说。

"奶娘，我还小。"柏渡江说。

"你还小？妈，你看渡江，他嘴唇上都长胡子了，他还说小？"说完，陈瑛开心地大笑起来。

受到感染，琼玥也难得地开怀大笑。

柏渡江却红起脸窘得低下了头。

琼玥把一块红烧肉搛到柏渡江面前的空碗里。柏渡江搛起肉块放进嘴里大嚼起来："奶娘，你烧的红烧肉就是好吃。"

"喜欢吃，以后每次从学校回来就来奶娘家，奶娘烧给你吃。"琼玥说。

"记住了，奶娘。"柏渡江说。

"来，渡江，祝贺你考取南菁。我敬你。"陈瑛说完，端起小半汤碗酒，一口饮尽。

柏渡江抿了一口："好甜的酒。"

"好上口，就和我一样，喝了。"陈瑛说。

"不敢，我还是小口地喝。"柏渡江说。

"胆小鬼，不就是喝酒嘛。"陈瑛给自己碗里倒着酒，"中考前几天晚上睡不着觉，我就起来偷酒喝。这种酒，反正我外婆家有的是。"陈瑛喝了一口酒接着说，"有一天半夜，我一口气喝掉半瓶，结果，我一觉睡到大天亮。酒，有时真是好东西。来，渡江，我们碰碗，干了。"

看陈瑛豪爽地喝了两次，柏渡江有点不甘示弱，也豪气起来，像足了柏舟，端起碗，仰脖一饮而尽。

琼玥见着，掩嘴乐了："渡江，你太像你老子了！"

有点上酒劲了。柏渡江红光满面，神采飞扬，话也多了起来："奶娘，你就是我嫡亲的娘。我奶奶常跟我说，渡江啊，你长大后，不管你走到哪里，什么人都可以忘，唯独你奶娘千万千万不能忘。没有你奶娘，就没有你今天。奶奶的话，我时刻铭记在心。我发愤读书，也是为奶娘争光，为奶娘争气。奶娘，我感谢你对我的哺育之恩。我知道，奶娘，你对我好，对我阿爹好，对我奶奶好，对我两个姐姐好。我大姐说过，我们姐弟三人一辈子都要对你奶娘好。在心里，我们早把你当作了亲娘。"说着说着，柏渡江竟然哽咽起来，"奶娘，我一定更加发愤学习，苦读三年高中，考上名牌大学，报效祖国，再为奶娘争光。"

"江儿，"琼玥终于抑制不住激动，站起，走过去，搂住柏渡江，"奶娘为你高兴。奶娘为你骄傲！"

那晚，陈瑛喝醉了，浴都没洗，就上床睡了。

柏渡江也喝到走路时脚有些飘，是柏舟把儿子扶回家的。

琼玥也感到酒劲有点上头。她右手提着一个大包，包里都是为柏渡江定做的衣服、买的蚊帐、床单等；左手提着一个网兜，里面装的是一只脸盆、一双雨鞋、两双跑鞋、一只热水瓶、三块毛巾、一只搪瓷杯子，以及牙膏牙刷、肥皂等，跟在柏舟父子后面。

"阿爹，我跟你说，你一定要对我奶娘好，否则，我就不理你。"柏渡江在父亲搀扶下，一脚高一脚低地走着，舌头卷着跟父亲说，"我奶娘，既是这世上最最漂亮的人，也是天底下对我柏渡江最好的人。我今后，今后，一定好好报答奶娘。"柏渡江说。

"儿子，你说的话，老子记住了。"柏舟说。

跟在后面的琼玥，听了柏渡江的既是酒话却是由衷的肺腑之言，心里也是热乎乎的。琼玥了解柏渡江，他就像柏舟，平时话不多，今晚第一次说了那么多的暖心窝话，是酒劲鼓励了柏渡江。若不是喝了酒，柏渡江藏在肚里的那些暖心话是不会吐出口的。

来到柏舟家，琼玥把手里拎的东西放在饭桌上。这时，印大妹和柏秀丽走出房间。印大妹看到坐在靠背椅上的柏渡江喝醉了，就赶紧走到灶下，从水缸里舀了凉水，绞了一把冷水毛巾，为孙子擦脸。

柏秀丽看到桌上放的都是柏渡江用的东西，就说："奶娘，你真会买，为我家渡江想得周周到到。"

"秀丽，你有点见外了。"琼玥说，"我是渡江的奶娘，我费心是应该的。"见琼玥要走，柏舟就送她出门。

"让你操心了。"柏舟说。

"甘愿。"琼玥说。

"渡江长大了，也有心思了。"柏舟说。

"渡江的话，说得比你好，我听了，很焐心。我没白疼他。"琼玥说。

月光下，四周万籁俱寂。柏舟拥住琼玥，吻了她的额头。

"我走了。"琼玥说。

九月十二日，陈瑛又去了学校，班主任徐老师告诉陈瑛，她最终没能被录取，不是中考成绩没达到录取分数线，而是她出身成分不好，没能通过严格的政治审查。陈瑛问徐老师，中考录取的政审条件是什么？徐老师也未能具体回答她。

陈瑛回到家跟母亲一说，琼玥就急忙去找柏舟，让他去找李顺达，看看有没有通融的可能。柏舟很上劲，立刻去县政府找了李顺达，将陈瑛的情况跟他说了，希望他过问一下。李顺达劝慰柏舟不要心急，给他泡了一杯茶后，就给县文教局耿局长打电话，了解陈瑛的有关录取情况。耿局长跟李顺达说，他不清楚具体情况，待他了解情况后即刻向他汇报。

　　半小时后，李顺达接了电话。

　　耿局长告诉李顺达："陈瑛中考总分均超过普高、中师中专的录取分数线，从成绩角度来看，应该被录取，但从考生的政治审查条件来看，考生陈瑛不符合政审条件。经查，考生出身于历史反革命分子家庭，其父亲陈国豪曾是国民党中统特务，枪杀过江阴的地下党同志，是人民的敌人，新中国成立初潜逃至香港；一九六一年春，考生母亲与陈国豪有书信往来，并接受陈国豪从香港寄过来的皮鞋、雨鞋及汇款，有严重的通敌嫌疑；再根据蓝陵初级中学师生反映，考生陈瑛穿着其父从香港寄过来的高帮雨鞋，曾在同学面前进行过示威性的炫耀，大耍资产阶级威风，影响极坏。鉴于上述情况，报经苏州专区文教局批准，不予录取考生陈瑛。"

　　放下电话，李顺达将为什么不录取陈瑛的原因告诉了柏舟。"柏舟啊，这件事，我也无能为力。"李顺达说，"现在，一切都以阶级斗争为纲，讲究唯成分论。"

　　从县城一回到家，柏舟就将陈瑛之所以政审未能通过的具体详情告诉了琼玥。琼玥听后顿时失控地痛哭大骂："陈国豪，你这个千刀万剐的祸害，你不仅害惨了我，更葬送了你女儿的美好前程。你作孽啊……"

　　陈瑛知道自己之所以未能被录取的真正原因后，心里一时承受不住那种巨大打击，就发疯般地逃出家门，毫无目的地一路往西狂奔，来到新沟河边，声嘶力竭地大吼几声后，便纵身跳进水流湍急的新沟河……幸亏有人发现，把她及时救上岸来。陈瑛被送进江阴县人民医院，昏睡三天后才醒来，醒来后又是大哭大闹，医生给她打了镇静剂，她才安静下来。在医院住了半月后，陈瑛才出院。出院后的陈瑛，已没有了少女应有的那种天真烂漫，而是整天呆呆的，痴不痴，怪不怪，到点就吃，吃了就坐，不说一句话，见到柏舟都不认识人了。

　　琼玥带着女儿又去江阴城里看了一个退休老中医。老中医问了病因，把了脉，开了药方。回到家，吃了一个多月的中药，陈瑛的那种痴相，并未有明显改善。

二十八　邱八"革命"

　　邱八没想到，自己会被上头视作"文化大革命"（以下简称"文革"）运动的最可依靠的革命力量，他居然被指定为领导宏兴沙大队"文革"运动的负责人。"革命"热情高涨的邱八，在蓝陵公社二十个大队中率先成立宏兴沙大队"井冈山战斗队"造反派组织，以青年社员为主要成员，自任司令。起初，邱八不敢放开手脚，因为在宏兴沙，他最敬畏的人就是柏舟，而柏舟还是权力在握的大队书记。再者，邱八是个精明人，他还没看出"文革"对自己是否有益有利的具体道道来，所以，只要柏舟还坐在书记的位置上，他就不会轻举妄动。在他看来，"大四清"运动的阵势已很大了，在那种严峻的政治形势下，他料定柏舟肯定会下台的，结果却让邱八惊讶，不解。柏舟虽受到党内严重警告处分，但他照当大队书记，照样发号施令，没人敢不听，谁也撼动不了他的位置。这使邱八真切地感到柏舟身后所谓的政治靠山和政治背景的强大。

　　然而，当国家主席刘少奇、党的总书记邓小平被公开打倒后，邱八的腰杆似乎硬起来了，开始仿照蓝陵公社造反派的做法，于一天下午召集几个骨干密谋后，决定把琼玥家作为突破口，烧起宏兴沙"文革"的第一把火：抄历史反革命家属琼玥的家。可密谋一结束，就有人把消息透露给了柏舟。

　　第二天上午九时左右，邱八带着八九个造反派来到琼玥家门口，一看柏舟坐在一张条凳上，拦在门口，心里就忧起来，腿也有些软起来。

　　柏舟主动出击，抢抓主动权："邱大司令，你们要去哪？"

　　见邱八窘在那里，跟随的造反派也就站着不动。

　　"我们要造历史反革命分子陈国豪老婆琼玥的反，要革她的命。"邱八说。

　　"好啊，你可以去蓝陵中心小学造她的反，革她的命。她不在这里。"柏舟说。

　　"我们要抄她的家，破她家的'四旧'。"邱八说。

"好啊，邱八，你去抄你去破啊，我没拦你啊。"柏舟说。

"可你拦在她家门口，我们进不去。"邱八说。

"邱八，你真的是狗无记性。在宏兴沙，有谁不知道这三间楼房中有两间在土改中是人民政府分给我柏舟家的？我坐在自家门口，碍你什么事？"柏舟说。

第一个回合，邱八败下阵来。可他不甘心失败。他去找公社造反派组织的大头头。大头头姓李，名宗生，是蓝陵公社机关食堂里的一名伙头军，在"文革"前他给人的印象是敦厚老实，还有点木讷，可"文革"一来，他很快变了个人似的，非常活跃，一张嘴也变得特别会说，而且更敢闯，在公社机关拉起人马，成立了造反派组织，成了蓝陵街上叱咤风云的人物。听了邱八的报告，李宗生右手一挥说："柏舟他算个屁。刘少奇、邓小平都被打倒了，他算老几？我看过不了几天，他的靠山沈兴昌、李顺达也会被打倒。别怕他，我明天上午带着人去声援你。"

翌日上午八点左右，邱八又带着一干八九个人，有的手里拿着木棍，有的手里拿着绳索，来到琼玥家门口，又见柏舟端坐在门口，也不跟柏舟说什么话，就站在门前与柏舟无言对峙，引来中兴圩不少看热闹的人。正是八月农闲时，田里农活不紧张。九点左右，李宗生带着十多个身强力壮的臂戴造反派红袖章的年轻人，来到琼玥家门口，双手抱在胸前，轻蔑地对柏舟说："你识相的话，就自己走开，否则，就别怪我李司令对你采取革命的暴力行动。"

柏舟常去公社开会，有时也去食堂用餐，认识李宗生，也就没把李宗生放在眼里。"什么叫识相？什么叫不识相？"柏舟点燃烟，吐着一口烟雾问。

"识相，你就端着凳子走人。不识相，我们请你走。"李宗生说。

"我坐在自家门口，妨碍你什么了？"柏舟问。

"妨碍我们造反、革命。"李宗生双手往腰间一叉，"我勒令你，立即滚开。"

柏舟无动于衷。哪知，李宗生一挥手，四五个人立马冲上去，把没有防备的柏舟掀翻在地，再把他抬起来后架走。

造反派们蜂拥进屋，把哭啼的陈瑛揪出家门后，就楼下楼上地抄起家来。有的举起名贵的景德镇花瓶就砸，有的拿着绣着鸳鸯的绸缎被面和旗袍就撕，有的拿着图书就烧……还有的手里拿着金银首饰、银元，不敢私吞，就来到前面大队部门前的场地上，在一位造反派进行造册登记后，放进一只小蚕匾里展览，以此证明琼玥母女解放以来一直过着地主资本家少奶奶、千金小姐的腐朽生活，标示着陈富泰剥削农民和工人的罪证。

围观者众多，议论也众多。宏兴沙人大开眼界，头一次看到从琼玥家里抄出来这么多贵重东西。胆大的女人看到造反派在撕琼玥曾穿过的绸缎面料的旗袍，很是肉疼，便冲上前去抢夺，手脚快的，抢了一块布料就逃；手脚慢的，便与造反派争夺起来。胆小的女人则在一旁看把戏，哄笑凑热闹。

邱八们还不肯歇手。

下午，邱八们再次来到琼玥家，撬地板、破夹墙、捣家具，尽兴后，他们才离开。

望着一片狼藉的楼下楼上，一受刺激，陈瑛的痴病又犯了。柏舟把陈瑛接回了家。柏舟已无能力保护琼玥和他共同拥有的家了。面对"文革"，柏舟头一次感到自己实在太渺小了。

琼玥作为教师，按规定是参加蓝陵公社教育系统的"文革"运动，本与邱八的"井冈山战斗队"无直接关系，但因受陈国豪历史反革命问题的牵连，琼玥也被邱八们押回宏兴沙进行了批斗。当时，无论哪个造反派组织，想揪斗谁，就可以揪斗谁。

早就对琼玥的美色垂涎三尺的邱八，心理阴暗地让人强行将琼玥的一头秀发，剃成十字型的阴阳头，还在她脖子上挂了两三双破鞋，让她站在大队部门口场地上的一张条凳上示众，不准她坐，不准她喝水，不准她擦汗，以此来羞辱、折磨琼玥。他这样做，并不是已把琼玥送给他五十元钱收拾草屋、柏舟给他做媒娶老婆、他千方百计阿谀柏舟讨好琼玥、柏舟做主年年照顾他……忘得一干二净了，而是他已然清楚地看到，"文革"才是他真正完全彻底翻身解放的难得机遇，而置良心、良知于不顾，在他看来，良心、良知、人性、人道，与他的野心、私欲比，一文不值。于是他整天高唱着"革命不是请客吃饭"的语录歌，以为自己参加正在失控无序的"文革"后，也能成为另一个柏舟，主宰宏兴沙。而他没有意识到的是，他被"文革"激发出来的不是真正意义上的革命性，而是他的泯灭人性的兽性。

柏舟已不能去大队部上班办公，也没什么公务可办了。大队部已成为大队造反派司令部，已被邱八们占据。为了躲清静，柏舟每天去大队种养殖场，和场里的社员一起劳动。一天傍晚，有一位姓顾的社员，中兴圩六队人，在路上碰到柏舟，就对他说："柏书记，今天中午，在热白烤烤的太阳底下，我看见邱八摸了琼老师的胸，还强行亲了琼老师的嘴。"柏舟听后，气愤得牙齿咬得咯咯响，拳头攥得紧紧的。可柏舟强忍住了胸中已燃烧起来的怒火，抑制住了冲动。他意识到，自己虽然还是大队书记，但他说的话已不当令，说话顶用的已是造反派司令邱八。可柏舟也不是一个善茬。富有地下革命斗争经验和革命工作经验的他，使出一招：用铅笔头故意歪歪扭扭地在一张粗糙的纸上，写了这样几个字："邱八王八，当心被碎尸万段"，并将纸条搓成香烟形状，塞进他还吃剩下的五支跃进牌香烟的烟盒里，这种劣质烟抽的人很普遍，就在路过大队部门口场地时有意丢在地上，让人误以为是谁掉了香烟。同时，在那天深更半夜的时候，柏舟来到邱八家的自留地上，恶作剧地将他家的一轮茄棵全部拔掉，以示警告。

第二天一早，邱八的哑巴老婆提着一只破竹篮，去自留地上采茄子，一看一轮茄棵全被拔掉，顿时就火得"啊、啊"地骂起来，并一路骂到家。听懂老婆的哑语后，邱八来到自家自留地一看，也火得跺脚大骂，骂声引来不少围观者。

有人说："邱八，你不做缺德事，就没人会暗算你。"

有人说："邱八，你这叫恶有恶报。"

吃过早饭，刚进大队部，就有人将一张小纸条递给邱八："写给你的。"那人说。"什么东西？"邱八展开纸条，因不识字，不知道纸条上写的是什么，便把奚建中叫了过去。

奚建中是永丰圩奚炳度的小儿子，当年，如果没有琼玥雪中送炭地借给奚炳度五十元钱，奚建中到现在还可能讨不到老婆。奚炳度夫妇知道小儿子抄了琼玥家、砸了琼玥家家具后，与他大吵了一架，痛骂小儿子是忘恩负义之人。奚建中则回敬父母是"敌我不分，立场不稳，对领袖不忠。"

"你帮我看看，纸上写了什么？"邱八问。

奚建中说："纸上写的是'邱八王八，当心被碎尸万段'。"

邱八听后，气得脸色铁青，不由得想到自家茄棵被拔掉，再想到早晨围观者的议论……邱八心里顿时害怕起来。他思忖："是谁写的纸条？又是谁有胆量拔他家的茄棵？"邱八第一个想到的是柏舟，可很快推翻了自己的揣测，他认为柏舟干不出那种下三烂事的。他自信自己很了解柏舟。"那么，到底是谁在恐吓我？谁在暗地里阴损我？"邱八决定，"查，无论如何要查出个水落石出，否则，我邱八还怎么混下去？"可是，邱八又犹豫起来，"这种事，能查得出结果来吗？若是查不出结果，我邱八不是更让人笑话吗？"想到这些，邱八遂打消了调查的念头。

明枪好躲，暗箭难防。邱八懂得这个道理。于是，由于心怯，也心知肚明自己受到恐吓、遭到暗算的原因，邱八决定不让琼玥示众了。有些造反派觉得还没过瘾，不理解邱八的用意，进而对其决定表示质疑。邱八便使出游民的习性来，破口大骂，满嘴喷粪，威胁恐吓，吓得造反派小将们噤声不敢语了。

二十九　挂牌示众

在上海"一月风暴"鼓动下，一九六七年二月，宏兴沙大队先后成立三个造反派组织：一个是以祖籍泰兴的为一派，邱八为头儿，由三十二人组成；一个是以祖籍扬中的为一派，罗晓军是头儿，由四十八人组成；一个是以祖籍江南的为一派，吴谦是头儿，由四十二人组成。这三个造反派组织联合起来，向大队党支部、管委会夺权。柏舟作为宏兴沙大队最大的"走资派"，很快被造反派夺了权、被靠边站，于是他天天去大队种养殖场参加劳动。造反派夺取权力后在如何分权上却产生了严重分歧，由于罗晓军是宏兴沙大队民兵营营长，在实行军管中成为宏兴沙大队实际掌权者。

随着江阴县城造反派组织分裂为"联指"和"工联"两大派组织，宏兴沙大队造反派，也选边站队，分裂为"联指"和"工联"。吴谦是"联指"的头儿，邱八是"工联"的头儿。罗晓军是宏兴沙大队军管小组负责人，根据上级军管会指示要求，不得介入派性斗争，但他暗地里支持"联指"。

"文革"运动与以往的历次政治运动相比较，有一个显著的不同点，就是每个单位（地区）的群众都分裂成势不两立的"革命群众组织"（革命造反派），双方只认为自己才是保卫毛主席的，对方是反对毛主席的，因而进行着你死我活的斗争。斗争中他们又有着相同的明确的阶级敌人——地富反坏右和走资派，即"牛鬼蛇神"。他们对"牛鬼蛇神"是从不心慈手软的。但宏兴沙大队两个势不两立的造反派组织在批斗柏舟时还是有点不同的，明眼人一看都心知肚明："联指"侧重于文斗，"工联"喜好武斗。但批来斗去就是那些招数，斗来批去仍是那些破事，亦即柏舟的"三大罪状"：一是柏舟是李顺达推行刘、邓反动路线的得力干将，一心走资本主义道路，罪大恶极；二是柏舟官僚主义、命令主义严重，长期脱离群众，代表地主、富农阶级骑在人民头上作威作福；三是柏舟长期与琼玥姘居，严重丧失阶级立场，生活腐化堕落。为了显示与吴谦的区别，邱八换了一种批斗柏舟的方法：让柏舟每天中午挂着牌站在大队部门前场地上的一张条凳上示众，没人看押，看他表现，如柏舟规规矩矩，态度老实，邱八们就不采取进一步行动，否则就升级批斗。

连续二十天，每天中午十二点，柏舟穿着一件黑色的粗纱布破棉袄，准时来到大队部门前场地，自觉地站到那张条凳上，将一块三五斤重的小黑板挂在自己脖子上，小黑板上写着"我是走资派、腐化堕落分子柏舟"。柏舟每喊一声"我是……"后，就"喤"一声敲一记堂锣，接着再喊"我是……"如此循环往复。

大热天的，柏舟为何要穿一件黑色的粗纱布破棉袄？其中是有原因的。自被"夺权"后，作为走资派的柏舟时常被大队造反派批斗。第一次被批斗时，柏舟穿了一件单衣，脖子上挂了一块小黑板，系着小黑板的是一条细铅丝，细铅丝就透过单衣薄布，勒进了他的脖颈里，渗出了血，很疼。第一次被批斗后，柏舟就想，能用什么办法减轻疼痛？是否穿一件厚棉袄试试？第二次被批斗时，柏舟穿了一件黑色的粗纱布破棉袄。邱八不解地问他，三伏天这么热，你为什么还要穿棉袄？柏舟说我喜欢穿。果然，那块小黑板挂在脖子上后，柏舟的疼痛感减轻多了。还有，柏舟穿着破棉袄被打时，也能减轻些皮肉之痛。此外，棉袄还很吸汗。之后，凡被批斗，柏舟总是穿着那件破棉袄。

一天，柏舟一家正在吃晚饭时，陈瑛来到柏舟家，急急地说了一句"我妈快要死了"，就立即转身走人了。

柏舟丢下手中的粥碗，上衣也不穿，就穿着一条短裤，赤着膊，趿着一双蒲草拖鞋，直奔琼玥家。听到敲门声，陈瑛开了大门，让柏舟进去。柏舟往楼上去时，陈瑛闩上大门后，来到楼下西屋自己的房间。自被抄家后，陈瑛便住到楼下，又没有串门的习惯，夏天晚上也不乘凉，吃过晚饭洗好浴，就进自己房间。

柏舟手中端着一盏油盏灯，来到楼上，走进琼玥房间。琼玥家原有的几只美孚灯，在破四旧中都被造反派当作四旧给"破"掉了。琼玥就动手自制了几盏油盏灯。

"来了。"琼玥有气无力地说。

柏舟已有段时间没来这房间了。他发现，自己和琼玥同枕共眠过无数次的偌大的镶嵌着黄杨、象骨、玻璃画的红木龙凤架子床，已床将不床了，床楣、围栏、玻璃画被造反派砸毁，六根床柱被砍断了三根，在断掉的两根床柱上绑了竹竿后才撑起了一顶被缝补了多处的新蚊帐。除床被破四旧外，原来的樟木大橱、红木梳妆台、红木小圆桌、两对红木小圆凳，不是缺胳膊，就是缺腿，因站立不住，就被琼玥归拢到墙头边上去了。

"怎会被弄成这样？"柏舟说。

"就这样了。"琼玥说，"它们是'四旧'嘛。"

柏舟坐到床沿上，隔着一层蚊帐，问背对着自己的琼玥："吃了吗？""吃了一小碗热粥。"琼玥说。柏舟这时才发觉琼玥说话的声音有些异样，口齿有些不清，又问："哪里不舒服？"琼玥转过身来，面对着柏舟。在如豆灯光下，柏舟依稀看到，琼玥两眼青肿，右脸红肿，嘴唇翘肿；琼玥本有的一头秀发，被剪成一堆乱草，杂乱无章。

"玥，你受罪了。"柏舟撩开蚊帐，坐到床上，将琼玥揽进怀里，给她扇着扇子。

"我，死不了。"琼玥说，"我已被公社教育系统造反派开除出教师队伍，遣返宏兴沙接受劳动改造。过不了几天，邱八就会派人来找我。"

"别怕，有我陪着你。"柏舟说。

"我从来不怕。"琼玥说，"阶级敌人的命也是命。凡是生命都是珍贵的。我会珍惜自己的命的。除非他们打死我，否则我是不会轻生的。舟，我还等着你堂堂正正地娶我呢。"

柏舟将琼玥娄得更紧。

"轻些。"琼玥嘴里倒吸了一口冷气，"我的腰被打伤了，翻身都很吃力。"

"他们是教师，都是读书人，对你怎么下得了这么狠毒的手？他们的斯文哪儿去了？"柏舟说。

"读书人整人是内行，因为他们懂得多。世上的酷刑，大多是读书人发明的。"琼玥苦笑，"舟，你也吃了不少苦头吧。"

"没你多。"柏舟说，"近来，我有时怀疑，我当年革命是否错了？"

"不好这样想。"琼玥伸出左手，抚摸着柏舟的脸，"美好的社会主义社会应该是善的。现在虽是恶在泛滥，但我想，这只是暂时的。目前的动乱社会，不可能是站起来的中国人真正要追求的理想社会。"

三十　生死决定

在蓝陵公社两大造反派中，"工联"最为得势，因而宏兴沙大队"工联"在公社"工联"撑腰下，把"联指"挤到了权力的边缘，遭到排挤的吴谦，被罗晓军安排到大队种养殖场担任代理场长。邱八成了宏兴沙大队恣意妄为的人。一天下午，"工联"召开批斗柏舟、琼玥的大会，邱八勒令柏舟坦白交代所谓的反党、反社会主义罪行。柏舟回答"我从未反党、反社会主义"。邱八就采取暴力革命行动，让柏舟"坐飞机"（"文革"中批斗人的一种方式：将被批斗者的双手反绑，让其下跪，后面站着两个造反派，一人左手摁住被批斗者的左肩，右手扯住被批斗者的头发死命往后拉；另一人则亦然。如此，被批斗的人状如"坐飞机"），吓得台下参加批斗会的女社员口中发出了惊惧的尖叫声，但柏舟还是一声不吭。

眼见斗不垮柏舟，邱八就把斗争矛头转向同时被批斗的琼玥，勒令她交代所谓与陈国豪"里通外国"的特务罪行和"拉拢腐蚀革命干部"的罪行。

琼玥朗声道："我不是特务，我是一个善良之人。我无私帮助过你邱八多次。难道你忘了？我从未拉拢腐蚀过革命干部。我有追求幸福的权利。"

"造反有理"的邱八，却忘恩负义地指使两个造反派，也让琼玥"坐飞机"。琼玥不再言语，不哼一声，而且挣扎着昂起属于自己的头颅。

批斗会是在宏兴小学操场上召开的。与会者以生产队为单位，按指定地点就座。凡不参加批斗会的社员，被扣三天工分。看在工分的面子上，全大队半劳力、整劳力都参加了批斗会。批斗会中，年轻人则群情激愤，跟着邱八们振臂高喊"打倒"之类的口号。中老年社员大多默不出声。坐在会场内的奚炳度，不敢看柏舟、琼玥被强迫"坐飞机"的那种惨状，就低下头，用右手捂住嘴，伤心难过地暗泣流泪。把"一"字当扁担的他，凭着农民朴素的伦理道德，认为像关公似的柏舟、活观音似的琼玥，竟然被恶人邱八和一群疯子殴打摧残，进而认定这个社会就像人一样已病了，还病得不轻。可病根在哪儿？他不知道。

批斗会草草收场后，为了进一步迫害柏舟、琼玥，邱八命人将他俩押送到关帝庙关在一起。晚上六七点钟时，柏秀丽、陈瑛不约而同来到关帝庙，一个给父亲送晚饭，一个给母亲送晚饭。柏秀丽送给父亲的晚饭是一大海碗北瓜面疙瘩，陈瑛送给母亲的晚饭是一海碗米饭。

"舟，你吃米饭，我吃北瓜面疙瘩。"琼玥说。

"不用，你吃你的米饭。"柏舟说。

"又不听话了。"琼玥说，"男人是铁，饭更是男人的钢。"琼玥夺过柏舟手中的碗，就大口吃起来。

柏舟也不再客气，端起米饭，又是韭菜炒茄丝下饭，很合柏舟的胃口，便大口吃起来。柏舟一海碗米饭吃完，琼玥仅吃掉碗中的三分之一。

"娘做的，就是味道好。"琼玥说，"我饭量小，已吃撑了，舟，你再把它吃了。"柏舟接过琼玥手中的碗，又大口吃起来。"我就喜欢你这种吃相，有男人气，有男人味。"琼玥说。

夜渐渐深了。

屋里没有床铺。地坪砖上仅有一张蒲席。也没有灯，屋内很是黑暗。柏舟烟瘾上来了，可香烟和火柴早被看管他们的造反派搜身搜去了。柏舟坐在蒲席上，背靠一堵墙壁。琼玥躺在蒲席上，头枕在柏舟的腿上。

守在门外的两个造反派中的一个，不时将耳朵贴紧门缝，欲偷听屋内的动静。他听到柏舟和琼玥在说话，可他听不清楚他俩在说些什么。邱八交代过看管的人，如果发现柏舟和琼玥在干那种男女之事，你们可以立即冲进去，当场捉奸，不许他们穿衣服，把他们绑在柱子上，待天亮后让他们游村示众。

"玥，"柏舟说，"能否再给我讲讲你当年参加共产党外围进步组织、从事抗日活动的事？我还想听听。"

"还想听？"琼玥说，"不好意思，还是不讲的好。跟你比，我可算不上是革命。不过，我从小起，就同情底层社会的穷人；从读中学起，就倾向革命，要求进步，这倒是真的。"

"跟我说说嘛，在这黑暗里，我们被关押在一起的时候，"柏舟说，"我很想听。"

"那我就说了。"琼玥说，"我记得小时候，我父亲就教我背诵岳飞的《满江红·写怀》，让我从小接受爱国主义的熏陶。还有，我七八岁时，常到厂门口接我母亲下班。我目睹了女工下班时的疲倦样。所以，我读初三第一学期时，我的女同学童丽娟要我加入学校里的秘密组织——青年抗日协会时，我爽快答应了。我当年读的是春晖初级中学，那时，日本宪兵在江阴城里到处抓人，随意杀人，城里一片白色恐怖。但我们学生没有被日军的刺刀吓倒，我们不愿做亡国奴，我们秘密地组织起来，有组织地学习《抗日救国十大纲领》和毛主席的《论持久战》，有组织地散发传单、张贴标语，宣传共产党的抗日主张。当年，我唯有一腔热血，根本不怕死。有一天夜里，我们正在县前街张贴标语时，被巡逻的伪警察发现，因我跑得慢被抓住，关进了警察局。第二天午饭前，陈富泰把我赎了回去。事后才知道，是童丽娟去我家报了信。陈富泰是花了一大笔钱买通关系后，才把我赎了出来。回家后，在他的多次威逼下，我才退出了青年抗日协会。一九四四年七月初中毕业后的一天，童丽娟来我家找我，要我和她与其他几个同学去苏北参加新四军。我很想去，但我母亲坚决反对，特别是陈富泰，派女佣整天看着我，同时逼着我与陈国豪订婚。"

"当年，你就没想到过离家出走？"柏舟问。

"想过，但我下不了决心。"琼玥说，"我很同情我母亲，她跟我父亲结婚十一二年，也没享到什么福，苦倒吃了不少。我只要一见到母亲的眼泪，心即刻就软了。心软，或许就是我的致命弱点吧。"

天将亮了。

两人又换了个话题。

"你被造反派打得不能动弹后被抬回来的那天，渡江也回家了。我让他去看你，他不肯。他变了，变得让我有点不认得他了。"柏舟说。

"变才会少吃、不吃苦头，不变则会碰得头破血流。在这场暴力革命面前，谁能独善其身？这场革命就似巨浪，作为个人就似江滩上的芦苇，只能被长江浪涛裹挟，随浪涛摇摆，是无力逆浪而立的。然而，尽管芦苇很弱小，面对汹涌波涛，腰会弯，但它们的根不会断。我们要学习芦苇的韧性品格。渡江不去看我，我理解，不要怪他。我是历史反革命分子的老婆，是潜伏着的里通外国的女特务，是拉拢腐蚀革命干部柏舟的'破鞋'，一句话，我是这场革命的对象。渡江不去看我，肯定有他的想法。"

"难得有你这么宽宏大量地对待渡江的。"柏舟说，"玥，我们有大半年时间不在一起了吧。你为什么会突然地绝情地拒绝我？"

"为你好。"琼玥说，"也是为我好。"

"不懂你的意思。"柏舟说。

"自被抄家起，我就是造反派攻击的对象。这种时候，我们怎么能来往？我不能害了你。再有，陈瑛有次竟然威胁我说，如果我们还来往，她会杀了我。我了解她。她犯病时，说不定真会把我杀了。我不怕死，但得为女儿着想啊。"琼玥说。

"陈瑛啊，从小没有父亲，缺少父爱，也是不幸的。还有，她本可以读中师中专或高中的，没想到政治审查关通不过。玥，如果陈瑛能顺利地继续上学，说不定以后她和渡江极有可能成为一对。"柏舟说。

"你想陈瑛做你儿媳？"琼玥问。

"想。"柏舟说。

"陈瑛有什么好？"琼玥问。

"人马子长得好看就不去说了。"柏舟说，"她还没有大户人家千金小姐的那种娇气，她舍得吃苦，她为人也好，是会过日子的人。"

"我也曾希望过，"琼玥说，"现在不希望了。先不说渡江早就表明了态度，他和陈瑛只能是姐弟关系，他们已根本没有成为一对的可能性了。再退一步说，就算现在渡江有意愿过几年后娶陈瑛为妻的想法，我也会坚决反对，决不同意。"

"为什么？"柏舟问。

"不是他们两人不适合，而是目前的政治形势迫使他们不能走到一起。陈瑛出身于历史反革命分子家庭，祖父又是资本家，而渡江出身于革命家庭。如果他俩结合，渡江的政治前途就会被断送。我是极不愿意看到渡江政治前途被断送的。这是其一。其二，陈瑛现在患有间歇性精神分裂症的病，虽寻医吃药后病情大有好转，但随时都会发病。我不能害了渡江，更不能毁了渡江。现在的陈瑛，已不是初中毕业前的陈瑛了。其三，我也越来越发现，陈瑛没有我心善。她性格中有一种毁灭性的极可怕的东西。她不像我，而像她父亲。我巴望渡江幸福，但决不允许有人毁了渡江的幸福。渡江像你，有个性，有主见，倔强执着，且心胸宽广，心地善良，不会害人，更不会说杀人。"琼玥最后说，"我不想当渡江的丈母娘，只想当好他的后娘。"

邱八以小人之心度柏舟君子之腹，总以为柏舟与琼玥被单独关在一起时定会弄出动静来的，可柏舟与琼玥终究静悄悄。这让邱八很失望。失望之余，他把柏舟与琼玥放了，但他仍不罢休，又动起肮脏的念头，决定再换一种新花样来整柏舟与琼玥。

宏兴沙大队"工联"造反派司令部，用大字报发布两条勒令：

一、即日起，勒令历史反革命分子陈国豪老婆、潜伏着的里通外国的女特务、拉拢腐蚀革命干部的"破鞋"、已被开除出革命教师队伍的琼玥，在大队种养殖场接受革命群众监督，实行劳动改造；改造期间，只许其规规矩矩，不许其乱说乱动，若要出宏兴沙，必须获得大队"工联"造反派司令部批准同意。

二、即日起，勒令走资派、腐化堕落分子柏舟，与琼玥一起，每天中午十二点开始，先在大队部门前场地上挂牌示众半小时，然后到各圩游圩示众，结束后到宏兴小学校园内的黑板报上签到。若偷懒少跑一个圩，必对其实行无产阶级专政；什么时候不再游圩示众，由大队"工联"造反派司令部决定。

这天是柏舟与琼玥游圩示众的第十三天。

这天中午，气温高达四十摄氏度。

树上的叶子卷了。

知了们欢快地进行着歌唱比赛。

躺在树荫下的狗儿，伸着长长的舌头，懒得动弹。

鸭、鹅在池塘中戏着水不肯上岸。

路上的尘土，能把人的脚底烫出水疱来。

野外不见一个行人。

这天中午十二点，穿着一件黑色的粗纱布破棉袄的柏舟，手拿一面小堂锣，与身穿一件花布旧棉袄、手拿一只铜盆的琼玥，准时来到大队部门前场地上，一同站在一条长凳上。两人脖颈上都挂着一块小黑板，上面写有诬陷不实和带有侮辱性的字。琼玥脖颈上还多挂了五六只破鞋，有棉的，有单的，但都是破的。柏舟敲一记小堂锣，在发出"嘡"一声后，嘴里就接着喊："我是走资派、腐化堕落分子柏舟。"琼玥敲一记铜盆，在发出"当"一声后，嘴里也接着喊："我是历史反革命分子陈国豪老婆琼玥、我是里通外国的女特务琼玥、我是'破鞋'琼玥。"如此重复半小时。

柏舟和琼玥第一天中午这样站着示众时，引来不少看热闹的人，这些人大都是中兴圩的，有大人，也有小孩，有男人，也有女人。他们围观着，指点着，说笑着，议论着。可是从第九天起，已没有一个围观者了。

站完半个小时，柏舟和琼玥从中兴圩出发，按由东往西的顺序开始自觉地游圩示众。当他俩从中兴圩出发，游过同兴圩、同盛圩往西去永丰圩途中，经过一条大渠道时，琼玥说她走不动了，想坐在渠道边歇息一下。看到琼玥满头是汗，脸色惨白，柏舟就把手中的两块小黑板（在路途中，柏舟和琼玥就把挂在脖子上的小黑板取下来，由柏舟负责拎着，走到接近另一个圩时，两人再把各自的小黑板挂到自己的脖子上）放好在渠道旁，再把一面小堂锣、一只铜盆放在小黑板上后，两人就并排坐在水渠边上。

新沟河中的机帆船正在抽水。水渠里游走着的水清且凉。柏舟和琼玥把脚伸进水里。"凉爽，舒服。"琼玥将自己的头靠在柏舟的右肩膀上，"这条大渠道还是在一九五八年冬，由你组织人力构筑而成的。想不到九年后，我俩会在这里享受清凉。""只是苦了你。"柏舟说。"只要跟你在一起，我再苦也不觉苦。"琼玥说，"舟，我口干。"柏舟弯下腰，双掌合拢，捧水给琼玥吃。"你喂我。"琼玥撒娇地说。朝琼玥注视一眼，柏舟顺了琼玥，弯下腰，捧起水，吸到自己嘴里，再对着琼玥的嘴，让琼玥吮吸他嘴中的水。琼玥吮吸十多次水后，柏舟说："玥，我跟你说件事。"

"说吧，我听着。"琼玥左臂挽住柏舟的右臂。

"我们结婚吧。"柏舟说，"造反派什么时候不批斗我们了，我们就什么时候结婚。"

"想定了？"琼玥问。

"想定了。"柏舟说，"活，我们活在一起；死，我们也死在一起。我，你，现在都是同一个阶级阵线的人，都是这场运动的对象，都处在社会的最底层，值得我在乎的只有你了。"

琼玥哽咽："等你说'我们结婚吧'这句话，我已苦等了十六年。"

"我欠你的太多了。"柏舟说。

"你没欠我。"琼玥说。

"你呀，永远是这么大度。我不如你。"柏舟说。

"谦虚。"琼玥说，"我这个曾经的资本家的少奶奶，早被你感化、同化得接近布尔什维克标准了。"

"相互感化，相互促进。"柏舟说，"玥，跟我说实话，你究竟看上我什么？"

"先看上你男人的范儿。你身穿黄军装，头戴黄军帽，腰间挎着一支短枪，那种英姿飒爽，那种英俊威武，那种浓厚的男人的阳刚味道，深刻有力地吸引住了我。"琼玥说，"后来，你一心为社员谋求过上好日子的作为，深深地感动了我，榜样似的教育了我。再后来，你受处分后仍对信仰的坚守让我信服了你。当然，还有嘛，我不说你也懂的。"

"实话，大实话。"柏舟亲了一口琼玥的左脸，"玥你看，东南边的天空中飘来了乌云，不会下阵雨吧。"柏舟站起，穿上自己编织的蒲鞋，再把琼玥扶起，帮她穿上一双脱在旁边的半新旧的黑色褡襻布鞋。

两人没走出多远，突然，天空中黑云压城，狂风大作，电闪雷鸣，紧接着大雨倾盆。四周都是稻田，无处躲雨。柏舟赶紧脱下自己身上的粗纱布破棉袄，顶在琼玥头上，给她挡风遮雨。"你这样会淋坏身子的。"琼玥说。"没事。我是男人。"柏舟赤着膊，淋着阵雨，搀扶着琼玥，迎着暴风雨，艰难地踏着泥泞的路前行。

来到永丰圩，雨还没停，不过比刚才小了些。一走进圩里，赤着膊挂着小黑板的柏舟，就敲响小堂锣，每敲一下，就喊一句"我是……柏舟"。紧跟着，头上顶着柏舟的粗纱布破棉袄的琼玥，撸一把满脸的雨水，也敲响手中的铜盆，嘴里喊着"我是……琼玥。"在雨中，两人不停地撸着脸上的雨水，不时地相互搀扶，边走边敲边喊。听到这熟悉的声音，待在屋里的永丰圩人，有的说这两人实在可怜；有的说这两人活该；有的说苍天怎么无眼，不让邱八这些恶人早点死光光；有的说……

永丰圩的奚炳度站在家门口，不停地踱着步，搓着手。

"炳度，你这样坐不定，立不定，为了什么？"炳度家里人问。

"这种鬼天气，柏书记他俩还要游圩示众，建坤娘，"建坤是奚炳度的长子，"我是男人，给他们去送蓑衣，被圩上人看见了，影响不好。你是女人，圩上人不会说你什么的。你赶快给他俩送蓑衣去。他俩正在落难，我们可要对得起他俩。"

炳度家里人"嗯"了一声后，就头戴一只斗笠，手拿一件蓑衣，冲到柏舟、琼玥跟前："给，你们用它挡挡雨吧。"

柏舟不肯接受蓑衣。

"柏书记，你是好人，你现在落难，但我和炳度不会看轻你，更不会对你落井下石的。"炳度家里人说，"琼老师，你是我奚家的大恩人，要不是你当年心好帮我，我家哪里寻得起儿媳妇啊！大恩人，我帮不了你什么，你就把这件旧蓑衣收下，披在柏书记身上吧。"炳度家里人哽咽起来。

柏舟这才接过蓑衣。炳度家里人又把自己头上戴着的斗笠摘下，戴在柏舟头上，然后冒雨奔回自己屋里。赤着膊的柏舟，又把斗笠戴在琼玥头上，再快速地帮她穿上蓑衣，系好带子，最后再把湿透的那件粗纱布破棉袄穿在自己身上，扶着琼玥，从永丰圩再往西，去永康圩、永福圩游村示众，之后，再折往北二百多米后往东，来到宏兴沙最东面的永稔圩和礼耕圩。

柏舟和琼玥来到礼耕圩时雨停了，接着，毒辣的太阳又跳出来了。琼玥经受不住这忽冷忽热的折腾，突然两眼一黑，倒在地上。惊骇的柏舟赶紧俯身抱起琼玥。

"我，怎么就倒下了呢？"琼玥无力地说，"放下我，我们游圩还没结束。"

这时，礼耕圩的三队队长文仁吹响了上工的哨子。哨子刚吹完，他就听到堂锣的声音，知道是柏舟和琼玥，就走了过去。

"快回家去换衣服。"文仁说。

"还没结束。"柏舟说。

"这里是三小队，我说了算。"文仁说。

柏舟和琼玥终于结束游村，一身泥水地来到宏兴小学，先由琼玥用粉笔在走廊的黑板上写上自己的名字，再由柏舟写上自己的名字，以证实他俩今天已走完游村示众的规定路程。

没有人看押，柏舟、琼玥不能偷懒少走一个圩吗？不能，他俩也不敢。邱八会不时地抽查，一旦查实柏舟与琼玥少走了一个圩，邱八将会惩罚他们。让邱八失望的是，柏舟和琼玥每天都走遍每个圩。

"我突然发冷起来。"琼玥的旧棉袄也早已湿透。

"你受凉了。"柏舟说，"玥，你赶快回去换衣服。"

三十一　活出诗意

琼玥先回家了。

柏舟脱下身上黑色的粗纱布破棉袄，使劲绞干后搭在左胳膊上，右手提起蓑衣，拿起斗笠，赤着膊，来到永丰圩，将蓑衣、斗笠还给奚炳度，见大门关着，知道他们下田干活了，便把斗笠、蓑衣放在了他家门前。

琼玥在回家路上已发起高烧，回到家脱掉潮湿衣服、换上干净衣服后就躺倒在床上了。

柏舟回家换了衣服，抽上一支劣质烟，再去灶间拿了一只碗，在水缸里舀了一碗凉水喝完，就急忙往大队种养殖场赶去。下午的农活是给棉花地里除草。一九六四年冬，柏舟组织带领全大队壮劳力在江滩上围垦出来的六十多亩滩地，经过两年多耕作，还不能种植水稻，根据上级要求，种养殖场便在今年种了棉花，长势很好。刚走进棉花地里，柏舟就看到陈瑛急匆匆奔过江堤，冲向棉花地，找到代理场长吴谦，急急地跟吴谦说着什么。几分钟后，陈瑛又急匆匆地回去了。

陈瑛走后，柏舟心里就像十五只水桶打水，七上八下，老是心不定。他来到吴谦身边，掏出烟发给吴谦，抽起烟来，可嘴里说出来的全是关于棉花长势的话。柏舟很想问问吴谦陈瑛找他有什么事，可话到嘴边，打了几个滚又咽回肚里去了。柏舟虽被造反派勒令在大队种养殖场接受监督劳动，但没有人监督他，他很自由，可他还是严格按邱八们的要求做。直到收工时，柏舟实在憋不住了问吴谦，吴谦才告诉柏舟，陈瑛说她娘在发高烧，不能来场里劳动，她来给她娘请假。我同意了。柏舟听后心里一沉，便脚下生风地奔往中兴圩。

柏舟径直去了琼玥家。他决定与琼玥结婚后，也就没有了任何顾忌，也就不惧怕失去任何东西，没有患得患失，只有勇往直前，只有责任担当，已根本不在乎别人的异样目光，根本不惧怕邱八们对他们的任何批斗了。奔进琼玥家，柏舟听到陈瑛哭着说:"柏叔,救救我妈。我妈被烧糊涂了。"

柏舟冲上楼,跃进房间,只见蜷缩在床上的琼玥身上,还裹着一条厚被子,身体却还在被窝里颤抖。柏舟伸出右手,按了下琼玥的额头,很烫手。柏舟俯下身,连人带被子抱在胸前:"玥,玥,我们去医院。"琼玥没有反应。柏舟怕了,呜咽着,疯狂地吻琼玥,边吻,边说:"玥,玥,你可不能丢下我。下午,今天下午,我们已决定结婚了。我等着你做我的新娘呢。玥,听见没有?"

在场的陈瑛听了柏舟的话后,痛快地哭道:"柏叔,你跟我妈,快点结婚吧。我妈,太苦了,她心里太苦了。"

琼玥有点清醒起来。她从被窝里伸出藕臂,她也天天晒太阳,就是晒不黑她的皮肤,搂住柏舟脖子。柏舟驮着琼玥,飞奔蓝陵公社卫生院。

卫生院里仅有一个穿白大褂的女医生。柏舟问后才知道,其余穿白大褂的人晚饭后都去参加批斗大会了。柏舟跟那个女白大褂好说歹说,她才给琼玥看了病,配了药,安排了病房,又当护士地给琼玥寻找静脉扎针吊盐水。

陈瑛提了一只小竹篮,篮子里放着一小钵头粥、两只碗、两副筷子、一把勺子、两块油摊饼,来到卫生院,找到母亲的病房,站在病房门口,在二十五瓦电灯光下,看到母亲依偎在柏舟怀里吊盐水的一幕,鼻子一酸,眼泪就跟着跑了下来。

"柏叔……"陈瑛走进病房。

"怎么啦,瑛?"见陈瑛流泪,柏舟安慰说,"你妈没大碍。医生说了,你妈是因为淋雨受寒后引发的高烧,挂几瓶盐水、服用一些药后就会好的。"

陈瑛没有说下去,只是点着头。

琼玥被柏舟搂在胸前,睡得很沉,打着细腻匀称的鼾声,不知道女儿的到来,也没听见女儿跟柏舟说的话。

"柏叔,我来换你,你先吃晚饭吧。"陈瑛说,"秀丽姐本来也要送晚饭来的,我跟她说了,就我一人送吧,她就没来。"

"不用换了,让你妈好好睡吧。"柏舟说,"瑛,你回去吧,这里有我。等盐水挂好,我弄给你妈吃。"

"嗯,"陈瑛说,"柏叔,你对我妈,真的好。"

到晚上九点左右,两大瓶盐水挂完,琼玥也清醒了。柏舟又去找来医生,给琼玥量了体温。医生说,高烧虽退,但还有点低烧,明天再挂两瓶盐水后,估计低烧会全退了。医生走后,琼玥说肚子饿了。柏舟说你坐着我给你舀粥。琼玥问是秀丽送来的?柏舟说是陈瑛送来的,她刚走不久。

琼玥胃口不错，喝了一碗粥，吃了小半张油摊饼。琼玥要柏舟把钵头里的粥和剩下的饼全吃了。柏舟也不客气，照单全收，风卷残云，三下五除二，全吃了。吃完，拍着肚子，柏舟说："我就是能吃。"

　　"我就喜欢你能吃。"琼玥说，"以后，我管你吃的，顿顿让你吃饱，次次让你吃满足。"

　　听了琼玥的话，柏舟轻轻拧起她的左脸。

　　"干吗拧我的脸。我说错了？"琼玥说。

　　"你说呢。"柏舟说，"话里有话，一语双关。"

　　"你不喜欢？"琼玥说，"那是我的责任与使命。"

　　病房里就柏舟和琼玥两个人。

　　"舟，这病床上的草席这么脏，我睡不下去。我们回去吧，明天再来医院挂盐水。"琼玥说。

　　"我去问问医生，看她同不同意。"柏舟去问了那位女白大褂。她起先不同意，怕病人回去后不来赖了医院的医疗费。柏舟说我们是那种人吗？在柏舟的一再保证下，那个女白大褂才同意琼玥回家去住。

　　"我给你破例，完全看在你男人的面子上。"那位女白大褂对琼玥说。

　　两人一路走回中兴圩。

　　"走得动吗？"柏舟问。

　　"走得动。"琼玥说。

　　"不要逞强。"柏舟说，"我还是背得动你的。"

　　"我知道你满身都是力气，背我两个人都背得动。"琼玥说，"但我不忍心我的男人老是为我出大力。"

　　一路上，两人说着体己话。

　　"瑛来医院，有没有看到你搂着我？"琼玥问。

　　"看见了。"柏舟说。

　　"她有没有说些什么？"琼玥问。

　　"说了。"柏舟说。

　　"说了些什么？"琼玥问。

　　"她说我对你真的好。"柏舟说。

　　"真的这么说的？"琼玥问。

　　"真的这么说的。"柏舟说。

165

琼玥轻轻地吁了一口气："她想明白了。舟，我没什么顾虑了，选个日子，我们把婚结了。"

"听你的，选个日子，把我们的婚结了。"柏舟说。

来到琼玥家门口，柏舟欲转身回去，被琼玥拉住。

"进去，这里本就是你的家。"琼玥说，"你们虽搬出去了，但这里一大半的房产权仍是你柏舟的。"

听到敲门声，陈瑛赶紧起床，跑出房间来开大门，见柏舟站在门口，就说："柏叔，快进屋。"进门后，陈瑛要去给他们烧洗浴水，被琼玥拦住了。"瑛，你去睡吧。"琼玥说。陈瑛去睡后，柏舟走进灶间，从水缸里舀了一大锅水，然后坐在灶膛门前烧起水来。琼玥则上楼去拿换洗衣服。柏舟的换洗衣服，琼玥早给他准备好了。

烧好洗浴水，柏舟将一只大红漆圆木盆放到最东一间屋里，再把热水舀进一只木桶里，试了试水温后，又添了几瓢冷水，就拎着木桶来到东边屋里，将洗浴水小心地倒进木盆里，让琼玥坐进去先洗。琼玥坐在木盆里，柏舟蹲在后面，认真地给琼玥搓着背。琼玥哼起了《社会主义好》的歌……琼玥洗好浴，穿好衣衫，也要给柏舟擦背，被他劝住了："不要太吃力，你先上楼去吧。"柏舟说着，把琼玥推出了屋。

两人坐在蚊帐里，柏舟将琼玥揽在怀里。

"我不想睡，想跟你再说说话。"琼玥说。

"你坐得住吗？"柏舟说，"要不躺下说吧。"

"我就喜欢你搂着我。"琼玥说，"你身上的男人味，真好闻。"

"烟臭味，汗臭味，有什么好闻的。"柏舟说。

"我就喜欢闻你的味道。"琼玥说，"只要一闻到你的味道，我就要眩晕，我就会激动，激情。"

"那我先接着今天下午的话头再说下去。"柏舟说，"我们下午该往下说的话，被那场突如其来的雷阵雨中断了。"

"你说，我听着。"琼玥说。

"当年，我抱着儿子着急忙慌地去找你讨奶吃，你为什么就那么爽快地答应了？竟然还把我儿子留在了你身边？你当时是怎么想的？"柏舟问。

"想听真话？"琼玥问，"你会相信我将要说的话是真话？"

"我信！"柏舟说，"我们正式来往也有十六个年头了。我还不了解你？我们经受住了考验。现在，我们又正在患难与共，生死相依。"

"我想把你作为我以后的靠山。"琼玥说，"我第一眼见到你时，除喜欢上你英俊外，我更看重你那身黄军服和你腰间的那把枪。那是你们共产党打败国民党、建立新中国的标志物。"

"原本想利用我？"柏舟问。

"什么叫利用？你是死了老婆的男人。"琼玥说。

"所以，那年龙卷风后，你就很有心计地对我全家那么好？"柏舟问。

"我没有你想得那么势利。当时我只想着与你分担困难和忧愁，共渡难关。"琼玥答。

"你心里，有没有装下过我？"柏舟问。

"对你有单相思，却不敢出面出相地喜欢你。再者，你那时是那么脏，牙不刷，脚不洗，我有点恶心你。我很矛盾。后来，你居然很听我话，开始天天刷牙、洗脚。这一点，让我没想到。"琼玥答。

"我到现在还没弄明白，"柏舟问，"当年你为什么会那么主动地给我，而且是在麦地里，还不要命似的？"

琼玥用手摸了一下柏舟的脸，笑着答："因为你干净了，不让我恶心了，所以，我就想尝尝你的味道，更想看看你的心。"

"结果呢？"柏舟问。

"味道极佳。"琼玥答，"不过，有一段时间，我真看不懂你的心。"

"当年，我们关系发生质变后，在一段时间里，我心里确实很不安，总以为你是在有意拉拢腐蚀我。"柏舟说，"后来，你做的和我想的根本不一样，我心里才慢慢踏实起来。特别是那次你给我那张纸条后，我心里就装满了你。"

"我感觉得到，"琼玥说，"舟，你是不是特喜欢我坏你？"

"玥，就你懂我。我就喜欢你对我的坏。玥，可你在众人面前，为什么总是那么冷傲？那么拒人于千里之外？"

"我说不清楚。"琼玥说，"我只知道自己这辈子，只会对你一个人坏，更对你一个人好。"

柏舟搂紧了琼玥。

"我们多久不这样了？"琼玥开始用左手的大拇指与食指，轻柔地捻起柏舟的乳头。

柏舟像触电似的，嘴里禁不住发出一声"哼——"："记不得了。"

"去年被抄家后，其实是你先疏远我。"琼玥说，"不过，我理解你，进而我更疏远了你。"

"反正，今天下午，我已做出重大决定。我已豁出去了。"柏舟说。

"真的决定了？"琼玥故意问。

"真的决定了。"柏舟说，"你也答应了。"

琼玥激情起来了。

"不行，你病着呢。"柏舟说。

"我不管。"琼玥疯狂地吻着柏舟。

柏舟的防线垮塌了。

"我就要你。将近一年了，我快被干涸死了。"琼玥言行一致至极致。

柏舟这个老古董，在琼玥多年的调教下，已成为肢体性爱的高手。十多分钟后，琼玥发出了勾魂摄魄般的呻吟声。

"我的灵魂，又出窍了。"琼玥喘息着说，"我，又被解放了一次，新生一次。"

"过瘾。"柏舟说，"现在若让我死，也值了。"

"苦难中，一对心爱的人，要敢于放纵自己的灵与肉。"琼玥说，"只有这样，才对得起苦难，才对得住生命。"

"听不懂你的话。"柏舟软绵无力地说，"你就是有文化。"

"通俗点说，在苦难中，"琼玥说，"我们要敢于创造幸福。"

"没有多少人能做到像你说的。"柏舟说，"更少有人会像你这样做。"

"所以，真正懂生命、会生活的人，不多。只有真正看清残酷的生活真相后，仍能热爱生活、拥抱生活的人，才称得上是真英雄，而现实中大多数人仅是浑浑噩噩偷生苟安而已。"琼玥说，"我就是要做一个跟一般人不同的人。"

"怎样才算是懂生命会生活？"柏舟问。

"把苦难的生活活出诗意来，把薄情的世界活出深情来。"琼玥说。

"受教了。"柏舟说。

"被我教坏了吧。"琼玥说。

"难觅的好女人。"柏舟说。

"我们什么时候完婚？"琼玥说。

"你说了算。"柏舟答。

三十二　高中毕业

"停课闹革命"一年半后，学校又根据上头要求，开始"复课闹革命"了。

所谓"复课"，指的是城镇中、小学校在"工人毛泽东思想宣传队"（简称工宣队）领导下，由工人和所谓的革命教师给学生上课；农村中、小学校在"贫下中农毛泽东思想宣传队"（简称贫宣队）领导下，由贫下中农和所谓的革命教师给学生上课。教材都是以地方自编教材为主，文科教材主要以毛主席著作、毛主席语录、毛主席诗词、两报一刊（《人民日报》《解放军报》《红旗》杂志）重要社论、先进人物事迹等为主，课时不固定。城镇中学有一半时间学工，农村中学有一半时间学农。

所谓"闹革命"，指的是批斗贯彻执行"修正主义教育路线"的教师；批判"读书做官论"；批判刘少奇、邓小平复辟资本主义的修正主义路线。

"复课闹革命"后，学校里仍不安宁，区别是，"停课闹革命"期间，学生是无政府主义地走出课堂、走出校园"闹革命"；"复课闹革命"后，学生是在"工宣队"或"贫宣队"领导下，在课堂上、在校园内"闹革命"。

"复课闹革命"三个多月后，柏渡江即将高中毕业。自一九六五年八月下旬报到入学，至一九六八年七月中旬毕业离开南菁高中，三年里，柏渡江仅能正儿八经地读了高一一学年的书，高二、高三两学年都"闹革命"了，没正儿八经地上过一节课。柏渡江是中国"老三届"中最后一届高中毕业生。毕业前，柏渡江和农村户口的同学一道，激情满怀，誓言毕业后积极投身于农村的"阶级斗争、生产斗争、科学实验"三大伟大革命斗争中，改变家乡落后面貌，建设社会主义强国，做一个有作为的红色的无产阶级革命事业的接班人。

在中华人民共和国的历史上，"老三届"毕业生是一个特殊的值得研究的群体。他们大多出生在新社会，成长在红旗下，与共和国的历史血肉相连，与共和国同呼吸共命运，是与共和国一同成长起来的一代人。他们所接受的教育，使他们中许多人充满理想主义、浪漫主义、英雄主义的情怀，富有以天下为己任的献身精神、勇往直前的牺牲精神、敢把皇帝拉下马的大无畏革命精神和强烈的阶级斗争意识。

柏渡江在给一个女同学的日记本上这样留言："让我们携起手来，用我们的青春热血，创造出一个红彤彤的崭新的中国来吧！"

毕业后回到家的当天晚上，柏舟问儿子："渡江，以后有什么打算？"

"积极投身于农村三大革命斗争，为改变宏兴沙落后面貌而贡献青春力量。"柏渡江说。

"不要喊口号。"柏舟说，"你给老子说具体点。你想如何改变宏兴沙落后面貌？"

"具体的还没想好。"柏渡江说。

"我为你想好了，"柏舟说，"明天一早起来，跟老子下田耥稻去。"

"我不会。"柏渡江说。

"那你会什么？"柏舟问。

"你是在为难我。你是在给我下马威。"柏渡江有些情绪化地说。

"是又怎么样？"柏舟说，"我就是要你脚踏实地，不要把学校里的空喊口号那一套带回来。农村不是学校。改变农村落后面貌，要靠苦干，要靠奋斗，不是靠喊口号就能喊出来的，更不是靠批斗出来的。我说的话，你好好想想。你究竟能干什么？明天告诉我。"柏舟说完，站起，就要出门。

"你这算是怎么一回事？"柏渡江借题发挥做起文章，"是你娶的她，还是她娶的你？不明不白，不清不楚，还让不让你儿子做人了？"

柏舟和琼玥结婚那天，做了一桌菜，把大女儿大女婿、陈瑛请了来，两家人挤坐一张八仙桌，吃了顿合家饭，算作是婚礼。二姐柏秀丽给柏渡江写了信，让他回来参加父亲的简朴婚礼，柏渡江却没有回来。他对父亲与奶娘的婚事，既不反对，也不支持，但心里总有一种难解的结。去年放寒假在家，见到父亲天天晚饭后往奶娘家跑、在奶娘家过夜的情况，心里很不舒服。春节里，琼玥请柏渡江去她家里吃昼饭，他都不去。寒假还没结束，他就提前返校了。

"我懒得理睬你。"柏舟点上一支烟，开门走了，来到琼玥那里，不开心地跟她说了刚才儿子说他们"不明不白"的话。

琼玥听后说："渡江大了，有他的想法，可以理解，不要放在心上。我们过我们的日子。我想好了，如果渡江与我们有什么成见不能化解，你就搬过来住，或者我们再造房子单独住。钱，我来解决，不用你操心。不过，我要好好跟渡江深谈一次。"

第二天上午，柏渡江睡了半天懒觉。印大妹已六十四岁，柏舟说了她多次，叫她不要再去队里干活，就在家里做做家务，烧烧饭，喂喂猪，直到今年春节过后，印大妹终于听从儿子的话，不再去生产队干活了。见孙子睡到十点多还没起床，印大妹就走进他小房间，只见孙子仰躺着，有一下没一下地摇着扇子，望着屋顶在发呆。"想心事呢。"印大妹张挂好蚊帐，就坐在孙子睡的竹榻铺边上。

"没心事。"柏渡江说。

"那就起来，"印大妹说，"再赖床，被你爹回来看见，又要跟你烦了。"

"烦就烦，我怕他？"柏渡江说。

印大妹笑了。

"笑什么，奶奶？"柏渡江问。

"我孙子长大了，翅膀毛硬了，眼里放不下老子了。"印大妹说。

"不是我眼里没有阿爹，是我和阿爹的想法不同，意见不一，想不到一块，说不到一起。"柏渡江说，"奶奶，你说，我阿爹已四十七岁，奶娘也已四十二岁，他们早不结婚晚不结婚，到了这么大岁数却结婚了，真不知道他们是怎么想的？再有，既然是阿爹娶的奶娘，那奶娘就得住过来。可实际情况呢？我看不惯，有想法。"

"有什么想法？"印大妹问。

"不伦不类，"柏渡江说，"我总觉得我阿爹缺了点骨气，不像个大男人。"

"渡江，你怎么能这样说你爹？就不怕雷公劈你吗？"尽管印大妹很疼爱孙子，但她听到孙子有辱自己儿子的话，母亲护儿子的本性表现出来了。她要极力维护自己的儿子，"渡江，你刚才说的话，很伤奶奶的心。"印大妹流泪了。

见到印大妹流泪，向来对印大妹十分依恋的柏渡江心中大骇。他自记事起，印大妹对他从未这样严厉过。他坐起，搂住印大妹："奶奶，我说错了什么？"

"你上学越多，人越长大，良心却越来越没了。你懂你爹吗？你懂你奶娘吗？"印大妹啜泣起来。

"奶奶，你别哭。"柏渡江慌了，"我哪里说错了做错了，你可以骂我，打我，但不要哭。奶奶，我从小就最听奶奶的话。我是奶奶一手拉扯大的。"

"亏你还有良心记住奶奶的好。"印大妹掬一把眼泪后说，"孙子，既然今天我们把话都说到这程度上了，那奶奶就跟你说说你不知道的有关你爹和你奶娘的一些事。"

柏渡江"嗯"了一声。

"你知道你爹跟你奶娘好上多少年了吗？"印大妹问。

"不知道。"柏渡江问，"多少年了？"

"已有十六七年。"印大妹说。

"这么长时间？"柏渡江很惊讶。他只知道父亲与奶娘好上有段时间了，但他真的不知道有十六七年这么长的确切时间。

"你了解你爹吗？"印大妹问。

"了解。"柏渡江说，"他是老革命，是全国英模，是省劳模，受过两次大处分，作为走资派被打倒过，现在又官复原职。"

"你仅了解你爹一点皮毛。"印大妹说，"你爹在干地下革命时做了些什么，奶奶不知道，你爹从未跟奶奶说过，他的嘴巴就是紧。你爹解放后的事，你刚才说的都是台面上的事，大家都知道。我要说的是，你爹是一个打不倒、斗不垮、骂不臭、辱不怕的人，是一个真男人。你爹解放以来所吃的苦、所受的委屈，特别是你爹被夺权靠边站后遭受的批斗、毒打、游圩示众……孙子，你见过你爹被造反派毒打时的那种惨状吗？一般人是经受不住的。孙子，你要学的就是你爹的那种打不倒、斗不垮的男人骨气、男人意志。"

印大妹拭了把泪接着说："孙子，你知道吗？曾有好几个人给你爹说过媒，提过亲，甚至有一个黄花闺女非要嫁给你爹不可，但你爹从未动过心。为什么？因为你爹心里只有你奶娘。因为你奶娘，你爹失去了被提拔重用的机会。我曾问过你爹值不值得？你爹说值得。你爹说你奶娘是天底下最好的女人。可你爹是党员，党里有规矩，为了守规矩，你爹和你奶娘的婚事，就一直拖到去年秋天才办了。孙子，你要知道，去年这个时候，你爹还是走资派，还在受苦受难。你奶娘同样也在受苦受难。有天晚上，你爹跟我说，娘，我想和琼玥把婚事办了。我问，你们想定了？你爹说他再也不能辜负你奶娘了。他说只要他们能在一起过日子，哪怕让他们下地狱都宁愿。"

印大妹说的这些事，柏渡江确实是第一次听到。他信奶奶说的话："奶奶，看来，我很不了解我阿爹，更不懂我阿爹。"

"父与子啊，"印大妹说，"生来就是一对冤家对头。渡江啊，你想不想再听奶奶说一些你奶娘的事？"

"想听。"柏渡江说。

"渡江，你知道我们现在住的这房子是怎么造起来的吗？"印大妹问。

"我阿爹造的呀。"柏渡江说。

"没错，是你爹造的，但如果没有你奶娘的大力支持，我家房子是不可能那么快就造起来的。还有，你知道你大姐出嫁时的那份风光体面的嫁妆，是谁暗中帮着置办的？都是你奶娘出钱又出力。你奶娘家是家底厚，但她有了也要有气量舍得拿出来啊。所以，你大姐感动得哭了。她说你奶娘不是亲娘却胜过亲娘。还有，你上高中时的那些行头，你知道是你奶娘给你置办的，但是，你每年的书本费、学杂费、伙食费、你的零花钱，你知道你奶娘帮了你爹多少？你奶娘大恩于我们柏家的是，龙卷风那年，你奶娘把我们接到她家；三年困难时期，你奶娘不时花高价买了黑市粮接济我们家；更是你渡江，在那三年里基本上是吃在你奶娘家，你没真正饿过多少肚皮。你奶娘为我们柏家做了这么多，她却从未在外面提过半个字，也从未在我面前提过一个字。尤其是她对你爹的那种好，是天底下少有的。孙子，奶奶是一个女人。我知道你奶娘好在哪里，懂得你爹为何会把你奶娘捧在手掌心里不肯放下。可是，我们柏家给了你奶娘什么名分？什么名分也没给她。你奶娘不容易，很不容易。我最佩服你奶娘的，是她的那种定心，那种不急不躁，那种只想活、不谋死的勇气。她遭了那么多打，受了那么多侮辱和冤屈；她家中那么多值钱的东西被抄走，被砸碎，被烧毁……可她活下来了，并且还有好心情跟你爹结婚。孙子，你是有知识的人，你仔细想想，你奶娘究竟是一个怎样的女人啊！孙子，倘若你以后找的对象，也像你奶娘一样，那就是我柏家又一次烧高香了。"

听完奶奶的讲述，柏渡江再也控制不住自己，竟然号啕大哭起来。

"哭吧，孙子，好好地哭，哭过一次，你就会长大一次。"印大妹说。

柏渡江只给父亲提了一个要求，他想去大队种养殖场。

"为什么不在本生产队劳动？"柏舟问。

"不为什么。"柏渡江说。

柏舟心里有数，儿子是不愿意跟陈瑛在一起劳动。"依你。"柏舟满足了儿子的要求。

三十三　人生一课

柏渡江去大队种养殖场报了到。柏渡江虽说是在宏兴沙土生土长，但因为长年在镇上和县城读中学，所以对沙上人也认识不多，对场长吴谦也不熟。柏渡江对吴谦说："吴场长，你不要把我当作是柏舟主任的儿子，就把我当作一般人看待，该分配我什么农活，就分配我什么农活。不会做的农活，我会学；做不动的农活，我也会慢慢地做。我不需要你任何照顾。"

柏舟担任大队革委会主任没几天，就把吴谦代场长的"代"字拿掉了。吴谦很是感恩戴德柏舟。吴谦望着眼前的柏渡江，想着柏舟关照他的话——"对我儿子，不要看我面子，不要给他好面孔看，给我杀杀他的傲气"，就笑盈盈地说："行，就依你渡江。"吴谦分配他去养猪。

种养殖场饲养着五头老母猪、三十多只肉猪。养猪的有五个人，琼玥是其中之一。柏渡江去了，就是第六个人。养猪的人除了喂猪、清扫水泥地猪圈外，还要负责种植猪饲料。在种养殖场，养猪的活儿是轻松的活儿，并且人在雨天淋不到雨，在大热天晒不到太阳。

柏渡江却不愿去养猪，理由是养猪不能锻炼人。吴谦问什么活才能锻炼人？柏渡江说从事生产斗争和农业科学实验。吴谦说，柏渡江你可以去研究老母猪如何才能多产小猪，小猪生下来后如何才能长得快，其中学问大着呢。柏渡江还是一脸不开心。"服从分配。"吴谦说。柏渡江勉强"嗯"了一声，算是答应。吴谦安排柏渡江去养猪，其实是在照顾他。可不谙世事的柏渡江还不领吴谦的情。

来到猪舍，看到琼玥正蹲着切猪草，柏渡江就有点尴尬起来。柏渡江知道奶娘还在大队种养殖场接受监督劳动，也知道奶娘正在为自己被造反派组织开除教师公职一事进行信访，但没想到奶娘会在大队种养殖场养猪。柏渡江怕面对陈瑛，更怕面对奶娘，总觉得自己跟奶娘母女之间，有一堵无形的墙隔着。

"来了。"琼玥没抬头，仍埋头切着猪草。从琼玥的口气中，可以听出，她似乎早就知道柏渡江会来猪舍养猪。

"奶娘，我来了。"柏渡江突然感到心虚心慌，很想逃离现场，但他的双脚像被什么东西咬住似的，没有挪步。

"高材生，应改口叫娘了，"女社员银花走过来说，"还奶娘奶娘地叫，没大没小，一点规矩都不懂，还算是南菁高中毕业的，那么多书真是白读了。"

被银花一顿抢白后，柏渡江顿觉理屈词穷，哑口无言；顿感自己是如此不堪一击，在银花面前已然没有反击的能力。柏渡江的脸一直红到耳根处。见到柏渡江的窘状，琼玥站起，双手在衣服上擦了擦，笑着对银花说："银花，我可不许你为难我家渡江。他高中刚毕业，脸皮薄，好多事还没经历过。你作为长辈，要多教他，要多指点他，少让他难堪。"

"琼老师，我可不敢指点你家渡江，更不敢给你家渡江难堪。"银花说，"我是有话直说的人。琼老师，我问你，你跟柏主任结婚大半年来，他叫过你'娘'吗？"

"叫我奶娘也一样，"琼玥说，"况且，我家渡江叫我'奶娘'已叫了十七八年了。奶娘也是娘，没什么好讲究的。"

柏渡江真切地感到，报纸上讲的，喇叭里说的，文件上要求的，会议贯彻的，与农村底层社会通行着的，存在着巨大的反差。若按主流意识形态的规范，作为革命社员的银花，本应该冷酷无情地对待"阶级敌人"琼玥，而实际情况是，银花与琼玥打成一片，左一声"琼老师"，右一声"琼老师"，叫得那么亲切，还站在琼玥一边，帮她说话。这是怎么一回事？柏渡江一时弄不明白，感到从报纸上学来的东西，与底层社会的实际对不拢头，根本是两回事。

"渡江，别站着了，和奶娘一起去冲猪圈。"琼玥说着，换上一双半新旧的浅帮套鞋，跨过圈栏，进入猪圈，先用铁铲把猪屎抄到直通外面粪坑的洞口处，再用一根木棍将猪屎捅出洞口推进粪坑。站在猪圈外的柏渡江，看着娴熟地做着这一切的琼玥，很难把他心目中的烫着卷发、身穿旗袍、脚穿高跟皮鞋、胸前挂着珍珠项链的琼玥，与眼前的身穿一件补了补丁的单衣、头发有些蓬乱、满身有股猪屎臭味的琼玥相联系起来，这是判若两人的形象。然而，人还是那个人，只不过是社会处境不同罢了。

"渡江，挑着粪桶去后面的河里挑一担水来给奶娘冲猪圈。"琼玥说。

柏渡江挑着一副空粪桶，走出猪舍，来到猪舍后面人工开挖的一口池塘的简易码头上，也学着壮劳力的样，扁担不卸肩，先用右手将一只空粪桶沉到水里灌满，

175

欲用力提起时，因腰部、手臂力道不够，一桶水非但没能提起，由于惯性作用，柏渡江反而让灌满水的粪桶拉到了池塘中，成了一只落汤鸡。好在池塘不深。柏渡江从池塘里爬上码头，开始老实地用两只手提起一只装满水的粪桶放在码头台阶上后，再用两只手提起另一只装满水的粪桶放在码头台阶上，然后捡起扁担，挑起粪桶，艰难地踩着码头台阶，一级一级地爬到岸上。还由于不得法，缺乏劳动技能，一路上粪桶里的水不断溅出来，当柏渡江挑到猪圈时，一担水只剩下半担水了。

见到柏渡江浑身湿透，琼玥大骇，急急地问："江儿，怎么掉到池塘里去了？伤着了没有？伤哪里了？"

"奶娘，我没用，没出息。"柏渡江低下头说，"我小看社员们了。看来，他们比我有本事，比我伟大。我要好好地向他们学习。"说着，柏渡江用粪勺舀了水泼进猪圈里，琼玥用竹扫帚清扫猪圈。一个猪圈清扫完，他俩又相互配合，把所有猪圈都清扫了。

清扫好猪圈，琼玥又教柏渡江如何喂小猪："小猪不能喂得太饱，就像人吃食一样，吃到七八成饱就好。"

"奶娘，现在的最大问题是缺吃，不存在吃得太饱的问题。"柏渡江说。

柏渡江的书呆子话，让琼玥听了苦笑无语。

中午回家吃饭的路上，琼玥走在前，柏渡江走在后。走过礼耕圩，琼玥停下来，等着故意落在后头的柏渡江。见琼玥停下来等自己，柏渡江也只得硬着头皮走上前去。

"渡江，是不是怕奶娘吃了你？"琼玥问，"你在躲奶娘什么？"

"没有。"柏渡江说，"奶娘怎会舍得吃我？"

"我是打比喻，谁敢吃你呀。"琼玥说，"现在路上只有我们两人，我们边走边说说话。渡江，你对奶娘有意见。"

"没，没有，现在没有，以前有。"柏渡江说，"以前对奶娘有意见，是因为我不懂事，不明理，太自私，只站在自己立场上想问题，只顾及自己的感受和前途。前天，听了奶奶的一席话后，我大哭了一场。我太不懂我阿爹和奶娘你了。现在我躲奶娘，是因为我感到自己理亏，觉得没有脸不好意思面对奶娘。奶娘，你骂我吧，我太不懂事。我辜负了奶娘对我的一片苦心。"说着说着，柏渡江哽咽起来。

"傻孩子，奶娘会骂你吗？奶娘骂过你吗？奶娘舍得骂你吗？"琼玥说，"话说开后，就没事了。走，回家吃饭去。"

"奶娘，这两年来，我心里确实痛苦过，矛盾过，纠结过。"柏渡江边走边说，"因阿爹与李顺达的关系，我在学校先被靠边站和边缘化，后遭到批斗，也被关押，因此我痛苦。我痛苦什么？痛苦目前的这场革命到底为哪般？因为痛苦，我曾矛盾过，矛盾过要不要与我阿爹划清界限，脱离父子关系；矛盾过要不要六亲不认地站出来，揭发阿爹和奶娘间的资产阶级腐朽生活作风问题……我选择了被靠边站。因为矛盾，我曾纠结过，纠结我怎么出生在走资派的家庭？纠结阿爹为什么会和奶娘纠缠不清？奶娘，这两年我也是过着炼狱般的日子，我思想上的陈皮虽脱落了不少，但还没脱落干净。"

听了柏渡江的话，琼玥心里有些震惊，没想到柏渡江内心也有这般痛苦。一路上琼玥很想再跟柏渡江说些什么，但又不知说什么好，于是索性不说话。

回到家，已卸掉思想包袱的柏渡江，看到桌上摆放了一碗红烧肉、一碗红烧鲢鱼、一碗茄子、一碗苋菜、一碗水焖鸡蛋，高兴地说："奶奶，你今天做这么多好菜，慰劳谁呀？"

"慰劳你呀，"印大妹说，"是你奶娘慰劳你。你奶娘说，今天是渡江出校门后开始第一天的新生活，就给了我钱，要我一早上街去买鱼斩肉。"

坐下后，陈瑛说："渡江，我妈就是偏心于你。在她心里，我这个亲生女儿的分量还没你这个奶儿子重。"

自柏舟与琼玥结婚后，两家时常合在一起吃饭。

"瑛吃醋了。"柏秀丽笑着说。

看到儿子的衣裤是湿的，柏舟就问儿子怎么回事？柏渡江回答说自己掉到池塘里了。柏舟又问儿子怎会掉到池塘里去的？柏渡江说："阿爹，你有完没完啊。我掉进池塘里前，每天吃着阿爹你供给我的现成饭，总以为饭碗好端饭好吃。今天掉进池塘后，我才第一次感到自己寻饭自己吃的艰难。阿爹，我今天才懂你对我常说的'人活在世上，千难万难，就数吃饭最难'这句话的含义了。"

"儿子，阿爹再给你说啊，"柏舟说，"谁能真正解决农民吃饱穿暖问题，谁就是大能人，谁就是有真本事的人。革委会成立后，农村已没前两年那样乱了，我可以抓生产，可以做点事体了。我早就说过，不抓生产、不管生产的运动，是运动不下去的；不利于生产、无助于生产的运动，也是运动不下去的。从目前的情况来看，以后，搞这场运动主要是上面人的事和城里人的事。我们农民还是一心种好地才是正道。"

"阿爹，奖励你两块红烧肉。"柏渡江把两块红烧肉搛到父亲饭碗里，"阿爹，我以前小看你了。看来，阿爹是一个有自己思想的人。"

"知父莫如子啊。"柏舟开心地大笑。

三十四　邱八被谪

　　正在蓝陵公社人武部部长江志坚为保护民兵武器、被几名索要枪支的"造反派"用刀捅死的事被传得沸沸扬扬的时候，又有一件事也满世界传开了："联指"和"工联"两大派三千余人，在江阴县城的西门桥发生了流血武斗。"联指"镇守在桥东堍，"工联"据守在桥西堍，两派都动枪开火，还有机关枪。武斗中"工联"吃了大亏，死了三人，伤了四五人，其中蓝陵公社"工联"的头儿之一邱八左腿上中了一枪后，进不得城去县人民医院，就被送进蓝陵公社卫生院进行治疗。"联指"虽没死人，但也伤了几个人。

　　正在宏兴沙不少人在暗地里咒骂邱八为什么不被一枪打死时，中兴圩也发生了一件搞笑的事。一天早晨，琼玥坐在柏舟家大门口洗衣服，邱八的哑巴老婆和拖油瓶女儿来到柏舟家门口，嚷着要柏舟为她评理做主。柏舟正在垫猪圈，听到哑巴的哭闹声，就从猪圈来到大门口。哑巴像见到救星一样，一把拉起柏舟就要走。柏舟甩开哑巴的手，说有什么事就在这里说。女儿当起了母亲的翻译。

　　哑巴要柏舟和她一起去公社卫生院，让他做见证人，说她要与邱八评理，问他为什么要在外面乱搞女人？柏舟问哑巴邱八在外面有女人？她女儿回答说邱八在外面确有女人，年纪还很轻，据说和邱八在同一个造反派组织里。柏舟问有证据吗？哑巴女儿说，那女人前天已找上门来了，先说邱八强奸了她，她还拿出一条破的花短裤，说是被邱八强奸时撕破的；后说被邱八强奸几次后，那女人的肚里就有了。那女人要哑巴自动离婚，她要跟邱八结婚。

　　听明白后，柏舟对哑巴女儿说，你们家这种事，该去找罗晓军解决，他现在是大队负责人。听了女儿翻译后，哑巴说，她与邱八结婚，是你柏书记做的媒。媒人要负责到底。琼玥听后就站起来，笑着对哑巴说，你们结婚后生了儿子没有？女儿翻译后，哑巴说，没有，邱八生不出。琼玥说，这就对了，做媒人的，哪能包你们都生儿子的？现在，你要么去找邱八，要么去找邱八的大头儿，去时最好手里拿上一把菜刀。听琼玥这么一说，哑巴顿时像泄了气的皮球，瘪了，拉起女儿就往家走。

这件搞笑事情的结尾是：哑巴没去医院找邱八，只是把邱八留在家里的几件破衣，用剪刀剪碎后丢到家门口，点上一把火烧了。邱八也没能与哑巴离成婚。被邱八弄大肚皮的那个姑娘，后来去做了人流。但宏兴沙人着实把邱八议论了一番。在宏兴沙人口中，邱八猪狗不如，一文不值。宏兴沙人弄不明白的是，像邱八这种人，为什么能在"文革"中呼风唤雨，兴风作浪，无法无天，红到发紫？

其实，像邱八这类人，在"文革"甚或在新中国成立后开展的历次政治运动中是常见的。他们是阶级斗争扩大化造就出来的怪胎。他们能从紧张的政治运动中得到正常发展中所得不到的利益。他们以整人为天职，以制造各种矛盾是非为己任，渴望着在更大的政治运动中，在更残酷的迫害中，攫取更多的私利。他们是这种不正常的紧张形势中的"骄子"。"文革"中发生的种种悲剧，大多出自这类人的魔爪。

一九六七年的日历，就这样翻篇了。

一九六八年三月八日，江阴县革命委员会（简称县革委会）成立，同时撤销县军管会。原江阴县军管会副主任国光担任县革委会主任；李顺达作为革命干部代表被结合进县革委会，任第一副主任。之后，全县各公社、各生产大队，县级机关各部门，所有工矿企业、事业单位，都先后成立革委会。

蓝陵公社是江阴县三十五个公社中最后一个成立革委会的，比其他公社要晚成立三个多月，原因在于蓝陵公社的"联指"和"工联"两大造反派之间派系斗争严重复杂，因而争权厉害。最终，在县革委会的强势干预下，蓝陵公社的两大造反派组织才实现大联合，成立革委会。沈兴昌担任蓝陵公社革委会主任。邱八被结合进了公社革委会，任革委会委员。

在宏兴沙大队的"三结合"（革命干部代表、解放军代表、革命造反派代表相结合）革委会筹建方案中，柏舟被结合了进去，并被内定为主任。蓝陵公社革委会开会讨论筹建方案时，邱八公开反对，在十一个委员中，他事先串通好四个委员站在他一边，尽管没超过半数，但比例也不小。会后，沈兴昌找邱八谈话，要他具体说说反对柏舟的理由。邱八再次强调说，柏舟要么离婚，可以当主任；要么不离婚，但不能当主任，也不能被结合进大队革委会。

沈兴昌知道柏舟与琼玥结婚，是刚从县"五七"干校出来，还未完全解放。柏舟与琼玥结婚，既没办酒席举行仪式，也没领结婚证，仅在柏舟家的大门上贴了一对大红喜字；再是柏舟与琼玥给中兴圩两个队的每户人家发了喜糖，算是安民告示，广而告之，让人们知道他们已正式结婚。中兴圩人吃了他们的喜糖后，也就承认他俩是正式夫妻。当年农村人结婚，绝大多数人不领结婚证，讲究的是事实婚姻。

为了慎重起见，沈兴昌私下找柏舟交心。

柏舟说："我宁愿不当主任，哪怕开除我党籍，我也绝不会与琼玥离婚。"

知道柏舟的心思后，沈兴昌没与柏舟多言，而是在宏兴沙大队主持召开两个座谈会：一个是由大队、生产队主要干部参加的座谈会，一个是由中兴圩两个队的社员代表参加的座谈会。沈兴昌也让邱八参加这两个座谈会。座谈会上，干部、社员都承认柏舟与琼玥的事实婚姻，更强烈要求尽快让柏舟出来主持大队部工作。干部社员们说，在宏兴沙，只有柏舟才是想干事也能干成事的人。他们对自"文革"以来宏兴沙大队没有人真抓实抓农业生产的现状，忧心忡忡，怨声载道。

见众怒难犯、民心难违，邱八识相地妥协了。沈兴昌再次主持召开公社革委会会议，专题研究宏兴沙大队革委会筹建方案时，邱八不再提出反对意见。会议顺利通过了原筹建方案：柏舟担任宏兴沙大队革委会主任、罗晓军任副主任；原大队管委会主任罗桐未被结合进大队革委会，而是被公社革委会调至新成立的公社副业办公室任负责人。

自从八月起开展的"清理阶级队伍"运动中，邱八突然被公社专案组关了进去，原因是有人检举揭发他在解放前当游民时，曾与反动会道门组织有牵连，因而把他当作是混进革命队伍里的隐藏很深的反动会道门分子。审讯邱八时还没"逼供"，邱八就很快交代了专案组要他交代的一切问题，于是，报经县革委会批准，他被撤销公社革委会委员职务，被遣送宏兴沙大队中兴圩第六生产队接受管制劳动。

邱八刚回到生产队接受管制劳动时，队长印仲平故意分配重活、脏活给他干。一天上午，生产队男社员传担挑猪灰。印仲平有意把邱八安排在力气大人又高的两个男社员当中，交代垒猪灰的男社员把猪灰担子装满点，每担都有两百多斤重。同时交代两个高个子男社员在传担时故意弄弄邱八白相，让他也尝尝被人整的痛苦滋味。邱八个子矮，人又长得单薄，且长年游手好闲惯了，哪里挑得动这么重的担子？他几次被重担压趴在了地上。

见邱八趴在地上一时爬不起来，有的社员就嘲笑他只有嘴、没有手，只会靠整人过日子；有的社员心里恨他，路过邱八身旁时，便会踢他几脚，并说邱八你也会有今朝这种下场的？早知今日，你何必当初？

邱八装死腔，从地上爬起来时，一把眼泪一把鼻涕，嘴中还不干不净地骂道："你们这些小人，我在马上时，你们对我顺头顺脑，让你们舔我屁股都愿意；如今我邱八暂时被拉下马来，你们就这样对我？哼，如有朝一日再让我邱八坐到马上时，看我怎么整你们这些势利眼、墙头草、王八蛋。"

"邱八，等你再上马后再来整我们吧。"一个男社员说，"现在是你邱八接受我们对你的监督改造，是我们说了算。快起来做生活，不得耍赖。这几年，你邱八做了多少绝屁股坏事？"

包林根的两个已成年的儿子，一直记恨着是邱八把他父亲掀下台来的，也一直在找机会报复邱八，但邱八一直在台上，奈何不了他。如今邱八下台了，也成了阶级敌人，认为报复邱八的良机到了。一天晚上，两个儿子征求父亲如何报复邱八意见时，竟然遭到包林根的反对，他说："现在还不是报复他的时候，说不定他真会咸鱼翻身呢？谁能说得准？看看形势发展再说吧。这个世道不容易看懂，你们不要心急。"

除社员看不起邱八外，他的哑巴老婆也不把他当作自己男人看，让他独自做饭吃，独自洗衣服，独自睡竹榻铺，只当家中没邱八这个人。家内家外的压力，人上人与人下人的巨大落差，使得邱八的精神几近崩溃。一天中午，他来到队长印仲平家，跪下，磕头，声泪俱下，恳求印仲平放他一马，发誓自己一定夹着尾巴做人，一定老老实实接受劳动改造，痛改前非，洗心革面，重新做人。

看到邱八这种尿样、这种可怜相，印仲平的心软了起来，不再有意为难邱八，也就分配邱八干些力所能及的农活。见队长的态度有所改变，社员们对邱八的态度也随之有所改变，也就不再嘲讽、刁难和捉弄邱八了。

三十五　坦露心迹

经过半年多的信访与上访，在沈兴昌多次斡旋下，在李顺达第三次批示下，江阴县文教局请示苏州地区文教局同意后，终于撤销被江阴县造反派组织批准同意、蓝陵公社教育系统造反派组织做出的开除琼玥教师公职的决定，恢复琼玥的教师公职，其工龄教龄连续计算，但不补发工资，也不做组织结论。

一九六八年八月二十五日，琼玥先持江阴县文教局的介绍信到蓝陵公社教育革命领导小组（简称"教革组"）报到，再持公社教革组的介绍信到宏兴小学报到。时隔两年，当再次坐在自己原来坐的办公桌前时，琼玥抑制不住哽咽："命运啊，这就是命运。"听到琼玥这样感慨，在场的老师都劝慰琼玥，说她能再次回到教师队伍，是幸事，是好事。琼玥被安排教三年级语文，还当班主任。

八月三十日晚，琼玥在自己家准备了一桌菜，以庆贺自己恢复公职为名，把印大妹、柏秀丽都叫到一起。这天中午，柏舟对儿子说今晚他奶娘请他吃晚饭时，柏渡江爽快地答应了。在与琼玥一起养猪、一起种植猪饲料的一个月中，柏渡江感受到奶娘对自己的深切关爱，多次耳听到社员们对奶娘的由衷好评。他对奶娘有了新的认识。

自柏舟与琼玥结婚后，只有琼玥叫印大妹"娘"，改变了称呼，其他人都没改变称呼。柏秀丽（包括大姐柏艳丽与丈夫）、柏渡江仍然叫琼玥"奶娘"，陈瑛仍然叫柏舟"柏叔"。印大妹曾要求孙女、孙子改口叫琼玥"娘"，他们都说叫不出口，都说"奶娘"叫久了，叫惯了，叫顺了，反正奶娘中有"娘"，一样亲切。陈瑛虽没改口叫柏舟"爹"，但她的说辞值得玩味："爹无论好坏，从血缘上讲，只有唯一的一个。要让我改口叫'柏叔''爹'不是没可能，只是要看'柏叔'的态度。"大家都心知肚明陈瑛话中有话。陈瑛对柏渡江的好感，似乎又恢复了。她从母亲与柏舟勇敢结婚的行为中得到了某种启发，受到了某种鼓励，尽管她也明知，柏渡江心里不一定装着她。

柏渡江高中毕业后，陈瑛曾向母亲透露过自己还眷恋柏渡江的心思。琼玥听后只是轻轻地叹息一声。琼玥也曾有过这种梦想，梦想柏渡江与陈瑛喜结连理，而且曾对这个梦想的实现充满过自信，但自陈瑛中考落榜、跳河自杀未遂、精神遭受严重创伤后，特别是"文革"中唯成分论大行其道后，就彻底粉碎了琼玥心中美丽的梦想。在琼玥看来，陈瑛在此岸，柏渡江在彼岸，中间隔着的楚河，是很难逾越的。但琼玥还没有彻底死心，她还要为女儿做一次努力尝试。琼玥在找机会。于是，她认为自己恢复教师公职，或许就是一个极佳的机会。她想营造一个融和适宜的氛围。今晚请吃这顿饭就是她努力尝试的一部分。为了这顿晚饭，琼玥做了精心准备，事先还去县城副食品商店，用母亲给她的购物券买了一小坛十斤装的黑杜酒。

柏舟被琼玥安排坐在朝南的曾被造反派砸毁、后被木匠修理好的红木椅子上。印大妹与琼玥坐在朝东的位置，柏秀丽坐在朝西的位置，陈瑛和柏渡江并排坐在朝北的位置。对这样的座位安排，印大妹看出了琼玥的良苦用心。柏渡江站着不肯坐，被陈瑛拉了才坐下。

"我吃不了你。"陈瑛说。

大家坐定后，琼玥手捧酒坛，来到柏渡江右边："渡江，来，奶娘给你头一个倒酒。"

柏渡江赶忙站起，望着奶娘姣美的脸，温暖的笑，说："谢谢奶娘。"

"怎样谢奶娘？"琼玥给柏渡江碗中倒着酒，笑着说。

"今后，好好报答奶娘，侍奉好奶娘。"柏渡江说，"不过，奶娘应该头一个给我阿爹倒酒才是。"

"江儿的话，奶娘听了焐心。"琼玥说，"今晚，你阿爹是主陪，不是主宾。主宾是你。"

"奶娘，我是主宾？"柏渡江不解地问。

"是呀，这是陈瑛家呀。"琼玥说。

印大妹抑制不住笑出声来："渡江，你说不过你奶娘了。"

陈瑛看着柏渡江的窘相，开心地拍起了手。

柏秀丽则笑骂柏渡江是个"木头木脑的木货"。

柏渡江似乎明白了，开始着急："奶娘，今晚不会是鸿门宴吧？"

"江儿，你想多了。"琼玥给柏渡江碗中倒满酒后说，"江儿，你刚高中毕业，正在开始新的人生，踏上新的征程，作为奶娘，理该为儿子摆酒壮行，所以，奶娘今晚特地给你备了酒。同样，你奶娘刚被恢复了公职，也将开始新的人生，踏上新的征程，我也该为自己壮行，更想得到娘和秀丽的鼓励。"

听到琼玥这种贴心贴肺的暖心话，柏渡江有点动容："奶娘，你太懂我了。"

在给印大妹倒酒时，印大妹又用右手掌捂住了碗口，说她不会喝酒。琼玥爽朗地笑了："娘，我三十岁生日那晚，我们坐在东屋，我给你倒女儿红黄酒时，你也捂住碗口，也说不会喝酒，后来不是也喝了半汤碗，一点没事嘛。"

"我也记得。"柏秀丽说。

"我怎么不记得？"柏渡江说。

坐在一凳的陈瑛，注视着柏渡江的表情。经过三年多繁重的体力劳动，陈瑛成熟了，身段变粗壮了，已没有学生时代那么苗条，还没有琼玥的身材好。同岁的两个人走在一起，不认识他们的人肯定会以为陈瑛要比柏渡江大五六岁。

"你怎么会记得？"陈瑛说，"你能记得什么？"有点挑衅的味道。

"渡江怎会记得？"柏秀丽说，"他比我小三岁呢。"柏秀丽为弟弟解着围。

琼玥给每人的碗里倒上酒后说："渡江，我和你阿爹先敬你。"看到父亲站起，躬身，端起酒碗，面对自己，柏渡江赶忙站起来，端起了酒碗。喝了一口酒，坐下后琼玥说："我过三十岁生日那天，坐了满桌，今晚缺了两人：艳丽出嫁了，宋校长调走了。那年，陈瑛和渡江都八岁，刚上学，今年都二十岁了。时间过得真快呀。"

大家吃着喝着，气氛融洽。这时，已喝了一汤碗黑杜酒的柏秀丽，脸似桃花，眸明唇艳，问琼玥："奶娘，今天开心，我能不能没大没小地问你个问题？"

琼玥眉毛一挑，启唇一笑："问吧。你明年春节就要结婚，说不定到年底就能当娘了，还有什么不好问的？"

"那，我就问啦？奶娘，你怎么会看上我阿爹的？"柏秀丽问。

"我，怎么会，看上你阿爹的？"琼玥说，"让我想想。"琼玥端起酒碗，仰头把碗中酒喝了。

大家望着琼玥。

琼玥放下酒碗，用双手搓了搓自己的双颊，说："我看上你阿爹，是因为你阿爹肯为了我而改变他自己。"

"妈，说明白些，有点听不懂。"陈瑛对柏秀丽的话题也感兴趣。

"大家想听？"琼玥问。

"想听。"柏渡江说。

陈瑛和柏秀丽附和。

"好，我说明白些。当年，你们阿爹牙不刷，脚不洗，很脏。我呢，自第一次见到他后，就对他有好感，很想和他说话，可跟他说话是活受罪，因为从他嘴里跑出来的那种气味，令我窒息。有一天，我送他牙膏牙刷，让他刷牙，还要求他每天晚上睡前要洗脚。令我没想到的是，他居然每天早晨有时晚上也刷牙，每天晚上睡觉前也洗脚了。就这样，我看上他了。"

"这么简单？"柏秀丽问。

"这简单吗？"琼玥说，"你们想啊，一个人二三十年养成的习惯，无论好坏，容易改变吗？很难。你们阿爹却改变了不刷牙、不洗脚的不讲文明卫生的陋习，这在解放初是相当不容易的。你们阿爹为什么那么听我话？我想他是在乎我吧。你们说，一个能为你改变自己并积极向上的男人，不值得你喜欢吗？"

"除此以外，就没有其他原因了？"陈瑛问。

"有啊，"琼玥说，"瑛，你柏叔为宏兴沙人而活、为宏兴沙人而死的那种担当、那种责任、那种使命，深深地折服了我，也彻底地征服了我。所以，我死心塌地地喜欢上他了。当年你年纪小，不记事，可渡江奶奶记得。当年搞农业合作化时，我们宏兴沙老是搞不起来，是区里、乡里把你柏叔派回宏兴沙后，做了很多工作，吃了不少苦，在他的发动、组织领导下，才把农业合作化轰轰烈烈地搞了起来，并且后来居上，走到前面去了，受到了区里、县里的表彰。当上大队书记后，好几个冬春，你柏叔带领全大队干部群众平田地，筑水渠，疏河道，围滩造田……你柏叔常对我说，他是大队党支部书记，有责任，有使命，带领宏兴沙人通过艰苦奋斗过上好日子。瑛，你说，你柏叔这样的人，怎么不值得你妈喜欢呢？"

一直未开口的柏舟开口了："我的琼老师，我没你说得那么好，那么崇高。我那样做，是在尽我的本分。谁叫我是大队书记？做一天书记我就要做书记该做的事。"

柏舟接着对儿子语重心长地说："渡江，你要记住你的名字为什么叫渡江。你要肩负起你这代人的使命。中国革命能取得胜利，不是空想来的，而是用无数先烈的命换来的，是通过长期革命斗争取得的，是靠全国人民共同斗争取得的。今天，我们建设社会主义，同样要付出代价，做出牺牲，甚至是生命。渡江，你若想有所作为，就必须胸襟要广，视野要宽，目标要明，意志要坚，要有耐力定力，要脚踏实地。渡江，你要多跟你奶娘讨教，她会教给你很多东西。她在读中学时也参加了共产党领导下的外围进步组织，追求思想进步。同时，她也曾是个少奶奶，是大户人家的人。我有一个深切感受，就是一个人若要谋大事，还是要跟大户人家的人共谋，因为他们眼界开阔，不谋小利，而这两方面，贫寒人家出身的，不是全做不到，但总是缺少些。若要成大事，还得跟有真学问、有真知灼见的人在一起。境界高的人，心术不会坏。十多年来，你们的奶娘为我做好工作出了不少好主意，并且常对我说，做领导的要器量大，要吃得下闲话，受得了闲气，要不计小人过；要多谋全大队发展的大事，少谋小利，不谋私利。我获益匪浅。"

气氛有些凝重起来。

"柏叔、妈，你们今晚夫唱妇和，是在给我们上课吗？"陈瑛说，"可是，看看眼前这个社会，到处无情，人人提防，集体罪恶，哪里还有胸怀天下、心术不坏的人？即使有还有几人？"

"我们虽然无力改造社会，但能建设有亲情、有温暖的家。以前，我们同住这一楼时，虽是两家，但似一家，其乐融融，笑声不绝。如今，我们已成一家，却似两家。人虽然坐在一起，心却不在一起了。这种情况不能继续下去了。"琼玥说，"娘在这儿坐着，我可以表个态，对秀丽、渡江与陈瑛，我一视同仁，绝不会偏心谁。我也希望陈瑛与渡江，能像以前一样，无猜无疑，无话不说，不分你我。"

"我很想那样呀，"陈瑛说，"可有人不这么想。再说，话说到底，妈，你当年能当教师，还不是因为有了柏叔？你今天能恢复公职，还是因为有了柏叔这个依靠。如果渡江今后也能做我的依靠，我会比妈做得更好。"

印大妹朝柏渡江和陈瑛看了看。印大妹是看着陈瑛长大的，从心里讲是很喜欢陈瑛的。如果不是琼玥成了自己的儿媳，倒很巴望陈瑛做自己孙媳妇的。

"奶娘，感谢你今晚专门为我做了这么一桌好菜，更感谢你二十年来给予我的如山重恩。我渡江这一生，定会始终把奶娘当作我的亲生母亲，毕生报答你的大恩。同时，我也当着大家的面再次表明态度：瑛瑛始终是我姐，我会一辈子善待她的。"

陈瑛心里彻底凉了，但又不好再说什么。不过，她终于知道坐在身旁的曾令她少女怀春的柏渡江的心思，因而对他不再抱有幻想，于是站起，端起大半汤碗酒，对柏渡江说："渡江弟弟，姐再次敬你酒。"说完，仰脖而尽，丢下酒碗，离开饭桌，奔回她的房间。

三十六　参军立功

中断两年的征兵工作，于一九六八年十一月恢复了。柏渡江积极报名应征，并顺利通过体检、政审，成为一名光荣的中国人民解放军战士。一九六九年一月十日，柏渡江穿上军装。十五日上午，江阴县革命委员会在县人民大会堂举行欢送新兵入伍大会。柏舟和琼玥参加了欢送大会。下午，新兵乘坐驻扎在江阴黄山的炮团派出的军车去苏州坐火车。上车前，琼玥拉着柏渡江的手，流着泪说："渡江，到了部队后要听首长的话，要追求思想进步，要练就过硬军事本领，奶娘等着你立功的喜报呢。"

"奶娘，我记住你的话了。"柏渡江说。

这时，李顺达来到柏渡江面前，热情地握住柏渡江的手："侄儿，李伯伯祝贺你成为一名光荣的解放军战士。到部队后，好好干，干出成绩来。"说着，李顺达打开公文包，从包里取出一本新日记本和一支新钢笔，"送给你。希望你到部队后，认真学习，刻苦训练，不断进步，做一名毛主席的好战士。"

待运送新兵的汽车开走后，李顺达又跟柏舟聊了起来："柏舟啊，受我的牵连，这两年你吃了不少苦头。现在形势好不容易向安定方面转变了。柏舟啊，你要加强学习，跟上形势，做好工作。"

柏舟说："谢谢，李县长……"

柏舟的话被李顺达打断了："是李副主任。记住，职务不能乱叫，这是严肃的政治原则，是政治规矩。"

"记住了，李副主任，感谢你帮忙解决恢复我家琼玥老师的公职问题。"柏舟说。

"这不是帮忙的问题，而是在政策弹性许可范围内力所能及地纠错。这些年造成的冤假错案太多，现在还在继续制造……不说了。柏舟啊，你给我记住，你还欠

187

我一顿喜酒呢。"李顺达说。

"一定记住，李副主任，到时一定补上。"琼玥笑着说。

"琼玥老师啊，这十多年来，你非但没有让柏舟蜕化变质，反而成了柏舟的贤内助。时间和实践证明，我当年的思想观念是僵化的，教条的，没能具体问题具体分析。"李顺达诚恳地对琼玥说。

"李副主任没有错，"琼玥说，"错的是我，是我在不该喜欢柏舟的时候喜欢上了他。"

李顺达没再多说什么，只是握住了琼玥的手。

柏渡江被分配到黑龙江省军区，在新兵连接受完训练后，就被分配到珍宝岛地区边防部队。到连队的第三天，柏渡江所在连就进行了战前动员。动员会后，柏渡江和战友们一起咬破右手食指，写血书表决心，誓死保卫祖国神圣领土珍宝岛，坚决击退苏修侵略军。

珍宝岛（苏联称其为达曼斯基岛），位于黑龙江省虎林县东乌苏里江上，面积零点七四平方公里。它原不是一个岛，是乌苏里江中国一侧江岸的一部分，后因江水汊道而成为岛屿，枯水期可看到它与中国江岸相连。因为它两头尖，中间宽，形似中国的元宝，故称其为珍宝岛。当年中俄两国在签订有关边界条约时，是以乌苏里江主航道中心线为界来划定岛屿归属的。珍宝岛位于乌苏里江主航道中心线的中国一侧，无可争议是中国领土，并一直处于黑龙江省虎林县管辖之下，当时的俄国政府也承认珍宝岛属于中国。然而十月革命后，布尔什维克领导的苏联却宣称其对珍宝岛拥有主权，但仅限于口头上的对外宣传，并未有武力侵占的实际行动。一九六〇年代，中苏矛盾由两党意识形态分歧演变到两国关系的严重恶化。苏联在运用政治与经济手段施压中国时，还陆续大量增兵中苏边界，并不断挑起事端，制造武装冲突。

一九六八年冬，乌苏里江封冻后，苏联边防军对珍宝岛地区的武装挑衅活动更加频繁和猖狂，打伤执行边防巡逻的中国边防军人；抓走在岛上凿冰捕鱼的中国渔民；粗暴地把中国边防战士抛掷在冰面上，还放出军犬扑咬；最后发展到动用冲锋枪向中国边防巡逻队射击。

中国边防部队严格执行中央军委关于珍宝岛地区反干涉斗争的"严格遵守，针锋相对，后发制人，有理、有利、有节原则，既不主动惹事，也不示弱"的方针，以及军委总参谋部的要求：驻珍宝岛地区的边防部队，以不少于一个加强排的兵力组成两至三个巡逻组，按既定的巡逻路线、不固定的时间巡逻；自卫还击的地点，必须严格控制在主航道我侧；反击行动力求突然、迅速，不要纠缠，不要恋战；胜利后立即撤至有利地域；注意获取可靠的证据，如缴获苏军的武器、器材，拍摄有关重要照片等。

一九六九年三月二日上午八时四十分，中国边防军派出两个巡逻组执行巡逻任务时，遭到苏联边防军的阻拦，并突然开枪打死打伤六名中国边防巡逻人员。

震惊世界的珍宝岛事件发生。

中国边防部队忍无可忍，立即自卫还击，经过一小时激战，给入侵苏军以歼灭性打击。苏联边防军则不甘心失败，迅速增调坦克、装甲车和步兵，先后于三月四日、五日、七日、十日、十一日、十二日，入侵珍宝岛及其两侧的中国河道。

三月七日，根据沈阳军区命令，柏渡江所在的步兵连及高炮、反坦克分队在饶河西南地区集结待命。十一日凌晨，苏联边防军十余辆装甲车掩护步兵从北端入侵珍宝岛，并首先开火。中国边防军奋起反击，经过九个小时激战，顶住了苏军的六次炮击，粉碎了苏军三次登岛进攻，击毙苏军六十余人，打伤八十余人，击毁击伤十三辆苏军坦克、装甲车。中国边防军阵亡十二人，负伤二十七人。柏渡江在这次长达九小时的激战中，不怕牺牲，英勇作战，在肩部、腿部负伤后，仍坚持战斗，不肯下火线，后因流血过多，昏倒后才由救护人员急送后方医院抢救。

战前动员会的那天晚上，柏渡江给家里写了一封信，交由连部通信员寄给家里。这是柏渡江入伍后的第二封家信。柏舟收到儿子信时，珍宝岛战事已结束。珍宝岛事件发生后，高音喇叭里天天在播发有关战事消息。男女播音员声音高亢激昂，义愤填膺，歌颂中国边防战士的勇敢善战，痛批苏联社会帝国主义的侵略霸道行径。柏舟很关注珍宝岛事件，但他没有把它与儿子联系起来，因为柏舟收到儿子的第一封信时，只知道儿子在黑龙江省军区新兵连训练，不知道儿子新兵连集训结束后的去向，只是从政治、外交角度来关注珍宝岛事件。

柏渡江在信中写道："阿爹，明天我就要上战场了。我不怕牺牲。我绝不允许苏联军队侵占我国一寸神圣领土。阿爹，我可能会牺牲。如果我牺牲了，阿爹，你不要悲伤，不要哭泣。你要为我歌唱，你要为我骄傲。我是为保卫祖国而战死的。我是你这个老革命的儿子。我没有给你丢脸。阿爹，你要善待奶娘。我或许不能给奶娘养老送终……阿爹，我明天就要上战场……"

读完儿子的第二封信，柏舟顿时像掉进冰窟窿似的，周身冰冷。他是上午九时左右收到儿子信的。一上午，柏舟心神不宁，坐也不是，立也不是。中午，柏舟去学校找琼玥。琼玥读了信后，忍不住抱紧柏舟哽咽起来，幸好两人在校门外，没人看见。

"着急也没用。"柏舟说，"玥，暂时不要把信中内容告诉娘和陈瑛。"

琼玥流着泪点头。

"这样吧，我下午就根据信封上的地址，给渡江拍一封加急电报，探探消息。"柏舟说。

第三天上午，柏舟收到儿子的回电：安好。柏舟松了一口气。琼玥也松了一口气。"既然'安好'，渡江这孩子为什么不能在回电中多说几个字呢？"琼玥说。"可能不便多说吧。"柏舟说。

实际情况是，柏渡江在医院经过抢救刚脱离危险没几天。电报是由连指导员代发的。

柏渡江手术三个多月后伤愈出院了。鉴于柏渡江重伤不下火线的英勇顽强的作战表现，连队党支部根据柏渡江战前递交的入党申请书，召开连队党支部大会，吸收柏渡江和另一名战士为中共党员。没多久，黑龙江省军区又授予柏渡江二等功。在和平年代，军人能获得二等功是不易的。曾流行这么一句话：三等功站着领，二等功躺着领，一等功家人代领。柏渡江能站着领二等功证书，实属不易。

十月中旬，柏渡江立功喜报传到江阴，县革委会、县人武部领导立即将柏渡江荣立二等功的喜报，敲锣打鼓地送到柏舟家。柏渡江在珍宝岛反击战中荣立二等功的喜讯，随着喜报张贴在柏舟家中堂的墙上和人们的口口相传，传遍蓝陵公社每个村庄。特别是县人民广播站连续三天每天三次播出柏渡江立功的消息后，一时间柏渡江成了江阴县家喻户晓的英雄人物。柏舟感到骄傲。琼玥也深感骄傲。人们对柏舟的敬仰又增添了几分。

柏舟收到儿子立功喜报半月后，又收到儿子的来信。柏渡江在信中扼要地讲述了珍宝岛反击战的概况、意义，汇报了他参战及负重伤以及住院抢救治疗的大致经过，报告了他光荣地加入中国共产党的喜讯。柏渡江在信中说："阿爹，我亲身参加珍宝岛反击战后，才真切感受到阿爹当年革命时的艰险与伟大。"信中还夹寄了一张他的近照。

柏渡江的这张照片，孕育出了新的故事。

一九七〇年元旦刚过，柏渡江收到一封信，打开信封，展开信纸，一张玉照跃入柏渡江的眼帘。柏渡江端详着玉照足足有半小时。他被照片上姑娘的美貌吸引住了，并控制不住地亲了一下她的"脸"。然而柏渡江并不认识这个美女，他努力回忆也记不起高中女同学中有这个美女。"会不会是低我一级的女校友？"柏渡江翻遍自己的记忆库，就是没有照片上的这个美女。柏渡江放下照片，拿起信纸看信，信纸上只有一句话："我是暂住在你家的女知青，名叫嬴姣。"

　　江阴自明朝万历年间起，就是一个人多地少的地方，进而县城郊区、集镇周边、水陆交通相对便捷的社队，人地矛盾就更加突出。一九六八年九月安置第一批知青时，各公社叫苦连天，都说本公社地少人多，想方设法软顶着不愿多接收知青，使县革委会主要领导很伤脑筋。知识青年上山下乡是领袖的指示，安置知青是刚性的政治任务，必须不折不扣无条件地完成。为了显示公平合理，经过调查研究，县安置知青的有关部门发明了这样一个安置办法：将全县总田亩数除以知青总人数，得出平均田亩数；再将各公社总田亩数除以全县平均田亩数，得出安置知青人数。这个安置知青的办法出台后，各公社的头儿们不能多说什么了。根据这样的安置办法，大体说来，人少田多的地方接收安置知青人数就多，而田多人少的地方，就江阴农村的实际情形而言，一般都是交通不便、地处偏僻、比较贫穷落后的地方。

　　江阴县还对知青做出五项安置规定：一、单身知青下乡时，每人一次性补助生活费二百二十元；兄弟俩或姐妹俩同时插队到同一生产队的，每人一次性补助生活费一百三十元，主要用于购置生产工具和生活用品。二、分配给每个知青建房材料：木材零点三立方米，毛竹三根、砖三千五百块，瓦两千片。三、每个知青参加生产队劳动前，国家按月供应成品粮三十八斤；参加生产队劳动后，生产队分配的口粮低于三十八斤的，由国家补足，补贴时间不超过一年；因病或体弱，在年终分配时粮草不能自给的，在社会减免或社会救济款中予以解决。四、知青与社员一样同工同酬，并分给知青一份与社员同等数量的自留地。五、照顾分配给每个知青竹扁担一条，竹柄、树柄各一根，一张竹榻或一副木铺板，拗手、提桶各一只，肥皂一块，牙膏一支，电池两节，火油零点二五斤；赠送《毛主席语录》一本、毛泽东像章一枚。

　　一九六九年十月中旬，宏兴沙大队接收了一男一女两名知青，男的叫贡德兴，县城澄江镇人，被安置在礼耕圩的第三生产队；女的叫嬴姣，南京人，被安置在中兴圩的第五生产队。由于知青的建房材料还停留在县革委会的文件上，根据实际情况，礼耕圩三队的男知青贡德兴，被暂时安排在生产队的一间仓库里居住；因柏舟二女儿柏秀丽已于一九六九年春节结婚，女知青嬴姣暂时被安置在柏舟家居住。

　　安顿下来后，嬴姣才有心情仔细打量柏舟家，于是发现两个秘密：一个是柏舟家有一个十分英俊的军人儿子，以挂在中堂墙上相框里的持枪照片为证；还立过二等功，以张贴在中堂墙上的喜报为证。一个是柏舟只在家用午餐，有时连午饭都不回家吃，还不在家住宿。她对这两个秘密很好奇，但放在首位的是第一个秘密，于是，在还没有完全弄明白的情况下，就给素不相识的柏渡江寄去她的照片，还写了那么一句话。柏渡江部队的地址，她是从柏渡江写给父亲的一封信的信封上知道的。

柏渡江用右手指弹了弹信纸，兀自笑了笑："搞什么名堂？想说明什么？"柏渡江把信纸和照片又塞进那个信封里。柏渡江没给嬴姣回信，按兵不动。他要看看那个嬴姣还会有什么后续动作。在以后的家书中，柏渡江也只字不提家中住着的女知青。然而整整一年过去，嬴姣也没后续动作。柏渡江为此既如释重负，也有点怅然若失。

三十七　父子冷战

部队已将柏渡江列入提干对象，柏渡江却连续三次向连部递交要求退伍的书面申请。他要求退伍的理由是，他很不适应黑龙江的极寒气候，一到冬天，他的枪伤就要复发，让他隐痛难忍。连指导员做了他三次工作，未能说服柏渡江留在部队。一九七〇年底，柏渡江被批准退伍。

要求退伍前，柏渡江没有写信告诉父亲，认为这是他自己的事，应由自己拿主意，做选择，用不着征求父亲的意见。他的想法是，父亲只能帮他一时，不能帮他一世，以后的日子还得靠自己过，以后的路还得靠自己走。

柏舟知道自己儿子退伍，还是沈兴昌告诉他的。有一天，柏舟去公社向沈兴昌汇报工作时，沈兴昌告诉柏舟的："柏渡江的档案已转到县民政局。"

柏舟听后很生气："真是儿大由不得爷。退伍这么大的事，他为什么不事先给我通下气呢？他上封信中还告诉我说他极有可能被提干。难道他提干没提成就赌气退伍了？"

"不要揣测。"沈兴昌说，"据渡江档案中说，是他坚决要求退伍的。"

"唉，这孩子，当了二年兵，我当老子的，有点弄不懂他了。"柏舟说。

一九七一年春节前五天，柏渡江退伍回到家。印大妹很是高兴："孙子，听你阿爹跟我说你要退伍回家了，我高兴得一连三个晚上都没睡安稳。"

"奶奶，我阿爹可不高兴呢，你看他一脸严肃相。"柏渡江笑着说。

除夕夜，柏舟夫妇、印大妹、柏渡江、陈瑛、嬴姣围坐一桌，吃着年夜饭。饭桌上，嬴姣只听不语。柏舟先开口："首先，欢迎渡江同志光荣退伍。我提议，大家站起敬英雄酒。"只有柏舟和嬴姣站起来，当嬴姣看到陈瑛她们没站起，就红着脸又坐下了。

"阿爹，今天是大年夜，是全家大团圆的美好时刻，怎么打起官腔来了？"柏渡江说。

"不是官腔,"柏舟喝了一口酒坐下后说,"渡江,你回家几天了?"

"今天是第五天,"柏渡江问,"怎么啦?"

"没怎么,"柏舟点燃一支烟,"阿爹有点急了。"

"急什么?"柏渡江问。

"你该告诉阿爹为什么了吧。"柏舟说。

"该向阿爹汇报了。"柏渡江说,"阿爹,不要生儿子的气。"

"我可没生气。"柏舟说。

"沈兴昌伯伯都跟我说了,你还不承认。"柏渡江笑着说,"阿爹,只要我愿意留在部队,我现在已是穿四个口袋军装的连级干部了。可我不想留在部队,原因有二:一是黑龙江冬天的极寒气候,使我忍受不了枪伤复发时的那种疼;二是我的理想不在部队。阿爹,你想啊,现在是和平年代,就算我在部队能打拼到团长,又有什么了不起?又有什么成就感?我还不如阿爹你的贡献大呢!我思量再三后,遂决定退伍,回来干一番事业,哪怕吃尽人间苦。"

正月初十上午,柏渡江去江阴县民政局报了到,根据国家有关政策规定,荣立二等功的柏渡江被县民政局介绍到县劳动局,县劳动局分配柏渡江去一家县属地方国营企业工作。柏舟和琼玥极力赞成。然而柏渡江又放弃了进城工作的机会。

柏舟急了。

印大妹急了。

柏渡江在宏兴沙的地界上转了三天后,在第三天晚上,给父亲交了底:"阿爹,我决定留在宏兴沙,与你并肩战斗,一起建设出一个崭新的宏兴沙来。"

柏舟抽着烟,望住儿子的脸。

"阿爹,不要这样看着我。我要投入工作,你要给我压担子。"柏渡江说。

"大队、大队种养殖场、第五生产队的领导班子都健全,不好安排你。"柏舟说,"要不,我跟你兴昌伯说说,让你去公社工作?"

"不去,"柏渡江说,"我就是想在农业生产一线上干出点名堂来。不急,等机会吧。"

柏渡江开始每天参加生产队劳动。社员们则对柏渡江议论纷纷,认为柏渡江有军官不愿当,是因为他负有枪伤,情有可原;柏渡江不愿去国营企业工作,可能是他脑子有病。那时,不要说进国营企业工作,就是进社办企业工作,也要挤扁头、打破头,不是一件容易的事。社员们真有点弄不明白柏渡江到底是怎么想的。

柏渡江的机会来了。

中兴圩第五生产队队长于一圆，自高级社起当队长，至今已有十多年了。一天晚上，他来到柏舟家里，掼纱帽说他不当队长了。于一圆已向柏舟掼过三次乌纱帽，都被柏舟慰留了。

"说说，又遇到什么不称心的事了？"柏舟问。

"没遇到什么不称心的事。"于一圆说。

其实于一圆想去大队粮饲加工厂工作。一九六八年秋，在柏舟的极力争取下，宏兴沙大队成为蓝陵公社第一个通电的大队，并于一九六九年春办起了粮饲加工厂，结束了粮饲加工出大队的历史，同时也结束了照明用油盏灯、人工脱粒稻麦、柴油机抽水的历史。于一圆听说大队粮饲加工厂要增添一个人后，就及时来找柏舟了。

"既然没有不称心的事，你就把队长好好当下去。"柏舟说。

"再也不想当下去了。"于一圆说，"柏书记，自从搞农业初级社起，我于一圆就忠心耿耿地跟着你干，可我近五十岁了，干不动队长了，还是让年轻人干吧。我只求柏书记你给我一碗快活饭吃吃。"

柏舟递给于一圆一支烟，两人点燃后，柏舟问："一圆，你是否听说了什么事情？"

于一圆说："好，柏书记，你既然把话挑明了，我也就直说了。我想去大队粮饲加工厂。"

吐口烟后，柏舟笑了笑："一圆，有话你可以直说嘛！用得着这么转弯抹角吗？不过，你消息也真灵通，今天下午刚研究了粮饲加工厂添人的事。这样吧，过两天给你答复。"

宏兴沙大队革委会经过反复研究商量，终于同意于一圆去大队粮饲加工厂工作，决定由柏渡江接替于一圆任第五生产队队长，并报蓝陵公社革委会备案。

柏渡江任队长后，利用晚上时间，就如何搞好生产队农业生产，走门串户，征求社员意见，特别是富有农业生产经验的老农的意见。老农向柏渡江反映，队里种双季稻，从产量上说，每亩产量要比单季稻高出五六十斤，但从经济收益上说根本不划算。老农们说，双季稻米质硬，口感差，卖给国家粮价低；种双季稻，投入的成本大、劳力多，实际结果是种一亩双季稻要亏掉二三十元钱，人还要做煞，苦头要吃煞，得不偿失。老农们还说，宏兴沙是夹砂土壤，土质疏松，保水性差，不适宜种植双季稻。老农们最后要求柏渡江向上头反映反映，能不能从宏兴沙实际出发，少种些双季稻。

老农的话说得有道理。根据江阴县地方志记载：宏兴沙等新沙，均位于长江古堤内的河漫滩，为长江新三角洲冲积平原，是黄土夹砂土壤，沙性大，偏碱性，成土时间短，质地轻，宜棉麦生长；老沙虽也是长江新三角洲冲积平原，但由于成土时间长，又是粉砂土壤，质地重，适宜稻麦生长。

"以前，你们有没有向一圆反映过这些情况？"柏渡江问。

"我们跟一圆提过几次意见。"老农们说，"可他是一个怕死鬼，怕头上队长的乌纱帽被你老子撸了，只听你老子的话，一亩双季稻都不敢少种。"

听了老农们的话后，柏渡江思考着如何说服父亲从宏兴沙实际出发，少种双季稻，多种单季稻，提高农业经济效益。一个晚上，柏渡江拿着一把小铁铲和两只小布袋，来到老沙上的一块麦田里，用铁铲铲了些土放进一只小布袋，又来到自己生产队田里，铲了些土放进另一只小布袋里，然后拎回家。通过反复多次用大拇指与食指的搓捻，柏渡江发现老沙上的土质比较细腻，宏兴沙上的土质要粗糙得多。

一天中午，柏渡江蹲在后门口研究土壤，好奇的嬴姣就问："队长，土有什么好研究的？"

"大有研究头，"柏渡江说，"里面包含着经济学问题。"

"说出来给我听听。"嬴姣说，"我还没听说过，泥土中还会有经济学问题。"

"过几天你就会知道。"柏渡江起身，走回家去。

嬴姣心里有点失落。退伍回家三个多月来，柏渡江对嬴姣总是不冷不热，若即若离，中规中矩。嬴姣挑不出柏渡江有什么毛病。自插队暂时住到柏舟家，嬴姣先是和印大妹、柏舟三人同吃一锅饭，柏渡江退伍后，是四人同吃一锅饭，形似一家人，但嬴姣总觉得，柏渡江与她之间隔着一堵看不见的墙。

一天晚饭后，柏舟父子坐在饭桌上，这晚刚好不停电，一支十五瓦的电灯亮着，灯光虽昏黄，但能照亮整间中堂，不留暗处，比油盏灯强多了。

"阿爹，让你看两样东西。"柏渡江从自己小房间里端出两只豁口碗，碗里都放着泥土，"阿爹，你看看这两只碗里的泥土有什么不同。"柏渡江说。

印大妹洗好碗筷刷好锅，就回了房间。

柏舟见嬴姣坐在桌土不走，就说："渡江，队里建造的知青屋快要完工了吧。"柏渡江不知父亲的用意，随即说："明后天就能完工，再通几天风，嬴姣就可以搬过去住了。"

听柏舟父子这么说，嬴姣才识趣地回了房间。

"想跟阿爹说什么？"柏舟问。

"阿爹你仔细看看，这两只破碗里的泥土有什么不同？"柏渡江说，"同样多的泥土，放进去同样多的水，存放时间也相同。"

低下头，对着碗里看了几眼，柏舟说："看不出什么名堂经来。"

"阿爹，你用手指抓点土，再捻捻，就会发现什么了。"柏渡江说。

柏舟用右手大拇指和食指，先在左边的碗里捏了一点泥，再捻捻，感觉泥土很细腻，容易粘在手指上；再伸进右边的碗里捏了一点泥土，也捻捻，感觉泥土要粗糙些，不易粘在手指上。"你到底想说什么？"柏舟问。

"阿爹，左边碗里的泥土是老沙上的，右边碗里的泥土是我们队田里的。"柏渡江打住话头，不往下说了。

"说下去。"柏舟说。

"老沙上的土，是粉砂土，土质紧密，保水性好，比较适宜于种双季稻。我们宏兴沙上的土，是夹砂土，质地疏松，渗水性强，不宜种双季稻。"柏渡江说。

"小子，很会用心思嘛。"柏舟说，"不过，扩种双季稻，不仅仅是经济问题，更是政治问题。上头说得很清楚。"

"那么，阿爹，上头知不知道老沙与宏兴沙的土质有很大的不同？扩种双季稻是好事，也许能增产，但要从实际出发，适宜种双季稻的地方该多种，不适宜种的地方该少种甚或不种。我的想法是，搞农业既要讲究增产，也要注重增效。只有增效了，社员才能增收。否则，社员一年忙到头，只能白吃苦头。"柏渡江说。

柏舟也知道种双季稻产量是增加了一点，但经济收益反而是只减不增，干部社员背地里很有牢骚，但也只是牢骚而已，没有人像儿子这样，足备足量地要跟老子较真。

"你不要跟我瞎来，"柏舟警告儿子，"我在公社三级干部会议上是表了态的，保证完成公社下达给宏兴沙大队种植双季稻面积指标任务，绝不少种一亩双季稻。大队下达给你们五队的指标任务，你也必须保证完成，绝不允许打折扣。前季稻秧的落谷马上就要开始了，你给我抓紧些，做足秧田面积，不要跟我玩花招，我会派人盯住你的。"

"阿爹，今晚就我们父子俩，我想跟阿爹好好说说话。"柏渡江还想说下去，被父亲打断："如果说些家里的事，我会跟你好好说。如果说队里的事，明天到大队部去说。我走了。"柏舟去琼玥那里了。

"好，柏主任，明天上午，我去大队部找你。"柏渡江冷冷地说。

听到柏舟带上大门的声音，印大妹走出房间，问："又跟你老子抬杠了？"

"懒得跟他抬杠，"柏渡江说，"奶奶，你去睡吧。我也有点累了。"柏渡江来到自己的小房间。

第二天上午，柏舟在大队部等儿子，柏渡江却没去，而是在生产队仓库里召开了队委会，商量能不能不种大队下达给第五生产队的今年再扩种的十五亩双季稻？队委们七嘴八舌，都说种双季稻是劳民伤财，不划算，人还要多吃苦头，增产不增收，最好是越少种越好。可是，大队会同意吗？队委们担心着。

"我也不想多种今年增加的十五亩双季稻，"柏渡江说，"但若跟上头硬顶肯定不行。大家动动脑筋，能否有软顶的妙计。"

"办法是有的，"生产队农技员说，"可以在秧田里动手脚。不过，单季稻秧到时能否解决，倒是个大问题。"

"快说，你肚里藏着什么好的锦囊妙计。"柏渡江心急地说。

农技员说："前季稻秧田我们不能少做，这是明面上的事情，大队里要检查的，是蒙骗不过去的。但可以在秧苗上做手脚。当秧苗长到两片叶子时，我们就在地里头施上碳酸氢氨化肥，这样，还怕秧苗不被烧枯？"

大家听后大笑，都笑骂农技员是促狭鬼，什么缺德事都想得出来。不过，大家心里还是默认农技员的想法的。

"那就这样定了，但绝不允许对外声张。"柏渡江说。

做前季稻秧田时，了解儿子脾性的柏舟，亲自蹲点本生产队，监督儿子做足秧田面积。柏渡江也给老子面子，做足了秧田面积。柏舟为此很高兴。可当秧苗长到两片叶子时，一天上午，柏渡江急匆匆地跑到大队部找柏舟，说队里的前季稻秧苗突然枯死了不少，却找不出是什么原因。柏舟听了汇报后，立马叫上大队农技员，去第五生产队前季稻秧田实地查看，一看，真的枯死了不少秧苗。大队农技员赤了脚，走进秧田一细看，心里顿时有数，走上田埂后对柏舟耳语了一番。柏舟听后狠狠地剜了儿子一眼，脸色难看地走了。

父子俩的矛盾冲突终于公开化。

这天中午，在家里，当着赢姣的面，柏舟与儿子大吵起来，甚至要动手打儿子。柏渡江也不示弱。

"你党性哪儿去了，嗯？你这是跟上级对着干！"柏舟吼道。

"我的党性在心里，放在社员的增收上，有什么错？"柏渡江也吼道。

"你种了几天田？你怎么知道我们宏兴沙不宜种双季稻？你不要充老头，年纪轻轻的，这对你没半点好处。"柏舟说。

"我不为自己，没半点私心，我怕什么？"柏渡江回敬。

"我不忍心看着你在犯错误的道路上走得更远，于公于私，我必须制止你的不明智的做法。我要挽救你。"柏舟说。

"你们是在瞎指挥，不按农业生产规律办事。"柏渡江说。

"只要产量上去，可以不计农本。现在要以粮为纲，儿子，你懂吗？"柏舟说，"我们要解决的紧迫问题是全国人民的吃饭问题，而不是农民增收的问题。现在国家急需粮食，城里人要吃饭，当兵的要吃饭，我们还要备战备荒、支援亚非拉人民的革命斗争。你懂吗？"

"我没有反对以粮为纲，也不反对增产。我注重的是增加农业收益。就像打仗一样，要以最小的牺牲，赢得最大的胜利。这才是优秀的指挥员。"柏渡江说。

"老子没有这么多讲究。当年搞地下革命工作时，为了完成上级交给我的任务，我是不管付出任何代价，不惧任何困难，哪怕牺牲自己的生命。"柏舟说，"现在，国家需要我们勒紧裤带，我们就要勒紧裤带，决不能把我们农民眼前的利益置于国家的根本利益之上。"

"阿爹，你的这种革命思维要不得。现在是和平年代，我们是在搞建设。搞建设就得按规律办事，就得尊重客观规律，就得从实际出发，不能简单地搞一刀切。"柏渡江说。

"不跟你争了。不过，老子告诉你，你的想法超过了现在的社会急需，是严重脱离现在的社会实际，根本行不通。老子警告你，你拉的屎，你给老子把你屁股擦干净，否则，我撤你的职。"柏舟说。

"阿爹，不争论是好事，还是让事实说话吧。"柏渡江说。

柏舟午觉都没睡，就气鼓鼓地走出家门，去了大队部。

"我错了吗？"柏渡江叩问自己。"军人以服从命令为天职。"在新兵连集训时，这是连长说得最多的一句话。再有就是"一切行动听指挥"。在部队两年，柏渡江百分百地做到"服从命令""听从指挥"。"可现在我是队长，不是军人。服从命令、听从指挥，不全适用于经济建设、发展农业生产。"柏渡江仍然坚持自己是对的。可他不懂得，在严格的计划经济体制下，政府管理经济的手段，与部队中的"服从命令""听从指挥"的治军要求，虽"异曲"却"同工"。柏渡江虽有思想，但他的那种思想，已超越了他所处的那个时代。

柏舟父子由热战进入冷战，使琼玥夹在中间很难受。琼玥本可以不必去操心柏舟父子间的事，可看到他们父子俩视对方如陌生人，互不理睬，互不搭话，心就揪了起来。柏舟是她心爱的丈夫。柏渡江是她心疼的奶儿。她唯一想看到的是他们父子俩和睦相处，其乐融融。琼玥几次劝说柏舟找机会与柏渡江好好谈谈。柏舟的回答是："跟他有什么好谈的？跟他说他老子错了？不能惯坏他。"

琼玥太了解丈夫的脾性了。柏舟在大是大非问题上绝不会退让妥协。琼玥知道，扩种双季稻，县里、公社都开了会，都把其当作政治任务来贯彻落实的。党性很强的柏舟怎会上瞒领导、下欺社员，少种双季稻？

琼玥也了解柏渡江的脾性。柏渡江跟柏舟一样，只要认为自己是对的，就算是自己被撞得头破血流，也要坚持下去的。他们父子两人，一个是半斤，一个是八两。在琼玥看来，目前他们父子间的冷战关系要缓和，有妥协可能的还在于柏渡江。

琼玥试图在促和中发挥建设性作用。

三十八　陈瑛订婚

　　夏忙前的一天晚上，琼玥还在吃晚饭，永丰圩的炳度家里人来到琼玥家。琼玥嘴上说着"大姐，你怎么有空来我家呀"，心里却在忖度着"炳度家里人从未上过我家门，今晚上门，会有什么事？"炳度家里人坐下后说："琼老师，今晚我是有事特地来找你的。"说着话，她眼睛不停地瞄着吃着晚饭的陈瑛。

　　柏舟吃好晚饭，把空碗往桌上一放，站起来说："有事你们讲吧。我也有事要出去一下。"说完，柏舟出门去了。

　　已吃好晚饭的陈瑛，就站起来收拾桌上的碗筷。

　　琼玥将炳度家里人领到东屋去说话了。

　　炳度家里人是来给琼玥女儿和她的外甥做媒的："我外甥叫夏晓龙，是本公社蓝南大队人，住在观山脚下，今年二十八岁，要比你家陈瑛大五岁吧。他也当了三年兵，退伍后被安排在公社采石厂做爆破工作，虽危险一点，但补贴多。家里有兄弟三人，他是老大，上到小学毕业，有老屋两间，住人；有草屋一间，用来养猪。"

　　"家境一般。"琼玥说，"能在公社采石厂工作已很不错。人长得怎样？"

　　听琼玥这么一说，炳度家里人从口袋中掏出外甥的一张照片。琼玥一看，是一张军人照片。照片上的小伙子看上去还是很顺眼的：方脸，眉毛很浓，厚嘴唇，眼睛不算大，大蒜鼻子，大耳朵，头戴黄色单军帽，军帽上一颗五角星很醒目。

　　"要不要把你家瑛瑛叫进来，让她看看我外甥的照片？"炳度家里人说。

　　"不用这么心急吧，"琼玥说，"这样，大姐，你外甥的照片先放我这里，我找时间给我家瑛瑛看看。无论看得上看不上，过几天我把照片还你。"

　　"好，好，琼老师，我等你回音。我走了。"炳度家里人说。

　　琼玥把炳度家里人送到圩口才回。

　　"你们刚才在神秘兮兮地说什么？"陈瑛问。

"她来给你说媒的。"琼玥说。

"我不嫁人。"陈瑛突然神经质地说,"我不嫁,不嫁。要嫁,必须嫁给当过兵的。"

"为什么?"琼玥第一次知道女儿这种心思,不禁问。

"扛过枪的人,勇敢,不怕事,有护心,会真心实意地对自己的女人好,就像柏叔对妈那样。"

"炳度家里人给你说的对象,就是当过兵的。"琼玥说。

"真的?"陈瑛急吼吼地问,"妈,有那人的照片吗?"

"有。"琼玥从口袋里掏出夏晓龙的照片。

陈瑛拿过母亲手中的照片,就往自己房里钻。她坐进蚊帐,背靠在床栏杆上,就着十五瓦的灯光,端详起照片,并不断地在脑海里一遍又一遍地分拆再重组着夏晓龙的形象,几乎到了入迷程度。

琼玥已洗好浴,见女儿还在房里,就叫起陈瑛:"瑛瑛,妈给你准备好了洗浴水,快出来洗浴。"

陈瑛没回音。

琼玥走进女儿房里,只见陈瑛似睡非睡地靠在床栏杆上,又连叫了两声"瑛瑛,瑛瑛,"陈瑛再睁开眼,问"妈叫我有什么事?"

"妈叫你去洗浴。"琼玥说。

"相貌还可以,就是不知道他的高矮,还有他的家境怎样?"陈瑛按照她的思路说。

听女儿这么说,琼玥乘势而上:"瑛瑛,想不想跟对方见个面?"

"由妈做主,我听妈的。"陈瑛拿着干净衣服去洗浴了。

柏舟从外面回来,洗好浴,上楼,躺到床上后,琼玥就跟柏舟说起炳度家里人来给陈瑛说媒的事,以及男方个人及家庭基本情况。

"瑛瑛知道吗?"柏舟问。

"知道,"琼玥说,"她已看了对方的照片。听她刚才的口吻,似乎对对方并不感冒。我明天一早去跟炳度家里人说,让她再上劲点。"

"你就多操点心吧,需要我做什么,随时跟我说,我一定尽力而为。"柏舟说。

三天后的晚上,琼玥家刚吃过晚饭,炳度家里人就领了她妹妹、外甥来相亲了。琼玥早做好了准备,当客人在八仙桌上坐下后,就给他们倒茶,让他们吃南瓜子。夏晓龙坐在陈瑛对面。两人不时地相互打量着对方。喝了一会儿茶后,炳度家里人提议:"要不让晓龙跟瑛瑛到外面去走走?"

琼玥首肯。

陈瑛也没反对。

成熟的小麦快要开镰收割了。

两人走在乡间小路上。

"你有多高?"陈瑛问。

"一米七八,"夏晓龙问,"你呢?"

"一米六七,"陈瑛问,"不嫌我出身不好?"

"不嫌。"夏晓龙问,"你嫌我兄弟多、家里穷吗?"

"现在哪里还有富人家?"陈瑛问,"你愿意做上门女婿吗?"

夏晓龙开始掏烟,点烟。

"我没想过这个问题。"夏晓龙说。

陈瑛听了夏晓龙的话,果断收住前行的双脚,转身返回,夏晓龙紧随其后,两人一路无语。

陈瑛一进家门就往自己的房里钻。

炳度家里人见外甥有点不开心,便问:"谈得来吗?"

"还可以。"夏晓龙说。

琼玥见了夏晓龙的面后也是比较满意的,但听了夏晓龙的"还可以"的话,觉得话中有话。为了避免尴尬,琼玥便说:"我再听听我家瑛瑛的想法。"

待相亲的人走后,琼玥来到女儿房里,问:"瑛瑛,对对方感觉怎样?"

"他被我问住了。"陈瑛答非所问。

"你问了他什么?"琼玥问。

"问他愿不愿意做上门女婿。"陈瑛说,"他不开口了。"

"你真有这种想法?"琼玥问。

"有。"陈瑛说,"妈,我要与你相依为命。我要给你养老送终。"

"不行。"琼玥说,"我们现在住的楼房,有三分之二的房产权是属于你柏叔的。土改后,江阴县人民政府颁发的'土地房产证'上写得清清楚楚。"

"但从根本上说,这楼房是我爷爷陈富泰的。我是他孙女,住这房子合情合理。"陈瑛说。

"但不合法。"琼玥说。

"那我就一直不嫁人。"陈瑛跟琼玥较劲了。

陈瑛有自己的盘算，心想，如果夏晓龙愿意做上门女婿，他又在公社采石厂工作，加上柏渡江是队长、柏舟是大队主任，他俩结婚后队里没有人敢欺侮夏晓龙；再有母亲的接济，他们婚后的小日子也不会苦到哪里去。但要让她嫁到夏晓龙家过房不像房、灶不像灶的日子，她是过不下去的。她长到这么大，从未过过那种苦日子。

琼玥也有自己的想法。这座楼房是柏舟和她共同拥有的，这是宏兴沙人人皆知的事。如果陈瑛要留在家里占用这楼房，柏舟会不会同意？柏渡江会有什么想法？宏兴沙人会怎么看她？琼玥在这些方面的顾虑很重。琼玥是要面子的人。让人在背后指指戳戳的事，琼玥做不出来，也不可能去做。再有，琼玥对女儿有透彻的了解。陈瑛的性格脾气像其父亲陈国豪，倔强且多疑，有时很难说话。如果陈瑛留在家里，那么婚后免不了会发生矛盾，到那时，琼玥如何面对？如何处理？在这方面，琼玥顾虑也很重。再说，琼玥心里明白着呢，靠女儿养老送终靠不住，靠得住的还是柏渡江。琼玥有时驾驭不了女儿，但柏渡江要比陈瑛顺从得多。最重要的，这座楼房是琼玥与柏舟的爱巢。在这座楼房里，琼玥感到特别得劲，特别温馨。琼玥之所以不愿多去柏舟家住，就是因为琼玥每次住在柏舟家时心里总有一种不安全感，与柏舟温存时心里总有一种莫名的紧张、压抑，身心放不开来。

不能让陈瑛留在家里。琼玥心里决定了。但是，如何让陈瑛愿意嫁出去呢？琼玥想听听柏舟的想法。柏舟听了琼玥的想法后说："办法不是没有，如果能资助男方造出两间新屋，再多陪些嫁妆给陈瑛，问题或许不难解决。"

"那我再下去探探她的口风。"琼玥说。

"你是不是急了一点。"柏舟说，"好像女儿嫁不出去似的。过几天再说。"

"我不想再等几天。"琼玥说，"这种事要趁热，冷下来后就难说了。"

琼玥下楼来到女儿房间。

"妈，你觉不睡，下楼来找我还有什么事？"还在看着夏晓龙照片的陈瑛问。

"想跟你再聊聊。"琼玥说，"瑛瑛，如果你愿意嫁出去，有什么条件？"

"条件？什么条件？"陈瑛说，"妈，你能满足我什么条件？"

"你若有什么条件，说出来让妈听听。"琼玥说。

"那我直说了。"陈瑛说，"我对夏晓龙本人还是满意的，虽然他比不上渡江优秀。我不满意他的，是他兄弟多，家里条件差，嫁过去我怎么过日子？妈，若要我嫁给他，除非妈帮他建造三间丈五大六的新房。我知道妈手里还有点钱。那个香港人寄给你那么大一笔钱，妈只花掉了一部分。"

"就这条件？"琼玥问。

"除了有一份像样的嫁妆外，我还要一辆新的凤凰牌自行车和一只新手表。"陈瑛说。

"还有吗？"琼玥问。

"想到后再告诉妈。"陈瑛说。

琼玥心里有底了。她上楼跟柏舟一说，柏舟立马表态说："这些不是什么大事体。你若缺钱，我帮你解决一部分。"

"钱不成问题。"琼玥说，"舟，你得出面张罗建房材料的事。"

"没问题，砖瓦我们大队砖瓦窑上能解决，其他房料我再找人帮忙解决。"柏舟说。

又是三天后，琼玥给炳度家里人回音了，说她和女儿想到男方家里去认认，看看。炳度家里人听后心里乐开了花，一口应承，说选个吉日，领她们去外甥家看看。又过了两天，炳度家里人到琼玥家传话，说定在农历五月十八日去男方家认亲。

五月十八日上午，炳度家里人领着琼玥和陈瑛去夏晓龙家认亲。来到夏家一看，琼玥眉头紧锁，看到的与炳度家里人说的无多大出入，因心里早有准备，也就没多少想法。男方家很热情，备了一桌好菜。夏晓龙比较活泛，也会招待人，很讨陈瑛喜欢。见女儿心情好，琼玥心情自然也好。

吃了认亲饭后，男方上劲了，想在五月底订婚。经过炳度家里人男方女方两头跑，两边传话、协调后，确定陈瑛与夏晓龙于农历五月二十八日订婚，讲定男方给女方的订婚礼金是一百零八元钱。这一礼金数在当时来说属于高的了。

订婚那日，琼玥打开男方挑过来的花盘，拿起礼金一数，没错，是一百零八元钱。按规矩，女方只要把零头八元钱退还给男方就可以了，可琼玥退给了男方五十八元钱。站在一旁的媒人炳度家里人说："琼老师，你退得太多了，不用退这么多。"

琼玥则是笑笑，未语。

陈富泰在世时，琼玥与陈国豪的两个姐姐还偶有来往。陈富泰在一九六六年冬的一次批斗中因突发脑溢血猝死后，琼玥与她们就没有了来往，所以陈瑛订婚琼玥也没去通知她们，连自己母亲吉虹也是在女儿订婚后去城里送喜糖时，母亲才知道自己名义上的孙女、实质上的外孙女陈瑛订婚了。

按照蓝陵地区的习俗，女孩订婚那天，其嫡亲兄弟姐妹、堂兄弟堂姐妹、表兄弟表姐妹等平辈，都要去陪亲的。陈瑛是独女，也没有堂兄弟堂姐妹，表兄弟表姐妹又不来往，琼玥就让柏艳丽夫妇、柏秀丽夫妇、柏渡江做了陪亲的人。订婚那天，男方父母出给了陈瑛六十八元见面钱，她心里很是开心。夏晓龙父母还给了新阿舅柏渡江十八元红包。陈瑛觉得准公婆气量很大，很给她面子，因而心里甚为高兴。

三十九　父子和解

　　陈瑛订婚第二天，按规矩，男方要请女方父母及其他长辈吃饭的。农历五月二十九日，是夏忙收尾的时候，作为女方长辈的柏舟，因工作忙没时间去男方家吃中饭，琼玥要上课也不好请假，经与媒人商量后，男方决定请女方长辈吃中饭改为吃晚饭。

　　陈瑛除母亲、柏舟、印大妹外，在中兴圩也没其他长辈。为了改善缓和柏舟父子间的冷战关系，琼玥想抓住男方请女方长辈吃饭的机会，从中促和，消弭柏舟父子间的隔阂，便在中午找了柏渡江，让他一同去吃晚饭。柏渡江起先不想去，他跟琼玥说："奶娘，昨天作为新阿舅，我已去了。今晚再去算什么？我又不是长辈。"

　　"瑛瑛就你一个弟弟，你去了，谁会说你什么闲话？"琼玥说，"去，让瑛瑛高兴高兴。"

　　柏渡江便答应了。

　　这天下午四点左右，夏晓龙就来琼玥家接长辈们了。从中兴圩到蓝南大队有七八里路，又没有自行车，步行要走个把小时。琼玥是四点半到家的。印大妹年近七十，腿力不济，就没去。柏渡江到五点才到琼玥家。柏舟还没回来。

　　"妈，柏叔不会忘了吧。"陈瑛着急地说。

　　"你订婚这么大的事，柏叔他忘不了。再等他一会儿。"琼玥说。

　　将近五点半，柏舟才到家。"公社沈主任陪县革委会李副主任来大队检查夏忙生产，耽搁了时间。"柏舟说。

　　琼玥赶忙拿着一只拗手去灶间，从水缸里打了水先给柏舟洗脚换新鞋，再让他洗脸擦身换上一身新衣衫后，大家去了夏晓龙家。到夏晓龙家时已过六点半。夏晓龙父母有点等急了。

　　夏晓龙的父亲安排柏舟父子朝南大坐，柏舟不客气地坐下了，还坐在上首。柏

207

渡江就是不肯坐朝南位置，强调说："我不是长辈，不能与我阿爹平起平坐。奶娘，你朝南坐最合适。"

"渡江，别推让。朝南位置都是男人坐的，哪有女人坐朝南位置的？"琼玥说。

推辞不了，柏渡江才坐到父亲的下首。

喝的是大坛黄酒。夏晓龙父子敬柏渡江酒时，柏渡江都喝。琼玥母女敬柏渡江酒时，柏渡江同样照喝。柏渡江也回敬夏晓龙父子、琼玥母女酒，就是不敬父亲柏舟酒。琼玥坐在朝西位置的下首，靠着柏舟，就在台底下用脚碰碰丈夫的脚，示意他放下架子敬儿子酒。柏舟领会妻子的意思，就站起身来，端起满汤碗黄酒，先回敬夏晓龙父母、夏晓龙和陈瑛，再敬柏渡江："儿子，今天喝的是你瑛瑛姐的订婚喜酒，阿爹心里很高兴，已喝了两汤碗，来，这第三汤碗酒，阿爹敬你。"

见父亲主动敬自己酒，柏渡江顺杆而下，立马站起来，端起酒碗说："我不懂规矩了。怎么好老子先敬儿子的酒？阿爹，这碗酒，必须由我先敬阿爹。"

"好啊，你说，这碗酒，怎么喝？"柏舟说。

"我见碗底，阿爹喝一半。"柏渡江说完，像牛吃水似的，两大口就把一汤碗黄酒喝下肚了。

陈瑛拍起手。

琼玥微笑着。

见儿子喝干了满汤碗酒，柏舟二话没说，头一仰，也把满汤碗酒滴酒不漏地喝下肚去了。

"生姜到底还是老的辣。"柏渡江说，"喝酒水平还是阿爹高。"柏舟开心地坐下。

炳度家里人和另外一个媒人，看到喝酒气氛热烈，自己不喝酒，却提着酒壶，不停地给柏舟父子、琼玥汤碗里筛酒。夏晓龙母亲那张嘴非常会说话，而且不吃力。她左一声"我家瑛瑛"，右一声"我家瑛瑛"，并不停地给陈瑛搛菜。她左一声"我的亲家公"，右一声"我的亲家母"，不时地敬柏舟夫妇酒。在母亲点拨下，夏晓龙与陈瑛一道，又频频地敬柏渡江酒，把柏渡江喝得心花怒放。

散席时已近晚上九点。从夏晓龙家出来，往东走出村头，是一片水稻田，正在灌水。由于田埂高低不平，在黑灯瞎火的夜色下，走路时需要脚下小心。途经一条田埂时，有一段低洼处漫水了。柏渡江走在前头，因天黑看不清，又喝了酒后不在意，一脚踏进了水里，就即刻止步，便喊："阿爹，小心，这里水漫田埂了。"柏渡江穿的是凉鞋，就脱了凉鞋提在手里，回过头说，"阿爹，我来搀你过去。"

"不用，我还没到要你搀的时候。你先过去吧。"柏舟说。

柏渡江蹚过水没过脚背有十多米长的一段田埂。

柏舟穿的是新布鞋。他赶紧脱下布鞋，将两只鞋并拢，握在左手中。琼玥穿的是新买的浅蓝色塑料凉鞋。她脱下凉鞋，挽起裤管，两只手提着两只凉鞋，在柏舟右手搀扶下，摸黑蹚水过去。

"你还行嘛。"见柏舟步履稳健，琼玥说。

"五汤碗黄酒对我来说，是小事一桩。"柏舟说。

"我倒有点头晕了。"琼玥说，"三汤碗酒都没喝掉。"

"你今晚喝得也蛮多。平时，你是一斤黄酒的量。"柏舟说。

蹚过漫水的田埂，来到南北走向的一条大路，大路旁是一条大渠道。渠道里的水很满，也很清。柏渡江已洗好脚穿上凉鞋抽着烟在等着柏舟和琼玥。走到大路上，琼玥赶忙在渠道里洗脚、穿凉鞋。柏舟洗掉脚上的烂泥后没穿上布鞋。

"怎么不穿鞋子？"琼玥问。

"回去洗脚后穿蒲草拖鞋吧。"柏舟说，"赤脚走路习惯了。再说，你一针一线地给我做一双新鞋子也不容易。我要珍惜着穿。"

"做一双鞋子又不是什么大难事，穿破了再给你做一双新的。"琼玥说。

三人上路了。柏舟父子并排走在前。琼玥紧随其后。

"阿爹，我错了。我不该顶撞你，更不该不执行上级指示，是我不懂事，是我摆不正位置，是我没有定位好自己的角色。"柏渡江掏出烟，递给父亲一支，点燃，"我早想给你认错，只是没找到合适的时机，但主要的还是我拉不下面子。今晚在瑛瑛阿婆家吃这一顿酒，意义重大，机会难得。阿爹，以后做事，我不会再只顾往前走，而会顾及前后左右了。今晚，我喝了六汤碗酒，有点微醉，但脑子清爽，脚还听话，说的不是酒话，是心里话。"

"我做老子的也有做得不到家的地方。"柏舟说，"我不能跟你一般计较。我是老子，该主动跟你搭话。老话不是这样说嘛，若要好，大做小。我没能放下老子的臭架子做回小。不过，儿子，有些话老子还得要说给你听。如果是家务事，你做儿子的，有时你可以由着性子来，但工作上的事，你以后真的不可以一意孤行了。我是大队革委会主任，你是队长，我是领导你的。你工作上的事，不先跟我汇报，也没得到我同意，你就自说自话地去做了，这是不行的，也是绝不允许的。你年轻，不懂政治，不懂官场规矩，以后若再不注意，你要吃大亏的。还是说你千方百计少种双季稻这件事吧。结果呢，你队里少种了吗？公社放过你们了吗？没有。你队里

209

所缺的前季稻秧，大队帮你调剂，公社帮你调剂，最后终于解决了。说句实话，要不是老子从中帮你周旋，给你擦屁股，你队长帽子早被撸了。以后少要小聪明，做事要懂得进退，要深思熟虑。儿子，坚持实事求是，一切从实际出发，这没错，但很难，尤其在如今一切"以阶级斗争为纲"的形势下。再说，我们现在最大最重要的实际是什么？那就是一切以阶级斗争为纲和以粮为纲。如果不从这个大的实际出发，非但一事难成，而且还会不得善终。儿子要记住，上面有明令，下面须执行。"

"在当领导方面，阿爹，我确实要向你学习。"柏渡江说。

"你有这种虚心态度，阿爹喜欢。"柏舟说，"儿子，阿爹是经受过曲折、挫折的人。阿爹这样说你，是希望你发扬阿爹之长，避开阿爹之短，使你走得稳当些。"不知是酒精作用，还是护犊之情使然，柏舟伸出右臂揽住了儿子的肩。

"阿爹，"柏渡江已多年没享受到这般父爱了，同时也感到父亲手臂的力道，心头一热，也伸出左臂揽住了父亲的肩，"经过这件事后，我才深切懂得阿爹这二十多年来的不易。我对实际了解得太少也太不全面了。我太本本主义、太理想主义了。"

"儿子，你知道现在我们为什么要强调以粮为纲吗？"柏舟问。

"不知道，"柏渡江问，"阿爹，为什么？"

"因为国家急需粮食。"柏舟说，"现在，不仅帝国主义国家封锁我国，而且苏联也封锁我国，我国很难进口粮食，而我国人口尤其是城镇人口却大增，粮食产量增幅却很小，进而粮食短缺问题日趋严峻。上头要我们扩种双季稻，目的就是为了增产，首先要解决严重缺粮的问题，要解决吃饭的问题，而不是急需解决农业增效的问题。人民的吃饭问题，关系到国家的存亡问题。因此，我们要处理好国家利益与人民利益的关系。一般来说，国家利益与人民的根本利益是一致的，但是，在特定历史阶段，国家利益与人民的眼前利益又是不一致的。在扩种双季稻这个问题上，我们党员干部，首先自己要牢固树立国家第一意识，要把国家急需放在首位；其次要教育社员增强国家第一意识。没有国家，哪有小家？我们当年搞地下革命时，就很注重对人民群众的国家第一意识的宣传教育，所以那些进步群众甘愿舍小家支持我们从事的革命事业。渡江，我们在任何时候、任何情况下，都要有坚定的国家第一意识。"

"阿爹，今夜听你这一席话，比读十年书的获益还大。"柏渡江说，"阿爹，你这些见解、这些思想，是哪儿来的？"

"既然我的话这么重要，你还不快点给你阿爹发烟？"柏舟开心地说。

"好，我给阿爹发烟，"柏渡江从裤袋中掏出飞马牌烟，抽出一支，递给父亲，并划燃火柴点着烟，然后他自己也点燃烟。差不多高的一对父子，抽着烟，披着夜色，大步走在大路上。

"阿爹，回答我呀。"柏渡江说。

"回答你什么？"柏舟问。

"刚刚问你的问题。"柏渡江说。

"想听？"柏舟问。

"很想听。"柏渡江说。

"好，老子说给你听。"柏舟猛吸一口烟后说，"平时开会听进一点，平时看报看出一点，平时思考悟出一点，平时跟你奶娘讨论总结出一点。我的见解和思想就是这样来的。还有，跟你说啊，你奶娘看报可比你老子认真得多，仔细得多。"

"阿爹，你这'四个一点'，我记住了。"柏渡江说。

父子俩开心地走在大路上。

"我们走在大路上，高举红旗向太阳，"柏渡江好心情地唱起了《我们走在大路上》流行歌曲。柏舟也五音不全地跟着儿子唱了起来。见父子俩前嫌尽释后这么和谐，这么亲密，这么豪迈，琼玥也跟着唱起来——

毛主席领导革命队伍，
披荆斩棘奔向前方。
向前进！向前进！
革命洪流不可阻挡。
向前进！向前进！
朝着胜利的方向。

万里河山红烂漫，
文化革命胜利辉煌，
工人阶级领导一切，
七亿人民斗志昂扬。
向前进！向前进！
革命洪流不可阻挡。
向前进！向前进！

朝着胜利的方向。

我们的朋友遍天下，
我们的歌声传四方，
革命风暴席卷全球，
美帝苏修一定灭亡。
向前进！向前进！
革命洪流不可阻挡。
向前进！向前进！
朝着胜利的方向。

大海航行靠舵手，
干革命靠毛泽东思想，
永远忠于毛主席，
红心似火意志如钢。
向前进！向前进！
革命洪流不可阻挡，
向前进！向前进！
朝着胜利的方向。

唱完歌，柏舟说："儿子，再给老子点支烟。"

"是。"柏渡江朝父亲敬了一个军礼后，又赶快从口袋中掏出烟，递给父亲，再帮他点燃。

"渡江，你怎么不点烟？"琼玥问。

"今天已多抽了。"柏渡江说，"烟瘾没我阿爹大。奶娘，谢谢你。"

"谢我什么？"琼玥问。

"谢谢奶娘叫我今晚来瑛瑛阿婆家喝酒。"柏渡江说。

琼玥听后开心地笑出了声。

四十　创办工厂

　　一九六七年二月被造反派全面夺权后，蓝陵公社各级党组织全面瘫痪，党组织活动停止。一九六八年八月，各大队、各企事业单位虽然成立了革委会，但党组织并未同时恢复建立。后根据上级要求，在江阴县整党建党领导小组指导下，经过"开门整党"，通过广泛听取社员意见，对党员进行逐个评议后，才于一九七〇年四月底结束整党工作。一九七〇年六月起，各大队、各企事业单位党组织先后恢复建立。这年的"双抢"农忙刚结束，蓝陵公社党委关于恢复建立宏兴沙大队党支部的文件下发了。柏舟任大队党支部书记，继续担任大队革委会主任，党政一把抓。罗晓军任副书记，也继续担任大队革委会副主任。九月中旬，柏舟作为县党代会代表参加了江阴县第四次党代会。李顺达当选县委书记。会后，柏舟判断，至少在农村，会从剧烈动荡开始向相对稳定转变了。

　　十月中下旬的一天下午，柏舟跟罗晓军说："我和琼老师要去上海看望她的姨表兄，来回可能要四五天时间。我不在家时，你把秋忙准备工作抓一抓。"

　　罗晓军说："好的，柏书记你就放心地和琼老师去上海吧。"

　　柏舟这次去上海，为的是大队办厂的事。

　　柏舟办厂的事已在心里盘算一阵子了，但没有付诸行动，因为他汲取了当年因创办大队蒲包编织场而在"四清运动"中受到处分的教训。一九七〇年中央北方农业会议后，柏舟从报纸上看到，中央为了鼓励实现农业机械化，允许社队创办农具厂和农机厂以及适应农业的其他厂。于是他心里又活络起来，不断琢磨"适应农业的其他厂"的含义，感觉其内涵丰富，弹性很大，有机可乘，就看你如何理解如何把握如何行动了。柏舟为什么会琢磨办厂的事？这也是被宏兴沙大队的紧迫现实逼的。紧迫现实有两个：一是宏兴沙大队人多地少的矛盾日益凸显，至一九七〇年，人均仅有一亩一分地了，粮食增产的潜力又有限，尽管他准备在今年冬天，再组织全大队劳动力围滩造田;二是农忙过后社员没去处,整天围着一亩一分地转,没办法提高社员的分配水平,很难明显改善社员生活。他寻思着如何找出一条非农且能致富的门路来。

一天夜里,柏舟跟琼玥聊起他办厂的想法,可他苦于没有门路。琼玥听后很支持丈夫的想法。她认为,她公公陈富泰当年为什么不好好地当地主,而要去县城办厂,就是因为办厂来钱快,赚钱多。在她看来,社员就是把地种得再熟,吃得辛苦再多,也只能勉强糊张嘴,不可能脱贫致富。她说:"我有一个姨表兄叫张卫平,在上海一家机械厂工作,是抓生产、销售的副厂长,即将退休。"柏舟听后来劲了,要妻子尽快与她姨表兄张卫平联系,问清他厂里在做些什么产品,销路怎样?

通过妻子与其表兄的信来信往,柏舟了解到一些基本情况后,于是决定去上海面谈。这事除他们夫妻俩和沈兴昌外,谁都不知道。来到上海,通过与张卫平三次深入交谈,柏舟了解到市场上紧缺两种产品——螺丝和螺帽。这两种产品,国营大厂一般不愿意生产。

在上海姨表兄张卫平家。

"表兄,生产螺丝和螺帽这两种产品,需要哪些设备?"柏舟讨教地问。

"需要仪表、车床、钻床。"张卫平说。

"这些设备哪里有卖?"柏舟问。

"怎么,表妹夫,莫不是你想办厂?"张卫平问。

"正有此意。表兄,你看,你还有两三个月就要办理退休手续了。如你愿意,我想聘用你。生产技术你负责,你说了算。至于你的报酬,可以商量。"柏舟说。

于是,两人就有关问题又进行了深入的交谈。最后,张卫平表态说:"表妹夫,你回去负责建厂房,招工人,我负责给你买二手设备、介绍业务。同时,你赶快选派五六个人,趁我还没退休,到我厂里来接受培训。"

事情就这样商定了。

柏舟和琼玥不敢耽搁,也没心思去外滩十六铺走走看看,就急着往回赶,一来一去花了四天时间。在回程的火车上,柏舟说:"玥,你就是我的福星。我想干的事,你总是支持我,而且总是想办法帮助我办成。谢谢你。"

琼玥笑笑说:"舟啊,我们是患难与共的夫妻,是斗不垮、拆不散的夫妻,是两人系一命的夫妻。我不支持你我支持谁?我不帮你我帮谁?不用说谢谢。记住,我琼玥的一切是你柏舟的,你柏舟的一切也是我琼玥的。"

回到家的第二天上午,柏舟就去公社向沈兴昌汇报了他上海之行的情况。沈兴昌全力支持柏舟办厂。得到沈兴昌支持后，下午，柏舟就主持召开大队党支委会议，通报他上海之行的情况，商议办厂的具体事宜。支委会上，没人提出不同意见，因为他们都知道，柏舟是一个深思熟虑、善于谋划的人，他没有把握的事，是不会提到支委会上的。但有人也提出担心，说办工厂是上面不准许的，如果上面知道了，会有什么样的后果？

"我们就先不让上面知道。"柏舟说，"我想好了，就把厂办在大队种养殖场旁边，靠近江堤，是一个相对隐蔽的地方。至于办厂资金，我来想办法解决。不过，我们是白手起家，一切都要从俭，都要精打细算。我计划先盖五间毛竹简易厂房，等今后条件好了，再造瓦房，甚至造像上海的那种高大的钢架厂房。"

柏舟点燃烟后继续说："还有，我们要尽快定下五个人，派他们去上海学习。我已跟上海的张副厂长说好了。我首先推荐罗副书记的妻子薛冬梅。为什么我要推荐她？因为当年大队办蒲包编织场时，她是那么尽心尽责。这些情况，在座的有人知道。她虽近三十岁了，但我赞赏她的高度负责任精神。"在支委们定下其他四个人后，柏舟最后强调："办厂由我负责，亲自挂帅。"支委会决定，今年秋忙工作由罗晓军具体负责。柏舟全力以赴筹建大队五金厂。

柏舟拿了创办宏兴沙大队五金厂的申请书，找了蓝陵公社党委书记沈兴昌，沈兴昌二话没说就在申请书上签署同意意见。在沈兴昌点拨下，柏舟先去找县工业交通局吉局长，吉局长不肯在申请书上签署意见，理由是宏兴沙大队要办的五金厂不符合上级政策。这可把柏舟急坏了。柏舟去找李顺达，说了县工交局吉局长不同意他们办厂的事。李顺达随即打电话给吉局长。柏舟看到李顺达的脸色越来越严肃："别这怕那怕的，我们要尊重和保护基层的敢闯精神。出了问题，我李顺达负责。"放下电话，李顺达又先后拨通县财贸办公室刘主任、县人民银行曹行长电话打招呼。如此，柏舟才在一星期内办妥了企业营业执照、开设银行账户等手续。后又在沈兴昌疏通下，几经公关，柏舟才在银行贷到五万元办厂启动资金。

"现在办厂真难啊，"柏舟跟琼玥感慨，"到处遇到阻碍。如果没有李书记、沈书记帮忙，这些办厂手续估计一年半载都办不下来。"

"如果手续办不下来，舟，你是否会打消办厂念头？"琼玥问。

"不可能。"柏舟说，"如果手续办不下来，我就先干起来再说。人不可能被尿憋死。办法总比困难多。"

为了建厂，柏舟外出跑设备，购原料，经常出差在外。秋忙过后，他还组织全大队劳力，顶着寒冷朔风，踏着雪霜冰地，奋战二十多天，又围滩造田六十多亩，人都瘦掉了好几斤肉，让琼玥心疼得直流泪。至农历年底，通过七拼八凑，终于凑齐所需设备，经过张卫平调试，设备运转正常，过年后就可开工。宏兴沙大队五金厂在五间简易棚里诞生了。没挂厂牌，也没举行什么仪式，一切都悄悄地进行。正所谓穷则变，变则通。极端的贫穷与办企业的冒险精神，通常是一起出现的。宏兴沙大队在摆脱贫穷落后方面，已勇敢地迈出了第一步，开始了由农业文明向工业文明的现代化转型，尽管他们还没有意识到这一点。

同时，柏渡江的队长也当得不错。秋忙结束，稻谷晒干扬净，经过大队派人逐个生产队过秤核产，第五生产队水稻（包括双季稻、单季稻）平均亩产为四百五十二点三公斤，位居全大队第二。年终分配，经过大队核准，第五生产队分配水平为每十分工分五角二分钱，同样位居全大队第二。

接近年关的一天晚上，柏渡江陪柏舟喝着自酿的米酒。

"阿爹，今年，我们五队粮食单产、总产和社员分配水平怎样？"柏渡江问。

"并不怎么样。"柏舟说。

"往年，我们五队的粮食平均亩产、总产和社员分配水平，在全大队十五个生产队中位居中游，今年我们位居上游了。阿爹，我第一年当队长，有这么好的成绩，你还不满意？"柏渡江说。

"臭小子，不要有了点小成绩，尾巴就想翘到天上去，不知天高地厚。"柏舟说，"儿子，记住，你成绩再大，老子我也不会表扬你一句。再说，这也不是你一个人的功劳。"

"为什么不会表扬我？"柏渡江问。

"因为你是我柏舟的儿子。"柏舟说，"不过，儿子，我还要提醒你，你千万别学你老子样，那要犯严重错误的。"

"阿爹，如果我不跟你一样，就不是你柏舟的儿子了。"柏渡江端起酒碗敬了老子酒，"今年，我们生产队所有旱地全都种经济作物，你是默认的。实践证明，经济作物的经济效益确实要比粮食作物的经济效益高出好多。我虽然被公社点名批评了，但心里无愧。"

父子俩又碰了碗，喝了个满碗酒，喝得开心，喝得爽。"阿爹，我佩服你。你就是魄力大。今冬，你在极力筹建大队五金厂的同时，还组织指挥全大队劳动力，奋战近一个月，又围滩造田六十多亩。听人在背地里夸你，说在宏兴沙，只有柏舟有本事一呼百应，干成大事，其他人休想。听后，我真为阿爹骄傲。"

"别听他们乱夸。"柏舟说，"我知道自己有几斤几两。不过，老话说得好：靠山吃山，靠水吃水。宏兴沙大队既然靠近长江，我们就要动脑筋吃好靠长江的饭。

围滩造田的文章，我还没有做完，还要继续做下去。儿子，你年轻，有文化，又会动脑筋，空下来，多帮爹琢磨琢磨如何打长江滩的妙主意。"

"我只有向阿爹学习的份。"柏渡江说。

"儿子知道谦虚了，有进步。"柏舟突然换了一个话题，"听说，你最近跟嬴姣走得很近？"

嬴姣在三个多月前已搬出柏舟家，住进生产队为其建造的知青屋。知青屋是一间搭梁头靠在第五生产队仓库的西面山墙上、有二十多平方米的瓦房，就嬴姣一人住。

"大概是吧，"柏渡江说，"通过观察和接触，感觉她人还不错，我们能说到一起去。"

"主动进攻拿下她，尽快把她变为我柏舟的儿媳妇。"柏舟开心地说。

"柏舟，喝多了吧，在儿子面前，说话注意点。"琼玥开心地大笑。

"儿子，老子喝多了吗？"柏舟笑问。

"没有。"柏渡江说，"阿爹，我们接着喝，继续聊。"

话题不知怎么转到了邱八身上。

"阿爹，六队的邱八昨天被公社专案组抓走了。你知不知道？"柏渡江问。

"知道。"柏舟说。

"邱八是因为什么被抓的？"印大妹问。

"据说邱八是蓝陵公社的'五一六'分子。"柏舟说，"现在，清查深挖'五一六'分子运动正向纵深发展。"

"什么叫'五一六'啊？"印大妹问。

"根据上头文件上说，'五一六'指的是北京一度存在的名为'首都五一六造反派'的组织，这个组织在一九六七年八月间进行秘密活动，散发污蔑攻击周总理的传单。毛主席知道后心里很火，就将这个组织定性为'搞阴谋的反革命集团'，并要求给予'彻底揭露'。"

"邱八是可憎可恨，甚至该杀。我不要说看见他人，就是一听到他名字，就要恶心，就要呕吐，就要咬牙切齿。舟、玥，前几年邱八他们那样手段残忍地批斗你们，毒打你们，我都记在心里。渡江，你给我听好了，你作为男人，有朝一日，你一定要替你爹，替你奶娘报仇，弄死那个王八蛋邱八。"印大妹说，"可是，邱八人一直在中兴圩，他从未去过北京，根本不可能掺和那个造反派组织的事，怎么就成了'五一六'分子？"

"但邱八现在已是'五一六'分子。"柏舟说。

"邱八是替罪羊。"琼玥说，"也是悲剧式人物。"

四十一　主动出击

　　嬴姣在家排行老幺，上有两个哥哥、两个姐姐。南京解放时，其父是一位开明的民族资本家，其母是国立南京大学的副教授。嬴姣出生后，夫妻俩把这个小女儿视作掌上明珠，宠爱有加，什么都依着她。嬴姣却没有因此而骄横任性，反而是个乖乖女。上学后，嬴姣学习认真，每次语、算考试，成绩总得双五分（采用苏联评分制，五分为最高分），经常受到老师表扬，却也遭到一些同学的嫉妒。读小学三年级时，成绩比她差很多的但出身于工人、干部家庭的同学，都戴上了鲜艳的红领巾，唯独嬴姣没有红领巾戴。她为此哭过几次，也问过父母几次，她为什么不能戴上红领巾？父亲对她说她在政治上还没达到戴红领巾的要求。母亲则要求她不停地追求进步。嬴姣听父母的话，追求进步，可到小学毕业时仍没戴上红领巾。嬴姣小学毕业后顺利地考入初中，初中毕业后也能顺利地考入高中，但入团仍然没有她的份。嬴姣意识到，自己出身于资本家家庭，再追求进步，进步的果实也不会砸到她头上。她为此焦虑，她为此痛苦，她为此痛哭。班主任劝导她，出身不能选择，但走什么路自己可以选择。

　　史无前例的"文革"运动爆发后，在"横扫一切牛鬼蛇神"的逆流中，嬴姣父亲的腿被造反派打残，母亲被造反派批斗得斯文不存。在南京工作的大哥、大姐迫于政治压力，就公开声明与父母脱离关系，与家庭划清阶级界限，因而少了些许牵累。二哥在读大学时遭到不小冲击，一九七〇年七月大学毕业后，被分配到北京工作。一九六六年本该高中毕业的二姐，因"文革"运动需要而延期毕业，留校"停课闹革命"，闹到一九六八年春的"复课闹革命"时才离校，回家待业，到这年秋，二姐和她的同学就插队到黑龙江北大荒农场去了。

　　嬴姣于一九四九年农历腊月初十出生，一九六八年七月高中毕业，因身体健康原因，那年秋没有上山下乡。父母都在"五七干校"接受劳动改造。无事干的嬴姣

春
光
横
空

218

老是待在家里，不经常出门，到了翌年秋，才插队到宏兴沙。宏兴沙给嬴姣的第一感觉，就是自己不是来接受再教育的，而是被充军发配到这里的，她所见到的宏兴沙没有一条稍宽稍直的大路，都是宛如蚯蚓般的田埂小道，且大多高低不一，又北滨长江，很是闭塞落后。刚住到柏舟家时，印大妹尽管待她如亲孙女，但嬴姣心里很暗，很冷，还偷哭了几个晚上，哭自己命运的不济。柏舟家的三间瓦房，在中兴圩一排排低矮破败的房屋中已是鹤立鸡群，但在住惯洋房的嬴姣眼里，与茅草屋无异。她住不惯这样的房子。更令嬴姣绝望的，是她从自己父母亲的遭遇上看到了自己的前途充满着黑暗。她已做好了老死在宏兴沙的心理上思想上的准备。

当知道自己暂住人家的主人是大队革委会主任，还知道他的儿子正在部队服役后，嬴姣心里莫名其妙地亮起了一盏灯。这盏灯照亮着她给柏渡江寄了一张自己的半身照片，写了那句话，看似冒昧，唐突，其实是嬴姣在投石问路。她对柏渡江的主动出击，在其朦胧的潜意识里，就是想嫁给柏渡江，找个安全可靠的避风港湾，使自己的余生在宏兴沙这个死角落里过得体面一些，风光一些，有尊严一些。可嬴姣投出去的一颗石子，就像落在沙漠里，毫无声响。这一结果，嬴姣是没有预料到的。

嬴姣是一个心思缜密的人。她有意无意旁敲侧击地从印大妹嘴里了解到柏渡江的身世、与琼玥和陈瑛非同一般的关系，特别是当她了解到柏舟与琼玥曾经的关系后，对这个家庭产生了极大兴趣。她主动接近陈瑛，跟她套近乎，陈瑛则没有什么防范之心，但在琼玥那里，嬴姣碰了软钉子。琼玥对她不冷不热，有时跟她闲聊几句，也仅是出于礼貌而已。嬴姣却对琼玥印象极佳。在她看来，琼玥很像她母亲，高雅、淡定、娴静，说话温和无高声，极有涵养。

当进一步了解到陈瑛没有可能与柏渡江在一起的实情后，嬴姣就似一头狼，趴伏在暗处，静静地耐心地等待着猎物柏渡江的出现。当见到退伍回家的柏渡江时，她顿然产生出一种冲上去拥抱柏渡江的强烈冲动。可又让嬴姣没想到的是，退伍后的柏渡江不仅对她很冷淡，而且还有意无意地躲避她。嬴姣也不气馁，采用柔功，不着痕迹地向他示好，并玩起欲擒故纵的把戏。可柏渡江仍是我行我素，不吃嬴姣那一套。嬴姣这才意识到，柏渡江放弃提干、要求退伍，退伍后又放弃国营企业的工作，甘愿回到落后的宏兴沙，带领社员努力发展生产，改变落后面貌，这一切在常人看来是极不正常的，实质是燕雀不知鸿鹄之志。柏渡江心中充满着浪漫主义、理想主义、英雄主义情怀。这浪漫主义、理想主义、英雄主义，就是当今时代的本质特征。嬴姣在深夜扪心自问，自叹不如柏渡江，便在心里滋生出一种对柏渡江的景仰来。

在柏渡江与父亲就多种与少种双季稻问题上产生的严重意见分歧中，嬴姣虽然不欣赏柏渡江的做法，但她也从中看到了柏渡江的哲学观、世界观以及亲民爱民的情怀，尽管柏渡江有点儿书生气。作为柏渡江的同龄人，她反思自己，深感自己格局的狭小、境界的低下，只执念于自己个人的不幸，而未意识到国家与民族也正处在艰难之中，缺少一种自觉的救赎意识、担当意识。

嬴姣于是振作精神，丢掉幻想，摒弃杂念，一心接受再教育，全身心地投入农业生产中去，不再娇气，不再借故不出工，靠自己的劳动养活自己，并且能与妇女壮劳力同劳同酬。而嬴姣的所有新变化、新作为，柏渡江都看在眼里，记在心里。

八月的一天下午，社员们正在后季稻田里撸草，陈瑛突然喊道："快看，前面有条大黄鳝。"在陈瑛旁边的嬴姣，第一个去追那条有斤把重的黄鳝，并与几个社员争抢起来。嬴姣使出少有的泼辣劲，第一个将那条黄鳝抓在自己手里，可当那条黄鳝快要从自己手里滑掉时，她竟然低下头，张大嘴，咬住黄鳝的颈部不放，直至咬到黄鳝不能动弹。见状，社员们都大笑起来。柏渡江笑得更欢。傍晚收工时，嬴姣手拎着那条将死未死的黄鳝，走到柏渡江身旁，轻声说："晚上去我那里吃黄鳝。"柏渡江爽快地点了头。

晚饭时分，柏渡江穿着一件在部队时穿的草绿色汗背心和一条黑色西装短裤，脚穿一双灰色塑料凉鞋，去了知青屋。

嬴姣的知青屋在中兴圩的最东头，门前就是第五生产队的打谷场，吃晚饭时很少有人来打谷场，但吃过晚饭到打谷场上乘凉扯老空的人就多了。走进知青屋，在一盏二十五瓦电灯的亮光下，柏渡江见到一张小方桌上，摆放着一碗水焖鸡蛋、一碗洋葱红烧黄鳝筒、一碗檐头豇烧茄子，还摆放着一瓶江阴白酒。

"办喜事呢，这么丰盛？"柏渡江坐下后说。

"就算有喜事吧。"嬴姣上身穿一件白色仿绸短袖衫，下身穿一条素色长裤，脚穿一双浅红色塑料凉鞋，坐在柏渡江对面，开着酒瓶，愉悦地说。

嬴姣给两只空碗里倒着酒。

柏渡江说："遇到了什么喜事，说来听听。"

"柏队长第一次来知青屋主动关心女知青，这对我来说，就是喜事，大喜事。"嬴姣说。柏渡江没接话茬，只是先端起酒碗说"喝酒"，喝一口后放下酒碗，再拿起筷子，搛一筷水焖鸡蛋放进嘴里嚼着。嬴姣抿一口酒后，就注意起柏渡江的眉眼的变化："好吃吗？""嗯，嗯，好吃，好吃。"柏渡江说。嬴姣亲尝一口水焖鸡蛋后说："嗨，我放多了盐。"柏渡江再搛一段鳝筒放进嘴里，靠双唇、牙齿、舌头互相配合，剔除骨头，留下肉在口中，嚼着，品着："嗯，味道不错，厨艺不错。"柏渡江又搛一段鳝筒放进了嘴里。

嬴姣是在高中毕业后学会喝酒的。那时，她一人在家，孤独，寂寞，借酒熬着日子。

"你蛮会喝酒的嘛。"柏渡江说。

"没插队时，我在家是天天喝的，"嬴姣说，"现在是难得喝了。"

两人杯来盏去地喝着酒。嬴姣心扉洞开，主动跟柏渡江说起她父母的近况，以及她哥姐的一些事。柏渡江也敞开心扉，跟她说了自己与陈瑛一起成长，以及感情纠葛的事；谈了自己在部队中的一些情况，以及他心中的抱负理想。

"《共产党宣言》我是常读的。"柏渡江说，"只要资本主义国家与社会主义国家长期共存，那么，这两种不同的治理国家、治理社会的模式，两种不同的国家制度，两种不同的意识形态等方面的斗争，将是长期的，有时还会十分激烈且错综复杂。因此，敢于斗争、善于斗争就是共产党人的永恒课题。那么，拿什么跟帝国主义斗？我认为，最根本的就是把我们的国家建设强大。这是我反复阅读《共产党宣言》后的最重要的一条心得体会。"

"我没有你那种远大抱负，"嬴姣有些伤感地说，"我也没有资格想你那种远大的抱负。"

"嬴姣，你不该沉沦，应当奋发。"柏渡江说，并适时把话头转到两人感兴趣的话题上，"近来，社员对你多有好评，说你越来越像宏兴沙人了。"

"再不转变思想，再不随遇而安，我在宏兴沙就待不下去了。"嬴姣自顾自喝了一口酒后说，"不待在宏兴沙，我还有什么地方可去？我已是一个无根之人，要生存下去，就不得不下决心做一个百分之百的宏兴沙人。对了，队长，我心中有一个疑问，能否问你？"

"尽管问，"柏渡江说，"不过，姣，在现在这种氛围下，你还队长队长的，是否有点别扭？"

"好，我叫你渡江。"嬴姣说，"渡江，跟我说实话，你心里是否曾经鄙视过我？"

柏渡江没想到今晚嬴姣会问他这么个问题。他在心里斟酌着如何回答嬴姣："你怎么想到突然问这个问题？"

"是问题，总要问，更要解决。"嬴姣说，"跟我说你的心里话，我想听。"

"好，我说心里话，"柏渡江点燃一支香烟，"我刚退伍回来的一段时间里，心里确实有点看不起你。"

"因为什么？"嬴姣问，"我可没有得罪过你。"

"但你得罪了宏兴沙的土地和人民。"柏渡江说。

"此话怎讲？"嬴姣问。

"你有否对人说过，你到宏兴沙来插队，哪是来接受再教育，分明是被发配充军来服刑的？"柏渡江问。

"我曾说过，"嬴姣说，"那时，我意志消沉，情绪极坏。"

"那你知道我怎么看你的？"柏渡江问。

"不知道，"嬴姣说，"所以，今晚我要问你呀？"

"那时，我认为你是一个满脑子的封建思想、一身小资产阶级知识分子的臭毛病、恶毒污蔑宏兴沙是流放犯人的边塞、与新中国格格不入的人，进而心里很是瞧不起你，因而就尽量不搭理你。"柏渡江说。

"那，那，"嬴姣没想到柏渡江曾经这样看她，心里很不舒服，但理性提醒她，柏渡江对她的曾经看法没有错，"渡江，那你现在怎么看我的？"

"现在，你接受再教育的考试成绩良好。"柏渡江说，"说心里话，姣，你虽是南京人，但你走的地方没有我多，见的地方没有我多。你对中国不了解。在你眼里，宏兴沙闭塞，贫穷，落后，但在我眼里，与中苏边境地区的黑龙江农村相比，宏兴沙好多了，与空旷无垠的北大荒比，宏兴沙很好了。新中国还很穷，还很落后。这是历史遗留问题，而非新中国本身的问题。我之所以放弃在部队提干，放弃国营企业工作，是因为我要改变宏兴沙的贫穷落后面貌。在这世上，谁不想过安逸的生活？但作为一个青年人，还要不要理想信念？还要不要奋发图强？姣，我们这一代是与共和国同龄，与共和国同成长，命运相系。我们这一代人什么样子，就决定着共和国什么样子。我们这一代人不奋斗，共和国将会旧貌依旧。我们这代人奋斗了，共和国将会旧貌换新颜。姣，只有将我们的青春自觉地甘愿地献给共和国的伟大建设事业，到老的时候，我们才有资格说，我们青春无悔。"

听了柏渡江的这一番振聋发聩的肺腑之言，嬴姣感动又羞愧地哭了："渡江，与你比，我羞愧啊……渡江，你点醒了我，你拯救了我……"

两人又边喝酒，边深入交谈，话题广泛，触及灵魂深处，到分开时，两人已升温到拥抱的热度。

"我能吻你吗？"柏渡江问。

"只要你不是酒后的冲动。"嬴姣说。

"是酒给我壮了胆。"柏渡江慌忙地吻了嬴姣的额头后，推开她，拔脚就走，头也不回。

嬴姣头晕目眩地忘了该有的回应，只是呆呆地望着心仪的人走出知青屋。

自这天起，两人也不再避人目光，该走在一起时就走在一起，该说笑时就说笑，甚至隔三岔五，在晚上，柏渡江总往知青屋里钻。社员们碰到柏渡江去知青屋，也都笑着鼓励他尽快把嬴姣追到手。在社员们看来，一个是单身女知青，一个是单身小伙子，两人常在一起极正常，亦是天底下的大好事、大美事。然而，社员们不知道的是，他们两人在一起时却很少谈情说爱，更多的是交流读"毛选"的体会，在交流中相互加深了解，不断拉近心理距离。

嬴姣插队两年多来，还没回过省城。一九七二年春节快要临近。在农业学大寨的年代，生产队干农活都要干到小年夜才会歇工。腊月廿三下午收工时，嬴姣跟柏渡江说，她准备后天回省城过年。

这天吃过晚饭，柏渡江去了知青屋。两人肩并肩中规中矩地坐在靠紧的两张小矮凳上，说说话，搂搂肩，仅此而已。离开知青屋时，柏渡江从褪色的军装上口袋里掏出三张面额十元的钱，递给嬴姣："这是我退伍时的安置费，你拿着，代我买些东西给你父母。"嬴姣不肯收下。在那个年代，三十元钱不是一个小数目，可以买四十多斤猪肉，能抵得上一个壮劳力三个月挣的工分收入。"收下，"柏渡江说，"我们是谁跟谁呀。"听柏渡江这么说，嬴姣才收下。"谢谢你，渡江。"嬴姣说，"谢谢你帮助我走出痛苦的迷茫，谢谢你帮助我走出封闭的自我小我，谢谢你帮助我重新扯起理想之帆，更谢谢你对我的爱。"

柏渡江拥住嬴姣，第一次热吻她。嬴姣反应迅速，激情回应，开始动作起来。柏渡江却果断地制止住她的手："后天，我送你上车。"说完，柏渡江掰开嬴姣搂他搂得紧紧的手，走出知青屋。嬴姣像失重似的，突然摇晃起来。她努力地稳住神，慢慢地蹲下身子，双手捧住脸，眼里畅快地涌出泪来。

四十二　外溢效应

一九七二年腊月初十，柏舟家有三桩喜事：一喜是柏舟与琼玥结婚五周年的纪念，其实他俩结婚纪念日是在农历十月二十二日，但他们挪后到这天来纪念；二喜是这天是琼玥四十六周岁的生日，也是嬴姣二十三周岁生日；三喜是这天是柏渡江与嬴姣的订婚喜日。

为了迎接这"三喜"，农历七月一过，柏舟就忙碌起来，请瓦匠在自家房屋的西山墙搭了一间猪舍屋；再让瓦匠把三间屋的里外墙粉刷一新，屋内浇了水泥地，新砌了一副三眼灶；给儿子房里添置了大木床、大橱、写字台等家具，也给自己房里新换了一张大木床。儿子的房间在印大妹原来睡的西屋，印大妹睡到柏渡江原来睡的小房间。

九月二十日，柏舟与琼玥抽空去县城补拍了结婚照，拍完照去县民政局补领结婚证时遇到了麻烦：他忘了带大队介绍信。没有介绍信，县民政局办事员不肯给他俩补办结婚证。柏舟就跟办事员解释，说自己就是蓝陵公社宏兴沙大队的书记，自己可以证明自己。办事员说，他按章办事，只认介绍信。柏舟有点急起来。

见柏舟急起来，琼玥柔声说："舟，要不过两天，我们开了介绍信再来。"

柏舟望了望妻子，说："我不想多跑冤枉路。"接着问办事员："同志，我能借用一下你桌上的电话机吗？"

"打给谁？"办事员警惕地问。

"县委李书记。"柏舟说。

办事员盯着柏舟看了足有五分钟时间，见柏舟脸不改色，就把一部黑色的手摇电话机推到柏舟面前。接通李顺达办公室后，接电话的是耿秘书，认识柏舟。

"柏书记，李书记去地委开会了，要后天才能回来。"耿秘书问，"有什么急事吗？"

柏舟说了他遇到的麻烦。

耿秘书说："让办事员接电话。"

柏舟将电话筒递给办事员。

办事员说："耿秘书，别为难我们，我们也是按章办事。要不，你耿秘书亲自写个证明材料，再盖上县委办公室的大红印章，我们就即刻办理。"

耿秘书没细想，就写了一份证明柏舟身份的证明书，写好后拿着去文书室让黄文书盖章，却碰了一鼻子灰："耿秘书，你是第一天当秘书吗？这个公章能随便盖吗？"黄文书进县委办公室比较早，资格比耿秘书老，根本不给耿秘书面子。见耿秘书一脸不高兴，黄文书又补充一句："除非办公室王主任签字同意。"

耿秘书又去了王主任办公室，跟他说了事由，话没说完，也被王主任训了一顿，说他办事无原则。无奈，耿秘书跑到民政局，对柏舟说："柏书记，不好意思，让你久等了……这样吧，要不你们回去开了介绍信再来补领结婚证？其实，结婚证在你们公社文书那里也可以领的。"

"可以是可以，"柏舟说，"我们今天来城里，一是补拍结婚照，二是顺便把结婚证也补领了，没想到有这么麻烦。我们回去领吧。"

回到家，去公社文书室补领结婚证后的第五天下午，柏舟接到李顺达打给他的电话。"柏舟啊，什么时候补请我喝喜酒呀。"李顺达在电话那头笑着说，"你们补领结婚证时碰到的尴尬事，耿秘书向我汇报了。老战友啊，不要放在心上，民政局工作人员那样做，也没错。他们是按章办事。但是，有一点我要跟你老战友强调，你什么时候补请我喝喜酒，我什么时候就当着大家的面，给你们夫妇颁发结婚证书。"听李顺达说得这么高兴，柏舟说："李书记，我记住了，到时，我提前告诉你。我们已有八九年不在一起喝酒了。"

订婚日子定下后，嬴姣写信告诉了父母，希望父母能来参加她的订婚喜宴。父母却回信说，他们既不支持也不反对她与柏渡江订婚，只是强调指出，根据他们所了解到的情况，凡是在农村结婚成家的知青，以后可能回不了城。他们提醒女儿要慎重考虑。接到父母回信后，嬴姣非但没有改变订婚的主意，反而更坚定了订婚的决心，其理由是：今年暑假里，柏舟通过关系让嬴姣当了宏兴小学代课教师。还有，她已了解清楚，柏舟是老革命，与蓝陵公社党委书记沈兴昌、江阴县委书记李顺达，曾是生死与共的老战友，关系很不一般。嬴姣坚信，凭柏舟的政治背景，凭柏渡江在珍宝岛战斗中负过伤、立过二等功，更凭柏渡江退伍后把生产队搞得风生水起的成绩，柏渡江的政治前途不会差的，与柏渡江结婚后她的生活也不会苦到哪里去的。"靠父母是一时的，靠丈夫是一世的。"她牢记印大妹曾给她说过的这句话。

腊月初十那天，柏舟请了土厨子，在家里备了六桌酒席。柏舟是五岁那年随母亲要饭来到宏兴沙的，在江阴除了两个女儿、琼玥女儿陈瑛外，也没其他亲戚。琼玥与陈国豪的两个姐姐已不来往，她自己是独女，也无兄弟姐妹，除了六十四岁的母亲吉虹外，琼玥也没有其他亲戚。所有亲戚大大小小全到，坐不满两桌。其余四桌人是李顺达、沈兴昌与蓝陵公社其他领导，以及宏兴沙大队干部、大队五金厂的技术管理人员、宏兴小学老师、柏渡江的战友等。

这天傍晚五时，李顺达、沈兴昌坐着吉普车来到柏舟家门口时，所有宾客都站在门前水泥场地上鼓掌欢迎。热情的炮仗声响个不停。进屋后，李顺达、沈兴昌、柏舟、琼玥、柏渡江、嬴姣、印大妹、琼玥母亲吉虹八人坐主桌。

在热烈的掌声中，李顺达站起致辞："各位乡亲、各位亲朋好友、各位同志，今晚，我和沈兴昌同志，不是以县委书记、公社书记身份，而是以老战友、老大哥身份来参加柏舟家喜宴的。首先，我祝贺柏舟与琼玥喜结良缘五周年。大家知道，柏舟与琼玥能走到一起，实属不容易。他们经受住了时间与时代的考验。今天，作为兄长，我要补做一回证婚人，当着大家的面，给柏舟与琼玥颁发他们的结婚证书。"李顺达接过沈兴昌手中的两份结婚证，郑重地颁发给柏舟和琼玥。在热烈的掌声中，琼玥喜极而泣。李顺达拥抱了柏舟。

"各位，在这里，我还要当着大家的面，给柏舟掏句心里话：柏舟，这辈子，我李顺达欠你很多。"李顺达有点动情，"柏舟曾救过我两次命……"见大家都静静地听他讲下去，李顺达才意识到自己讲的有点跑题，便回到正题，"接下来，我要祝贺琼玥、嬴姣两位老师，祝你们生日快乐！最后祝贺渡江与嬴姣订婚之喜。在这里、这时，我特别要对渡江侄儿提一点希望：希望你加强思想淬炼和斗争历练，尽快成熟起来，接好无产阶级革命事业的班。"

李顺达致辞完，喜宴正式开始。起初，三个战友都说些正确的套话。当亲戚朋友他们吃完走后，李顺达、沈兴昌、柏舟三个老战友才说了很多知心话、体己话，也喝了不少酒。在座的琼玥才知道柏舟从未告诉过她有关他搞革命地下工作时的鲜为人知的一些事。她对丈夫更理解了，也更疼爱了。李顺达和沈兴昌说起的有关柏舟的一些事，柏渡江也从未听他父亲提过，今天知道后，心中油然生起一种对父亲的崇敬之情。与父亲比，柏渡江深感自己很肤浅。嬴姣则是从李顺达对柏渡江的"一点希望"中及李顺达、沈兴昌与柏舟的深厚情谊中，看到了柏渡江今后的锦绣前程和自己未来美好生活的幸福前景。

喝痛快了酒，说畅快了话，柏舟和琼玥送李顺达和沈兴昌上吉普车时，沈兴昌跟李顺达说："李书记，我们也没有什么好补偿柏舟的。我建议，是否在明年，把琼玥老师转正公办教师的问题解决了？"

"兴昌，你这个建议很好。我会排在工作日程上的。不过，兴昌，你更要重视，务必交代好蓝陵中心小学校长，明年把琼玥老师转正公办教师的材料上报县文教局。"李顺达说。

"我一定贯彻落实好李书记的指示。"沈兴昌说。

"这种时候，这种场合，兴昌你还跟我打官腔啊！"三个老战友笑着，把手紧紧地握在了一起。

柏舟在家举办的喜宴所产生的政治外溢效应，是喜宴本身所不能包含的。宏兴沙干部们敏感地过度地解读了李顺达对柏渡江的"一点希望"，认为这是李顺达的一种暗示，更是一种宣示。在他们心中，柏舟已然是共产党在宏兴沙的代表，柏渡江就是柏舟的当然接班人。这被虚拟了的荣光，连琼玥、嬴姣都享受到了。她们所到之处，无不受到人们的敬重，当然其中也有不少奉承、讨好、阿谀。

虽在同一所学校，虽然嬴姣一见到琼玥就亲切地叫"奶娘"，但琼玥并不看好柏渡江与嬴姣的婚姻，总觉得嬴姣与柏渡江不是一个道上的人，但又一时说不清楚是因为什么。订婚前，琼玥跟柏渡江聊过他和嬴姣的事：

"渡江，她适合你吗？"

"奶娘，你说呢？"

"我说不好，但总感觉在什么地方有点不对昧。"

"我俩很意气相投。我们常在一起交流学习毛选的心得体会，畅谈革命理想。还有，她还复习起了高中课程。她是一个追求进步的人。"

"奶娘有一种隐忧。渡江，假如有一天国家政策变了，允许知青回城了，到那时，你将怎么办？"

"奶娘，我没想过这个问题。再说，知识青年还在上山下乡，政策怎么可能会变？况且，她一再跟我表态，她会扎根宏兴沙一辈子的。"

"渡江，你了解她的灵魂深处吗？"

"奶娘，你越说越玄了。奶娘，你见过灵魂吗？奶娘，放心，我们会恩爱到老的。"

四十三　洪水过后

遇到了历史上罕见的洪灾。

入梅以来，阴雨连绵。特别是七月下旬，连降六天特大暴雨，降雨量超过两百毫米，导致内河水位均超过警戒线，已漫堤倒灌，大片农田被淹，特别是地势低洼的蓝陵公社中部、南部，不仅农田被淹，村庄被淹，而且街道被淹，商店被淹，学校被淹。

江堤告急。由于长江水位超过历史警戒线，江堤长时间浸泡在江水中，再加上湍急江浪的冲击，长江江阴段已有几处江堤出现险情，其中长江宏兴沙段江堤有几处已发生坍塌。

江阴县委迅速成立抗洪抢险指挥部，协调各方力量，调拨抗洪抢险物资；县委常委分头带领县级机关各部门人员奔赴抗洪一线，靠前指挥；沿江各公社迅速组织男劳力，奔赴江堤，冒雨日夜奋战，加固加高长江堤岸。

险情就是命令。

柏舟组织带领宏兴沙大队所有壮劳力上了江堤。

为了有效封堵江堤坍塌处、加固加高江堤，柏舟果断决策，以大队革委会名义发布通告：征用所有农户编织的蒲包，征用能用于打木桩的所有树木。在柏舟和琼玥带头下，宏兴沙人立即行动，舍小家为大家。

为了抢堵江堤一处险情，柏舟带头将自家及琼玥家的大门卸下来，掮到江堤，将木门挡在江堤坍塌处。在他的垂范下，共产党员、共青团员、大小队干部，也都把自家的门板掮到江堤。他们用门板堵在江堤坍塌险情处，阻挡长江洪峰的咆哮冲击。

柏舟带领宏兴沙壮劳力经过七日七夜抢险，长江宏兴沙段江堤终于安全了。七天七夜没合过眼的柏舟，两眼充血，声音嘶哑，胡子拉碴，蓬头垢面，浑身泥浆，

春光横空

像极一个野人。

雨也累了，终于回家睡觉歇息去了。

火球般的太阳，又神气活现地露脸了。

一江浊流向东奔。

长江水位渐渐地回落了。

柏舟组织带领全大队社员奋战两个冬天围垦出来的一百三十多亩滩田，被这场无情的洪水吞噬了大半。

八月二十日，柏舟独自在江堤上坐了一上午，不时地望着仅存三分之一的没被冲毁的滩田，再不时地望着头也不回向东奔流的江涛，嘴里不停地喃喃自语，眼里不停地流泪，苦涩地抽掉了一包香烟。他心疼不已被冲毁的滩田。他胸闷起来，他喘不过气来，他吐了几口鲜血……他吃力地从坐着的江堤上慢慢站起来，突然眼前一黑，顿觉天旋地转，险些倒下。他努力地稳住了神。他迈开双脚时，感到自己的脚不是踩在大地上，而像是踩在棉花团上，有点轻飘飘。

回到家，柏舟午饭也没吃几口，就躺到床上。琼玥问柏舟"是否病了？"柏舟说"我有点累，睡个午觉就好了。"琼玥也就没多想，下午去了女儿陈瑛家。到了晚饭时间，见柏舟还没起床，琼玥就走进房里，叫了几声"舟"，见没反应，就走到床前，又叫了几声"舟"，仍没反应，就坐到床沿上，用右手摸了摸丈夫的额头后，就急声急气地喊"舟，舟，你怎么啦？"

听到奶娘惊恐的声音，柏渡江冲进父亲房里，也摸了一下父亲的额头，很烫。柏舟被高烧烧得有点神志不清。柏渡江背起父亲，直奔蓝陵公社卫生院。背到半路，柏渡江有点吃力，就停下脚步，想接接力。琼玥二话没说，接替柏渡江，背起丈夫往前奔。琼玥不知道自己哪来那么大的力气，背着丈夫居然一口气跑了一里多路。事后，她自己都不信自己竟然有那么大的力气。

已是半夜。

病房里有三张病床，两张床位上有病人。

柏舟睁开眼睛，昏黄无力的灯光，刺得他双眼生疼。柏舟陌生地打量着屋顶，到此时，他才意识到自己是躺在医院的病床上。见妻子伏在病床边上打盹，柏舟就左侧转身，挪好左手挂着盐水的皮管，伸出右手，轻抚着妻子已现银丝的头发。

"醒了？"琼玥感觉到了丈夫醒来后的气息。

另一张病床上躺着的是一个三十岁出头的女人，因与丈夫吵架，想不开，喝了乐果农药水，被送来医院灌肠后没事了。她没有家人陪护。

"睡了多长时间？"柏舟问。

"五个多小时了。"琼玥看了下手腕上的手表后说。

"看我这么好睡。"柏舟说。

"你太累了。"琼玥说，"我懂你。一百三十多亩滩田被这次少见的长江洪峰吞去大半，你怎么不心疼？怎么不心急？那是你用命拼来的。"

"玥，这世上，唯有你真懂我。"柏舟说，"我饿了，有什么吃的吗？"

"有。娘摊的油摊饼，还有一大碗粥，是渡江两口子送来的。他们过了晚上十一点才走的。"琼玥说。

柏舟右手端起海碗，因左手挂着盐水，琼玥就用两只手卷好油摊饼，送到柏舟嘴中。柏舟大口喝粥，大口嚼饼，风卷残云。

"我就喜欢你这种吃相。"琼玥说，"男人气十足。"

"在你眼里，我的缺点都成了优点。"柏舟说。

"舟啊，我可从来没阿谀过你。我这句话已跟你说过多次了。在我眼里，我男人就是这世上最神气最能干最有魄力的男人。"琼玥说。

对面病床上的那个女病人，这时突然哭起来。

琼玥大骇："大妹子，怎么啦？我去替你叫医生。"

"不用，"那个女病人止住哭，"你们都老夫老妻了，还这么贴心贴肺地恩爱。我命苦啊，命苦啊……我嘴馋，炒了半升罗老蚕豆，被我家那个七煞看到了，他屁话没放一个，端起升罗，就把半升罗炒熟的蚕豆倒给猪吃了。命苦啊，在那个七煞眼里，我这个老婆还不如一头猪。气不过，我就跟他吵，吵了更气，一时想不开，就喝了乐果……这种苦日子，还能过下去吗？还要过多久？"

琼玥听了很心酸。柏舟沉默无语。等那个女病人睡后，已无睡意的柏舟又与琼玥说起话来："近几天，我老是在想围滩造田的事。我想，我们是否做了一件傻事？"

"舟，你怎会这样想？"琼玥惊讶地问。

"玥你想啊，如果全国沿长江的大队都和我们一样围滩造田，后果会怎样？"柏舟说。

"会怎样？"琼玥问。

"长江会不舒服，会像今年这样对我们大发脾气，给厉害颜色让我们看。我想，江滩就好比是长江身上的肉，我们剜了她的肉，她不疼吗？她疼了，就免不了要发脾气。因此，以后还要不要再围滩造田，我得好好想想了。"柏舟说。

第二天上午，柏舟坚持要出院。琼玥拗不过，就去住院部办了出院手续。

琼玥提着一只网兜，里面有一只脸盆、一只篾壳子热水瓶、一只搪瓷杯、一把牙刷、半支牙膏、一面小圆镜、一把木梳。

"我来提。"走在回家路上，柏舟说。

"你是病人。"琼玥没有松手。

"我没那么脆弱。那点困难，那点挫折，击不垮我。"柏舟说。

琼玥松了手："大丈夫般的舟，又回来了。"琼玥满心欢愉。

"为了改变宏兴沙大队落后面貌，我柏舟不惧任何困难，我将勇往直前，去争取更大的胜利。"柏舟点燃了一支香烟。

由于宏兴沙地处沿江，地势相对高，大部分被淹的农田灾情不很严重，只有小部分低田里的水一时排不出去，受灾重一点。被淹的五金厂，经过清淤、擦洗设备，也正常开工了。

洪水过后，各生产队队长纷纷向柏舟提出，大队向社员征用的蒲包、树木、门板等问题怎么解决？柏舟主持召开大队、小队两级干部会议，商量解决办法。有的说，向上面伸手解决。有的说，靠上面，没巴望，还是由大队折价算钱。有的问，谁来出钱？有的说，当然由大队出钱。柏舟说大队里暂时没钱。怎么办？干部们争论不休。

柏舟用右手掌一拍桌子，一锤定音："蒲包、树木，先由各生产队摸底登记造册后上报大队，由大队统一折价后，再由各生产队垫付，一年付不清就付两年，直到付清，等大队有了钱，再划拨给各生产队。至于党员干部拿出来的木门，由大队想办法解决。"

柏舟找到李顺达，要他打电话给县工业局，帮他解决木门的燃眉之急。

"县工业局有木门吗？"李顺达问。

"蓝陵农具厂有个木工车间，车间里有木板有木匠。我把情况都摸准了。"柏舟说。

听柏舟这么说，李顺达就给县工业局吉局长打电话，问明具体情况后说："在这次长江抗洪抢险中，蓝陵公社宏兴沙大队做出了很大牺牲，也做出了很大贡献。工业局务必解决他们的具体实际困难。等会儿宏兴沙大队的柏舟书记会去找你。"放下电话，李顺达又问了柏舟有关宏兴沙灾后恢复生产的情况。抗洪抢险期间，李顺达两次来到宏兴沙江堤指挥抗洪抢险，因而知道宏兴沙的受灾情况。

"低洼田的积水这两天可以全部排出，农业损失不是很大，就是围垦出来的滩田大部分被洪水冲走了……"柏舟有点伤感，"五金厂已正常开工。"

"柏舟，对于你们创办队办企业，我个人是很支持的，尽管现行政策还没有明确支持，但我可以给你透露一个信息：今年3月，国务院颁布施行了《中华人民共和国工商税收条例（草案）》，其中规定地方有权对当地社队企业确定征税或减免税。最近，我正在琢磨这件事。我的不成熟的想法是，从税收政策上分析，国家肯定了社队办企业的发展，所以，柏舟，你们的厂一定要办好，要发展好，能快则快，但要多做少说。"

李顺达的一席话，给了柏舟很大的鼓舞。他告别李顺达后，就直接去了县工业局。县工业局吉局长根据李顺达要求，特事特办，将下达给蓝陵农具厂为宏兴沙大队生产木门的任务计划书，交由柏舟直接带给蓝陵农具厂。

蓝陵农具厂拿到县工业局下达的生产木门的任务书后，即刻派人去宏兴沙大队逐户测量计算，经过厂财务科核算，宏兴沙大队要支付给农具厂一千八百七十六元八角三分钱。可大队财务账上一时拿不出这么多钱来。柏舟与农具厂的蔡书记商量，说能否付一半欠一半。蔡书记急了，说："老柏，我们是认识多年的朋友，你也知道我们厂的情况，我们是小厂，盘子小，家底薄，欠不起。再说，给你们的价格已是特别照顾了。"蔡书记都把话说到这份上了，柏舟只好表态说："行，你们什么时候上门把门安装好，我们就什么时候付清款子。"

话倒是说出去了，可钱在哪里？

柏舟问了大队会计，大队会计说，大队账上仅有一百五十多元钱，但这是大队日常花销用的钱，不能动用。柏舟再去大队五金厂问了会计，会计说账上是有三四千块钱，但厂里马上要进原料，不好动用。

柏舟的眉头愁成了一个难解的大结。

"舟，你有心事。"一天晚上，琼玥说。

"没有。"柏舟说。

"瞒得了别人，瞒不过我。"琼玥说，"说出来吧，或许我能帮你。"

"急用钱。"柏舟说。

"你？"琼玥问。

"大队。"柏舟跟琼玥说了"急用钱"的事由。

"急需多少钱？"琼玥问。

"两千元。"柏舟说。

"我给你。"琼玥脱口而出。

"玥，你能到哪里去借到这么一大笔钱？"柏舟惊讶地问，"你不会把这楼房卖了吧？"

"舟，我们已是夫妻，我不该瞒你了。"琼玥说，"陈国豪潜逃香港前，回过中兴圩一趟，就是你们想抓他的那个晚上，他给我和陈瑛留下了一只小皮箱。抓他的人走后，我打开皮箱一看，里面全是金条、银元。我当时心里又喜又怕，喜的是陈国豪还算有良心，能顾及我们母女的死活，留下这么多金条、银元；怕的是这么多金条、银元放在家里会惹来杀身之祸。于是我跟母亲商量怎样储藏，母亲给我出主意，说留下点银元应急，将其余金条、银元慢慢地悄悄地拿到人民银行去兑现。就这样，我母亲、我母亲的好姐妹，帮我兑现了不少，我也去人民银行兑现了不少，然后再把现金存到银行里。到'文革'抄家前一看苗头不对，我就在一个深夜，故意留下二十多个银元后，把还未来得及兑现的十三根金条和三大卷银元以及存折，先用油纸包了好几层，再用蜡封好口，然后拿一只塑料袋装好，扎紧袋口，再用一只小布袋套好后，悄悄地沉到后门外我家的那只大粪坑里。这就是后来造反派挖地砖，撬楼板，破夹墙，始终抄不到金条的原因。你被结合进大队革委会后，我见这世道开始太平起来了，就在一个晚上，悄悄地用钉耙把那只小布袋又捞了上来。舟，我这个阶级敌人挺狡猾的吧。"说完，琼玥流着泪，摇着头，苦涩地大笑。

"亏你想得出那种臭办法。"柏舟也大笑，"你就不怕被别人发现后捞走了？"

"命里是我的，别人捞不走。命里不是我的，被别人捞走了，我也心瘪，我也认了。"琼玥说，"不过，我家那只粪坑又大又深，挑粪从未挑到底过。"

"陈瑛知道吗？"柏舟问。

"不知道。"琼玥说，"那是我俩以后的养老钱，怎能告诉她？当然，陈瑛、渡江以后有困难，我们会帮助他们的。"琼玥下床，打开大橱门锁，再打开橱内的一个小抽屉锁，从抽屉里面取出一只小首饰盒，打开，拿出一张存折，"拿着，五年存期，还有一个多月就到期了。"

柏舟接过存折一看，正好是两千元："我让大队会计写借条给你。"

"随你。"琼玥说，"不写，我也不会计较。我信得过我的男人。"

"不行。"柏舟说，"公归公，私归私。我借你这两千元钱，是代表大队向你借的。借条必须写。"

"我不计较。只要为了我男人，我什么都舍得。"琼玥说。

柏舟拥住妻子。

"舟，从这次抗洪抢险中，我又一次看到你和我们大队的共产党人的无所畏惧

233

精神，不怕牺牲精神，甘于奉献精神。好样的，我琼玥钦佩至极。特别是你柏舟，为了保护江堤，为了集体和人民的利益，你连命都不顾了。舟，我为你骄傲。我也为自己自豪。我选择你是正确的。"琼玥说。

这年十一月，琼玥被批准转正为公办教师。

四十四　上大学前

　　正当江阴全县在抗洪救灾、农村全面补种秋季作物时，高等院校恢复对江阴县的招生工作也同时展开。招生原则是"自愿报名，群众推荐，领导批准，文化考试，学校复审"。招生对象是在基层劳动锻炼两年及以上、具有初中及以上文化程度的优秀青年。

　　八月下旬的一天晚上，柏舟对儿子说："明天上午，公社教革组有人要到你们生产队召开社员座谈会，你通知十一二个人参加，注意，选的人要有公道心的。"

　　"有什么事吗？"柏渡江问。

　　"关于你上大学的事。"柏舟说。

　　"我怎么不知道？"柏渡江问。

　　"组织掌握了就行。"柏舟说。

　　第二天上午九点多，蓝陵公社教革组的两位领导，在罗晓军陪同下，来到宏兴沙第五生产队仓库。柏渡江与公社教革组的两位领导握手打了招呼后，就走出了仓库。两位领导中，有一位曾是柏渡江读蓝陵初中时的初二班主任，姓吴。

　　座谈会在罗晓军主持下召开了。

　　起初，坐在生产队仓库里的十一个社员代表，见罗晓军在场，因为大家都知道，他是很听柏舟话的，就你看我我看你，不知道怎么说才好。在吴领导多次启发下，生产队会计高芝娟头个发言。另一位教革组领导负责座谈会记录。

　　高芝娟是一九六八届初中毕业生。她给柏渡江摆了三大好："渡江参加过珍宝岛反击战，负过伤立了二等功，是我们青年学习的好榜样；渡江任队长两年半时间里，狠抓革命不松懈，猛促生产不松劲，既提高了社员阶级斗争觉悟，又提高了社员生活水平，是我们社员赞不绝口的好队长；渡江认真刻苦地活学活用毛主席著作，不断改造自己的世界观，让毛泽东思想永远占领他的头脑，被团县委表彰为革命好青年。"

高芝娟说完，其他人热烈附和。

"渡江同志不会一点缺点也没有吧？"负责记录的问。

冷场。

"大家不要有什么思想顾虑嘛。"负责记录的启发说，"对渡江同志，应该实事求是，一分为二嘛。"

"渡江是有缺点。"一个四十岁出头的男社员说，"他像他老子一样，说一不二，很霸道。"

"是霸气还是霸道？"吴领导问。

"有区别吗？"那个男社员问。

"有区别。"吴领导问，"渡江当队长后打过社员吗？"

"没有。从未打过人。"一个女社员说。

"渡江蛮横不讲理吗？"吴领导再问。

那个男社员说："渡江很讲理。"

"为什么刚才你要说他霸道呢？"吴领导又问。

"一种感觉。"那个男社员说。

"其实，渡江既不霸道，也不霸气，而是执着，坚定。"高芝娟接着说，"队委会一旦研究决定了的事，他会义无反顾抓到底。如果非要说渡江霸道或霸气，那也是他的一种工作作风。他曾是军人，讲究雷厉风行。同时，这也充分体现了他坚持党的一元化领导的原则。"

吴领导听了高芝娟的话，满意地点点头。

负责记录的飞快地记录着。

社员代表座谈会后，柏渡江上大学的消息，像长了两条飞毛腿，跑遍了宏兴沙的家家户户，成为全大队社员感兴趣的公开谈资。一些人说：柏渡江能上大学，是靠他老子的权势。在当今社会，千好万好不如有个老革命的老子好。多数人说：老子有势可靠固然好，但也不能是扶不起的刘阿斗吧。柏舟儿子能上大学，是他争气，是他干出来的。他是战斗功臣，我们大队年轻人中无人可比；他是我们大队最年轻的队长，而且把第五生产队搞得不错，没人可敌；他是南菁高中的高才生，文化程度高，这一点更没人可及。

柏舟跟琼玥说了柏渡江可能上大学的事后，琼玥平静地说："没有这场'文革'运动，渡江早已大学毕业了。"

嬴姣知道柏渡江可能上大学的事后，心里五味杂陈，但表面平静，无波无澜。召开社员代表座谈会的那天晚上，星空无垠，流萤纷飞蛙声起伏，知了高歌。嬴姣右手牵着柏渡江的左手，沿着一条大道，一路往北，走向江堤。迈上江堤，面向黑蒙蒙的长江，心情复杂的嬴姣，吟诵起南斯拉夫女诗人戴珊卡·马克西莫维奇的诗《心神不安》——

> 不，你可不要来到我身边！
> 我宁愿在远处把你的双眸凝望、思恋，
> 因为盼望中的幸福可称佳美，
> 自己暗自体会到的感情才更甘甜。
>
> 不，你可不要来到我身边！
> 甜美的心慌、等待和担心更能醉人心田，
> 追求中的一切更为美好，
> 预感到的一切更能唤起美妙的情感。
>
> 不，你不要来到我身边！为什么？
> 一切只有在远处才能像星光那样灿烂；
> 一切只有在远处才能使我们赞赏，
> 不，你那双眸可不要来到我身边。

　　"小资情调。"柏渡江说，"有什么好心神不安的。"

　　"你懂的。"嬴姣说，"你上了大学，我在农村，心神会安吗？"

　　"你背诵的那首诗的本意与你现在的心思丝毫不吻合。"柏渡江说。

　　"我是用的借代。"嬴姣叹了一口气。

　　两人并排着，步调并不一致地在江堤上由东往西走着。

　　"还心神不安吗？"柏渡江问。

　　"有了某种害怕的感觉。"嬴姣说，"今晚，你对我有点冷。"

　　"今晚你约我出来走走，有什么话要给我说吗？"柏渡江说，"其实，有什么话在家里说不是更好？我们已订婚了。"

　　"外面环境好，容易营造诗情画意。"嬴姣说，"问你一个问题，假如你真去上

大学了，我怎么办？"

"这就是你心神不安的原因？"柏渡江说，"你用错了诗。"

"我是在袒露心声。你真的不懂？"嬴姣有点急。

"多虑。"柏渡江说，"如不放心，我们明年春节就结婚。"

"真的？"嬴姣挽住柏渡江的左臂，"我现在心宁神安起来了。"

社员代表座谈会后的第五天，柏渡江去蓝陵中学参加了文化考试，全县统一试卷，上午考数理化合一试卷，满分一百二十分；下午考政、语、史、地合一试卷，满分也为一百二十分。全公社共有十一人参加文化考试。三天后考试分数出来，却没有公布，因为文化考试成绩仅作为参考，不作为招生的必要条件，但据透露，柏渡江考了二百一十二分，为江阴县第二名，第一名考试分数为二百一十六分。

九月八日，柏渡江收到南京师范学院录取通知书，读的是政治教育专业，学制三年；要求在九月十五日前去学校报到。根据国家有关政策规定，柏渡江持录取通知书，办理了户口迁移、粮油关系转移等手续。

宏兴沙大队的长者们说，宏兴沙自开发匡圩以来的四百多年间，共出了两个读书人，一个是陈富泰独子陈国豪，他是由国民党培养出来的资产阶级的大学生；一个是柏舟独子柏渡江，他是由共产党培养出来的无产阶级的大学生。柏渡江上大学，成了宏兴沙的一种荣耀，一种骄傲。

为了庆贺，也为了答谢，柏舟在家里办了五桌酒，宴请公社有关领导、公社教革组领导、大队干部、宏兴小学老师、第五生产队队委干部，以及自己两个女儿女婿、琼玥的女儿女婿等。

柏渡江去大学报到前，宏兴沙第五生产队的一些婶娘，有的送给柏渡江一只搪瓷脸盆，有的送给他一双亲手做的布鞋，有的送给他一只铁壳子热水瓶，有的送给他一条床单。她们都受到过柏渡江的照顾与恩惠，她们送他一点东西，是聊表心意，以示报恩。同时，也有点巴结柏舟的意味。

琼玥为柏渡江准备了一床新铺盖，却被嬴姣婉拒了："奶娘，我是渡江的未婚妻，已给渡江准备了新床铺。你这床新铺盖就留着你和阿爹用吧。"嬴姣说得在理，但琼玥听了心里很不舒服。当年柏渡江上南菁高中时，他的铺盖、他穿的衣服，哪样不是琼玥费心准备的？她早把柏渡江视作自己生命中不可分离的一部分了。现在，有嬴姣代替了她的职能，琼玥突然有了一种失落感，一种不适感。琼玥狠狠地剜了嬴姣一眼，为了顾及柏渡江的面子，也就没跟嬴姣多计较什么，只是幽幽地长长地叹息了一声。

柏渡江觉察到了琼玥的异样，问："奶娘，你哪里不舒服？"

"奶娘没什么不舒服。"琼玥突然一笑说，"现在不是流行这么一句话嘛，叫作讨回了一房媳妇，失去了一个儿子。渡江，你有了媳妇，不会不认我这个奶娘吧。"

"奶娘，你说哪儿去了？"柏渡江说，"我渡江就是奶娘你的亲儿子。"琼玥听了止不住流下泪来。

九月十三日晚上，又是停电。农村虽通了电，但由于电力供应紧张，因而晚上常常停电。九十点钟人们都睡了，电却来了。人们需要电时，电就是不来。嬴姣在知青屋准备好了酒菜，请柏渡江去吃晚饭。小方桌上点燃着一支红烛。两人在红烛亮光下，喝着酒说着话。

"渡江，我要你以后每十天给我写一封信。你能做到吗？"嬴姣问。

"力争做到。"柏渡江说。

"什么叫力争做到？"嬴姣抿了一口白酒说，"必须百分百做到。若做不到，我就去学校找你。"

"渡江，你要每个星期天去我家里。"嬴姣说，"我父母虽然不太认可我们的婚姻，但你要常去我家，多与我父母接触沟通，给他们留下好印象。你能做到吗？"

"努力做到。"柏渡江说。

"什么叫努力做到？"嬴姣靠近柏渡江，突然亲了柏渡江左脸，"必须做到。"

"渡江，我只许你心里装着我，决不允许你心里有别的女人的位置。你能做到吗？"嬴姣柔声撒娇地问，并将自己口中的酒，嘴对嘴地送进柏渡江的嘴中。

柏渡江咽下酒说"能做到"后便站起，嬴姣也跟着站起。柏渡江双手搂住嬴姣的纤腰。两人先是柔吻，后是热吻，再是没命地吻。

"渡江，我要，要……"嬴姣被激情燃烧得神志不清，不会说口头语言，只会用肢体语言。同样被激情燃烧得神志不清的柏渡江，似水闸大门开启后的汹涌湍流那般不可控制，抱起嬴姣，滚倒在铺上，在嬴姣笨拙的导引下，柏渡江才找寻到深入嬴姣的进口处。嬴姣口中随之呻吟出青春激荡的号角声……

柏渡江用嬴姣满意的实在行动让她放心和相信，如此，他可以安稳地去学校报到了。

四十五　邱八获释

邱八被当作"五一六"分子关押在江阴县革委会招待所一间密不透风的储藏室时还是隆冬，被放出来时已是三九天了。从季节上看，邱八似乎仅被关押了两个冬季，其实他被关押了三年时间。邱八是个有奶便认娘的人，没有自己的主张、原则和底线。审讯他的人要他供认谁，他就供认谁，很自觉，很配合，根本用不着酷刑逼供。他总以为这样，自己就会被很快地放出去。可是，等到邱八没有任何结论地被放出来时，人都变傻了。

宏兴沙大队没有一人同情邱八的遭遇。沙上人在傍晚见到邱八，有的朝他吐唾沫，有的朝他盯白眼，有的像躲瘟神似的躲避着他。在宏兴沙人心目中，邱八是恶有恶报，罪有应得，活该。

邱八的哑巴老婆见丈夫回来，非但不接受，反而手持菜刀挥舞着，堵在家门口，死活不让邱八进家门。哑巴的拖油瓶女儿竟然抽打邱八的耳光。

斗志荡然无存又无家可归的邱八，肩上背着破旧的肮脏的被褥，穿着臭烘烘的衣服，觍着脸，来到柏舟家门口，双膝跪在水泥地上。柏舟家的两扇大门，一扇门关着，并被一根门闩顶着，另一扇门开着。在灯光下，柏舟、印大妹、琼玥、嬴姣坐在一张八仙桌上吃着晚饭。自柏渡江上大学后，琼玥除自己做一顿早餐外，午餐、晚餐都在柏舟家吃了。嬴姣一日三顿吃在准婆家。

"柏书记，我邱八猪狗不如，畜生不如。"邱八一把眼泪一把鼻涕地自损自己，"前几年，我昏了头，瞎了眼，良心被狗吃了，绑你，斗你，打你，折磨你……可是，斗你、批你、打你的不是我邱八一个人呀，为什么他们都没事，就我一人有事，被关押了这么长时间？我也是听了上头的话，才造你的反革你的命的，我错了吗？若要说错，那也是上头先错呀？这场革命，一会儿让我成为英雄，一会儿又让我成为狗熊，我实在弄不懂啊！柏书记，你可怜可怜我吧。"

"我更对不起琼玥老师……"邱八继续哭着说，"当年，你要我学好，送给我五十万元（旧币）钱，让我添置家里用的东西，让我把家弄得像个家……后来，我能成家，除了柏书记，琼老师你也帮了我很大的忙……可是，这场革命起来后，我怎么就不念你对我的好了，而要那样没良心对待你？都是这场革命把我弄成这样的。琼老师，我现在想做人，再也不想做鬼了。琼老师，你就发发善心，再帮我一次吧。"

见柏舟他们不理睬他，邱八就继续着一把眼泪一把鼻涕："真是人在做，天在看呀。我邱八作恶太多，连老天爷都不放过我邱八。结果，斗来斗去，到头来，差点没把我斗死……我一忽儿是人上人，一忽儿又是人下人。这是什么样的革命啊？早知道会有今天这种下场，我何必当初要那么起劲地造反，起劲地革命呢？我被关进去后想明白了，错的是我邱八。我错就错在押错了下赌注的对象。我当初要是站在'联指'一边，就不会有今天的下场了。就像柏书记，如果当年你投向了国民党，能有你今天这样神气吗？柏书记，你运气好，押对了赌注，我邱八押错了宝。革命啊，我日你的革命，你就是一场投机，就是一场豪赌。我邱八输了个精光。"

"舟，你就松松口，可怜可怜他吧。好歹，他也是个人，是一条生命。"琼玥说。

"别急。"柏舟说，"再看看他如何表演下去。"

"舟，你不能这么冷酷。"琼玥说。

"我冷酷吗？"柏舟说，"前几年，他上蹿下跳地那般折磨我俩，把我俩当作人看待了吗？现在我不弄死他，已很心软了。"

"你是共产党员，心胸不能这样狭窄。"琼玥难得地生气了，"你不能这样对待一个可怜之人，尽管他很可恨，该杀，但他已经受到了惩罚，我们该宽恕他。"

跪在门口的邱八，听不清屋里在低声说些什么，于是，他继续哀求下去："柏书记啊，你是我邱八的大恩人啊。当年要不是有你做媒，我怎么能有女人成家，虽然她是一个哑巴。有了女人，有了一个女儿，家像家了。可是，我现在有家不能回，也不敢回。柏书记啊，我羡慕你。你革命先把家革破了，后来胜利了的革命又给了你现在这样一个好家。而我邱八呢，同样是革命，却把一个完整的家革碎了。唉——我当司令那阵子，我要哑巴怎么样，她就会乖乖地怎么样，从不敢违抗，更不敢跟我动手。可如今，她不知哪儿来的痴劲狠劲，居然敢举起菜刀砍我？我怕她了，真的怕她了。我现在怕所有的人。我被这场革命彻底革怕了，我已被革得人不像人，鬼不像鬼。这是报应啊。可是，柏书记，我不想死，不愿死。我怕死。我要活。柏书记，求求你出面劝劝我那个哑巴老婆，让她收留我……求你了，柏书记，你就行行好吧，以后，我再也没能力斗你了。我愿做你家的一条看门狗，只要你让我活下去，只要你说服哑巴收留我……"

看热闹的人围着邱八骂他，骂的话很难听，骂得很有火气：

"邱八，你这种作恶多端的人，早死早投胎，不要活在这世上再干坏事了。"

"邱八，你不要装出这种可怜相来。你就是一条冬天里暂时被冻僵的蛇，千万不能可怜你。"

"邱八，你就是一个官迷。前几年，你起劲造反革命，目的不是为了我们百姓，而是为了你做官，否则，你就不会那么手段狠毒地把人往死里打的。你有今天，也是老天爷在惩罚你。"

"……"

柏舟吃好晚饭，两片嘴唇叼着一支烟，走到门前："起来吧，邱八，不要装这种死腔了。你邱八是什么样的人，我心里不清楚？六四年社教运动开始时，我主张让你当大队贫协副主任，算是我柏舟瞎了眼……这样吧，邱八，你是六队的人，先去找你们队长印仲平吧，让他先去你家看看。"

邱八不肯站起来："找他没用。我那个哑巴老婆不会听仲平话的。"

"你找都没找他，怎么就知道找他没用？"柏舟说，"起来吧，这么冷的天，要是以前，我会可怜你给你一碗热粥吃的。可现在……"

这时，琼玥已端着一碗热粥走到门口："邱八，趁热吃吧。"

邱八赶紧接过琼玥手中的粥碗，像饿死鬼似的大口喝了起来。琼玥叹息地望着他流泪。

"不要给他吃，"围观的人说，"与其给他吃，还不如给狗吃。狗吃了，看见你，它还会摇尾巴向你示好呢。他邱八只会咬人，整人，从不知感恩。他死了，这个世界说不定会干净许多。"

喝完粥，把空碗放在柏舟家的石门槛上，邱八站起，低着头，不敢看柏舟，不敢看围观的人，转身去找六队队长印仲平了。可没到半小时，同在中兴圩的印仲平，就来到柏舟家，说："柏书记，你怎能把邱八推给我？"

"什么叫我把邱八推给你？"柏舟说，"邱八是不是你们六队的人？"

"户口是在我们六队，但他人不属于我们六队的。他被抓走时，是公社革委会委员，是公社干部，应该把他推给公社。"印仲平说。

"你不是不知道，"柏舟说，"他是被县里撤了职后再回你队接受监督劳动的。

这样吧，仲平，我们一起去看看哑巴再说。"

"但邱八仍是公社的人。"印仲平咕噜了一句。

两人先来到印仲平家门前，见邱八还蹲在门前场地上。印仲平老婆不许邱八进她家门，怕邱八给她家带来晦气。在印仲平老婆眼里，邱八就是瘟神。

印仲平没好气地拉起邱八去找哑巴。哑巴刚吃过晚饭，收拾好碗筷，准备做蒲包，见柏舟、印仲平推开门，也就让柏舟先进门，当见到印仲平后头跟着的是邱八，哑巴嘴里嚷着就拦在门口，死活不让邱八进家门。邱八使出仅存的一点男人脾气，打了哑巴一个嘴巴。这下可坏了。邱八像捅了马蜂窝，两个女儿和哑巴娘一齐上阵，把邱八打倒在地，还猛踢着他。柏舟又好笑，又好气，但还是喝住了哑巴母女三人。

"兰英，"柏舟问哑巴的拖油瓶女儿，"你们为什么不让你爹进家门？"

"他不是我爹。"兰英恨恨地说。

"他虽不是你亲爹，但他对你有养育之恩。你跟着你娘过来那年，你只有十虚岁吧。"柏舟说。

"他不是人。他连畜生都不如……我恨他——"兰英痛哭起来。

"兰英，不要只顾哭，有话好好说。"印仲平说。

"队长，有些话，我不能说，不能说呀。"兰英哭着说。

此时，哑巴打起手语。两个女儿都不给娘翻译。她们不能翻译。她们知道娘在愤怒地说着什么。但站在印仲平旁边的邱八，读得懂哑巴的手语。他汗颜。他无地自容。他差点把头勾到自己的裤裆处。

看了十多分钟哑巴的手语，再看到邱八的那副癞皮狗似的模样，柏舟与印仲平心里明白了个大概。

哑巴手语的大意是——

邱八就是当年把我肚皮偷大的那个狗杂种。他毁了我。我恨他。

嫁给邱八后，我过了几年安稳日子。他对我也还不错，像个过日子的男人。可他造反革命后变了，他常打我，不把我当女人看。他还在外面乱搞女人，不止一个。

这个狗日的不是娘养的杂种，喝了酒，趁我不在家时，把我的大女儿睡了……

看到呜呜哭泣的母女三人，柏舟不知道如何是好。

哑巴抬起头，用右手掌抹去泪，又打起手语，意思是，如果让邱八进这个家门，她早晚会杀了他的。

"怎么办，邱八？"柏舟问。

"不知道。"邱八说。

"你怎么连女儿……"印仲平都难以启齿。

"是被酒害的。"邱八说。

柏舟跟印仲平耳语一番后，把邱八叫了出去："看情况，你真的不能在这个家待了。"

"嗯。"邱八说，"柏书记，我现在是一无所有，又回到了解放前，成了一个真正的穷人，你们共产党不会饿死我这个穷人吧，也不会不给我房子住吧。解放以来不是一直流传着这么一句话嘛，叫作共产党不怕你凶，就怕你穷。我现在穷到连裤裆都没有了，你们想怎么安排我？"邱八的无赖相又表现出来了。

柏舟征求印仲平意见，印仲平说他没办法解决邱八住的问题。柏舟又跟印仲平耳语起来，印仲平不停地点头。柏舟说完，印仲平对邱八说："柏书记跟我商量了，这样吧，邱八，你就住到我们队里社员在夜里看鱼塘时睡的那间土坯墙茅草屋里去吧。"

"不去。"邱八说，"那个鬼地方，我夜里被人弄死了，也没人会晓得的。"

"那你想去什么地方住？"柏舟问。

"我要住关帝庙。"邱八说，"反正那里空也空着，给我住了，我还可以帮着看护呢。"

"不行。"柏舟说，"关帝庙是宏兴沙人的，不是大队里的，我无权决定。"其实，柏舟怕邱八住进去后不再肯搬出来，据为己有。再者，平时只要一提到邱八叫来外大队的造反派把关公塑像砸碎的事，沙上人尤其是年长者，恨不得就要剥了邱八的皮。如果同意让邱八住进关帝庙，柏舟就会被推到舆论的风口浪尖上。他可没这么傻。

实在无奈，邱八不得不住进生产队社员夜里看鱼塘的那间土坯墙茅草屋里。

四十六　顺从奶意

秋忙刚结束，宏兴沙大队党支部就召开大、小队两级干部会议，部署今冬明春平整土地、年终分配等工作。大、小队干部会议是在大队部会议室召开的。大队五金厂发展起来后，建造了十六间瓦房，除用于车间、厂部办公室外，还有三间用于大队部办公用房，其中两间作为会议室。在中兴圩的原大队部的三间瓦房，被用于大队合作医疗卫生室。

罗晓军主持会议。柏舟作报告。他展望了宏兴沙大队社会主义新农村五年发展建设规划蓝图：计划再花五年时间，将全大队所有田块平整格子方，利于农机耕作，利于田间水浆管理，增强排涝抗旱能力，把粮食亩产提高至八百公斤；五年内完成百分之六十以上农户新房的连片集中建设，由大队统一规划建设，并对建新房的农户实行百分之四十造价的补贴。柏舟说："我有一个初步判断，经过解放以来这么多年的发展积累，农村新一轮建房热潮很快就会到来。我们要抢抓先机，扩建大队砖窑场，还要快建一座轮窑，明年一定要建好，不能慢慢来。"柏舟讲得富有激情，很有底气。

与会者听得很认真，会场里非常安静。与会者心里明白，柏舟说的不是空话，不是大话，而是能实现的目标。大队五金厂不仅办得红红火火，而且去年新建的化工厂发展前景更好，利润翻番，不仅免除了各生产队应上缴大队的公积金和公益金，而且还将部分利润划拨给各生产队，提高了社员的分配收入。同时，大队还购买了八台手扶拖拉机，农忙时服务农业生产，农闲时为厂里运输货物，羡慕死了其他大队。

柏舟最后说："我们马上就要筑一条由宏兴沙直达镇澄公路的砂石路，长约六里，宽五米，可以开汽车。这条路的路名都起好了，叫宏兴路。宏兴路在我们大队境内长二里多。这条路涉及的与有关大队的田块置换、协调工作，公社已在秋忙前做到位，后天公社水利科开始路基打样。我们大队负责辖区内的路基构筑，我要求十天内必须完成土方任务。具体土方任务分配，等会儿由罗副书记具体讲。明年冬，我们再构筑连通各圩的砂石道路。我相信，这些砂石道路筑成后，必将极大地方便我大队社员的出行，必将加强我们宏兴沙与外面世界的联系，必将有力地促进我大队工农业生产的快速发展。"

一天，柏舟从筑路工地上收工回家吃晚饭时，印大妹对儿子说："舟，帮我看看，我小舌头掉下来了没有？"印大妹说。

柏舟看后说："娘，你的小舌头没掉下来。"

"奇了怪了，我又没吃其他硬的东西，今天中饭后喉咙口怎么就突然难咽东西了呢？"印大妹自言自语。

"娘，要不，我明天陪你去医院检查一下。"柏舟说。

"娘没那么娇贵，"印大妹说，"说不定过两天就好了，娘没事。"

第二天中午，身兼大队五金厂、化工厂厂长的柏舟从化工厂回家吃午饭时，见大门还紧关着，就开了门进去，叫了几声"娘"，没人接应，就来到灶间，一摸锅子是冷的，又来到小房间，只见母亲躺在床上。"娘，你怎么啦？"柏舟着急地问。

印大妹沙哑着声，说话时很吃力，她说："我难咽口水，喉咙口像被什么东西卡住了。"

此时，琼玥和嬴姣也从学校回来吃午饭。"舟，别耽搁了，快去叫拖拉机，把娘送去县人民医院。"琼玥急急地说，"嬴姣，你自己做饭吃吧，下午再帮我请个假。我陪你奶奶去医院。"

拖拉机已停在家门口。琼玥忙着把车厢打扫干净，铺上稻草，再在上面铺一条被子，然后让柏舟把母亲抱进车厢躺着，在她身上再盖一条被子。琼玥坐在印大妹头旁。半个小时后，拖拉机停在了江阴县人民医院门口。正是午休时间，挂号处的小窗户关着，医生都下班了。柏舟先把母亲扶到医院走廊的一条长靠背椅上坐着。琼玥手里抱着一条被子，坐在婆婆身边，耐着性子，等着医生午休后上班。

"我去给你买点吃的。"柏舟说。

"带粮票了没有？"琼玥问。

"忘了。"柏舟说。

"我来看看有没有。"琼玥从口袋里掏出一只小钱包，打开一看，有一张一斤面额的江阴县粮食局代粮券，就拿出来递给柏舟。

柏舟来到人民路上的工农饭店，饭店正要打烊，就跟服务员说了一番好话，才买到了一斤米的米饭，盛在一只大搪瓷杯里，又点了两只菜，等菜烧好后，打在一只铝制大饭盒里。

来到医院，柏舟先给母亲盛了点饭，但她咽不下去："舟，我不会是夹气吧。"

夹气的医学名叫食道癌。

"娘，不会的，不会的。"琼玥安慰着婆婆。

"但愿不是，可我心里还是明白的。"印大妹说。

午休后医生上班了。柏舟办理好母亲的住院手续，印大妹被安排在住院部二楼的一间病房里，有三张病床，目前只有印大妹入住。

经过主治医生检查，再会诊，十天后确诊：印大妹患的是食道癌，且是晚期。江阴县人民医院没条件动手术，医生建议让印大妹去上海大医院动手术。

在医生办公室，柏舟问主治医生："如去上海大医院动手术，成功率多大？"

"没有谁能打包票。"主治医生说，"说实话，做与不做手术，病人最多还有半年时间，最终都是饿死。"

柏舟决定采取保守疗法，不让母亲动手术。

"想好了？"琼玥问。

"想好了。"柏舟说。

"要不要跟渡江商量一下？"琼玥提醒。

"我是儿子，我对娘负责。"柏舟说。

柏舟打电话到大队部，叫来一辆拖拉机，接住院半个多月的母亲出院。

出院后，印大妹遵照医嘱，按时服用医生开的中药。

为了煎中药，柏舟去蓝陵供销社买了一只煤球炉子，又走后门买了二百斤煤球。当年煤球是严格控制的计划物资，只有凭城镇居民口粮供应证才能购买到，农村户口的人是很难买到的。

煎中药的事由琼玥揽了下来。第一次给炉子生火，琼玥弄得满手黑乎乎，连鼻梁、脸上都弄黑了，且被烟呛得眼泪汩汩淌，却还是生不着火。

嬴姣见了，忍不住笑起来："奶娘，你的脸都弄成大花脸了。来，我教你给炉子生火。"嬴姣是南京城里人，插队前在家里生惯炉子火，技术娴熟，谙知窍门，在她手里，炉子中的煤球很快上了火。

"活到老，学到老，"琼玥说，"嬴姣，今天，我也学会给炉子生火了。"

每天一早起来，琼玥就把炉子拎到后门外，捅干净煤灰后，绾一个草把，揉软，点着火，小心地将草把塞进炉膛，接着把提前劈好的小木片放进炉膛，待上火

247

了，再把煤球放进去，待煤球上火后，才把炉子拎回家，将一只陶瓷煨罐放在炉子上煎药。

煎中药既需要耐心，也要会看火候。火候不到，汤药就稀，药性就差。火候恰好，汤药就稠，药性就好。火候太过，汤药烧干，药性全无。煎药时，在汤药未开时，琼玥就做些别的家务，估计要开时，就守在炉子旁，不时用扇子给炉子扇风，待火候恰好时，就用一块干布裹在煨罐柄上，提起煨罐，将汤药滗在一只碗里，稍稍凉一会儿后，再端给婆婆饮服。

"这药怎么这么苦？"印大妹第一天喝中药时说，"苦得我咽不下去。"

"娘，哪有药不苦的？"琼玥说，"你喝两口，我就用筷头子蘸点烧菜糖让娘甜甜嘴。"在琼玥的哄劝下，印大妹像听话的老小孩，吃力地喝完汤药，琼玥再用毛巾拭去婆婆嘴边的汤药渍。

侍候婆婆吃好药，琼玥就为婆婆洗脸，洗手，梳头，做完这些，再侍候婆婆吃早饭，尽管印大妹忍痛强咽进几口粥浆。忙完后，琼玥才忙自己的事，抢手夺脚，吃了早饭赶去学校上班，上午中途还要回家一次，侍候婆婆撒尿屙屎。中午回家后，就和嬴姣一起，一个灶上一个灶下，忙着做午饭，然后服侍婆婆先吃，自己最后吃。下午中途，琼玥也要回家一趟，看看婆婆是要拉还是要尿。放了晚学后再重复中午做的事。

这就是琼玥每天必做的功课。

琼玥每天做的事，柏舟看在眼里，感激在心里。

学校放寒假了。

柏渡江回到家，见奶奶瘦成皮包骨头，才知道奶奶得了食道癌。

"阿爹，你为什么不写信告诉我？"柏渡江问柏舟。

"你能医治好你奶奶的病吗？"柏舟反问儿子。

柏渡江又问嬴姣："你为什么不把奶奶生病的事写信告诉我？"

"阿爹不让我写信告诉你。"嬴姣说，"阿爹怕影响你学习。"

看到琼玥整日整夜陪护奶奶，不厌烦，不怕冷，不怕苦，不怕脏，喂奶奶流汁、吃中药，给奶奶洗脸、擦身、梳头。柏渡江被深深地感动："奶娘，你太辛苦了！你对奶奶太好了。"

"谁都会病的。"琼玥说，"江儿，你奶奶这辈子不容易，一人把你阿爹拉扯大，一人把你带到大。我对你奶奶好，其实就是对我自己好。人就是这样一代代传承下来的。"

一天晚上，柏舟把柏渡江和嬴姣叫到一起。

"跟你们商量一件事。"柏舟说，"你们奶奶的意思，她想看到你们在这个新年头里结婚。我跟你们奶娘也商量了，你们奶娘也遵从你们奶奶的意思。"

"江儿，你要懂你奶奶的心思。"琼玥说。

"我懂，可是……"柏渡江的话头被嬴姣抢了过去，"不要可是了，渡江，我们听阿爹、奶娘的安排。"

"那好，今天是农历腊月二十三日，明天你们去公社领结婚证，到大年初五先给你们办几桌喜酒，待你们有了孩子后再大庆。"

"有必要这么急吗？"柏渡江心里有点不愉快。

"奶奶等不及。"琼玥说。

"就是。"嬴姣说，"我们尽快结婚，就是对奶奶的最大孝顺。"

柏渡江与嬴姣的婚事就这样定了。

第二天上午，柏渡江和嬴姣去蓝陵公社文书室领了结婚证后，又去了蓝陵邮电局给嬴姣父母拍了一封加急电报，告诉他们她的结婚日期，恳请他们来参加她的婚礼。

嬴姣收到了父母及大哥大姐联合署名的一封回电，他们反对她这样草率结婚，坚持认为她的婚姻是门不当户不对（虽门第观念已被无情地批判了好多年），更痛心地认为她结婚在农村是一种短视。最后告诉她，他们不参加她的婚礼，但他们通过邮局给她汇去了二百元钱。

"姣，你可要想定了，"柏渡江看了回电后说，"现在你改变主意还来得及。"

"对我们婚姻的前途，我充满自信。"嬴姣说，"他们一个是资本家，一个是大学教授，长期生活在优渥的环境中，不了解底层社会，更不了解农村，特别是不了解目前全国革命形势的发展。知识青年还在上山下乡。我们知青能回得了城吗？再说，我现在是代课教师，你又正在读大学，我们以后的生活会差到哪儿去？我会扎根宏兴沙一辈子的。"

"结婚后，我是不会再去看你父母了。"柏渡江说，"我读大学后，听你的话，连续三个礼拜天去了你家，可你父母不见我。之后我就不去了。老话说，凡事不过三。吃了三次闭门羹，我不会去吃第四次。"

"你怕了？"嬴姣说，"也不能怪你。看来，我父母虽被批斗，虽被关押，虽被劳动改造，但他们在灵魂深处还没把革命闹彻底。"

"我怕你父母？"柏渡江说，"我曾是军人，连苏联社会帝国主义侵略军的炮火都不怕，还怕你父母？我是在维护我的尊严。他们看不起我，我更看不起他们。"

"不去看就不去看。"嬴姣说，"我要让时间、事实证明，我嫁给你渡江是正确的选择。我要让他们心悦诚服地接受你和你的家庭。"

结婚前，嬴姣问柏渡江要不要请他要好的大学同学来参加他们的婚礼。柏渡江说不用了，这么冷的天，来了以后住宿也不好安排。嬴姣听后点了点头。依她的心思，嬴姣很希望柏渡江大学同学能来参加他们的婚礼。

新年正月初五，柏渡江与嬴姣的婚礼如期举行。这一天，不知是回光返照，还是什么原因，印大妹居然能坐起来，穿着新衣服，头发被琼玥梳得倍儿顺，在柏舟搀扶下，来到中堂，坐在靠背椅上，微笑着接受孙子、孙媳妇这对新人的礼拜。

柏渡江与嬴姣婚后不到半个月，印大妹不幸病故，终年七十二岁。

如果按照宏兴沙的丧事习俗，人老后至少要在家里搁放七天后才能下葬。孝男孝女要披麻戴孝，要哭灵守夜，程序很是烦琐。但在一九七四年的大力批判"资产阶级法权"和"评法批儒"的严峻形势下，印大妹的丧事一切都得从简，一切都要革命化。作为儿子柏舟、媳妇琼玥，本来要身穿白衣孝服，脚穿白色孝鞋，腰缠白布孝带；柏渡江、嬴姣等孙辈也要头戴白布孝帽、腰缠白布孝带，由于受到剪布要凭布票和政治因素等诸方面的限制，柏舟和琼玥没穿白衣孝服，也没穿白色孝鞋，仅在腰间拴了一条白布孝带；孙辈更从简了。同时，炮仗也不易买到。当时，结婚、丧事、起房造屋，放炮仗的数量都有规定的，不能多放，即使想多放，也买不到炮仗。印大妹死后没有在家里搁七朝，而是在第三天上午就被一辆拖拉机拖去江阴火葬场火化了，从出殡到骨灰盒下葬，总共燃放了九个炮仗。

印大妹"五七"过后两个多月，嬴姣有了明显的妊娠反应。

四十七　梦碎一地

陈瑛于农历八月十八日结婚时，隆起的肚子已很醒目。婚后，夏晓龙和陈瑛就住在由琼玥出全资、柏舟一手操办新建的那三间丈五大六的厅屋里。新屋在夏晓龙家老屋南面，前后相距一二十米。陈瑛的一日三餐，有时由婆婆送过来，有时由小姑子送过来，大部分时候由夏晓龙带回来，陈瑛很少去老屋吃东西。夏晓龙在采石厂上班，离家近，每天回家吃中饭。

陈瑛挺好伺候，婆婆做的饭菜，无论合不合自己胃口，都不予评说；但又挺难伺候，合自己胃口的饭菜，就吃得香，不合自己胃口的，就不动筷子头。婆婆起初尽力依着陈瑛，三天两头让她吃荤，可一个月坚持下来就撑不住了。于是婆婆有了怨言，但又不敢对着陈瑛的面说，只得对儿子夏晓龙抱怨："我们夏家找的不是媳妇，找的是太婆，要像供菩萨那样供她的。"

夏晓龙听后无语。

婆婆抱怨的话，有好事者在一天下午传给陈瑛听，陈瑛听了只是笑笑，不置一词。夏晓龙下班回家后，陈瑛就说"你把我送回娘家去"，夏晓龙不敢说一个"不"字，就用独轮车把陈瑛送回娘家。琼玥知道女儿住娘家的原因，于是每天午饭、晚饭让陈瑛吃荤，但住不满五天，就要催着女儿回家："妈不是养不起你，而是不能再养你。出嫁了，婆家才是你的家。要过好日子，得靠你们的一双手。妈什么苦没吃过？"

陈瑛每回住娘家时，夏晓龙每天下班一回到家，就换下工作服，换上干净衣服，骑上妻子赔过来的嫁妆、一辆凤凰牌轻型自行车来到丈母娘家。这样，就弄烦了琼玥，可她嘴上不会多说什么。一天晚上，琼玥对女婿说："晓龙，瑛瑛老住娘家，你娘会有想法的，你们村上人也会有看法的。因此，我已给瑛瑛买了一只洋风炉，你丈人又走后门买了二十斤洋油。回去后，瑛瑛想吃点什么，你就在洋风炉上烧给她吃吧。"走时，琼玥总会塞给女儿一些钱。

夏晓龙心里明白，陈瑛嫁给他是委屈了她。夏晓龙家的生活条件怎能与陈瑛娘家比？陈瑛是过惯了宽裕日子的。这就使夏晓龙很是为难。夏晓龙不是每月都能拿到工资的。当时的社队办企业有规定，厂里每月只发给职工三五元零花钱，其余的工资到年终时，由厂里汇到职工所在生产队，参加生产队统一分配。夏晓龙从事的是爆破工作，每月能领到六元钱补贴，加上每月三元零花钱，每个月有九元钱，但在这九元钱中，他每月抽烟要花去二元多，要给母亲油烟铜钱五元，还有其他必要开支，因而所剩无几，没钱买荤菜给怀孕的妻子吃，心里很是过意不去，老责怪自己没本事，没出息。

陈瑛却从未怪过丈夫什么。好也罢，歹也罢，陈瑛什么话都不说出口，都储藏在肚里。陈瑛对丈夫还是比较满意的，最满意丈夫的，是夏晓龙听话，顺从。陈瑛要丈夫往东，夏晓龙绝不会往西。还有，被窝里的事，陈瑛也很满意。

就这样，一九七一年过去了。

一九七二年是鼠年。这年农历二月初七，陈瑛在蓝陵卫生院生下了女儿，起名玉娟。办了女儿满月酒后的第十天，陈瑛下地劳动了。夏家庄社员看到陈瑛婚后头天劳动，都想掂掂她的分量，看看她在娘家是否娇生惯养惯了。那天的农活是搞灰潭，就是先用钉耙把灰潭里的人造肥料吊上来，然后再一层层地吊下去，每吊下去一层，就放一层红花草，再挑水倒进灰潭，然后用钉耙搅拌。搅拌的活不是好活。陈瑛二话不说，把裤管挽过膝盖，手拿一把钉耙，第一个跳进灰潭，把灰潭里的人造肥料搅拌成泥浆，与红花草浑然一体。干这种农活，既要有臂力，手劲要大，又要得法，否则很容易陷进泥沼中，弄得半身泥水。

社员们看到陈瑛干得有模有样，手法娴熟，娇气不喘，心里很是佩服她。婆婆虽然没有跟陈瑛在一起劳动，却很关注儿媳妇干农活的情况。农村人是靠两只手做活儿吃饭的。婆婆总隐隐担心儿媳妇出生在大户人家，娘家条件好，干农活会不如一般人，没想到，儿媳妇也是吃得来苦的人，干农活也是一把好手，心里就十分喜欢起来。那天吃晚饭时，婆婆说了陈瑛一大船好话，夸得陈瑛心花怒放，吃食也不挑了，一连喝了三大碗稀粥。

这年年终分配前，夏晓龙家起了家庭风波，原因是陈瑛极力主张分家，公婆却不同意。公婆的想法是，全家抱紧一点，集中全家财力，争取明年把两间新房造起来，好给夏晓龙大弟结婚。如果分了家，钞票就很难集中在一起，家里要办大事就不容易。陈瑛的想法是，夏晓龙的婚房是她母亲出全资造起来的，已大大减轻了公婆的压力，这是其一；其二，分家后，有利于调动她和夏晓龙持家的积极性。婆说婆有理，媳妇说媳妇有理。婆婆要儿子夏晓龙表态，夏晓龙迟疑一会儿后说："我听陈瑛的。"

父亲马上接口说："那好，就依你们的想法。不过，既然要分家，就得按分家的老规矩办：晓龙你作为长子，要赡养你老子，每年负担我六十元口粮钱，直至你两个弟弟结婚为止，到时再重新商量。"

陈瑛听后不高兴了："爹，你还做得动，还得十折头工分，怎么好意思要我晓龙养你？"

公公说："这是上代传下代的规矩。你们不同意养我这个老子，就不要分这个家。"

"养就养，"夏晓龙说，"明天请两个娘舅来分家，做好分家纸，把家分得清清爽爽。"

"晓龙，你能分到什么家当？"陈瑛说，"你父母还会分你一间老屋？你做梦吧，想都别想。"

第二天上午，夏晓龙的两个娘舅被请来了，做当中人，主持分家，并在做分家纸前言明："晓龙大弟弟结婚后如不分家，父亲每年六十元口粮钱由晓龙负担；如大弟弟婚后分家，大弟弟负担母亲全年六十元口粮钱；晓龙小弟弟结婚后，父母口粮钱由三个兄弟三分负担。"

陈瑛提出质疑："我娘家为晓龙造的三间房子，在分家中怎么算？"

无人回答这个问题，也不好回答这个问题。

见大家不说话，陈瑛又开口了："看在两个娘舅面子上，我陈瑛也不争了，就是争，又能争到什么？不过，我家玉娟，婆婆要负责带好的。"

"我也要天天出工，怎么带孙女？"婆婆说。

"那我不管。"陈瑛说。

无奈，五十出头的婆婆只得"退休"在家带孙女，养养猪，做做家务。

分家后，陈瑛跟丈夫商量，她想养老母猪。

夏晓龙说："你这个想法很好，可你从未养过猪，能行吗？"

陈瑛说："谁从娘肚皮里一出来什么事都会做的？我不懂养老母猪，你爹懂，你娘懂，你也懂一些，我可以跟着你们学呀。"

听妻子这么说，夏晓龙也就首肯了。于是他让父亲托"猪头"帮着买一只年纪轻一点的母猪。父亲点了头。几天后，父亲说："晓龙，张家村有一只勒奶头母猪，刚给小猪断奶，养了三年，还算年轻，但要卖五十元钱。"

"爹，你看中了？"夏晓龙问。

父亲点了点头。

夏晓龙再跟妻子一说，陈瑛即刻表态："晓龙，你爹是内经人，他看中的不会差到哪儿去。五十就五十，我给你钱，马上把那只母猪买回来。"

妻子发话后，夏晓龙就向厂里请了半天假，于第二天上午，推了一辆独轮木车，和父亲一起去了张家村，把父亲看中的那头母猪买了回来。

母猪被买回来没过几天就发情"叫寰"了，陈瑛喜不胜喜，赶紧让公公找来一头公猪配种。配种后，陈瑛服侍母猪比服侍太婆还要好，对母猪和颜悦色，精心饲养。母猪怀孕五月后，产下了十六头仔猪。两个月后，陈瑛饲养的十六头仔猪，卖了三百二十三元钱。陈瑛高兴得合不拢嘴。

琼玥没想到女儿会这么不怕吃苦，这么善于持家，心里很是欣慰，但看到女儿头发蓬乱，脸皮粗糙，就有点心疼。"瑛瑛，看你头发这么乱，也不梳梳。"一个礼拜天，琼玥去了女儿家，手里抱着外孙女，心疼地对女儿说。

"妈，没时间梳头。"陈瑛说，"苦是苦了一点，但数钱时心里是甜的。"

这年年终，陈瑛算了家庭账：她全年的工分收入有一百五十元左右；夏晓龙的工资汇到生产队参加分配，收入有二百五十多元；一年两窝小猪，除去饲料、用药等成本，一年净赚二百三十多元；厂里每月发给夏晓龙九元钱，一年十二个月就是一百零八元；还有猪灰折合成工分的收入。扣除公公全年六十元口粮款，以及全家三口人的口粮款、日常开销外，年终节余近四百元。这在当时农村来说，已是高收入家庭了。

一九七二年的日历，在陈瑛和夏晓龙的欢欣和对来年的美好憧憬中被翻了过去。

一天晚上，夏晓龙渴望陈瑛，陈瑛先不给。夏晓龙就牛皮糖起来，陈瑛在欢颜中依了夏晓龙。"满足了吧？"陈瑛问。夏晓龙嘴里"嗯"着，右手轻抚起妻子隆起的肚皮。"不是我不给你。"陈瑛说，"是为了我肚里孩子的健康发育。""我已很克制了，"夏晓龙说，"瑛瑛，这个会是儿子了吧？"

"问你自己。"陈瑛说，"晓龙，你就是重男轻女。"

"不是我重男轻女，是农村的现实迫使我们重男轻女。"夏晓龙说，"就拿我们队里来说，男人是十折头工分，女人只有八折头。男女一样吗？再拿我们采石厂来说，一百多个工人，女的只有七八个，食堂里烧饭的就有五个女的。瑛瑛，你说，我们厂里的抬石头那种重活，女的做得动吗？所以，我巴望你肚里的是个儿子。"

"我说不过你。"陈瑛说，"不过，你说的倒是事实。男女同工同酬，在我们这代人眼里能否真正看到，很难说。我努力给你生个儿子吧。肚里这个如果不是儿子，我们就继续加班加点，直至生下儿子为止。"

"我有一个想法，"夏晓龙说，"我是因家里穷，上到小学毕业就再也上不起学了。我现在老是为文化低而苦恼。瑛瑛，如果我像你一样，也能读到初中毕业，那么，凭我当过兵，又是党员，早坐办公室了。所以，我想，瑛瑛，我们就是吃再多苦，也要把我们这个家持好，也要供孩子读书，直到上大学，能像孩子舅渡江那样。如果真能那样，我夏晓龙梦里头也会笑醒的。"

"晓龙，你的想法，就是我的想法。我完全赞成。"陈瑛说，"夫妻同心，其利断金。我们挽起袖子加油干，用我们的双手，通过我们的艰辛奋斗，去实现我们的梦想。"

一九七四年农历六月二十一日，陈瑛生了个儿子，把公婆喜得眉毛都要掉光了，把夏晓龙乐得手舞足蹈。小夫妻俩商量后，给儿子起名志刚。柏舟、琼玥更是大手笔，夏晓龙为儿子举办五朝酒那天，他们出给外甥一百零八元压岁钱，让夏家庄人很是热烈地议论了一阵子，都说夏晓龙交了好运，找了这么有钱的丈人丈母。

正当陈瑛信心满满地奋斗着美好幸福生活的时候，一场厄运突然而至。九月的一天，夏晓龙正腰系着一根麻绳，悬吊在半山腰，用钢钎在陡峭的山壁上凿炮眼，装雷管。像往常一样，一切就绪后，夏晓龙拉着麻绳往下坠时，没想到麻绳突然断了。他从三十多米高的空中摔了下来，腰部硌在了一块石头上，头没破，手没伤，腿没断，就是人站不起来。急送江阴县人民医院抢救，医生确诊后说：夏晓龙腰椎骨断裂三块，将导致下身瘫痪，估计今后可能终年卧床。

丈夫的这一突发工伤事故，彻底击碎了陈瑛心中美丽的梦想。她接受不了这个从天而降的飞来横祸，经受不住这个要命的残酷事实的打击，她的间歇性精神病又复发了。她不是声嘶力竭地叫喊，乱摔东西，就是整天坐着，不言不语，不吃不喝，似死人又比死人多口气，连儿子的奶都不知道喂，儿子嗷嗷待哺的哭声都听不见。

婆婆哭了，这日子怎么过下去啊！？

公公一下子急白了头发。

琼玥因急火攻心而住进了医院。

柏舟带着陈瑛看医寻药。

四十八　被免职务

一九七五年十二月八日，由苏州地委、江阴县委联合组成的苏州地委两条路线教育工作队进驻蓝陵公社试点，时间为一年，在获取试点经验后再在全苏州地区推广。进驻蓝陵公社的工作队，领导蓝陵公社党委、革委会。各大队工作组领导大队党支部、革委会。

工作队成员三分之一来自苏州地区革委会有关部门、三分之一来自江阴县革委会有关部门、三分之一来自蓝陵公社各企事业单位、各大队的青年骨干。工作队队长由地委丁副书记兼任，地区革委会有关部门领导任各大队工作组组长、江阴县革委会有关部门领导任各大队工作组副组长。蓝陵公社二十个大队都派驻了工作组。工作组的主要任务是宣讲党内两条路线斗争的历史，用社会主义建设成就教育广大农民，采取革命手段彻底革除在农村不断滋长着的资本主义"尾巴"，让社会主义思想牢固占领农村阵地，使农民坚定地走在社会主义的金光大道上。

进驻宏兴沙大队的路线教育工作组由十八人组成，组长是苏州地区粮食局的方副局长，副组长是江阴县委宣传部的李科长。工作组进驻宏兴沙大队后的第一个大动作，就是于十三日下午召开全大队社员大会。大会由李副组长主持，方组长作报告。大会主席台上，就坐着方组长、李副组长两人。宏兴沙大队党支部书记、革委会主任柏舟，副书记、副主任罗晓军等，坐在主席台下听报告。

大会以"限制资产阶级法权""评法批儒"开路，方组长首先节选宣读"梁效"有关"限制资产阶级法权""评法批儒"的文章。方组长读得唾沫四溅、口干舌燥。社员们听得昏昏欲睡、哈欠不断。此时，李副组长插话，拍桌子，警示社员认真听讲，不许瞌睡和吵嚷。花了一个多小时宣读完"梁效"文章后，方组长才切入正题，列举宏兴沙大队严重存在着资本主义"尾巴"的表现：社员家庭做蒲包、编芦帘；每个生产队偷种经济作物；社员家庭饲养老母猪。方组长甚至将部分社员农闲

春光横空

时去江里捕鱼也列入资本主义"尾巴"。

方组长讲到资本主义"尾巴"表现时，会场里议论声四起，直至大声喧哗，甚至有一些社员端起凳子离开会场。此时，麦克风里响起李副组长的严厉声音："不许离开会场，坐下，全部坐下。谁擅自离开会场，后果自负……柏舟同志，柏舟同志，赶快站出来维持会场秩序。"

柏舟站起，跨上主席台，借用李副组长面前的话筒："安静——"会场里顿时安静下来，站起的社员又坐下，离开会场的社员也返回来。"没事了。"柏舟跟李副组长说后，就跳下主席台，又坐到他原来坐的位置上。

社员大会是在宏兴小学的操场上举行的。为了工作组召开社员大会，学校停了下午半天课。社员大会结束后，工作组又在一间教室里召开由组员，大、小队干部参加的统一思想认识会议。方组长将割资本主义"尾巴"上升到关乎党和国家生死存亡的高度，把宏兴沙大、小队干部吓得噤声不语，冷汗一身。

十二月二十二日，江阴县委、县革委会在红星影剧院召开全县社队工业会议，县级机关各部门主要领导、各公社党政主要领导、各生产大队党支部书记、骨干社队企业负责人等出席会议。县委书记李顺达做工作报告。会议认真总结了县属工厂和县商业、物资部门结对挂钩、积极扶持社队工业发展的经验，制订了今后三年全县社队工业发展计划，表彰了先进集体。宏兴沙大队荣获县委、县革委会奖励的"七五年工业产值超一百万元"奖旗。全县仅有两个大队受到表彰。柏舟在会上做了经验交流发言。

会后，柏舟感到县委召开的社队工业会议精神与地委路线教育工作队推行的做法是相互矛盾的，但他心里明白，作为大队书记，他必须配合工作队搞好路线教育。

根据工作队的工作部署，宏兴沙大队工作组组员分头下到各生产队，与社员同学习、同批判、同劳动。对于从城里下来的工作组组员，同学习、同批判，他们是内行，轻车熟路，但同劳动，就难为他们了。各生产队队长心里都有数，不会书呆子似的真要组员下田一身泥水、一头汗水地真干农活，只是让他们做做样，体验体验农村生活而已。组员们还有一个任务，就是在与社员"三同"中，要切实掌握干部社员的真实的思想动向，以利于有的放矢，正确引导，把路线教育不断引向深入。

胆小的社员已歇手不做蒲包、不编芦帘，并且想尽办法赶快将家中的成品蒲包、芦帘出手，哪怕价格低一点也不计较。胆大的社员仍不停手。编芦帘是宏兴沙的传统家庭副业，江堤内外，有的是芦苇，就地取材，省人力又省成本。做蒲包是薛冬梅嫁到宏兴沙后由她带动起来的，特别是大队蒲包编织场被迫关闭后，做蒲包成了宏兴沙社员又一家庭副业收入的主要来源。宏兴沙有的是蒲田蒲草，方便就地取材。

由于工作组动了社员的奶酪，欲断社员的生计，严重侵犯社员的切身利益，因而社员与工作组组员产生了严重的对立，他们把组员视作"鬼子"或"汉奸"，只要他们进圩，社员的眼睛都盯紧着他们，高度戒备地防范着他们，嘴上喊着"工作组同志好"，心里却早把他们视作不受欢迎的人，不给他们掏真话，说实情。工作组组员也感到社员们在与他们软对抗。

春节将至，组员们各自回去过年了。

一九七六年正月底，组员们又回到宏兴沙。回来前，他们集中在江阴县委党校学习培训了一星期。回来后，工作组加大路线教育力度，以生产队为单位，白天督促春耕生产，晚上组织社员学"两报一刊"社论，学"梁效"文章，批判走资本主义道路的严重危害性。每次学习批判，都是组员虔诚读，社员敷衍听。社员们心里烦透了，哪有什么心思听组员天天读社论。他们的心思要用在吃饱肚皮上，要用在生活改善上，而不要听高谈阔论。

清明过后，工作队根据地委要求，将路线教育重点转向"反击右倾翻案风"。宏兴沙大队工作组根据工作队部署，指挥大队基干民兵，强势革除资本主义"尾巴"，逐队逐户收缴成品、半成品蒲包、芦帘，以及生产工具与原料，强迫社员宰杀家养的鸡鸭鹅，砍伐社员在家前屋后栽种的成材树木。

工作组做这些时，社员们还能隐忍，柏舟他们也被动地配合着，但当工作组决定逐队逐户宰杀社员家饲养的老母猪时，柏舟甩手不干了。方组长也不在乎柏舟，自信满满地集中组员，于一天下午带着大队基干民兵，来到礼耕圩第三生产队社员干活的田块旁，找了队长文仁，要求他带着基干民兵逐户宰杀社员家饲养的老母猪。文仁听了方组长的话，火冒三丈，非但不配合工作组行动，反而极力反对与阻挠，与工作组发生严重争执。他们在田头的高八度争执声，引来了在田间干农活的礼耕圩两个生产队一百多名社员，他们知道了是怎么一回事后，开始无序地围攻工作组。方组长命令基干民兵拿下文仁时，社员们终于忍无可忍，退无可退，举起手中干活的锄头、钉耙、扁担与工作组发生了正面冲突，冲突中方组长的衣衫被撕破，还有两名工作组组员被打伤。多亏罗晓军及时赶到现场加以制止，社员才肯罢手，否则方组长不好收场。

这天晚上，琼玥提醒柏舟："你该出面做工作了，不要把事情搞大，影响不好。"

"不急，情况我全掌握，"柏舟笃定地喝着酒，抽着烟，"方组长不出面请我，我是不会主动出面的。我要让这些整天坐办公室的高高在上惯于发号施令的官老爷，听听底层农民的呼声，体察民心不可侮不可欺，感受群众力量的不可蔑视。"

第二天一早，也不知是谁组织的，宏兴沙数百名社员又围攻了工作组驻地五金厂。宏兴沙社员自发地围攻路线教育工作组的事，震惊了地委和县委，被定性为现行反革命事件。江阴县委命令县公安局派出足够的公安人员，驱车奔赴宏兴沙，弹压群情激愤的社员。与此同时，方组长终于放下身段，上门恳请柏舟出面，柏舟才出面做社员工作。在公安人员的弹压下，经过柏舟苦口婆心地做工作，在被公安人员抓走五名带头驱赶工作组的社员后，数百名社员才从工作组驻地大队五金厂逐渐散去，被迫停工停产五天的五金厂才又复工复产。

事态刚平息，地委丁副书记就在蓝陵公社机关食堂兼会议室，主持召开由工作队全体队员、公社全体机关干部、各大队各企事业单位领导参加的会议。江阴县委书记李顺达及有关县委领导出席会议。会上，丁副书记对宏兴沙大队社员武力驱赶路线教育工作组这一事件进行了剖析。他指出："宏兴沙大队之所以会发生这一事件，主要原因在于这个大队的主要领导平时只注重抓生产搞经济，缺乏阶级斗争观念，疏于对社员群众进行两个阶级、两条道路、两条路线严峻斗争史的教育，放松了社会主义思想对农村阵地的占领；根本原因在于当社员与工作组处于正面对峙时，作为大队党政一把手的柏舟同志，未能在第一时间站出来做工作，最终导致事态的失控与激化。"然而，丁副书记却只字未提工作组的过失之处，把责任全部推给了柏舟。柏舟成了宏兴沙事件的代过者。

丁副书记要求与会者从宏兴沙事件中吸取深刻教训，坚定地站在毛主席的无产阶级革命路线一边，把路线教育运动进行到底。同时，丁副书记还宣布一项决定：鉴于柏舟同志在宏兴沙大队社员武力驱赶工作组的反革命事件中的不作为的表现，经与江阴县委、蓝陵公社党委多次商量，地委路线教育工作队决定，免去柏舟同志宏兴沙大队党支部书记、革委会主任职务，给予其党内严重警告处分；由副书记罗晓军同志主持宏兴沙大队工作。

坐在主席台上的李顺达的脸，严肃，铁板。

琼玥知道丈夫既被免职又受到党内处分后，心里急了："舟，当初要是听了我的劝，你也就不会……舟，你今年已五十五岁了，这次被免职后还能否像前几次那样再恢复职务，很难说啊。"

"我还是党员，"柏舟说，"我还是大队五金厂、化工厂厂长。被免职也好，我可以一心一意办厂了。"

"你心里就一点不急，舟？"琼玥问。

"急有什么用？"柏舟说，"不要自乱方寸。不当书记、主任，我照样吃喝拉睡过日子。"

"你真能这样想，我也就放心了。"琼玥说，"我就是怕你心里过不去这个坎。"

"我柏舟是谁呀，"柏舟说，"我什么样的风浪没经历过？"

即将分娩的嬴姣知道公公被免职后，心里着实慌了，感觉一下子没了靠山，就像在月球上走着似的，失重，不能把控自己，就给柏渡江拍了一封加急电报："家中突发大事，速回。"

柏渡江接到妻子电报后，也不知道家里发生了什么大事，就赶紧向班主任请了假，坐火车连夜赶回来，到家时已是第二天上午九点多。

午饭时，见父亲心定地喝着酒，柏渡江实在憋不住："阿爹，你知道我为什么要急着赶回来吗？"

"你没必要回来。"柏舟淡定地说，"天塌不下来。"

"阿爹，你怎么会被……我做梦都想不到。"柏渡江急急地说。

"这是政治斗争。"柏舟说，"渡江，你是学政治教育专业的，你应该比阿爹懂得什么叫政治。"

"但你也要讲究斗争策略呀，"柏渡江说，"要学会必要的退却与妥协。"

"不用你教我。"柏舟说，"吃过中饭，你就回学校去。记住，儿子，凭阿爹的政治嗅觉和政治斗争经验，更严峻的政治斗争即将到来。你要把握好自己，千万别乱了方寸。"

"放心，阿爹，我不是你。"柏渡江说。

柏渡江回到学校后，心情很沉重。父亲突然被工作队免职，这给了柏渡江很大刺激，使他认识到官场的变化无常，使他陷入了苦思之中，人也突然变得沉默寡言了。

事态平息后，工作组并未收手，而是继续强行收缴社员家的蒲包、芦帘和生产工具、原料，砍伐社员家的成材树木，并让拖拉机将其拖到大队砖窑场，塞进窑门烧砖瓦。对于工作组的这种行为，男社员们一片骂声，女社员们一片哭声。

唐山大地震后，工作组又一刀切地要求社员晚上住到屋外，理由是近来可能会发生高等级地震。于是，每家门口都搁起门板，晚上将蚊帐挂起，在门板上铺上篾席，一家几人就挤躺在一起；次日天亮后收起蚊帐，卷起篾席，把门板搁在外头，日晒夜露。

晚上若是遇到雷阵雨，胆小的就一家老小挤在一起，头顶一块塑料布，弄出一片凄惨的哭声；胆大的则住到家中。每到这种时候，高音喇叭总会准时地添柴烧火，火上加油，说什么越是阵雨大，越有发生强烈地震的可能，越要提高革命警惕，严防阶级敌人的破坏。

已被免职的柏舟，没按工作组要求，将门板搁到门外，而是在自家中堂里搁了一张竹榻，架了一顶蚊帐，让放了暑假的柏渡江与嬴姣和两个孩子睡在竹榻上面，并说即使来地震了，几步也就跨出了家门，不碍事。他则睡到琼玥家的楼上。他说他不怕死。他说他不相信江阴会有地震。琼玥睡在柏舟房间的大床上，随时照顾嬴姣。

八月中旬的一天晚上，吃晚饭时天空中还是繁星闪烁，当人们正在摇着扇子乘凉时，远处突然传来沉闷的雷声，随即闪烁的繁星悄然隐去，接着雷声由远渐近，当一个响雷在人们头顶上炸响时，黄豆般大的雨点把打谷场上的尘埃砸得飞扬起来。乘凉人的屁股还未来得及离开凳子，雨帘就罩了下来，慌得乘凉的人乱作一团，惊得狗们汪汪乱叫。

雨像个泼妇似的，在狂风的助力下，越下越起劲。柏舟再也睡不着了，起床，穿上雨衣，打着手电筒，赤着脚，走出门，察看去了。他先来到自家，只见琼玥和嬴姣穿着塑料雨衣，抱在一起，站在门前的场地上。"渡江呢？"柏舟问。"渡江穿了雨披出门了。"琼玥说。柏舟劝琼玥和嬴姣到家里去，她们不听，也就随她们去了。柏舟又来到大队卫生室门前场地上，听到了小孩老人女人的哭声和男人们的骂声，看到一些胆大的社员已回了家，但大部分胆小的还躲在蚊帐里，尽管上面遮盖了塑料纸，却抵挡不住狂风暴雨的侵袭，蚊帐里的人个个浑身湿透。"这么大的风，这么大的雨，还待在外面，你们不要命了？"柏舟劝他们回家躲雨，但他们说"怕地震来了来不及跑，宁愿在外面淋雨，也不敢回家。"

这时，巡逻的三个基干民兵来到中兴圩，碰到柏舟："柏书记，你也出来了？"

"这么大的雨，我睡得着觉吗？其他圩的情况怎样？"柏舟撸了几把脸上的雨水，"发现什么敌情没有？"

"这种鬼天气，谁还敢出来搞破坏呀。"一个基干民兵说，"柏书记，真气人。我们走了三个圩，没碰到一个工作组组员，只见到你儿子在六队劝人住回家去。"

"牢骚少发，"柏舟正在帮助社员印汝荣固定被风刮倒的支撑蚊帐的竹竿，"快来搭把手，不要只顾站着说话。"柏舟对基干民兵说。

八月过去了，没有地震。

九月来了，仍没地震。

据江阴县志记载，除受到周边的宜兴、南通等地地震波及影响外，两千多年来，江阴从未发生过地震。

十月，中共中央粉碎"四人帮"后，国内政治形势发生着深刻而急剧的变化。十一月中旬，苏州地委路线教育工作队提前撤离蓝陵公社。

四十九　毕业分配

五月二十八日上午十时左右，柏渡江收到琼玥电报：家有急事，速回。柏渡江知道妻子快要生了，就拿着电报去跟班主任汪正平请假。

汪正平说："渡江同学，这学期你家里怎么有这么多事？"

柏渡江说："非常时期，事多正常。"一个月前因柏舟被免去职务的事，他刚请了假回家过。

汪正平问："渡江同学，你家里到底又有什么要紧事？不跟我说明白，这次我不准你的假。"

无奈，柏渡江终于说了他妻子即将分娩的实情。汪正平用异样的目光打量一番柏渡江后，还是准了柏渡江一星期的假。

柏渡江到家后的第二天，就用拖拉机把嬴姣送到江阴县人民医院妇产科，因为嬴姣的肚子特别大，不放心在蓝陵公社卫生院生产。又过了三天，即一九七六年六月二日下午三时二十一分，嬴姣分娩，生了个女孩；三时三十八分，又生下个男孩。柏渡江惊喜，激动，身体在微颤。琼玥喜悦得泪花闪烁，但已累得说不动话了。傍晚，柏舟骑自行车来到医院，看到一双可爱的龙凤胎孙女孙子后，喜得合不拢嘴，自言自语地说："我们柏家祖上烧高香了。"这是柏舟被免职后第一次喜形于色。

见妻子生产后身体虚弱，柏渡江给班主任汪正平拍了一封电报：家中事急，续假十天。事由没说。生产十天后，母子都很平安，在嬴姣的催促下，征得医生同意，柏渡江把妻儿接回了家。

女儿陈瑛坐月子时，琼玥都没怎么上心，仅是星期天去看看，顶多象征性地抱一下外孙女，很少动手做些具体的事。嬴姣坐月子，琼玥却很上心。她骑自行车去蓝陵街上买鲫鱼，排队买猪蹄；走村串户买老母鸡，买回家后，亲自宰杀，亲自煨炖，亲手端给嬴姣滋补，感动得嬴姣热泪盈眶，由叫顺口的"奶娘"改口叫琼玥"妈"了。

"渡江，放心去学校吧，"一天晚上，琼玥对柏渡江说，"奶娘会照顾好嬴姣的。"

"奶娘，我很放心，只是让奶娘太操劳了。"柏渡江说，"奶娘，你比亲娘还亲。"

"渡江，你是吃我奶长大的，也是我照应着长大的，我能不亲你，能不疼你吗？"琼玥说。

"奶娘——"柏渡江第一次拥住琼玥，流着泪哽咽，"你为我们姐弟仨操碎了心。"

"因为我在乎你爹，我就该这样。"琼玥说，"江儿，别哭，都当爹了，别哭。在心里，我早把你当亲儿子了。"

"比亲儿子还亲。"柏渡江说。

经与嬴姣多次斟酌，并征得柏舟、琼玥首肯，柏渡江给女儿起名柏琼，给儿子起名柏嬴，把对琼玥的敬爱，把对嬴姣的挚爱，蕴含在了一双儿女的名字中。

假期未满，柏渡江提前回校。校园内看似平静，但一条主干道两旁，用竹帘搭建起来的大字报墙，贴满了"反击右倾翻案风"、批判"走资派还在走"的大字报，且火药味甚浓。柏渡江对这些大字报已不感兴趣，并且厌倦了。

柏渡江找到汪正平销了假。

汪正平于一九六五年六月南京师范学院毕业后，留校当了老师，大柏渡江八岁，两人私交甚笃。柏渡江销假时，汪正平问柏渡江："据同学说，你妻子是农村的？"

柏渡江又实话实说。

"你岳母马惠娟，我认识，她是南京大学中文系研究古代文学的教授。你岳父嬴恒粟，我知其名，他是省城有名的资方人士，'文革'前是南京市政协副主席。两人在这场运动中都受到严重冲击，吃了不少苦头。"汪正平说，"目前两人还未完全解放。"

"很遗憾，到如今，我与他们还未见过面。"柏渡江说。

"怎么回事？"汪正平不解地问。

柏渡江说："他们不看好我们的婚姻。"

"幸亏你们未见过面，又无来往，否则麻烦就大了。"汪正平说，"学校毕业分配方案即将公布。据系主任给我透露，你留校的可能性极大。如果学校知道你的婚姻现状后，你的分配去向就很难预料了。渡江同学，在目前毕业分配前的节骨眼上，你千万不能透露你的婚姻、生子情况，要绝对保密。明白吗？"

柏渡江说："我懂。"

汪正平接着又问柏舟生的是男孩还是女孩？当得知是龙凤双胞胎时，汪正平笑着说："渡江，你牛啊。适当的时候，你务必补请我喝喜酒，否则，我不放过你。"

"一定。"柏渡江笑着答应了。

正当同学们为毕业分配而忙于托关系、走后门时，柏渡江按兵不动。他并不十分喜欢留校，他清楚自己并不是搞理论教学和研究的料，他常想的是能从事具体实际的工作。这种想法，他并没有透露给汪正平。关于毕业分配，柏渡江很想听听妻子和父亲、奶娘的意见。

柏渡江又去找汪正平请假，汪正平说："现在正在忙于毕业鉴定，你作为班长走得了吗？再说，你这学期已请了两次假，怎么又要请假了？"

柏渡江第一次编造谎言："妻子产后身体虚弱，心里不放心，想回去看看。"

汪正平说："还有半个多月就要毕业离校，你就别请假了。"

听汪正平这么一说，柏渡江稍微犹豫一下，就没坚持请假回去。

毕业分配结果系里公布了，柏渡江留校。

柏渡江大学毕业后回到家，正是吃中饭的时候，刚说完自己留校工作的事，嬴姣就哭起来，琼玥越劝她哭得越起劲。

"哭什么？"柏舟说，"有什么话，不能好好说吗？"

"阿爹，你说，"嬴姣止住哭，拭了一把泪说，"渡江在省城，我在宏兴沙，以后我怎么带两个孩子？"

"孩子是借口，"琼玥说，"嬴姣是瞎担心渡江。"

柏舟问："渡江，你的态度呢？"

柏渡江说："我的态度，如果阿爹有什么办法让我回江阴工作，我没意见。"

嬴姣说："阿爹，你明天就去县里找李伯伯李书记，让他想办法把渡江调回江阴。"

"渡江，你毕业分配的事，"柏舟说，"为什么事先不跟家里商量一下？"

"阿爹，毕业分配这种政策性、原则性、保密性极强的事，我们有权决定吗？我们能事先商量吗？阿爹，你不用直接去找李伯伯了。"柏渡江说，"你下午先给李伯伯打个电话，说我明天上午去找他。"

下午三点多接了柏舟电话后，李顺达心里很欣慰。柏舟虽被免职，但没消沉，仍是一心扑在工厂上，出差跑业务，拓宽产品销售渠道，跑到了数十万元的供货订单合同。当柏舟跟他说了有关柏渡江工作调动的事后，李顺达心里就在盘算着如何帮成老战友这个忙，晚上又禁不住想起柏舟的一些事，想得他失眠了。

一九四九年三月上旬的一天，江北的靖江县侯河区普正乡普济村钱家垛的钱开元，受中共靖江县委副书记石云的指派，以贩卖鱼虾作为掩护，过江（已多次过江）与江阴地下党联络员接头，获取江阴县城乡地图，以便解放军渡江后顺利接管江阴全县。按照接头地点，钱开元来到江阴县城青果巷地下联络点的喜来饭馆，与坐堂的柏舟对上暗号后，两人于傍晚通过敌人的严格盘查后出了南城门。

　　江阴具有"扼江咽喉""锁航要塞"的十分重要的军事地理位置，为历代兵家必争之地。抗战胜利后，蒋介石苦心经营江阴要塞，特别是淮海战役后，尤其重视江阴要塞的军事设施建设、军力配备，并强化白色恐怖，加强特务力量，侦捕江阴地下党人员。

　　柏舟凭着对地形的熟悉，带着钱开元躲过敌人哨卡，步行四五个小时，于晚上九点多来到西乡桃花港附近的一个村庄，找到李顺达。钱开元交给李顺达一封信，信是由中共淮海地委、两淮市委书记吴觉（渡江后任中共常州地委书记，江阴县隶属常州）写给李顺达的。李顺达按吴觉指示要求，将手绘地图交给钱开元，帮助其连夜过江。

　　桃花港早已淤塞而失去水运功能，已不是江防要隘，因而敌人把守力量不是很强，仅有一个班的国军把守。为了让钱开元安全过江，李顺达决定将武工队兵分两路袭扰敌人，引开敌人，让钱开元乘坐的小船趁乱摸黑出港。敌人听到桃花港东西两岸枪声后，也分两拨人追赶枪声去了。李顺达他们五个人在桃花港西岸袭扰敌人，本可以往西顺利撤退的，没想到李顺达左腿突然中了一枪，延缓了撤退速度，被追上来的敌人咬住并包围。敌人越来越近，子弹快被打光，李顺达他们危在旦夕。

　　"李书记，你们快撤，我来掩护。"柏舟冲出去了，边打枪边朝正南方向奔跑。黑夜中敌人辨不明情况，听见枪声往正南方向去，他们就掉转头往正南方向追去。沈兴昌和两个武工队队员，才轮换背着李顺达安全撤退。

　　第二天上午九点多钟，柏舟在一个河湾兜里被一个寻鱼摸虾的人发现，见他还没死，就把柏舟背回了家。那个寻鱼摸虾人，是地下堡垒户，心向着武工队。待柏舟醒来后，寻鱼摸虾人才知道柏舟是武工队的，便通过关系找到武工队。沈兴昌听说柏舟没死，就和三个队员一起，跟着寻鱼摸虾人，半夜来到他家，把柏舟抬走了。据柏舟伤好后说，他引着敌人拼命往正南方向跑，由于天黑，再加上心慌，没辨明去路，来到一个河湾处，已是无路可跑。他打光手枪中仅存的三发子弹，在右腿受伤的情况下，为了不被敌人捕获，就闭上眼睛，纵身跳河……

"老李，今晚怎么啦，老是翻身，有心事？"妻子张玉莲问。

"想起了柏舟，"李顺达说，"想起了一九四九年解放前夕他救我命的事。"

"怎么今晚会想起柏舟？"张玉莲问。

李顺达说了白天柏舟打电话给他说的事："他现在正处于困难时候，作为生死与共的战友，我该尽力帮他一把。"

"能帮成吗？"张玉莲问。

"没把握，"李顺达说，"我尽力而为吧。"

第二天一早，柏渡江骑上赢姣平时上班骑的那辆凤凰牌自行车，去县里找李顺达书记，将近午饭时，李顺达才回办公室。

"昨天下午，你爹在电话里大致说了一下你的情况。渡江，你真的愿意回到江阴这个小地方工作？"李顺达问。

"我不嫌江阴这个小地方。这里是我的家乡。李伯伯，你若能想办法把我调回江阴，我去哪里工作都行。"柏渡江说。

"我试试看。"李顺达说，"听你爹昨天在电话中说，你当爹了，而且一生就是双胞胎，还是龙凤胎。侄儿，记得请李伯伯喝你孩子的周岁喜酒啊。"

"记得，"柏渡江说，"到时一定请李伯伯您。"

"假若能把你调回江阴，你是想去学校，还是想进机关？"李顺达问。

"学校我是不想去的。"柏渡江说，"李伯伯，你知道，我就像我阿爹，口笨，不太会说话，而教师吃的是开口饭。我怕误人子弟。"

"我心里有数了。"李顺达说。

柏渡江走时已是吃饭时间，李顺达还是打电话把县委组织部陆部长叫到自己办公室，交代他派人去南京师范学院，想办法把柏渡江调回江阴。

"柏渡江同志是南师教师？"陆部长问。

"今年刚毕业留校，"李顺达说，"是我一位老战友的儿子，家里情况特殊，留在省城工作有诸多不便。"

"请李书记放心，我努力办妥。"陆部长说。

"到南京后，你可以先去省委组织部找郭光副部长。"李顺达交代陆部长。

陆部长是刚被提拔的县委常委，深为李顺达器重。陆部长投桃报李，亲自带领组织部组织、干部两科科长去了省城。陆部长先去省委组织部找了郭光。郭光是省委组织部负责日常工作的常务副部长，曾是李顺达在干地下革命工作时的老上级。李顺达曾在一次全县三级干部会议上脱稿讲话中讲过他和郭光搞地下革命工作时遇到的艰险。

陆部长向郭光说明来意后说："郭副部长，我们很需要您的支持帮助。"

陆部长未到省委组织部前，郭光就接到了李顺达的电话。听陆部长说明来意后，郭光默想一会儿后就拿起办公桌上的电话机，给南京师院党委华书记通了电话，说："江阴县委组织部的同志在我这里，下午他们去你们学院，你接洽一下。"

陆部长他们下午三时左右来到南京师院党委华书记办公室，递上介绍信后，华书记让座，沏茶。陆部长说明了他们的来意。华书记听后，没有立即表态，只说"你们稍坐片刻，我去去就来"，就走出办公室。陆部长他们喝完杯中茶，华书记还未回办公室，正当他们有些焦急时，华书记回办公室了："柏渡江同学在我院就读三年，品学兼优。他留校，我们院党委是研究过的。按规定，他还未正式上班，我们是不宜放人的。不过，我和院党委组织部的同志商量了，既然省委组织部郭副部长出面了，我们就没有不放人的理由。这样吧，你们去院党委组织部具体商洽吧。"陆部长他们来到院党委组织部后，又费了一些口舌，经过协商，南京师院才同意柏渡江调出。

陆部长带着柏渡江调回江阴的工作调令回江阴后的第二天上午，就向李顺达做了汇报。李顺达对陆部长的工作结果表示满意，并说："陆部长，就把柏渡江同志安排在县委办公室吧。"陆部长完全同意。根据李顺达意见，县委办公室安排柏渡江担任李顺达专任秘书。

李顺达给柏舟打了电话，告诉柏舟，柏渡江已被调回江阴，留在他身边任秘书。"老战友，这下子你该放心了吧。"李顺达说。

"放心，我一百个放心。李书记，你可要严格要求渡江。"柏舟说。

"柏舟啊，我对你这个救命恩人都是坚持党性原则，从不徇私情，怎会放松对渡江的要求？"李顺达在电话里朗声地笑了起来。

李顺达对苏州地委路线教育工作队不正确地免去柏舟的职务，心里很是不满，但他必须服从上级决定。在柏舟背负着不公正的处分的时候，他也就比往常多关心起了柏舟。

见柏渡江调回江阴工作已是板上钉钉的事，而且还是李顺达的专任秘书，嬴姣悬着的心终于稳稳地放了下来，焦躁不安的心也终于宁静起来。她对柏渡江也温软妖娆起来。

五十　邱八之死

在农业学大寨的泛政治化年代，社员干农活记工分，采用大寨式每月"自报互评"的记工评分方法，它注重的是社员不仅要干得了干得好农活，还要评社员的所谓的思想好。在自报互评中，社员的自报工分仅作为参考，起决定作用的是互评。而在互评中，人为因素，亦即印象分占有很重的分量。

邱八被释放回来后，为了活下去，不得不参加生产队劳动，可在干农活时，社员尤其是女社员都会远离他。远离他的原因，一是心里鄙视他，二是嫌他身上有一股臭味。邱八也想得开，随遇而安，只顾埋头干活，很少开口说话，即使有时有男社员戏弄他，他也逆来顺受；即使在每月的工分互评中，他的工分折头与半劳力工分折头差不多，他也不争，仍是低眉顺眼。年终分配时，邱八一年挣的工分，勉强抵得上他全年的口粮款。没有油盐铜钱怎么办？邱八也不恼。他跑柏舟办公室，坐柏舟家饭桌，要大队补助他。柏舟被他软磨得头疼，哭笑不得，无奈，只得在大队公益金中列支补助他一二十元钱。拿到钱后，邱八就说"共产党是不会饿死穷人的"。邱八知道补助款得来不易，也开始学会一分钱掰成两半花。

虽然每天在同一块田里劳动，低头不见抬头见，但哑巴就是不待见邱八，也不允许女儿尤其是邱八亲生的女儿与邱八搭话，更不允许她们偷偷地给邱八送吃的东西，就连大女儿结婚，哑巴都不叫邱八。邱八只得站在远处，呆呆地看着不是自己亲生的女儿，坐上拖拉机远嫁他乡。

邱八确实在学好，社员们都看在眼里，因而有人劝说哑巴接受邱八，让他搬回家去。哑巴则把头摇得像拨浪鼓。小女儿却动了恻隐之心。她目睹了父亲强暴同母异父的姐姐，也曾和母亲、姐姐一道，无比憎恨邱八，甚至杀死他的念头都有，但当看到邱八那种落魄相，那种可怜相，那种奴才相，她心里就有一种说不出来的痛，一人独处时不知哭过多少回。邱八再可恶，再浑蛋，再罪该万死，可毕竟是她的亲生父亲，她的血管里流淌着邱八的血，与邱八有着血浓于水的天然亲情。这种亲情割不断，灭不了，况且他已遭到报应，受到惩罚。她瞒着母亲，偷偷地去看过父亲几次，但被母亲知道后，两人为此大闹了一场，弄得中兴圩人人皆知。

小女儿的横眉冷对，好心人的不断劝导，再看到邱八确实在学好，哑巴的心开始软了，终于点头让邱八搬回家住。那是一个暮春的中午。风和日丽。白云蓝天。哑巴和小女儿来到生产队社员看鱼塘的那间土坯墙茅草房，收拾了几样能带回的东西，把邱八接回了家。回到家，小女儿把一只洗浴木盆放在灶下，再揭开锅，把一锅热水舀进木盆（饭后，她烧了两大锅热水），再在水缸里舀些冷水掺进去，用手试试水温感觉适宜后，就去房里叫母亲。哑巴此时正在房里的一只破衣柜里翻找邱八曾穿过的干净衣服。交代好母亲后，小女儿就从后门出去了。

坐在一张矮凳上的邱八，低着头，不敢看妻女，也不知道她们在忙什么。他只感到此时能坐在这既熟悉又有些陌生的破旧低矮的瓦房里，感到温暖，是心里的那种温暖。这种温暖，温暖得邱八淌眼泪，掉鼻涕。这时，哑巴拿着一身干净的单衣单裤和一条半新旧的青色毛巾，拉起邱八来到灶下，示意他脱衣服洗澡，见邱八动作迟缓，哑巴帮着把邱八身上的臭衣裤扒下，然后开后门丢了出去，当邱八坐进浴盆后，再帮着邱八搓背。

邱八坐在温暖的浴盆里，哑巴妻子给他打肥皂洗头、搓背，抹掉了整半块上海生产的光荣牌肥皂，把邱八感动得哭了。邱八哭得越起劲，哑巴搓得越用劲。洗了一遍，让邱八站起，哑巴开了后门，把脏水泼掉，再把另一锅热水舀进浴盆，又从水缸里添上些冷水，试了几次水温，再让邱八坐进浴盆，把邱八从头到脚洗得干干净净。

穿上干净的衣服，虽旧，但曾是自己以前穿过的，使得邱八有了一种安全的归属感。哑巴忙完后，走进房间。邱八仍坐在那张矮凳上，有些手足无措，有点不自在。哑巴从房里出来，把大门关上，闩上门闩后又走进房里。坐在黑暗中的邱八，领会了哑巴的某种暗示之意，心里顿然紧张起来，紧张中又涌起强烈的原始冲动。他走进房间，走近那张旧木床。哑巴用肢体语言告诉邱八，他可以上床……久违了，已有五年多没碰女人的邱八，在结束栖息在生产队社员看鱼塘的那间土坯墙茅草屋近一年半后，纵身扑进了哑巴营造的温柔梦乡中……哑巴狂热地咬住邱八的左肩膀，血汩汩地渗出……邱八身感痛楚嘴里却酣畅地不停地"哼"着，随着邱八此起彼伏的"哼"声，哑巴压抑地畅快地呜咽了起来。

没老婆的邱八没人样，有了老婆的邱八有模样。哑巴的滋润，家庭的温和，使邱八又感到生活的新鲜，太阳的雪亮，月亮的火红，社员们的可亲。他的自信心又滋长出来了。社员们也都看出邱八的新变化：走路时抬头挺胸了，说话也不再低声下气了，干活时也更出力了，因而在大寨式评工时，邱八也能获得与壮劳力一样折头的工分了。同时，哑巴也有了新变化：穿衣服讲究清爽了，头发也用水抹得光亮了，脸上出现了笑容，走路时脚步轻多了，眼睛也明亮起来了。

一天晚上，琼玥跟柏舟聊天，聊着聊着，不知怎么就聊到了邱八。

琼玥说："无常的政治运动把喜好政治运动的邱八运动得人非人鬼非鬼，而不懂政治运动的哑巴却能把邱八修理得人模人样。女人的力量是不可低估的。"

柏舟说："不能一概而论，要看是什么样的女人。好女人能把坏男人改造成好男人，总体上说，哑巴算得上是个好女人。如果她能口说耳聪，也是个厉害女人。"

"那我是不是也是好女人？"琼玥笑着打趣地问。

"好，好。你绝对是好女人。如果你不好，我会这么喜欢你？"柏舟说。

"那我好在哪里？"琼玥第一次这样问丈夫。

"你是既好又优。"柏舟说，"你是一所学校，你是一部大书。在你这所学校里，在你这部大书面前，我是一个永远毕不了业的在读生。"

"拍马屁话。"琼玥说，"我有你说得这么好吗？"

"比我说得还要好。"柏舟说，"你的好，我心里铭记着，渡江心里铭记着，嬴姣心里牢记着，我的两个女儿心里牢记着。你的好，全大队社员干部都知道，都看在眼里，都记在心里。"

"有你这句良心话，我知足了。"琼玥说。

然而，当苏州地委路线教育工作组进驻宏兴沙大队后，工作组的所作所为就似一种兴奋剂，又把邱八身体中潜伏着的政治动物性激活了，他觉得自己咸鱼翻生的机会又来了。邱八这个擅长政治运动的动物，于是主动靠近第六生产队工作组组员，掺着水分地揭露中兴圩乃至整个宏兴沙走资本主义道路的所谓实情，又开始不做家务甚至脱了工分义务帮助工作组用面粉糨糊张贴"反击右倾翻案风"、批判"走资派还在走"的大字报。

邱八的积极表现引起了方组长的注意，并在第六生产队对邱八进行察访。受察访的那几个社员揣摩准方组长的意图后，就投其所好，瞒着毛边说光边，说在解放前邱八是孤儿，受尽地主阶级的剥削压迫，解放后坚定地跟共产党走，积极参加土改、合作化运动，还担任过大队贫协副主任，领导过宏兴沙大队的"四清运动"；"文化大革命"运动开展起来后，他造反有理，革命无罪，破"四旧"立"四新"，横扫一切牛鬼蛇神，还被结合进公社革委会，可是，他却被错误地当作"五一六分子"关押在县城达三年之久……

方组长是南下干部，出身于农村，对穷苦人很同情。听到几个社员这么评价邱八，又看到他近来的不错表现，就一人做主地把邱八聘为工作组的联络员，脱产跟随工作组行动，工分收入由大队年终分配时解决。

邱八又神气活现起来，走路时又把头昂得高高的，在家里又开始发号施令起来，哑巴又不敢违拗他了。他就像当年的汉奸伪保长，在夜里带领着工作组，突袭没收一些社员家还在偷偷做着的蒲包、芦帘。社员们把邱八骂得十八代祖宗都要翻身。方组长却表扬邱八阶级立场稳，路线觉悟高，政治表现好，是值得信赖的难得人才。

但随着一九七六年十月上旬党中央粉碎"四人帮"后国内政治形势的急剧发展变化，苏州地委路线教育工作队提前一个多月撤离了蓝陵公社。工作队提前撤离蓝陵公社前夕的一个晚上，进驻宏兴沙大队的工作组举行会餐。邱八应邀参加了会餐。方组长在会餐前有言，说吃了这顿酒，大家就要回到原来各自岗位上了，为了加深在工作组内培养出来的革命战友情谊，允许放开喝酒，但不能喝醉。邱八真的放开了，端着酒碗频频敬方组长酒，敬组员们酒，到会餐结束时，邱八喝到舌头都变大了，走路脚也飘了，却没有一个人在意、注意邱八。会餐结束后，邱八摇摇晃晃地走出工作组驻地——宏兴沙大队五金厂。

月光如银。

万籁俱寂。

邱八路经永丰圩的一片池塘时，正尿急，就站在河边的田埂上，掏他的家伙，掏了好一会儿才肯出来，还紧缩着头，怕见月亮似的。田埂的东面是稻田。邱八先把自己那个丑陋的家伙弄得有点模样了，才将尿尿向田里，像打机关枪似的，打了一梭子弹后，不知何故，突然改变方向，转过身，对着偏西的月亮，把尿尿向池塘，也不知道邱八是怎么想的。

池塘位于永丰圩的东南面，距离圩上大概有半里路。池塘像猪腰子状，东西走向，有五亩多水面。池塘中养有鱼，还养有水葫芦、水花生。水葫芦、水花生本来是长满塘的，因为它们可当作猪食用的青饲料，就被捞去大半。由于东南风的作用，水葫芦、水花生大多向池塘的西面聚拢，露出东面一大半的水面。水很清澈，清得可以照出人影。

醉眼蒙眬的邱八，嘴里哼着荤味小调，尿尿时还不时凸肚，做着高射水枪的动作，可能有一个凸肚动作幅度过大，再加上脚不听话，站立不稳，使他先后仰，再前倾，没能把控住身体的重心，小头还没快活完，大头却栽进了池塘，在水面上乱扑腾几下后，就沉入了水底……

到第五天还不见父亲回来，邱八的亲生女儿急了，就逼着哑巴娘去找队长印仲平。

"五天前邱八去了什么地方，你们知道吗？"印仲平问。

"好像去喝酒了。"邱八女儿说。

"去什么地方喝酒了？"印仲平再问。

"好像是工作组请的我爹。"邱八女儿说，"我爹那天还特地换了一件大半新的衬衫。"

哑巴站在一旁，摆出一副事不关己、高高挂起的样子。

印仲平就去找柏舟，说邱八已五天不见人影了。柏舟说我已被免职，不好管事，你去找罗晓军吧。印仲平就去找罗晓军。

罗晓军说："工作组走的隔夜会餐时，我也参加了，看到邱八一个劲地给方组长他们敬酒的。"

"你后来看到邱八了吗？"印仲平问。

"散席后，方组长、李副组长又和我说了一些话。我不知道邱八去了什么地方。"罗晓军说。

"他会不会去苏州找方组长了？"印仲平问。

"说不准。"罗晓军说，"这样吧，我把邱八失踪的情况先向公社沈兴昌书记汇报后再说。"

沈兴昌听了罗晓军的汇报后，就立即打电话向县委书记李顺达做了汇报。李顺达随即也打电话向地委丁副书记做了汇报。隔了三天，方组长坐着一辆吉普车来到蓝陵公社找了沈兴昌，再和沈兴昌一起来到宏兴沙大队部。

方组长说："我是根据地委丁副书记的指示下来的。丁副书记指示，你们一定要发动群众找到邱八同志，活要见人，死要见尸。邱八同志在大半年的路线教育工作中，政治立场是坚定的，政治表现是积极的。如果找到了尸首，一定要深入侦查，查查是否有人在陷害他。总之，我个人认为，宏兴沙大队的两条路线的斗争是复杂的，是尖锐的。罗晓军同志，你务必巩固好、发展好路线教育的既有成果。我等会儿还要去见李顺达同志，不能在宏兴沙久待。"说着话，方组长从口袋里掏出钱交给罗晓军时说，"这是三十元钱，是我个人的。代我转交给邱八同志的家属，聊表我的心意。"

方组长走后，沈兴昌要求罗晓军发动群众找邱八。罗晓军先让印仲平发动本队社员找，找了几天也没找到邱八。在邱八失踪后的第十九天，还是一个偷鱼贼，在永丰圩的那只池塘里偷鱼时网到了邱八的尸体。

原来邱八落水后，在乱扑腾中钻到水葫芦底下了，是水葫芦遮盖住了早已浮起来的邱八的尸体。

邱八的尸体已腐烂，腹部已被鱼掏空。印仲平让人用两只塑料化肥袋，把邱八的尸体套起来。罗晓军派了大队一辆拖拉机将邱八尸体运去江阴火葬场火化，并要求印仲平跟着去。

"我去？"印仲平问。

"你队长不去，难道我去？"罗晓军反问。

"倒了八辈子霉。"印仲平说。

印仲平和邱八女儿及四个男社员，坐上拖拉机，送邱八的尸体去火化。

邱八女儿坐在拖拉机上哭得死去活来。

哑巴坐在家里一滴泪都没有，一脸平静。

邱八的骨灰盒，哑巴没让进家，就直接给埋了。

女儿哭骂哑巴的心肠太硬。母女俩自此翻脸，水火不容。

方组长也没有再过问邱八的死。

十二月下旬，根据江阴县委指示，蓝陵公社党委下发文件，恢复柏舟的党内外职务。

柏舟恢复职务后没过几天，被县公安局抓走的带头围攻工作组的五名社员，也没有政治结论地被放了回来。根据柏舟要求，大队五金厂给五名社员发放了被关押期间的劳动工分收入。

五十一　纾困解难

　　四十天产假将满，嬴姣愁得寝食难安。一个星期三的晚上，她问柏渡江："我产假一满就要上班，两个孩子由谁带？"

　　柏渡江说："要么你不当代课教师，待在家里带两个孩子，要么请人带，我们付她工钱。"

　　"让我做家庭主妇专门在家带孩子？我不干。"嬴姣说，"我绝不会为了孩子而放弃工作的。"

　　"既然这样，我们只能请人带孩子。"柏渡江说。

　　"也只有这个办法了。"嬴姣说，"渡江，你想办法请人吧。"

　　柏渡江先跟父亲商量。

　　柏舟说："请人带孩子是没有办法的办法，可是，请谁带呢？"柏舟也犯难起来，挠头不已。

　　柏舟与琼玥商量，琼玥说："要不请给我们学校老师烧饭的曹婆婆带，她虽年过六旬，但人很清爽，手脚也勤快。我去跟她说说看，看她愿不愿意帮着带孩子。"

　　琼玥跟曹婆婆一说，她说"可以是可以，不过……"琼玥明白曹婆婆的"不过"之意，便说"曹婆婆，你为我们学校老师每天烧一顿中饭，每个月学校给你六元钱，是吧。"曹婆婆点头。

　　琼玥说："曹婆婆，你每天早晨七点半来学校带孩子，你要烧中饭时，我或者嬴老师就帮着你看好两个孩子；下午你就在学校专门带孩子，晚上和星期天不要你带，我每月给你十元钱。曹婆婆，你带不带？"

　　曹婆婆一听，心里窃喜，但她还是搭在架子上，没有马上松口应允。

　　"好了，不少了。"琼玥说，"嬴老师一个月也只有二十四元工资。"

　　曹婆婆拿腔作调地勉强答应了。曹婆婆是同兴圩人，人不坏，但算盘打得贼精，是一个厉害角色。

琼玥回家后跟丈夫一说，柏舟连声说"好"。但跟嬴姣一说，她的第一反应就是："一个月要十元钱？要这么多？曹婆婆太贪心了吧。"

"她能答应帮着带孩子已经不错了。"柏舟说。

"可这每月十元钱，谁出给曹婆婆呀。"嬴姣说，"我可出不起。我每月出了十元钱，我们母子仨怎么过日子？"

"这钱，当然得由你们出。"柏舟说，"帮你们带孩子嘛。"

嬴姣听了心里有些不舒服，第一次回敬公公："两个孩子都姓柏，不姓嬴。"

"你……"柏舟被儿媳妇的话噎住了。

"嬴老师，"琼玥不恼不怒地柔声说，"你就是会说话。这样吧，曹婆婆帮带两个孙辈的钱，由我姓琼的来出。"琼玥没说"孙子"，只说"孙辈"。她要嬴姣好好地品味品味。

一般情况下，柏渡江要到星期六下午下班后才回家，平时都住在县政府机关干部单身宿舍。一个周末，柏舟跟儿子说了嬴姣顶撞他的事。柏舟说："二十多年来，你奶娘从未顶撞过我，也从未对我大声说过话。她还算是省城里的人，还是大户人家出身，怎么那么不会说话？那么没知识？你该说说她，让她跟你奶娘好好学学。这对你以后有大好处的。"

柏渡江和嬴姣一说，她立马跳了起来："我说错了吗？我说错了吗？"嬴姣咄咄逼人，"两个孩子是不是都姓柏？"

"是都姓柏。"柏渡江说，"但抚养孩子是我们父母的责任，不是他们当爷爷奶奶的责任。这种常识性道理你都不懂？"柏渡江也把妻子惹毛了。

"我不懂。我无知。我没教养。你满意了吧。"嬴姣大哭。这时，女儿也突然哭起来。"哭，哭，我让你哭！"嬴姣打了女儿两巴掌，把儿子也吓哭了。整间房里一片哭声，嬴姣和一双儿女的哭声。"我容易吗？一人要带两个孩子。你有本事你带走。"嬴姣委屈地说，"夜里我被吵得睡不好觉，白天累得上不动课。你看看，我憔悴得像什么样了？哪像青春勃发的少妇？简直像个老妪。我都不满意现在的我。"

"不要诉苦。"柏渡江说，"女人有谁不生孩子的？有困难，我们一起克服。"

"那好，"嬴姣说，"从下个礼拜起，你每天下班后回家。我们一起抚育两个孩子。"

"我做不到。"柏渡江说，"我的工作性质，不允许我每天下班后就回家。"

"既然做不到，你就没有权力没有资格数说我。"嬴姣说。

这是他们结婚以来的首场争吵。

柏舟听不下去，要去干涉，被琼玥劝住："夫妻在床头吵架，到床尾就和好了。让他们发泄一下吧。"

柏舟"嗯"了一声后说："玥，像你这样识大体、顾大局、明礼晓理、温柔贤淑、百折不挠的女人，现在难觅了。也只有我柏舟福气好、运气好——"

自嬴姣生产后，柏渡江便听从了琼玥的劝，让嬴姣从柏舟家搬进了琼玥住着的那幢楼房里，住在楼上的西边房间，便于琼玥照料她。

开头两月，曹婆婆确实很用心，把两个孩子带得很好。可渐渐地，曹婆婆也感到要同时带好一对双胞胎，的确很累人。她盘算起心思想回绝嬴姣，说她不想带孩子，但又舍不得每月十元钱。那年头，一个年过六旬的女人，到哪里去每月挣十元钱？老话说得好，吃遍天下盐好，用遍天下钱好。谁会跟钱过不去的？有点心大的曹婆婆，累点苦点不算事，只是想嬴姣每月再给她加点钱。可她又不当面说，只是在带孩子的质量上偷工减料。

一天下午第二节课下课后，嬴姣赶紧去给孩子喂奶，看到曹婆婆手里抱着儿子，就把躺在摇篮里的女儿抱起来，这一抱抱出了事情：由于尿布没撮好，再加上孩子拉稀后没及时换尿布，一抱起女儿，尿布就脱落，女儿拉的稀屎淋得半摇篮，还淋到嬴姣的裤子上。嬴姣忍不住说了几句曹婆婆："这么大岁数了，还不会带小孩？"语气有点急促，也有点逆耳。

曹婆婆听后，心里也火了，说："你就出那十元钱，就要我像侍候资本家的少爷小姐那样侍候这两个小东西？我不是你家女用人。我不干了。我再也不愿意侍候你这个资本家的女儿了。你不要以为我不知道你的出身。你是黑五类子女，是小牛鬼蛇神。"

嬴姣反而被曹婆婆说哭了。

看到曹婆婆气鼓鼓地走出校门，琼玥不追，也不劝，就让曹婆婆走。琼玥心里感谢曹婆婆，因为她的"女用人"的话提醒了琼玥，让她想起曾是她家女佣的翠莲。

翠莲是老沙上人，比琼玥小五岁。当年翠莲无奈离开时，琼玥还多付给她半年工钱，感动得翠莲说不出话来："少奶奶，你，你，永远是我的少奶奶。以后，你若有需要，只要说一声，我就回到你身边。"翠莲结婚前，特地跑了五里多路，来到中兴圩告诉琼玥。琼玥高兴得搂住翠莲。离开时，琼玥送给翠莲二十元喜钱。

"少奶奶，你这礼太重。我不能收下。"翠莲说。"我现在不是你的少奶奶。我们是好姐妹。"在琼玥的劝说下，翠莲收下了。在以后安稳的岁月里，两人很少来往，各过各的日子。但在琼玥遭受无情批斗的最艰难的岁月里，翠莲趁着天黑，几次来到琼玥家，陪着琼玥流泪，给琼玥以慰藉，以温暖，增加了琼玥活下去的勇气。如今，她俩虽不经常来往，但琼玥知道，翠莲的日子过得不顺心，生活也很艰难。她丈夫在前几年山宕里的山体滑坡事故中不幸身亡了。

吃过晚饭，琼玥就和丈夫摸黑去了翠莲家。翠莲的家住在蓝陵公社蓝兴大队。

翠莲见是琼玥和柏舟，既惊且喜，赶紧让座。琼玥与翠莲说了一会儿家常后说："翠莲，我的两个半岁多的双胞胎孙子孙女没人带，我想请你帮着带带这两个孩子。我每月付你二十元工钱，并吃住在我家。"

翠莲听后没爽快答应，且面露难色。

琼玥说："翠莲你如不方便，也就不勉强你。"

"不是不方便，"翠莲说，"就是有些话我很难说出口。"

"有什么话不好说？"琼玥说，"你是否嫌工钱少了点？"

"不少，不少。很多了，很多了。"翠莲说，"我的意思是，我吃住在你家，还要不要带口粮去？"

"不用，不用。"柏舟立即表态。

翠莲生有一男一女。儿子早已结婚，孩子都三岁了。女儿去年也已出嫁。翠莲的儿子听了，心里匡算一下后很是开心，心想，母亲每月既有二十元工钱，还能为家里节省三四十斤粮食，天底下哪有这样的好事？于是，儿子就鼓励母亲："娘，不要不放心家里，你去吧。我们会带好自己孩子的。"

翠莲高兴地答应了琼玥。

翠莲还像当年那样，走路脚轻，做事手轻，不多话唠说，尽心尽力，在带好柏渡江一双儿女的同时，还帮着做家务事，把家里桌椅、门窗、楼梯，擦拭得一尘不染。

嬴姣除给孩子喂奶外，什么都不用她操心。晚上，两个孩子也由翠莲带着睡，使得嬴姣睡眠时间充裕，精神好了，心里愉悦了，上课安心了，打扮也有时间了。柏渡江周末回家，两人也有好心情温存一番了。

琼玥看在眼里，甜在心里。她每月拿出自己工资中的大半给丈夫，让柏舟去蓝陵街上买荤菜、买黑市米。她的付出换来了家庭的和美。"玥，我们柏家，欠你的实在太多了。"一天晚上，柏舟动情地对妻子说，"没有你，这个家不知道会是什么样子？玥啊，你叫我对你如何是好？"

"舟啊，为了你，我愿意为这个家付出。"琼玥说，"舟啊，说心里话，这二十多年来，要不是有你，我也不知道现在会是什么样子？假若土改时我去了江阴，成为城里人，至多当一个女工或者一名店员，其现状怎能与我现在比？所以，舟，你是我的贵人。你是我的恩人。你给我的不仅是爱，更是福分。倘若没有你，我会是拿工资、享受国家公费医疗待遇的公办教师？倘若没有你，人们会那么看重我，敬重我？舟啊，我要感恩你，我要报答你，你是我的恩人。"

五十二　已然早春

　　柏渡江担任李顺达的专职秘书后，经常跟随他下农村、下企业调研，再由于他好学、善思，上头精神吃得透，下面实情摸得清，李顺达的思想拿得准，因而使他每次给李顺达起草的会议讲话稿或报告稿，都很合乎李顺达的心意，进而"县委办一支笔"的美誉不胫而走，传遍县、社两级政府机关。柏渡江因工作成绩显著，工作一年后就被任命为县委办公室秘书科科长。

　　李顺达参加完中共十一大从北京一回来，就忙于准备会议精神的传达贯彻。一天下班时，李顺达叫上柏渡江去他家吃晚饭。柏渡江在南菁读三年高中，从未去过李顺达家一次。在县委办公室工作的一年中，他这是第二次去李顺达家。李顺达与小他十三岁的小学教师张玉莲结婚后，生了一儿一女。儿子在本县南闸公社花果知青点插队半年后当了兵。女儿还在县林场当知青，每星期回家一趟。来到李顺达家，见张玉莲正在厨房忙着，柏渡江打了招呼后要帮张玉莲择菜时，被她笑着拦住了。张玉莲让他去客厅陪李顺达喝茶聊天。

　　李顺达家在北干宿舍区，住着一幢两层小木楼，这在当时的江阴县城已属高档住宅。从厨房来到客厅，见李顺达正在看《人民日报》，柏渡江就默不作声地提起热水瓶，给李顺达放在茶几上的水杯里添水。放下报纸，李顺达问："渡江，你对十一大后的形势发展，有怎样的基本判断？"

　　"我说不好。"柏渡江也非常关注中共十一大。

　　"这是在李伯伯家里。"李顺达说，"有什么说什么。我想听听你的看法和想法。"

　　"我的不成熟的看法是，十一大后，国家可能会发生巨大而深刻的历史性变化。"柏渡江注意到，李顺达端茶杯的右手，微颤了一下，便停住话头，不再往下说。

　　"继续说下去，我听着呢。"李顺达说，"敞开心扉说，我保证不抓你辫子，不

春光横空

打你棍子，不戴你帽子。"李顺达笑了起来。

见李顺达笑了，柏渡江心里放松了许多。李顺达与柏舟关系虽然非同一般，但柏渡江还是很怵李顺达的。同时，柏舟常告诫儿子，在李顺达身边工作，更要谦虚谨慎，一言一行都要严格要求，不能给他添麻烦，只能给他增光彩。父亲的教诲，柏渡江时刻铭记在心。

"有李伯伯的鼓励，我就言无不尽了。"柏渡江说，"十一大庄严宣告结束'文化大革命'，这为国家发生可逆转的变化开辟了新途径。至于会议仍强调阶级斗争，那不过是一种惯性使然，或叫一种过渡而已。促使国家发生可逆转变化的动力，来自中央政治局常委的组成人员，尤其是恢复工作不久的邓副主席。他们都是对中国国情有着清醒而准确认识的既具有前瞻视野又具有务实精神的政治领袖。还有，国家将要发生深刻变化的一个先兆已经出现，那就是十一大宣布将适时召开五届全国人大会议和五届全国政协会议。中断十年之久的全国两会的复会，定会讨论规划国家发展的新蓝图、新路径、新战略。"

李顺达双手捧着茶杯，认真地端视着坐在面前的年轻的柏渡江。

"我说错了，李书记？"柏渡江轻声地问。

李顺达放下茶杯，仰靠在沙发上，说："渡江，你很有政治敏锐性，也富有政治研判力，不愧是南师政教系毕业生。你说得很好，说出了我的所思所想。渡江啊，我交给你一个任务：明年开春后，你选个时间，沉到基层，深入调研，详尽了解基层干部群众的所思所盼，然后写一份调研报告给县委。你现在就可以准备起来。"

"好，我一定完成好李书记交办的任务。"柏渡江说。

十一大后国家发生深刻变化的第一个标志性事件，就是十月二十一日《人民日报》发表《搞好大学招生是全国人民的希望》的社论，公布了恢复高考的消息；二十三日《人民日报》又发表《文化考试很有必要》的文章，透露将于十二月举行全国高校统一招生考试的消息。

嬴姣获悉恢复高考的消息后，彻夜难眠，心里纠结着要不要报考。如报考，考不上怎么办？丈夫会怎么看她？公婆会怎么看她？学校同事会怎么看她……如不报考，她心里又不甘，认为这是唯一一次改变自己命运的机遇，错过了就不可能再有第二次这样的机遇了。最后想定，不管考得上考不上，她都要拼一次。她把自己报考的想法跟丈夫一说，柏渡江积极支持，可在公公那里卡了壳。

柏舟问："嬴姣，你一旦考上了大学，这两个孩子怎么办？"

281

"如果我考不上呢？"赢姣说，"这问题就不成为问题了。"

"假如考上呢？"柏舟追问。

"阿爹，你想那么多干吗？"看到妻子一脸痛苦的神色，柏渡江说，"一切都待考试后再说。"

"我不是反对赢姣参加高考。"柏舟说，"我是提醒你们。凡事要想在前头，要早作打算，不要遇到事了，就心急慌张，不会好好说话。"柏舟在旁敲侧击。

根据高考报名要求，一天下午，赢姣去蓝陵公社教革组开具证明其代课教师身份的证明，吴领导却要赢姣先去宏兴沙大队革委会开具证明。赢姣问"为什么？"吴领导说"现在仍是贫下中农管理学校。你是宏兴小学代课教师，必须先征得宏兴沙大队革委会同意后，公社教革组才能同意你报名高考。"

赢姣骑自行车来到宏兴沙大队部，没找到公公，只看见副主任罗晓军在，就跟他说了开具证明的事由。罗晓军听后说这事他做不了主，他让赢姣直接去找柏舟。赢姣说："我是他儿媳妇，让你写了同意我报名高考的证明，他会怪罪你？"

"赢老师，有些情况你或许不知道。"罗晓军说，"就算我给你写了证明，也盖不到大队的公章啊。"

"我可以去找大队会计盖公章嘛。"赢姣说。

"没用的。大队会计不保管公章。公章由你公公随身带着的。"罗晓军说。

"怎么会这样？要是公章丢了呢？"赢姣问。

"可公章从未丢过啊。"罗晓军说。

"他为什么要这样？"赢姣问。

"柏书记说，他这样做是为了更好地加强党的一元化领导。"罗晓军说。

柏舟把大队革委会公章随身带，是他和琼玥去县民政局因未带介绍信而没领到结婚证以后的事。

晚饭后，赢姣跟公公说了要大队开具证明的事。柏舟说："我们要研究一下。"听后，赢姣的脸色就难看起来，但没吭声。琼玥察觉到了赢姣脸色的急剧变化。

就寝时，琼玥问柏舟为什么不爽快地答应她？

柏舟说："我有点看不惯她。她跟结婚前不是同一个人了。"

"你啊，"琼玥笑笑说，"随着环境的变化，人都会变的。"

"应该变好呀，"柏舟说，"否则，这社会还能向前进步吗？"

"你不要心无足事。"琼玥劝慰丈夫，"总体上看，她还不错。你知足吧。"

"我知足有什么用？"柏舟牢骚大起来了，"孙女孙子都会学走路了，可她父母还不认这门亲事。这不难堪渡江吗？我总觉得，她当初缠上渡江是有很强的功利心。玥，你想啊，如果她考上大学，毕业后留在大城市工作，那将会出现什么样的结果？"

"你多虑了，舟。"琼玥说，"不要托词研究了，我现在就帮你写好证明，盖上章，我给她送过去，让她睡个安稳觉。我早已看出来了，她心里是不能搁事的。"

琼玥把宏兴沙大队同意嬴姣报名高考的证明送到嬴姣房间时，只见她背靠在床栏杆上暗自幽泣。嬴姣接过琼玥手中的纸一看，是大队同意她报名高考的证明，再一看字迹是琼玥的，就忍不住哭出声来："妈——你对我，就像亲女儿！"

琼玥坐到床沿上，安慰嬴姣："放心地去参加复习吧。孩子由翠莲带着，我也会帮着照料的。做女人，不容易。妈懂你，理解你，支持你。"

嬴姣拿着公社教革组开具的证明去蓝陵中学（一九七〇年起，已由初级中学升格为完全中学）报了名。自此起，白天嬴姣在学校上课，一吃过晚饭就骑上自行车去蓝陵中学上夜课，听老师复习高考的有关课程。九点半回到家，嬴姣还要复习到深夜才入睡，人都明显瘦了下去。看到嬴姣复习很辛苦，琼玥就炖老母鸡给她滋补身体。

因报考人数太多，据说江苏省高考人数超过了五十万人。鉴此，省教育部门要求各地（市）、县教育部门适时组织一次初试。嬴姣参加了十一月二十八日至二十九日的初试，每天考两张试卷，分别是语文、政史地，数学、理化，并顺利通过初试。这极大地提升了嬴姣高考的信心。她又苦战近一个月，并于十二月二十三日至二十四日，参加了由省教育部门组织的正式高考。考试结束后，柏渡江问她考得怎样？她回答说不怎样。再问她考试后感觉怎样？她回答说没感觉。

考试结束后没几天，考生就忙着填报志愿。与柏渡江商量后，嬴姣填报的第一志愿是南京大学国际政治系，第二志愿是江苏师范学院中文系，第三志愿是苏州地区师范学校中文专科班。填好高考志愿、做学期结束工作时，嬴姣给父母写了一封信，不是商量，而是通知他们，说她和柏渡江带着两个孩子要回省城过年。如果父母还不认可他们的婚姻，她威胁说将与他们断绝关系。父母没回信，仅回了一封电报，就三个字：回家吧。

嬴姣他们是在农历十二月二十九日下午四点多到她父母家的。嬴恒粟坐在沙发上没挪一下屁股，两只浑浊的眼睛像扫描仪似的，来回地扫描着柏渡江。嬴姣让柏渡江叫嬴恒粟"爸"，柏渡江叫了声"爸"后，嬴恒粟机械地点了下头。马惠娟比较热情，当柏渡江叫了她一声"妈"后，她爽脆地答应了。女儿柏琼躲在嬴姣身后，就是不肯叫"外公""外婆"。儿子柏赢比较出趟，稚声稚气地叫了"外公""外婆"。马惠娟心里像灌满了蜜似的甜，赶紧拿出两份压岁钱给了外甥和外甥女。这时，柏琼才叫了声"外婆"，但还是不肯叫"外公"。

"老赢，你看你那张严肃的脸，把外甥女吓得不敢叫你了。慈祥一点，和蔼一些。"马惠娟说。

赢恒粟的脸上勉强挤出几许笑意来。

赢恒粟夫妇已完全被解放，虽然还没有恢复工作，但每月工资已不再打折扣，拿全了，两人加起来每月有四百多元的工资收入，又没有其他负担，所以雇了一个保姆。保姆是南京城郊一个无职业的四十岁出头的女人。大年三十除夕夜，全家要吃年夜饭和守岁。保姆在厨下忙着做年夜饭，赢姣帮着母亲安排桌椅、碗筷。

"妈，大哥大姐他们呢？"赢姣问。

"你爸死倔，不让我告诉他们你们回家过年。"马惠娟说。

"不好怪爸。"赢姣说，"是他们做得太过分。谁让他们公开宣布与你和爸划清阶级界线，脱离关系的？"

"别说了，已是过去的事。"马惠娟叹了一口气。

饭桌上，只有马惠娟和赢姣在唠家常，柏渡江插不上话。赢恒粟坐着像尊佛，金口不开。

两个孩子睡着了。

"你们吃，我去侍弄孩子们睡觉。"柏渡江先抱起儿子，再抱起女儿走进一间房间，让两个孩子先和衣睡在被窝里。"我似乎是一个多余的人。"柏渡江自言自语。柏渡江走出房间再次坐到桌上时，赢恒粟已不坐在桌上。赢姣说："爸有点累，先去睡了。"柏渡江半饥半饱、没滋没味地在岳父母家吃了一顿年夜饭。

在岳父母家住到正月初三，柏渡江实在待不下去，就跟妻子说："我们回去吧。"

赢姣说："才来几天呀就急着回去。再多陪爸妈几天。"

"你说，我还待得下去吗？我是一个多余的人。"柏渡江说。

"别跟我爸计较。他脑子可能被打坏了。"赢姣说，"我妈是很赞赏你的。你的一些事，我都跟妈说了。"

"我有什么事值得你跟你妈说的。姣，真的，我想回去做些准备，过年上班后，就要下基层搞调研。"柏渡江说，"要不我先回去，过几天再来接你们。"

赢姣听后脸色顿时难看起来："随你便。"

柏渡江没有使出"随你便"的性子，而是耐着性子又多待了两天，到正月初六，一吃过早饭，他们就去赶火车。火车到常州站，他们下车时已是下午一点多。柏渡江他们马不停蹄赶到汽车站排队，排了近一个小时的队，才买到去蓝陵的末班车票。排在柏渡江后头的人就没买到票。

"慢一脚就买不到票了，好险。"柏渡江说。

正月十九日，嬴姣收到南京大学的录取通知书，读的是国际政治专业。她如愿以偿，甚为高兴。高兴的还有柏渡江，在嬴姣去学校报到前，柏渡江每天一下班就骑车回家，小夫妻俩像得水的两条鳗鱼，每晚竭尽缠绵之能事，畅谈理想抱负，憧憬美好未来。

柏舟却高兴不起来，反而担心起来。一天晚上，柏舟跟妻子说："玥，这两天我老是心不定。"

"因为什么？"琼玥问。

"想嬴姣上大学后的事。"柏舟说。

"有什么好多想的。"琼玥说，"我知道你担心什么。"

"可能是我多担心了。"柏舟说，"不过，我不得不想。"

"理解，"琼玥说，"如果真的有'天要下雨，娘要嫁人'的那一天，也没什么好怕的。"

要离开家去学校报到的那天，两个孩子哭着不让嬴姣走，嬴姣也抱住两个孩子大哭，场面有点悲伤。柏舟很心酸，不忍心听到孙子孙女的哭声，就躲出家门，去了大队部。

仍是琼玥，抱过两个孩子，对嬴姣说："走吧，快走吧，家里有我，孩子不会受罪的，你放心地去上学吧。"

柏渡江把妻子送到南京大学。无巧不成书。柏渡江读大学时的班主任汪正平，竟然是嬴姣的班主任。汪正平去年刚从南京师范学院调入南京大学。

"渡江，我们真是有缘。"汪正平说，"我能先后当你们夫妻俩的班主任，这种巧事在我国高等教育史上，实属罕见。"接着，汪正平当着嬴姣的面，大夸了一番柏渡江在南京师院读书期间的品学兼优。

"汪老师，渡江如果不优秀，我这么优秀的人，怎会嫁给他？"嬴姣一脸灿烂地笑。

五十三　陈瑛进厂

夏晓龙的工伤事故，在他出院休养半年后，厂方才与他协商解决。夏晓龙由于卧床难起，就委托父亲代表他与厂方谈判解决他的工伤事故。父亲先向厂方提出三个处理条件：一是夏晓龙工伤事故前的每月工资、爆破作业补贴，一分钱都不能少，厂里要养到夏晓龙老死为止；二是夏晓龙出院后再发生的所有医疗费用，都要由厂里实报实销；三是厂里要把夏晓龙的两个孩子抚养到十八周岁。蓝陵公社采石厂难以接受夏晓龙父亲提出的工伤事故处理条件。双方僵持不下。

为了给厂方施压，夏晓龙父亲就发动其侄儿们堵厂门，扰乱厂里正常的生产秩序。厂方也不示弱，保卫科动用职工与他们对峙。双方先是恶语相对，后来发展到拳脚相向。夏晓龙父亲一方人少，动手中吃了大亏，被打伤两人。于是，夏晓龙父亲悲情诉说采石厂以强欺弱，欺负夏家庄没人。夏家庄人听了，怎么咽得下这口气？在夏晓龙父亲鼓动下，全村大大小小一百七十七人，都被动员起来，大人操起干农活的农具，小孩手持竹棍，聚集在采石厂门口，高喊"严惩凶手""把凶手交出来"等口号，致使采石厂停工停产一星期。这才引起蓝陵公社领导的重视。

沈兴昌亲自出面做工作，欲劝散围堵厂门的夏家庄人，可夏家庄人根本不给沈兴昌半点面子。沈兴昌就让蓝南大队书记张伯涛出面劝说。张伯涛说："沈书记，你都劝说不了他们，我还能说得服他们？沈书记，老话说得好，强龙斗不过地头蛇。夏家庄人历来蛮难缠的。我的建议是，采石厂器量大一点，答应夏家提出的要求，再赔偿一点被厂方打伤的人的医疗费、误工费，问题不就解决了？"

"你倒说得轻巧。"沈兴昌不满意张伯涛说的话，"老百姓张多大嘴，你就塞多大的馒头给他们吃？还要不要国家的政策？处理工伤事故，国家是有政策规定的。我看啊，你就是偏向你大队的群众，一点政策观念、党性原则都没有，做了群众的尾巴。"

春光横空

286

"谁叫我是蓝南大队书记呢？"张伯涛说，"我不帮本大队群众说话，难道要去帮采石厂说话？我这个书记还怎么当？"

"张伯涛同志，"沈兴昌听了张伯涛的话，很是生气地说，"你这个书记不是蓝南大队群众让你当的，是我沈兴昌让你当的。你的屁股再坐在夏家一边，我现在就把你书记的职务撸了。"

张伯涛见沈兴昌真的生气了，便马上堆出笑脸，快速地从口袋里掏出飞马牌香烟，抽出一支，递给沈兴昌。沈兴昌接烟后，夹在左手的食指与中指间，张伯涛又迅速划燃火柴，给沈兴昌点烟。"沈书记，"张伯涛给沈兴昌出主意，"眼下开锁的钥匙，依我看，或许掌握在宏兴沙大队书记柏舟手里。"

"这事与柏舟不搭界。"沈兴昌吸了一口烟后说，"你尽出馊主意。"

"沈书记，不是馊主意，"张伯涛说，"夏晓龙父亲与柏舟书记是亲家公。他经常在社员面前吹牛，说他与柏舟关系怎样怎样好，他怎么怎么佩服柏舟。所以，我的意思，不妨让柏舟书记出面做做夏晓龙父亲的工作。如果工作做通，问题就好解决了。"

沈兴昌沉吟一会儿后说："那就试试看。"于是，拿起厂长室的电话，给柏舟打电话。柏舟没在大队部，在五金厂。沈兴昌又把电话打到五金厂，柏舟接了电话。电话中，沈兴昌要他立马去采石厂，但没说为了什么事。放下电话，柏舟想："沈书记要我去采石厂干什么？莫非是为了亲家公带领人大闹采石厂的事？可这事与我又有多大关系呢？"

夏家庄人围堵采石厂门的事，已传遍整个蓝陵公社，连周边公社都知道，也惊动了县委李顺达书记。

已过下午三点。柏舟骑上自行车，来到宏兴小学，跟妻子琼玥打招呼，说沈兴昌要他快去采石厂。

"是否为了晓龙的事？"琼玥问。

"可能吧。"柏舟说。

"这样吧，我已没课。我跟你一起去。"琼玥说，"我也有好几天没去看瑛瑛了。"

经过治疗以及在柏舟、琼玥、柏渡江的关爱下，陈瑛已基本恢复正常。

"也好，我们一起去。"柏舟和琼玥各骑一辆自行车一道走了。

来到采石厂厂长室，厂长陆明热情地给柏舟让座，敬烟，泡茶。坐下后，沈兴昌说了正事，希望柏舟能做通他亲家公的工作，为公社党委挑些担子，为他沈兴昌分些忧愁。听老战友、老领导沈兴昌说得这么诚恳，柏舟也就不好意思推辞。

"陆厂长，你们厂方的处理意见是什么？"柏舟问。

"按国家政策规定处理。"陆明说。

"我不是问的工伤事故处理的问题，而是问你们怎么安抚夏家庄人的问题。"柏舟说。

"头疼啊，"陆明说，"经济问题可以谈，所谓'凶手'不能交出去，一旦交出去，那会出人命的。我可负不起这个责任。"

"柏舟，我给你底线：一是劝说他们尽快散了，明天采石厂必须复工复产；二是赔偿被采石厂打伤的两个人的医疗费、误工费；三是堵在厂门口的人，无论大小，有一个算一个，每人每天补助一元钱误工费。"沈兴昌说。

柏舟走出厂门，在人群中找到夏晓龙的父亲，想把他叫到厂部去商量解决问题，谁知夏晓龙父亲不肯进厂门。

"亲家公，你既然作为厂方代表来做我的工作，我也不会太难为你的。"夏晓龙父亲说，"厂门我是不会进的，有什么话你就在这里当着大家的面说吧。"

柏舟说了沈兴昌给他交底的那三个意思。

夏晓龙父亲听后说："可以考虑，但要与晓龙的工伤事故捆在一起解决。如果不能答应我们提出的要求，我们是不会撤走人的。亲家公，我们这是在为陈瑛和她的两个孩子在争，在闹。我们要为他们以后的日子着想。"

柏舟说："亲家公，事体一码归一码。眼前你先劝说围堵在厂门口的人尽快散了，之后，我们再坐下来具体商量如何解决。闹只会闹出乱子，根本无助于问题的解决。"

夏晓龙父亲说："也好，不过，我要再听听大家的意见。"他跟几个主事的人商量起来。他们基本同意柏舟提出的三条处理意见，但又强调说："被打伤的两个人的误工费，再加上营养费，每天不能少于五元钱，少一分钱都不行；围堵厂门的人的误工费，每人每天不得少于两元钱。如果不答应，我们可以暂时散去，但我们会把通往采石厂的经过我们村地界的那条石子路垒掉，断了他们的财路。"

柏舟把意见转达给了沈兴昌和陆明。他们虽然认为夏家庄人是在故意敲采石厂的竹杠，但沈兴昌还是拍板表态同意了。他说："算账既要算经济账，有时更要懂得算政治账和声誉账。如果再不快刀斩乱麻，还是犹豫不决的话，公社党委则会更被动，蓝陵公社的声誉受损将会更大。"

满足要求后，夏家庄人很快散去。采石厂恢复了正常生产。

接下来，沈兴昌又要求柏舟参与夏晓龙工伤事故的处理。柏舟心里是不愿掺和夏晓龙工伤事故的处理的，但不得不给沈兴昌面子。柏舟先与琼玥商量，琼玥认为夏晓龙父亲提出的三个处理条件中，前两个条件合情合理，最后一个条件却摆不到桌面上。琼玥建议，是否可以让陈瑛顶替夏晓龙进采石厂工作，当个出纳会计之类的，陈瑛完全能胜任。柏舟认为琼玥的建议具有可操作性。

柏舟夫妇又先征求女儿女婿的意见。夏晓龙下身虽瘫痪，不能下床，上半身却很好，嘴能说话，双手能动，脑子能想问题。夏晓龙说："如果厂里同意瑛瑛顶替我进厂工作，再满足我父亲提出的其他两个条件，我可以在工伤事故处理协议书上签字。"

陈瑛则说："我进厂可以，但厂里如果让我去干敲石子的重活，我宁可不进厂，也不会在协议书上签字。"

柏舟夫妇又跟夏晓龙父母亲商量。在听了儿子、儿媳的意见后，他们也提不出更好的意见。夏晓龙两个弟弟则闷声不响。

"亲家，如果大家没其他意见，我想，我们可以坐下来跟采石厂商量解决晓龙的工伤事故问题了。早处理好，陈瑛也可以早点去厂里上班。"柏舟说。

与采石厂坐下来具体商量解决夏晓龙工伤事故时，双方还是经过了一番你攻我守、我攻你守、讨价还价、斤斤计较后，才先达成两点共识：一是采石厂每月发给夏晓龙原有工资二十四元、爆破作业补贴六元，以后视企业发展情况再逐步提高；二是夏晓龙出院后发生的所有医疗费用，凭发票由采石厂实报实销。当商量到陈瑛顶替进厂工作时，陆明把柏舟叫出厂长办公室，来到另一间办公室。

"柏书记，听说你的那个女儿陈瑛，精神有点不太正常？如果是这样的话，她恐怕不适宜进我们厂工作。"陆明说。

柏舟抽着烟，望住陆明的脸，不说话，在抽掉半支烟后才开口："陆厂长，如果夏晓龙的突发工伤事故降临到你头上，你一时经受得住吗？况且，她是一个女人。再说，她出院有段时间了，与你我已无两样。"

"我其他不担心，"陆明说，"只担心她以后会复发。"

"谁能保证你我以后在高压力下就不会在精神上出现暂时性的不正常现象？"柏舟说。

听柏舟这么说，陆明也不好再说什么，就站起来说："柏书记，陈瑛顶替进厂的事可以商量，至于以后的事以后再说。"

两人又返回厂长室，与夏晓龙父亲他们再次沟通商量后，最终达成夏晓龙工伤事故处理协议。

去厂里上班前，为了不使自己过度劳累，陈瑛把家里的一头母猪卖了，只养了一头肉猪。陈瑛到采石厂报到后，被分配到厂生产科，负责雷管、炸药等爆破物资的采办。从正式上班第一天起，陈瑛每天一早起来做早饭，烧猪食，伺候丈夫和四岁的女儿吃早饭，喂两岁的儿子吃早饭，一切弄停当后，她才吃早饭，梳头，换上清清爽爽的衣服，骑上自行车去上班，中午不回家。中午的饭、喂猪的活，由婆婆帮着做，女儿儿子由婆婆照管。下班后，陈瑛换下上班穿的衣服，忙家务，还要种自留地；晚上还要每天给夏晓龙按摩腰部。她下定决心，无论坚持多少年，她一定要让夏晓龙重新站起来。她相信夏晓龙能有站起来的那一天。

陈瑛很辛苦，也很累，但她过得很充实。

陈瑛有了笑声。

琼玥看到女儿如此善待女婿，面对困境如此坚强，心里甚是欣慰，因而她跑女儿家比以前勤了，每次去，总要塞给女儿一些钱："买点东西给晓龙补补。你也要做几件新衣服，不要太苦了你自己。"

"妈，你真疼我。"陈瑛流着泪说。

"傻孩子，妈不疼你疼谁？"琼玥说。

五十四　柏舟病重

　　一九七八年五月二十三日中午，江阴西乡桃花公社通讯报道员庄乾，步行来到桃花大队向正在这里搞调研的柏渡江报信，说县里午饭前打来电话，要求柏渡江下午赶快回去，不要耽搁。柏渡江估计李顺达有要事找他，就赶快收拾好自己的随身物品，骑上自行车回到县政府大院时已近下午四点。柏渡江先去找办公室王主任，他不在办公室；又问了两个副主任，他们都说没有给桃花公社莫书记打过电话。柏渡江回到自己的办公室刚坐下，白开水还没顾得上喝一口，李顺达来找柏渡江了。来到李顺达办公室，柏渡江欲向他汇报，被他打住："今天不听你汇报，你赶快回家。你家里出了一些事。"柏渡江问出了什么事。李顺达只催促柏渡江赶紧回家。

　　一路上，柏渡江心里猜测，会不会是奶娘病了？或者是孩子病了？他根本想不到是父亲病了。在柏渡江眼里，父亲壮如牛，不可能生病。柏渡江骑自行车回到家后才知道，父亲肝部剧痛已有一段时间，又不肯去医院，琼玥说不动他。同时，翠莲的儿子生病住院，她要去医院照顾儿子，柏渡江的两个孩子又没人带了。怎么办？

　　"渡江，是我瞒着你爹打电话给县委李书记的，让他催你赶回家来的。"琼玥说，"我第一次领教了你爹的那种倔，根本不听我劝。渡江，你想想办法，我们如何解决目前遇到的棘手难题？"

　　吃过晚饭，柏渡江对柏舟说："阿爹，我明天陪你去县人民医院检查一下。"见柏舟摇头，柏渡江加重了语气，"阿爹，必须听我的。我是你儿子。"柏舟望住儿子坚毅的脸，终于默默地点了点头。见状，琼玥松了口气，但心里同时也生长出了一种别样的滋味，感觉在柏舟心里，自己的分量不如他儿子那般重。她重重地叹息一声。"还有，奶娘，两个孩子让谁带的问题，我一时想不出有什么好的解决办法。"柏渡江一脸愁色。

柏舟深情且期待地望着妻子。

"我左思右想，只想出这样的笨办法，"琼玥说，"现在是五月下旬，距离放暑假还有一个多月。这段时间里，就让艳丽回来帮着带孩子，我们补贴她误工费，不能让她白带孩子。我昨天已去她家找了她，她答应了。但这不是长久之计。我已拿定主意，决定病退，从暑假起，就在家一心一意带好两个孩子。不过，渡江你要帮我两个忙，一是帮我在县人民医院开具一份能使我顺利病退的病因证明；二是帮我疏通关节，让我在暑假期间就能办妥病退手续。"

"奶娘，你不能这样。"柏渡江说，"你付出的代价有点大。这对你不公平。"

"我从一九五三年暑假开始工作，到今年暑假已整二十五年，再过三年就可以正常退休。可这三年怎么熬呀？让嬴姣从大学里回来带孩子？让你渡江不工作回家带孩子？还是让你岳父母带？他们会带吗？我也想过再请人来带孩子，可是，如今这个年代，谁愿意来带孩子？翠莲到我们家带孩子，外面已传着不少风言风语，说什么柏舟是共产党的大队书记怎能剥削人？说什么琼玥这个陈家少奶奶是在复辟旧社会，差使她原来的女佣……"琼玥流泪了，"渡江，你难，你爹难，嬴姣难，我也难。可我想来思去，与其让你们都难，还不如让我一人难。渡江，奶娘曾给你说过，我爱你爹，也爱你们姐弟三个。我这个后娘虽还做得不称职，但已尽力了。我只有这么大的本事。"

听妻子说完，柏舟哽咽，第一次哽咽了。母亲印大妹去世时，他也只是流泪而没哽咽。"渡江，你奶娘，为我们柏家付出了巨大牺牲。渡江，不管以后爹在不在，你给我记住，你一定要善待你奶娘。只有我们柏家欠她的。"柏舟竟然哭出声来。

"不要这样，舟。"琼玥流着泪搂住了丈夫的头。

第二天一早，柏渡江用自行车把大姐柏艳丽接回家暂时帮带两个孩子。一吃过早饭，柏渡江骑车带着父亲，琼玥骑着自行车，一同去了县人民医院。柏渡江找到张院长。张院长亲自给柏舟看病。通过住院拍片检查、会诊，一星期后结论出来：柏舟是肝癌晚期。

"怎么办？"在院长办公室，柏渡江焦急地问张院长。

"要么动手术，要么保守疗法。"张院长说。

"张院长你的最终意见呢？"柏渡江问。

"结果都是一样的。"张院长说，"主要是取决于病人家属的意见。你们最好商量一下，统一意见。不过，县人民医院不具备手术条件。"

来到病房，琼玥望了望柏渡江。柏渡江没说什么，只是坐到父亲病床前，对父亲说："张院长说，阿爹或许是太累了，需要住院一段时间。"

"我想也是。"柏舟说，"挂几天盐水，打几天针，吃几天药，我或许就可以出院了。我怎么能住院？还有好多重要的事等着我去做呢。"见父亲兴致好，柏渡江朝琼玥使了个眼色，两人走出病房来到走廊。

"阿爹，肝癌晚期。"琼玥听后险些倒地，幸亏被柏渡江扶住。琼玥倚在柏渡江胸前，压抑地呜咽起来。

稳住神后，琼玥低声问："你的意见呢，渡江？"

"奶娘，你是我阿爹最亲近的人。我要先听听你的意见。"柏渡江说。

"我的意见是动手术，不管花多少钱。"琼玥说，"只要能治好你爹的病，我哪怕把住的楼房卖了，也要给你爹治病。不过，渡江，你也要听听嬴姣和你两个姐姐、姐夫的意见。更要尊重你爹的意见，他可不是一般人。"

"奶娘，我和你一样的想法。如果不给阿爹动手术，沙上的人会怎么看我们？社会上人会怎么议论我们？我不会做不孝儿子的。"柏渡江说。

柏渡江给妻子拍了电报。

嬴姣收到电报后就请假赶回家来。

柏渡江主持召开家庭会议，商议要不要给柏舟动手术。大家一致主张让柏舟动手术。然而柏舟却坚决反对。

"我不动手术，坚决不动。"柏舟说，"动手术后是痛死，不动手术也是痛死。我宁愿不动手术痛死，那样我还可以站起来，还可以走走看看一段时间。如果动了手术，我就站不起来了。我不怕死。我从参加革命的第一天起，就把生死置之度外了。谁也不要劝我。谁劝都没用。"

无奈，柏渡江搬出了李顺达与沈兴昌。

在沈兴昌没到达医院之前，李顺达先征询张院长的意见。张院长倾向于保守疗法。张院长给李顺达交底："李书记，柏舟的这种病，手术与不手术，差别不大，最长拖不过半年时间。"

李顺达则说："再听听家属们的意见。"

上午十时许，沈兴昌赶到张院长办公室。李顺达则让沈兴昌去柏舟病房将柏渡江他们叫到院长办公室。沈兴昌来到病房，见柏舟一下子消瘦好多，但精神状态尚好，心里宽慰了许多，他跟柏舟寒暄几句后，就将琼玥、柏渡江、嬴姣叫到张院长办公室。

张院长先说："我是倾向于保守疗法的，至于什么道理，这里不便多说。当然，作为医生，我们会听从病人家属意见，但柏秘书父亲情况特殊，病人最终动不动手术，还得由组织决定。"

"兴昌同志，我认为柏舟必须尽快手术，"李顺达问，"你的意见呢？"

"我同意李书记的意见。"沈兴昌说。

"可我阿爹决不肯动手术。我们劝不动他。"柏渡江说。

"我去跟他说，走，去病房。"李顺达说。

见李顺达、沈兴昌来到病房，柏舟欲从病床上坐起，被李顺达按住。

"柏舟同志，"柏舟立即回答"到"。

"我命令，"李顺达严肃地说，"你必须动手术。"

"我，我能不能不动手术？"在李顺达面前，这个天不怕地不怕鬼不怕的柏舟，突然变得像个孩子似的，说话都不敢高声。

"不能，必须动手术。"李顺达说，"你是全国英模，又是省劳模，为中国革命的胜利，为社会主义事业建设，是做出了贡献的，是有功之人。县委不能不管你。"

李顺达又对张院长说："你想办法跟上海有关医院联系一下，尽快安排柏舟同志去上海动手术。我会指示县卫生局的，让他们与你们医院一道，送柏舟去上海，要快。有什么情况，专门向我汇报。"

柏舟动手术的事就这样定了下来。

柏舟握住李顺达的手说："我听李书记的。不过，我有一个请求……"

"说吧，柏舟。"李顺达口中省了"同志"两字，少了庄重意味，多了亲切温情。

"我要回去一趟，把有些事情再向班子成员做个交代。还有……琼玥、嬴姣，你们先出去一下，我有一些话要对领导说。"待妻子、儿媳走出病房后，柏舟说，"李书记、沈书记，你们既是我领导，又是我兄长。现在，我要向组织提出一个要求，这是我参加革命以来第一次也是最后一次向组织提出我个人要求：如果去上海医院动手术后，我不能站起来的话，就让渡江回宏兴沙接替我职务。我心中对宏兴沙今后如何发展，有一幅新蓝图。我要让渡江实现我的梦想。两位书记，我这么说，并不是出于私心，而是出于公心和党性。我以宏兴沙大队书记的名义，向你们两位书记郑重推荐渡江同志。"

柏舟在喘着大气。

"柏舟，别说了，我明白你的心思。"沈兴昌说。

"我话没说完。"柏舟说，"在宏兴沙，能接我书记位置的，能像我一样地一心谋宏兴沙发展的，排来排去，只有渡江最适合：一是他打过仗，两处负伤后仍不肯下战场。这体现了他的一往无前、不惧任何强敌的勇敢无畏的精神。二是他当过两年半队长，也很争气，干出了一点名堂，所以组织上批准他上了大学。这也说明他有一定的领导农村工作的能力和经验，而且熟知宏兴沙的历史与现状。三是他学历高，是大学生，学的又是与政治相关的专业。这表明他具有担任宏兴沙大队党支部书记的政治专业素养。四是他在县委办工作了近两年时间，比较熟悉面上的情况。这就决定了他的视野要比一般人宽广。总之，"柏舟的话头被李顺达接过去了，"总之，柏舟，现在还没到考虑渡江是否回宏兴沙工作的问题的时候。你给我记住，你必须站起来。我和兴昌盼着你站起来，我们再一起工作几年后退休。"

柏舟像孩子似的，以祈求的目光望着儿子。柏渡江懂得父亲的意思，但他怎能表态？李顺达的话已说得很明白。他伸出右手，紧紧握住了父亲的右手。

五十五　生前直言

　　上午八点半，柏舟强打起精神，主持召开宏兴沙大队干部会议，生产队队委以上干部、队办厂班组长以上干部、全大队共产党员参加会议。沈兴昌和公社党委一位副书记、组织委员出席会议。柏渡江坐在会议室最后一排旁听会议，同时为了便于照顾柏舟。这是沈兴昌的安排。

　　"同志们，大家可能知道了我的病情。我不怕，真的不怕。我自从跟随县委李书记参加革命的第一天起，就准备随时牺牲自己的生命。算我命大，死里逃生过几次，没死掉，与为了革命早就牺牲的我的战友比，我已多活了三十多年。我很知足。

　　"今天，可能是我最后一次主持召开干部会议。我想说的话很多，但我不忍心耽误大家宝贵的时间。今天，我着重说三点：第一点，关于实现亩产'双纲'目标。我于一九七三年春在一次会议上提出了这一目标。那么，我们如何实现这一目标？我始终认为，首先要大力改善、优化农业生产条件，其途径唯有平整土地，兴修水利。为了实现亩产'双纲'目标，我们从一九五八年冬起，断断续续花了近二十年时间，特别是在一九七三、七四、七五年的三个冬春，我们排除阻力压力，大干苦干，攻坚克难，把全大队所有农田给平整了，基本做到农田平整、格子成方，沟渠配套、灌排分开，高产稳产、亩产'双纲'（即亩产一千六百斤）。去年，我们全大队平均亩产七百六十二公斤。根据今年夏熟收成来看，估计小麦亩产超过去年。秋熟只要不遇大的天灾，今年平均亩产完全能达到八百公斤的'双纲'目标。

　　"回头看看走过的路，真的有点不敢相信我们是怎么走过来的。想当初，有多少人信我柏舟的？倒有不少人在背后骂我柏舟是疯子。结果怎样？大家看看，宏兴沙原来的田块高的像箸帽顶、低的像浴锅潭，路是羊肠小道的旧貌，还看得见吗？

已看不见了。实践证明，平整土地，不仅有利于农田灌溉，有利于农业机械耕作，有利于改造低产田，有利于扩大种植面积，提高粮食产量，而且促进了我们的道路交通发展，促进了我们的工业发展，推进了农村社会的文明进步。这就是平整土地的意义。所以，除了要有明确的目标，还要找到实现目标的正确路径。路径不对，目标再宏伟，也是画饼充饥，难以实现。这是我要总结的把我们事业推向前进并取得成功的第一条基本经验。

"第二点，关于办工厂。我是个农民，祖上没有一人做过生意，更不用说办工厂，但我就是想办工厂。为什么？陈富泰给了我启发。土改前，他在我们宏兴沙有一百三十多亩地，如果他整天在这一百三十多亩地上打转转，不去城里办厂，他会有后来那么大的家产？土改中，他家的土地虽被征收了，但他在城里的两家工厂没被征收。公私合营中，他的厂虽被合营了，但国家实行了定息赎买政策，每年付给他钱，他仅吃了小亏。概括起来，陈富泰给了我两点启发：一是办工厂比种地来钱多，来钱快，能让人比较快地富起来；二是人民政府很看重工厂。

"为什么人民政府要看重工厂？在我看来，新中国成立以来，国家所制定的一系列重大方针政策，都是服从和服务于工业化的。我们回顾一下就知道，我们搞土改，根本目的是为了实现工业化；我们搞"一化三改造"和粮棉油"统购统销"，根本上也是为了实现工业化；我们大办人民公社、大炼钢铁，根本上还是为了实现工业化。我就常琢磨，要实现工业化，就必须办工厂，城里可以办工厂，我们农村也应该办工厂。只有工厂办多了，才叫工业化。同时，我还认为，只有办工厂，钱才来得快，也来得多，不仅能丰富物质，还能提高我们农民的生活水平，更能快速增强集体经济实力。大家可以算一下账，我们种出来的一百斤双季稻稻谷，卖给国家只有八块多钱，可穿在我身上的这件白的确良衬衫却值十三四块钱。大家想想，工业产品是不是比粮食要值钱？

"那么，是不是粮食本身不值钱？我想不是这样的。不要说在民国辰光，就是在一九五三年粮食统购统销前，市场上的粮价还是蛮高的。统购统销后，国家对粮棉油价格实行统一定价，实事求是讲，国家对粮棉油的定价是偏低的，政府也是明白的。国家这样做是没有办法的办法。我们要知道，新中国成立时，我们国家的工业基础非常薄弱，而单靠种地是强不了国家的。国家要富强，不受帝国主义国家欺负，必须发展工业，实现国家工业化。但要发展工业，资金哪儿来？资源哪儿来？帝国主义国家后来又加进了苏联修正主义国家，又对我国实行严厉的经济封锁和制裁，在这种情况下，国家只能采取以农补工的办法，实行农产品与工业品剪刀差的价格政策，用农业积累的资金发展国家工业化。这是我们国家发展不可逾越的历史阶段。我们这代人恰逢国家发展的这一特定历史阶段，吃了很多苦，但是，我们勒紧皮带过日子，是为了国家的繁荣强盛。我坚信，再过二十年，到那时，国家将会扶持农村发展，我们农民的日子定会与城里人的日子相差无几。

"基于办厂来钱多、来钱快的认识，我在一九六二年主张创办了大队蒲包编织场。当初本想叫编织厂的，但为了避免一些麻烦，再考虑到编织场比编织厂更贴近农业，但本质一样，只要能来钱快，来钱多。结果，在座的都知道，我们尝到了甜头。但没想到，在一九六四年开展的'四清运动'中，大队蒲包编织场被当作资本主义给取缔了。一九七〇年，我从中央北方农业会议所传递出的信息中，捕捉到了能办工厂的信息，于是我又当机立断，让我家琼玥与她在上海的姨表兄联系，办起了五金厂；一九七三年，我们又办起了化工厂；前年，我们又建起了砖窑厂、农机运输队。四家企业招收了三百二十七个社员当了工人，占全大队总劳力的近百分之五十，做到了每户至少有一人当工人。去年，我们大队工业产值突破三百万元，净利润二十三万多元，名列全县队办工业第二名。

"这几年，我们把企业创造的净利润中的百分之五十，用于购置农业机械和建设社会主义新农村。大家想想，如果没有大队工业企业，大队部哪有钱购买八台手扶拖拉机、两台中型拖拉机、三艘柴油机动力水泥运输船？如果没有大队工业企业，大队部哪儿来钱修筑从我们宏兴沙通往镇澄公路的砂石公路？哪儿来钱修筑由大队部通往各圩的砂石大道？如果没有大队工业企业，社员哪能不要出一分钱，就能到大队赤脚医生那里去看病取药？如果没有大队工业企业，我们哪有钱规划建设已有一百七十多户社员入住的社会主义新农村？实践和事实证明，在我们宏兴沙，唯有创办工厂才能治穷致富，才能彻底改变旧中国留下来的一穷二白的落后面貌。我始终认为，作为农村，要想脱贫减贫，决不能等、靠别人帮助，决不能等、靠政府扶持，而要靠我们自力更生，动脑子、想办法，因地制宜，自觉地主动地脱贫减贫。这是我要总结的把我们事业推向前进的第二条基本经验。

"我再顺便提一下，一九七六年苏州地委路线教育工作组，在我们宏兴沙大队批判这个资本主义'尾巴'，割除那个资本主义'尾巴'，为什么没有砍掉大队五金厂和化工厂？我们要看到、要意识到这一点。现在，国家已不反对有条件的农村地方办厂了，县委也大力支持我们办企业，但我们不能满足停步，我们仅比别人跑快了一步。要看到，我们蓝陵公社也有好几个大队办起了工厂；在全县，办起工厂的大队就多了。我们千万不能裹足不前啊！

"第三点，关于未来发展。我心中又有了新的发展蓝图：经过十年乃至更长一段时间的艰苦创业，我们要实现'厂房连片，楼房成排；种田靠农机，人人忙上班；吃水不用挑，烧饭不用柴；走路不用跑，雨天不湿鞋；吃穿住不愁，家家有存款'这个目标。这个目标高吗？要我说，如果不奋斗就觉得这个目标高，如果不奋斗就觉得是我柏舟又在说胡话，如果不奋斗就是一纸空文。我们敢于奋斗就觉得这个目标不高，我们善于奋斗就能实现这个目标。

　　"同志们，我常想，一代人有一代人必然要遇到的艰难，一代人有一代人必须付出的代价，一代人有一代人必定要担当的责任，一代人有一代人必须完成的使命。在座的和我差不多年龄的我们这代人，经历了长期战乱，受尽了苦难；我们这代人为了新中国屹立不倒，长期勒紧裤带，甘洒热血，奋发图强，人生无悔。一句话，我们这代人的使命，就是消化或者叫内化长期的战争留下的创伤，收拾旧中国留给我们的一穷二白的烂摊子，解决好站起来的问题。可以这么说，从我们宏兴沙大队的发展历程来看，通过近三十年的艰苦奋斗和艰辛探索，我们虽然走了不少弯路，也付出了不少代价，但如今，我们基本解决好了站起来的问题，基本解决了温饱问题，我们有条件、有基础可以向富起来的目标奋进了。我们看到了社会主义的幸福模样了。

　　"同志们，我经常反思前些年造反派批斗我的所谓的三大罪状，第一条，批斗我是刘、邓黑线上的人物，而我从未承认过，也根本没资格承认；第二条，批斗我官僚主义、命令主义严重，对于这一条，我承认有，但不是很严重；第三条，批斗我跟我家琼玥的关系问题，这个问题我不说了。现在，我想说说官僚主义的问题。什么叫官僚主义？我们一般都这样认为，官僚主义就是高高在上，不深入实际，不了解实情，脱离群众，乱指挥，使党和人民的事业遭受损失。这样认为没错，但我要说，官僚主义还有另外一种表现形式，那就是作为一名干部，特别是我们基层干部，既了解实情，也知道问题症结所在，但就是不敢向上级反映，怕丢乌纱帽；就是不敢动真格解决问题，怕得罪人；就是遇到困难，没勇气克服与战胜，贪图安逸，只图维持现状。结果，事业没进步，旧貌没改变，没有尽到一个干部的职责，没有体现一个干部的良心，是占着茅坑不拉屎。你们说，这是不是也叫官僚主义？所以我希望同志们千万不能官僚主义。我们大队势头向好的事业发展，不允许我们干部有官僚主义。当干部不是一种职业，而是一种事业，而事业是要长期不懈地奋斗的。

　　"同志们，刚才，我总结了我们大队事业发展的两条基本经验和对未来一二十年发展远景的展望。接下来再简要说说我在解放后近三十年的工作体会。工作体会不少，归纳起来，重要的或者主要的有三条：第一条是要多收听广播、多看报纸，及时了解国家的政治动向、政策导向，结合宏兴沙大队实际，早谋划，早动手。大家要认识到，我们现在发展的工业经济是计划经济，而计划经济的实质就是政府经济、政策经济。如果不能及时了解国家政治动向和国家新政策的不断出台，我们的发展将会陷入盲目性，或者永远步别人的后尘，这是万万不行的。第二条是只要坚持我们的计划规划、我们的工作目标、我们所做的一切，都是为了切实提高人民群众的生活水平，能让人民群众过上好日子，能让一个地方富起来，并促进一个地方的社会进步，就永远不会错。近来，我们正在开展真理标准问题大讨论。我不懂真理的理论含义是什么，但我自一九四〇年冬参加革命起就懂得，共产党革命的目标，就是为了让穷苦人翻身得解放，能过上好日子；只知道新中国成立后，各级党组织、各级政府所做的一切，根本上还是为了让人民群众能过上好日子。这就是我们共产党人要坚持的真理。三十年的实践证明，我们宏兴沙大队敢为人先创办蒲包编织场、创办大队企业，逐步摘掉落后帽子，让社员生活逐步好起来，我们做得没有错。我们就是在坚持真理。我希望我这两条工作体会，能对大家今后更好地开展工作有借鉴意义。

"同志们，我于一九五四年夏服从组织决定，从滨江乡人民政府回到宏兴沙担任联合党支部书记起至今，最大最深刻的体会，也是我的第三条工作体会，那就是一个地方贫穷落后并不可怕，真正可怕的是这个地方的党员干部没有带领群众改变落后面貌的自觉意识和雄心壮志。我们宏兴沙大队在江阴西乡乃至江阴全县，算是找不到第二个的穷地方了吧，我们沙上人长期被沙外人骂作'沙包头'，被沙外人看不起，就是因为我们过去太穷了，太落后了，但解放后我们宏兴沙的党员干部，人穷志不穷，穷则思变，咬住牙关，勒紧裤带，在党的领导下，带领群众，通过艰苦奋斗，不等不靠，不怨天不怨地，用我们的双手，不是基本改变了贫穷落后面貌吗？所以，同志们哪，以后我们不管遇到什么困难，决不能退缩，必须始终保持昂扬的斗志，去战胜一切困难！

"同志们，我柏舟有没有遗憾？有。我最大的遗憾，就是人民公社后，我的手脚施展不开来，不能按我的想法种地，不能按我的心思办厂。如果我有种地的自由，如果我有办厂的自由，我不是说大话，到今年的一九七八年，我们宏兴沙大队的富裕程度起码要比现在翻两倍。更遗憾的是，国家可能要松绑的时候，我却不能自由地施展手脚了，我的病啊……刚才说的一番话，有的可能不符合上头的口径，有点大逆不道，但却是我的真实的所思所想，是我的心里话。如果我说错了，请同志们批评指正，请沈书记等三位公社领导批评甚或批判。

"同志们，我的病我心里清楚。我极有可能不能带领大家去实现我心目中的新目标了。我只能拜托大家。同志们哪，你们务必记住一点，共产党人的根本任务只有一条，就是让国家富强，让百姓富裕。这是具有三十七年党龄的我的最终认识。"

与会者看到了柏舟因肝部疼痛而被扭曲的脸，淋漓的汗，都禁不住动容流泪。

"柏书记，请你放心，更请你相信，我们一定实现你心中的新目标、新蓝图。"罗晓军表态说。

柏渡江任队长期间，曾多次听过父亲的讲话或报告，但没有一次像今天这样，震撼了柏渡江的心灵。柏渡江深知，父亲的长篇坦言，既是对其一生的总结，也是对宏兴沙大队未来发展的擘画及寄予的厚望，更是他一个老共产党员的内心告白。父亲把一颗赤诚之心完全捧了出来，奉献给了宏兴沙这片土地。他热泪盈眶。当他看到父亲肝痛发作时的那种痛苦表情，他的心疼了，碎了。

最后，沈兴昌代表蓝陵公社党委讲了话：

"刚才，柏舟同志的讲话，给我们上了一堂很深刻的课。他讲的两条基本经验和三条主要工作体会，既是对他个人一生的概括总结，也是对宏兴沙大队解放近三十年来的概要总结，更是对宏兴沙未来发展的憧憬与展望，体现了一个共产党人的崇高追求与使命担当。通过近三十年的艰苦奋斗，宏兴沙大队已旧貌换新颜，在座的各位同志都是功臣，都是劳苦功高，当然，其中要数柏舟同志的功劳最大。这是不争的事实，更是不可否认的事实。

"我从江阴刚解放就到蓝陵地区工作，是看着宏兴沙大队在柏舟同志领导下，通过广大干部群众的艰苦奋斗，一步步发展富裕起来的。这三十年，你们宏兴沙人走得不容易，柏舟同志走得更不容易，他是几起几落啊！这大家都是知道的。我是柏舟同志的老战友，也是他的老上级，我是十分了解柏舟的。他是一个干事业的人。他是一个把自己交给党的人。柏舟同志明天就要去上海的医院动手术了。我希望与会同志们牢记柏舟同志今天对你们的嘱托，奋斗奋斗再奋斗，继续发扬你们宏兴沙大队艰苦奋斗、敢为人先的精神，努力把柏舟同志刚才描绘的新蓝图变成现实图景。这是我要讲的第一点。

"第二点，鉴于柏舟同志目前的身体状况，经公社党委研究，决定在柏舟同志住院治疗期间，由罗晓军同志负责宏兴沙大队党支部、革委会工作。宏兴沙大队党支部、革委会今后决策的重大工作事项，罗晓军同志事先必须请示柏舟同志和公社党委。"

会议结束，已过上午十点。

"柏舟，我明天没时间送你去上海了。"沈兴昌握住柏舟的手说，"你手术后，我定会去上海看你。好好配合医生，争取我俩继续并肩战斗。"

"记住沈书记的话了。"柏舟说，"以后，能关照渡江的地方就关照他一下。"

"放心，我一定尽力而为。"沈兴昌与柏舟话别。

望着远去的沈兴昌的身影，柏舟对儿子说："我多么想再奋斗十年哪！不要多，谁再给我十年时间，我必定还他一个更富裕更美好的宏兴沙。"

"阿爹，你累了。我扶你回家吧。"柏渡江说。

"我还想去江堤上走走，看看。"柏舟说。

"吃得消吗，阿爹？"柏渡江问。

"珍宝岛战斗中，你负了重伤都不下火线。我这点病算什么？"柏舟说。

"阿爹啊——"柏渡江流着泪扶着柏舟走向江堤。

站在江堤上面朝南，柏舟右手指着江堤下成片的蒲田、芦苇田说："宏兴沙这个地方什么都缺，连土都缺。如果还有高地，我早把它们填平了。渡江啊，你以后要想办法开发好、利用好它们。"

柏渡江只听父亲说却不插话。

柏舟又手指着江堤南面已建成的集中连片成排的新农村住宅，对柏渡江说："新农村建设目标任务已过半，但我可能看不到新农村全面建成的那一天了。"柏舟说得有些伤感。柏渡江听了心里一阵阵发酸。

柏舟又转身面朝江滩。"我很想做江滩这篇大文章。"柏舟说，"我做了两次，共围滩造田一百三十多亩，但在一九七三年的那场洪水中，大多被江水吞走，就剩下眼前这五十多亩了。可我不死心，不甘心哪……渡江啊，如果以后大队有了更大实力，国家政策又许可，你务必开发江滩，用钢筋水泥筑圩岸，建厂房，发展工业，发展长江水上运输。"

"阿爹，我不明白，你为什么念念不忘非要我回宏兴沙工作不可？"柏渡江问。

"好，现在，就我们父子俩，面对长江，我就给你掏我心窝里的话。于私，我就是要让你接任我的职务，因为你是我儿子。渡江，你可能不知道，当年你奶奶带着我讨饭来到宏兴沙，虽在几个好心善良人的帮衬下，安了家，落了脚，但也受尽了恶人凶人的欺凌，看尽了势利眼的白眼。我小时候胆怯、寡言，不是不会说话，而是怕说错了话被人打。所以，我当年不怕死地参加革命，就有一个藏在心底十分深的暗心思，那就是一定要革命出一个名堂来，回到宏兴沙扬眉吐气，让那些原来看不起我、常欺侮你奶奶的人，趴在我脚前做被我驯服的狗。没想到，我做到了。一些人说我是宏兴沙的霸王。我就是要霸，霸得那些小人对我服服帖帖。'文革'初期，为什么那些人要把我往死里整，就是因为他们不着调曾被我调理过，他们早对我怀恨在心，他们是在报复我，结果呢，我还是我，我死不了。常年险恶残酷的斗争环境，锤炼出我不怕死，永不趴下，永远向前的钢铁般意志。党组织是信任我的。所以，为了继续扬家威，儿子，你必须接替我当宏兴沙大队书记。这是一个方面。另一方面，我认为，一个有抱负的年轻人，要想干出一番事业来，最好是从基层干起，而不是舒服地待在机关。同时，手中要有绝对权力。如果手中没有绝对权力，你想改造社会的抱负再宏大，也终将白搭，一事无成。这是我最深切的体会。

"于公，你也必须接我的班，我也只放心由你接我的班。解放前，宏兴沙是人心涣散，一盘散沙，没有一个能镇得住人的核心人物，所以，常发生群体性械斗事件。解放后，宏兴沙在农业合作化中，总要慢周边地区一拍，跟不上形势发展步伐。是上级党组织把我派回宏兴沙，我依靠中坚力量，说服引导大多数，而对于那些难弄的人，我是用了硬手段的，这样才收拢起了人心，把合作化大步推向前进。之后，我们宏兴沙各方面工作都走在了前面。

"儿子，我让你接我的班，是因为你和阿爹一样，也是一个镇得住人的人物。你当宏兴沙大队书记，我可以拍着胸脯说，没有一人会公开反对，也没有一人敢公开反对。你具备这样的优势条件：一是有你阿爹的余威在；二是你当过兵，打过仗，负过伤，立过功；三是你退伍后当了两年半队长，干得不错，大家都看在眼里；四是你读过大学，又是读的政治专业，懂得政治；五是你现在是县委办秘书科科长；六是你还有李伯伯、沈伯伯他们的支持。总之，没有人具备你这样的优势条件。然而最最重要的，就是我相信你一定会忠诚地贯彻你阿爹的路线，不走样地实现你阿爹规划的目标理想。这叫子承父业。让其他人当宏兴沙大队书记，我不放心，也不信任。"

"阿爹，宏兴沙是宏兴沙全体人民的，不是我们柏家的。你非让我接你班，是一种封建世袭的遗毒。"柏渡江说。

"我才不管那么多。"柏舟说，"我只把握一条，那就是，我们掌握权力，只要不谋私利，只要为了发展地方，只要能让百姓过上好日子，就错不了。儿子，你给我记住，只有你手中掌握了足够大的权力，才能实现你的政治抱负，否则，一切都是空谈。还有，你阿爹也想了不少，阿爹认为，依你的不亢不卑的个性、不会装奴才样的脾性，儿子，你施展政治抱负的最好舞台在宏兴沙。县里或公社里并不很适合你。这叫知子莫如父。再说，并不是阿爹我非要你回宏兴沙，而是宏兴沙非要你回来，因为在这里，埋着你娘，埋着你奶奶，不久，还有你阿爹……你的根在宏兴沙。你和爹一样，是属于宏兴沙的。"说完，柏舟流起泪来，"还有，我们宏兴沙大队正处于发展的历史转折的重大关头，如果书记没选对选好，宏兴沙大队有极大可能会被打回原样。如是这样，我死不瞑目，我死不安心。"

"阿爹，我会考虑你说的话的。"柏渡江说。

"我还会写信郑重地向县委李书记、公社党委沈书记提出建议的。"柏舟说。

饭菜都已摆放在饭桌上。

琼玥抱着孙子柏赢，赢姣抱着女儿柏琼，坐着等待柏舟父子回家吃午饭。

柏艳丽站在后门口不时张望着江堤方向。

近十二点，柏渡江才扶着父亲回到家。

吃过午饭，稍事休息，赢姣因三天假期已到，急着赶回学校。走前，赢姣抱住琼玥，哭着说："妈，这个家，若没有你，不知道将会是什么样子。妈，家里全靠你了。"

"姣，别哭，放心地去上学吧，两个孩子，我会尽力带好的。姣，妈也有一句话要对你说，就是这里是你的家，家里还有两个孩子日夜想着他们的妈呢。"

"妈，我不会忘记这个家，更不会忘记你这个妈。"赢姣说。

柏渡江送妻子去蓝陵汽车站乘车。柏舟对妻子说："今天太阳很暖和，等会儿，辛苦你烧一锅热水，我想在家里好好洗个澡，再刮刮胡子。"

琼玥朝丈夫看了看，又点了点头，懂得丈夫的意思。

五十六　道出实情

洗好澡，琼玥扶着丈夫上楼去午睡，柏舟很乖地躺进被窝。

"玥，陪我说说话吧。"柏舟说。

"舟，你先睡会儿，我要去帮艳丽带孩子。她一人带两个，很吃力的。"琼玥说，"晚上，我们有的是说话时间。"

琼玥打开大橱门，拿起用报纸包好的一包东西，来到西边房间门前，站定，伸出右手，轻轻叩了几下房门。听到叩门声，正伏在写字台上写着材料的柏渡江，站起，挪开靠背椅，走向房门口，开门，见是奶娘，就请奶娘进去。

"这是给你爹看病的钱。"琼玥将钱递给柏渡江。

柏渡江接过，打开，一数是十沓，每一沓是一百张面额十元的钞票，共一万元。"奶娘，你这钱……"柏渡江惊讶，手抖，赶忙把钱丢在写字台上，不敢触碰。他长到三十岁，第一次看到这么多现钞。

"你安心拿着，这钱不会烫你的手。这是奶娘多年积攒起来的积蓄。"琼玥说。

这天上午，琼玥去蓝陵信用合作社取出了一万元存款。

"奶娘，你有点误会我了。"柏渡江说，"我阿爹住院动手术，是要花一大笔钱，但县委李书记说了，我阿爹看病的钱由国家公费医疗费中支出。至于平时的日常小开支，奶娘，我身上也有些钱。所以，奶娘，这钱我不能收下，还是你留着和我阿爹以后慢慢花吧。"

"江儿，不是奶娘说你，你是在犯糊涂了。"琼玥说，"你想啊，你阿爹是大队书记，按政策是不能享受国家公费医疗待遇的，我们不能违反政策，更不能给县委李书记增添麻烦。你阿爹是全国英模，是省劳模，是老革命，可以享受某些特殊待遇，但他也不能享受公费医疗待遇，国家没有这样的政策规定。李书记让你爹享受国家公费医疗待遇，那是李书记和县委对你爹的一种照顾，并不是国家政策规定，

305

所以，我们作为你爹最亲的亲人，既要维护你爹的好声誉，也要多为国家着想。现在国家很不富裕，要办的事却很多，要花钱的地方也很多，因此，我们有能力不花国家的钱，就不要花国家的一分钱。江儿，你想想，奶娘说的话有没有道理？总之，想事情要尽量想得周全一点，顾及的面要多一点。"

望着站在面前的憔悴疲倦的奶娘，听了她刚才一番入情入理又是一般人想不到也不会说的话，柏渡江顿时感到奶娘的伟大，一种家国情怀的伟大，一种无私纯真的伟大，一种顾全大局的伟大，一种明事达理的伟大。

"奶娘，我听你的，收下这钱。"柏渡江说，"奶娘，怪不得我阿爹夸不够你呢。"

"是吗？"琼玥笑着说，"你阿爹在你面前吹捧了我什么？"

"多着呢，"柏渡江说，"阿爹有一次跟我说，'渡江，你阿爹每次爬坡过坎时，都是你奶娘用她的柔弱的肩头托住我爬坡过坎的。以后，你凡是遇到重大事情，要多听听你奶娘的意见。她是一个不一般的女人'。今天，阿爹又特别关照我这一点呢。"

"我哪有你阿爹说得那么好。你阿爹是在乱夸你奶娘。"琼玥满心欢喜地说，"江儿，你忙吧。"

午睡醒了后，柏舟走下楼来到门口时，已会走路的孙子孙女，嘴里叫着"爷爷"，就搂抱住柏舟的腿不放。柏舟坐到一张条凳上，抱起他们，让孙子坐在他左腿上，让孙女坐在他右腿上。

"阿爹，你胡子一刮，看上去年轻十岁。"大女儿柏艳丽说。

"我也觉得今天心情特别好，身上感觉有点劲道了。"柏舟说。

"那是你开始放下了。"琼玥说。

"享受天伦之乐，心情就是好。"柏舟说，"玥，晚上，我想喝点酒，有点馋了，算算，我有三五个月不沾酒了。"

"好，晚上，我陪你喝一碗，只许喝一碗。"琼玥说。

看看太阳开始歪西，柏艳丽就去忙着做晚饭。明天，柏舟就要去上海动手术。今晚，柏艳丽丈夫、柏秀丽夫妇、陈瑛他们都要回来看望柏舟，全家团聚一下。"艳丽，要不要我帮你？"琼玥说。"不用，奶娘，你就陪我阿爹说说话吧。"

菜是柏渡江一早就去蓝陵街上买的。

米酒是去年新糯稻上场后轧了新糯米，由柏舟亲手酿的。他每年要自酿一百多斤糯米的酒，而且保证清明过后米酒不会发酸。

傍晚，女儿女婿、外孙外孙女都来齐了。

开饭前，柏渡江将两张八仙桌摆放好。上桌时，大大小小十多个人，热热闹闹坐满了两桌。饭桌上，没人提柏舟的病，都说着开心的话。一碗米酒喝完，柏舟还想喝，琼玥就说："舟，说好只喝一碗，听话，啊——"柏舟像孩子似的，用祈求的目光望着妻子。柏艳丽、柏秀丽见状，都不说话，只是望着父亲。"我听话，只喝一碗。你们喝，我吃菜陪你们。"见妻子不松口，柏舟如是说。姐妹俩心底里真是佩服极了琼玥。"奶娘怎么有这么大的本事，把在家里家外说一不二的八面威风的阿爹，调教得这么听话？"坐在一凳的姐妹俩开始交头接耳。

　　大家还在吃的时候，琼玥把女儿叫到楼上中间屋里。

　　"妈，把我叫到楼上，有什么事？"陈瑛问。

　　琼玥又塞给女儿一些钱。

　　"妈，你这是……"陈瑛不解，"我手头还有些钱，还没用完。"

　　"妈明天一早就要陪你柏叔去上海……"琼玥说，"我可能没时间去看你了，这些钱你收下……瑛瑛，你那么有耐心地伺候晓龙，那么坚强地撑起那个家，真不容易，妈很为你高兴。妈生了个好女儿。"

　　陈瑛也感动了："妈，我是学你的样。妈，你放心地去上海吧。我会把我那个家弄好的。我不怕吃苦，我不怕受累。"

　　晚上八点左右，女儿女婿们都走了。

　　他们走后，柏艳丽也带着两个孩子去睡了。

　　柏渡江又陪父亲说了一会儿话后也回房去睡了。

　　琼玥扶着丈夫上楼，走进房间，柏舟坐在床沿上，把自己脱了个精光。

　　琼玥怔住了。

　　"玥，在想什么？"柏舟问。

　　"没，没……"琼玥回过神来，也把自己脱成了穿新装的皇帝，像小女孩似的依偎在丈夫的怀中。

　　琼玥知道，丈夫每次需要她时，总要洗得干干净净，总要脱得一丝不挂，总要拼尽全力耕耘着她的一亩三分地。每一次被丈夫耕耘后，琼玥总有一种放飞翱翔的感觉。五十岁前，一般情况下，柏舟每隔三天，就要与妻子热火朝天一次；五十岁以后，是两星期三次。可自去年入冬至今以来的半年多中，因身体原因，柏舟还未与妻子温存过。

　　"今晚，我要你。"柏舟轻吮着妻子的右耳垂。

　　琼玥没吭声，只是用左手抚摸着丈夫的腹部。

"想吗？"柏舟私语。

"你能，我就想。"琼玥的肢体语言进一步丰富深化，"你，行，吗？"

"不行，也要努力行。明天，我们就要去上海……"柏舟将妻子裹在身下。

"要不要，我上位……"琼玥喘气有点不均匀。

"不要。"柏舟开始了猛烈的撞击。

琼玥感到自己的身子骨快要被拆散，灵魂开始升腾起来："舟，你，不要命了——"

"我，我们，可，可能是，最，最后，一次了……"柏舟爱得很是悲壮。

琼玥哭了，哭声柔和，边哭边用舌头舔着柏舟胸前流动着的汗水。柏舟有点虚脱，四肢懒得动，说话也很吃力。他仰靠在床栏杆上，闭上双眼，享受着妻子柔唇的熨烫。

"玥，有了你，我后半辈子过得有滋有味，死也瞑目了。"琼玥用舌头堵住了丈夫的嘴，待丈夫缓过气来后，说："好日子，我们刚开始。我们要让以后的好日子过得更好。"

柏舟感到有些气力了，便将妻子揽在怀里："玥，你怎么会对我这么好？"

"不知道，没研究过，也没总结过。"琼玥说，"舟，我就是只想对你好。"

"也只有我柏舟有这种福气。"柏舟突然换了一个话题，"玥，今晚，有一件事，我必须告诉你，再不说，恐怕没机会了。玥，你几次问过我右腰处那块伤疤是怎么来的？我都没跟你说实情。今晚，我要把实情告诉你。那是当年为了给陈国豪报信，我故意开枪自伤后留下的。"

"什么？为了他？"琼玥坐直身子，不敢相信地问。

"是的。"柏舟便把当年缉捕陈国豪的情景说给琼玥听。

"就是说，如果当年不是你故意假装不小心致使手枪走火，他就逃不了了？"琼玥问。

"应该是。"柏舟说。

"那你为什么要救他？"琼玥问。

"他先放过我一马。"柏舟又给琼玥讲了他当年在县城以开裁缝铺作为掩护，开展地下革命工作，曾被陈国豪抓捕的事："一九四八年初的一天夜里，我的裁缝铺突然遭到陈国豪带领的特务们的突袭，为了掩护地下党江阴县委书记李顺达等人从阁楼上的天窗撤离，我用木棍、桌椅顶住了铺子门，为李顺达他们安全撤离争取了时间。十多分钟后，铺子门被特务砸开，我被捕，经受住了数次严刑拷打，陈国豪未能从我身上获得他们所需要的东西。大概被关押一个多月后，有一天，陈国豪来到监狱，当着狱警的面，严厉训斥了我一番后说，'念你是受了他人蛊惑，不辨黑白；再念及你我同是宏兴沙人，我今天放了你。出去后，你要好好地做你的裁缝，不要再受他人蛊惑。'就这样，我被放了出来。养伤一段时间后，我就进了县地下武工队，直至江阴解放。"

"他为什么会放了你？"琼玥说，"凭他那种脾性，他不太可能放了你。"

"我估摸，他一是抓不到我通共的证据，二是或许真的是看在我和他同是宏兴沙人的分上，才放我出狱的。"柏舟说，"不管怎样，既然他先放了我一马，那么，在他性命交关的时候，我也该放他一马。这样，我们就扯平了，我就不欠他的一条命了。另外，我当时还有一种念头，就是不能伤及你。玥，你想啊，一旦动起手来，他会甘心束手就擒？所以我就……在放走陈国豪这件事上，我对组织是隐瞒了实情的。"

"我无法评判你和他当年那么做是对是错。不过，我想，有时候，对同乡人赶尽杀绝，并不是上策。"琼玥问，"舟，你那时候心里就有我了？"

"怎么可能？"柏舟说，"你只是我儿子的奶娘。我当时想，你要是有了什么闪失，我怎么对得起我儿子？怎么对得起我的良心？我是担心你的安危。"

"很诚实，我喜欢。"琼玥说，"当年你顾及我的安危，不全是为了我，还有为了你的儿子。"

"确实是这样。"柏舟说，"说实话，当年，我是一直提防你这个陈家少奶奶的。现在想想，或许有点可笑，但这是历史的真实。玥，有生之年，你如有机会见到他，就告诉他当年我为什么要开那一枪。我也是冒着被枪毙或坐牢的危险的。"

"我永远不想再见到他。"琼玥说。

五十七　生死难别

费了一番周章后，柏舟好不容易住进上海中山医院。这家医院，肝肿瘤内科比较著名。由于病床紧张，在走廊里躺了五天，柏舟才住进病房。经过一通拍片、切片、会诊，主治医生徐医生的意见是，还需要观察，待病人低烧全退、血压正常后方可手术。

没住进病房前，柏舟精神尚好，还跟妻子、儿子说说话聊聊天，但住进病房后，他脸色就难看，人也有点蔫，话也不想说。"我们回去吧。"有一天，柏舟对妻子说。"要听李书记的话，服从组织安排。"琼玥这么一说，柏舟就不语了。

柏舟低烧退了，血压也正常后，在一天上午九时，被推进了手术室。在手术室门前的走廊里，琼玥坐也不是，站也不是，表面平静，内心却焦急万分。她担心着手术中的丈夫。她在心里祈祷丈夫的手术成功，安然出来……时间过得很快，已过中午十二点，可柏舟还在手术中。

"渡江，你阿爹……"琼玥欲言又止。

"奶娘，别担心。"柏渡江说。

其实他的心里也很忐忑不安。

下午一点十二分，柏舟被推出手术室。琼玥冲上去，扶着推车，边走边轻唤丈夫。柏舟双眼紧闭，脸无血色，昏睡不醒。进入特护病房半天一夜后，到第二天上午十时左右，柏舟才睁开眼来。琼玥抹了一把泪后，送给丈夫一个灿烂的微笑。柏舟伸出右手，琼玥接住丈夫的手，不说话，只是相互凝视着。

听主刀的徐医生说，手术是成功的，关键还得看病人的康复能力。徐医生的话说得很有水平。遵照医嘱，琼玥悉心陪护着丈夫。可手术后的第十六天，柏舟的病情突然恶化，经医院专家会诊，柏舟肝部癌细胞仍在迅速扩散，但已不宜再动手术。柏渡江跑到医院附近的邮电局，给李顺达挂了长途电话，等了近两个小时，电话才接通。李顺达安慰柏渡江别着急，说他挂了电话后，就打电话给县卫生局和县人民医院，让他们派救护车把柏舟接回县人民医院保守治疗。

转到江阴县人民医院后，柏舟就再也没能下床。他依靠挂盐水和打杜冷丁维持着生命，且不时处于半昏迷状态。琼玥一边陪护柏舟走完生命中的最后一段里程，一边让柏渡江为其父亲准备后事。按照琼玥的嘱咐，柏渡江通过关系到县棉纺织厂购买了半匹白坯布，用于做孝衣、孝帽等，还去布店剪了两三丈红洋布，用于做红帽子。柏舟的孙子孙女和六个外孙外孙女（含陈瑛的一儿一女），出殡时都要戴红帽子的。

宏兴沙的干部群众知道柏舟已被转到县人民医院后，就三五成群地先后到医院探望，但柏舟已说不动话，只能勉强抬起右手或左手，向来看望他的人挥动几下，表示感谢。

一天下午，宏兴沙大队五金厂常务副厂长（厂长是柏舟）薛冬梅，到县人民医院看望柏舟，看到柏舟瘦得脱了形，禁不住掩面而泣。她跪在柏舟病床前，两手握着柏舟冰凉的右手，抽泣着说："柏书记啊，柏书记，在宏兴沙，只有你赏识我，器重我，重用我。你是我的知遇恩人。"

柏舟吃力地说："冬梅，你是有能力的人，是有事业心的人。五金厂就交给你了。你要把它发展好。冬梅，我不能和你们一道工作了，我，我……"柏舟又昏迷过去。

薛冬梅站起，又俯身抱住柏舟，失声痛哭："柏书记，你不能走，你不能丢下我们……"见医生赶来，薛冬梅控制住刚才有点失控的情绪。当柏舟又醒过来时，薛冬梅说："柏书记，过几天我再来看你。"琼玥流着泪把薛冬梅送出病房。"琼老师，你辛苦了。"薛冬梅从裤袋中掏出钱给琼玥，"这是三百元钱，是厂里职工的心意，恳请琼老师收下。"推辞几番后，琼玥才收下。

薛冬梅前脚走出病房，柏渡江后脚就走了进来，见父亲闭着双眼，就没叫"阿爹"。当柏渡江坐在病床上时，柏舟说"你来了"后，便睁开眼来。

"薛厂长刚来看你阿爹，"琼玥说，"这是她送给你阿爹的三百元钱，说是厂里职工的心意。我不肯收，她就跟我急，我才收下。这钱你收着。这是大家对你阿爹的好，先记着，以后再替你阿爹还礼吧。"

"听奶娘的。"柏渡江接过琼玥递给他的钱。

琼玥发现丈夫的嘴张了几下，似乎想说话，就问："舟，想说什么？"

柏舟让儿子坐到他跟前，艰难地说："渡江，阿爹要走了，你娘和你奶奶，已在等我了。渡江，阿爹走后，就把阿爹葬在你奶奶旁边。还有，对你奶娘一定要孝，一定要好。你奶娘以后老了，就把你奶娘葬在阿爹身旁……"

柏渡江"嗯、嗯"地答应着。

琼玥则用手帕掩住嘴啜泣。

柏渡江根本没想到，这竟然是父亲在尚清醒时留给他的遗嘱。

八月二十八日中午，柏舟已处于时而清醒时而昏迷的状态。

柏舟清醒时提出想见李顺达最后一面，可李顺达正在南京参加省委召开的一次重要会议。沈兴昌接了柏渡江电话知道柏舟病危后，骑上自行车赶往医院、来到病房时，柏舟已不省人事，未能跟他说上话。

八月二十九日上午，因等不及李顺达，医院同意家属将柏舟接回家。坐在拖拉机车厢里，琼玥把半躺着的丈夫搂在胸前，不顾炎日，不顾汗水湿衣，嘴里不时地喊着"舟，我们回家了。我们回家了"。

拖拉机将进中兴圩时，驾驶员问柏渡江："拖拉机停在哪里？"

柏渡江说："还用问吗？"

琼玥则说："停在楼房门口。"

柏渡江马上说："奶娘，这不妥吧？我阿爹有家。"

琼玥喉咙口被柏渡江的话噎了一下，便朝柏渡江盯了一眼后说："有什么不妥？我是他妻子，我说了算。"

柏渡江有话想说，但忍住了，依了奶娘。

拖拉机停在了琼玥家的楼房门口，按琼玥的意思，柏渡江把父亲抱到楼上他和琼玥住的房间。午饭后，琼玥端着半盆热水来到房间，绞了一把毛巾，先给柏舟擦脸，又绞了一把热毛巾捂在柏舟嘴巴上，少顷，由于不会使用剃刀，她就拿起一把新剪刀，细心地认真地为柏舟修着胡子，接着，再给柏舟梳理头发，修剪手指甲和脚指甲。

到家后的第三天凌晨，柏舟咽下最后一口气，离开了他不愿意离开的世界。琼玥没有哭，而是有条不紊地做着她认为该做的事。她趁柏舟身子还热还软时，就打来一盆温水，脱去柏舟身上的衣服，用一块新毛巾，上身下身，前胸后背，给柏舟擦洗干净，然后给他穿上早已准备好的新的单衣单裤，再给他穿上新做的中山装，新买的新袜、新鞋。

琼玥做这些时，站在一旁的柏渡江说："奶娘，给阿爹擦身、穿寿衣这些事，在入殓时有专人做的。"

"你不懂你阿爹。"琼玥说，"我懂他。他就是要我给他穿衣。他早已习惯了。这是我最后一次给他穿衣。还有，你阿爹的身体，小时候由你奶奶看，结婚后只能由你阿爹的女人看，外人怎能看？我要维护你阿爹的尊严。"

　　"可是，奶娘，你这样做是不符合沙上老规矩的。"柏渡江说。

　　"我就是要破破沙上的老规矩。谁想怎么说我，让他们去说好了，我不怕，也不在乎。"听琼玥这么说，柏渡江不知说什么好。

　　由于天热，本来搁三朝的柏舟的遗体就要被送去县殡仪馆火化的，因等李顺达从省里开会结束回来见上老战友柏舟最后一面，就搁了七朝。为了不使遗体腐烂，火葬场的人给柏舟遗体打了防腐针，还在搁遗体的门板下放了两只大木盆，木盆里放着大冰块，用以降温。

　　九月六日，李顺达一开完会，连晚饭都顾不上吃，就坐上县委办公室派去接他的吉普车往回赶。第二天上午八点半，他和妻子就来到县殡仪馆贵宾接待室。

　　九月七日上午八时，宏兴沙大队八台手扶拖拉机、一台中型拖拉机停在琼玥家的楼房前，柏舟的遗体被抬进一辆中型拖拉机车厢。送殡的有一百多人，除亲戚外，就是干部群众。按宏兴沙的老规矩，丈夫死后出殡时，作为妻子是不能送殡的，但琼玥坚持坐上了中型拖拉机，谁也劝说不了她。

　　"我不懂什么老规矩，就是有，我琼玥今天就破了它。我一定要送柏舟。"琼玥说，"谁也不要劝我。你们中有谁真正理解、真正懂得我柏舟？唯有我琼玥，理解他，真懂他。"

　　宏兴沙上凡能走路的、凡是在家的老少男女一千四百多人，都站立在通往镇澄公路的宏兴路两旁给柏舟送殡。当载着柏舟遗体的中型拖拉机缓缓驶过时，送殡的人无不失声痛哭，场面哀恸。

　　上午八点半，沈兴昌夫妇也准时来到县殡仪馆贵宾接待室。刚坐下，李顺达就问："柏舟留下话没有？"

　　"没有。"沈兴昌说，"我赶到病房时，柏舟已不能说话了，但他留下了一封信。"

　　沈兴昌把柏舟写给他和李顺达的信，交给了李顺达。

　　上午九时，柏舟遗体告别仪式在县殡仪馆追思厅举行。李顺达缓步走上前，眼含热泪，肃穆地凝视着柏舟安详的遗容，然后和妻子一道，给柏舟深深三鞠躬，向老战友做最后的告别。

　　李顺达来到琼玥面前，握着琼玥的手说："节哀，保重。以后有什么困难，直接找我。"

琼玥平静地说："谢谢李书记。"

告别仪式进行了半个多小时。结束后，柏舟遗体将被推进火化间。此时，在场的人特别是中兴圩人，全都聚焦于琼玥。

自柏舟咽下最后一口气到今天的七天时间里，琼玥没流过一滴泪，也没哭过一声，因而招致中兴圩上不少人的背后议论："到底不是元配，不贴肉不贴心的，所以，柏舟死后她才不哭一声，不流一滴眼泪，心肠真硬。可她平时不是一个心肠硬的女人啊？"

然而，谁都想不到的是，当柏舟遗体欲被推进火化间时，琼玥猛力拉住推车，揭去盖在柏舟脸上的毛巾，俯下身，低下头，深情地吻着丈夫冰凉的额头，泪水顿然化作倾盆雨，然后用尽力气喊道："舟，我来了——"

若不是被眼疾手快的人抱住，琼玥可能会撞死在放柏舟遗体的推车上。

琼玥昏厥了过去，被紧急送往县人民医院。

五十八　承前启后

　　琼玥在病床上昏睡了三天，醒来后第一眼见到的是柏渡江，说的第一句话是："我的心，被你阿爹带走了。"

　　柏渡江惊骇地发现，奶娘的头发突然白了。人更消瘦了。

　　"奶娘，你……"柏渡江哀伤地握住琼玥的温软的手。

　　"放心，奶娘会挺住的。"琼玥说，"江儿，以后，就我们娘儿俩相依为命了。"

　　柏渡江不住地点头。

　　办完柏舟的丧事，嬴姣就返校了。

　　住院的琼玥，白天由柏艳丽或者柏秀丽陪护，晚上由柏渡江陪护。

　　陈瑛走不开，只能晚上去医院探望母亲。

　　琼玥住院期间，李顺达夫妇、沈兴昌夫妇，先后去医院看望了琼玥。

　　住院十二天的琼玥回到宏兴沙时，沙上人都认不出她来了。

　　柏舟"五七"前，琼玥的病退手续办妥了。她在家一心一意地带起柏舟的孙儿孙女，开始了全新的琐碎的暂时不很适应的退休生活。

　　一九七九年一月十八日上午，县委组织部陆部长找柏渡江谈话："县委拟让你担任蓝陵公社党委副书记兼宏兴沙大队党支部书记，现在，我代表县委找你谈话，想听听你的意见。"

　　"我服从组织决定。"柏渡江说。

　　陆部长接着说："县委决定，将着力培育宏兴沙大队这个初步成形的社会主义新农村先进典型。你要发展好你父亲奠定基础的事业。"

　　"我将不辱使命，更上一层楼。"柏渡江说。

　　这天下午一下班，柏渡江就骑车回家了。

　　吃晚饭时，琼玥问："渡江，今天是星期四，怎么就回家来了？"

"奶娘，我今天回来，是有重大事情告诉奶娘。"柏渡江把县委对他新的任命的事告诉了琼玥。

"很好，"琼玥说，"你爹知道后，他在那边也就彻底安心、放心了。奶娘做你的坚强后盾，全力支持你。"

"谢谢奶娘。"柏渡江说，"我不会丢我阿爹的脸的，更不会丢奶娘你的脸的。"

"渡江，嬴姣知道后，会不会有什么其他想法？"琼玥说。

"奶娘，我只在乎你的想法。"柏渡江说。

一月二十日，江阴县委印发柏渡江担任蓝陵公社党委副书记的文件。

春节期间，嬴姣与柏渡江打起冷战。她反对柏渡江兼任宏兴沙大队党支部书记职务，理由是将不利于柏渡江的仕途发展。柏渡江责怪妻子过多干涉他的工作，说她没有组织观念，不懂组织纪律。

二月十六日上午，陆部长陪送柏渡江到蓝陵公社报到。在公社党委会议室，陆部长当着全体党委委员的面说："沈兴昌书记，今天，县委把柏渡江同志交给你了，同时也交给在座各位党委委员了。"

由县委组织部长亲自陪送刚任命的公社党委副书记柏渡江到蓝陵公社报到上任，这在中共江阴组织史上是罕见的，而大家心里也很明白这是为什么。

二月十七日上午，沈兴昌主持召开公社党委会会议，对各位委员的工作重新进行分工，明确柏渡江分管公社党委组织工作，全面主持宏兴沙大队党支部工作，另一名党委副书记分管党委宣传、共青团、妇联等工作。下午，蓝陵公社党委印发柏渡江担任宏兴沙大队党支部书记的文件。

二月二十六日上午，沈兴昌陪同柏渡江参加"宏兴沙大队党员干部大会"。宏兴沙大队全体共产党员，全体大、小队干部，企业班组长以上干部一百二十多人出席会议。会上，柏渡江做表态性发言。发言前，柏渡江从主席台座位上站起，走到主席台前，先向与会者深深地鞠躬。柏渡江的这一举动，把与会者惊讶住了，他们不知道柏渡江给他们鞠躬是意欲何为。那时，领导干部在作报告或讲话前，是没有向与会者鞠躬的习惯的。

"同志们，我父亲病危住院期间，与会者中不少人先后去县人民医院看望他；我父亲逝世后出殡那天，宏兴沙一千多名干部群众站立在宏兴大道两旁给我父亲送行……"柏渡江深情地说，"我无以报答大家对我父亲的眷爱，也无以报答宏兴沙人民对我父亲的爱戴。我只有以传统的鞠躬礼回报大家。"柏渡江再次向与会者深深地鞠躬。

明白过来的与会者，对柏渡江给他们的两次鞠躬，报以热烈的掌声。

柏渡江坐到主席台座位上后，从人造革手提包里掏出一本纸张发了黄的小日记本，翻开后接着说："我父亲去世后，在整理他的遗物时，发现了我手中的这个日记本。第一页这样写道：'党派我回宏兴沙任联合党支部书记，我必须回。我晓得宏兴沙上的事不容易办好，但我已没有退路，也没有后路，只有硬着头皮往前走。谁叫我是党的人。一九五四年八月十一日。'第二页这样写道：'我用了四天时间跑遍了宏兴沙八个圩，跑的结果是，我们沙总共有一千二百一十一人，劳动力五百三十六人，种着近两千亩地，还有近千亩蒲草地、芦苇地、湿地有待平整开发；一年两熟的收成，亩产不过四百斤；百分之六十的人家住的是草屋，百分之四十的人家住的是冷摊瓦房。这就是宏兴沙的家底。一九五四年八月二十日。'读了父亲的日记，近段时间来，我想了很多。我父亲一九二一年出生，一九四〇年冬跟随县委李书记干革命，那年他十九岁；一九五四年八月担任宏兴沙联合党支部书记时，他三十三岁。二十多年中，在党的领导下，我父亲带领宏兴沙人民艰苦奋斗，初步改变了一穷二白的穷困面貌，为我们继续推进社会主义伟大事业、去争取更大胜利，奠定了坚实的基础。我一九四九年四月出生，一九六八年冬当兵，算是参加革命工作，也是十九岁。今天，组织上派我回宏兴沙大队担任党支部书记，我三十岁。我该怎么做？这是我近来常思考的问题。

"同志们，我向大家郑重表态：我回沙上担任书记，不是回来坐享其成的，而是回来和大家一起继续艰苦创业的。解放以来的三十年，以我父亲为代表的宏兴沙的父母辈，经历了无数曲折挫折，进行了艰辛探索实践，历经千辛万苦，初步改变了宏兴沙一穷二白的面貌，展现出了社会主义新农村的模样。这是父母辈的功劳，这是父母辈的可歌可泣的值得载入史册的创业史。对于父母辈在极其困难条件下创造的辉煌创业历史，我铭记在心，绝不会无视父母辈这三十年创业奠基的历史，绝不会否认父母辈这三十年取得的艰难辉煌的成就。历史只能接续，不可以也不允许被割裂。从今天起，我就要接过父母辈的接力棒，在他们所创事业的基础上，踏着他们的肩膀，乘着改革开放的春风，以经济建设为中心，带领全大队父老乡亲、兄弟姐妹，一心一意搞建设，再艰苦奋斗三十年，到我六十岁的时候，把我们宏兴沙建设成为经济强盛、百姓富裕、环境优美、村风文明的社会主义现代化新农村。这是我们的奋斗目标。

"我深知，要实现这一宏伟远大的理想目标，在前进征途上，我们必定会遇到一系列预想得到和预想不到的巨大困难，但我不害怕，我已做好了充分的心理、思想准备，跟我父亲一样，坚定信念，百折不挠，鞠躬尽瘁；我深知，未来的路绝不会比过去走过的路更笔直，更平坦，但我不恐惧，我已看到道路前方蜡梅和桂花的身影……"

2020 年 2 月至 6 月第一稿
2024 年 1 月改定于藏晖斋

春光横空

后 记

  我二十岁时离开家去上大学，参加工作后又因工作忙，很少回家，即使回家也是看看母亲，陪母亲吃顿饭，说说话，没时间转村头串门，因而对上大学后老家的人和事知之不多；在外头打拼四十年后，我于二〇一六年九月退休。二〇一六年正月初一，我和妻子回家去看望我母亲，回城途中跟妻子说，我退休了要回老家，理由是照顾母亲和安静读书、潜心写作。妻子理解地点了点头。春节过后，我就开始装修老家房子，十二月我和妻子回到老家居住。

  我家住在具有两千三百多年历史的申港河西岸旁，北距长江不足千米。多少个夜晚，我或沐浴着月光，或身裹着繁星，独自徜徉在申港河畔，漫步在长江岸堤。申港河、长江就像提词器，让我记忆起许多有关申港河的故事、有关长江的故事，有关我父母辈的故事。我顿然明白，我之所以退休后要坚定地回老家，是因为母亲在召唤我，是因为申港母亲河、长江母亲河在召唤我。母亲，申港河、长江，既是历史的，又是文学的。我听从了历史的召唤，服从了文学的调遣。

  二〇一七年十月二十七日下午，八十七岁的母亲在社区老年活动室与要好的三个老人一起抓纸牌时，因为端一张方凳，不知何故，胯骨竟然会严重骨折，急送医院后，医生要求动手术，但我们三个兄弟意见不统一，有种意见认为，母亲这么大岁数了，没必要动手术了。最终在我的坚持与极力主张下统一了意见：给母亲动手术。母亲的手术很成功，母亲也很坚强，手术后恢复得很好，过了二〇二四年新年就要九十五岁了，生活还能自理。

  母亲手术后住院期间，轮到我陪护时，母亲前前后后跟我说了不少有关父亲的事，有些事我早听说过，有些事我头回听说。我父亲于一九八五年冬病故。母亲跟我说，你父亲一辈子要强，生活再难，哪怕揭不开锅，从不伸手要政府照顾一分钱，全凭自己一双手，吃尽天下苦，把你们四个兄弟姐妹拉扯大，把日子过囫囵。

母亲跟我说，他们这辈人前半生过得虽很艰难，但他们从未对生活失去过信心，总是相信来年会比今年好；他们这辈人虽然没有留给他们的子女多少家产，但为他们的子女一代后来能过上好日子打下了基础。我母亲说得客观、实在，符合历史唯物主义和辩证唯物主义观。

我与母亲除了有血脉相系的母子亲情外，还有着深厚的革命战友情谊。怎么讲？且听我来说道说道。二十世纪七十年代，流行着"为革命+"的口号，比如教师是"为革命教书"、学生是"为革命读书"、工人是"为革命做工"、干部是"为革命工作"、社员是"为革命种田"……既然是"为革命种田"，也就可以将社员间的关系视作"革命战友"的关系。我于一九七四年七月高中毕业，十月就被大队革命委员会赶鸭子上架似的任命为生产队队长。我在组建队委会班子时，让母亲担任了生产队妇女队长，成为我的下级。母亲很支持我的工作，但也因工作上的事曾被我训过。为了工作，儿子居然训了母亲大人，我实在是罪过大大的。不过，我们母子间的革命友谊是深厚的，相互的了解是深入的，相互的理解是深刻的。我现在与母亲同住一个小区，相距二三十米，她跟我小弟常年生活在一起，但我看望母亲的次数还没有我妻子多，母亲却从未怪过我。母亲多次这样说我："你这辈子从未空闲过，娘知道你在忙正事，知道你心里想什么。你没时间天天来看娘，娘不会怪你的。娘懂你。"

母亲出院后，我萌生了想写写我父母辈们的故事的念头。我父母于一九四九年四月十九日（农历三月初二）结婚，母亲二十岁，父亲二十八岁。他们结婚后的第三天（四月二十一日）晚上九点多，人民解放军就开始南渡过江了。到一九七九年，母亲五十岁，父亲五十八岁。父亲当过生产队贫下中农协会小组长，是主要队委干部之一。母亲当过生产队妇女队长，也是主要队委干部之一。三十年中，他们把人生中最美好最辉煌的青春年华献给了"为革命种田"，献给了建设新中国的伟大事业。父母辈在"为革命种田"中所表现出来的那种"为有牺牲多壮志，敢叫日月换新天"的浩然气概和英勇精神，深刻地影响着我们这代人，也必将深刻影响以后的一代又一代人。这就是我想写父母辈们"为革命种田"的故事的缘由，也是我对父母辈们的由衷敬意。

但我并未能马上着手进行，因为那时我正在致力于长篇历史文化散文《江阴事变》的创作，并于二〇一八年八月，由苏州大学出版社出版；接着又投入对长篇纪实文学作品《听党话　跟党走》中主人公的紧张采访以及写作中，并于二〇一九年四月，由上海文汇出版社出版。这年的五月二十三日，我与妻子去台湾旅游，没想到与原华西村党委副书记赵毛妹是一个旅游团，我俩本就认识，她喜好每顿喝点白酒，并用矿泉水瓶灌装了好几瓶五粮液，通过航空托运，安全带到台湾。我俩坐一桌，她每顿午饭、晚饭时，总要我陪她喝点白酒，我也就恭敬不如从命，陪她喝点。喝酒时总会寻话说的。她给我说了一些鲜为人知的她当年带领华西大队铁姑娘战斗队战天斗地、改变华西落后面貌的事，以及她甘愿把青春献给改变华西穷面貌、建设社会主义新华西的心里话，给予我创作《春光横空》不少有益启发。三十一日到家后，我就开始《春光横空》的创作准备，进行必要的案头工作。

退休前，我曾教过十年高三政治课，又从事二十多年的史志工作，通晓中共历史，对江阴地方党史、江阴地情也有相当的研究。再者，上大学前，我还当了两年多生产队队长，亲身经历过那个时代，对那个时代有着自己深切的感受与认识。还有，我手头有数十部有关江苏、浙江、安徽、山东省的县志、镇志、村志，也时常翻阅，因而对新中国成立后的头三十年的农村实情、那个时代出现的客观现象，以及那个时代所蕴含着的本质特征，有着自己的洞察、思考与识见。同时，我对《春光横空》中的柏舟、琼玥、柏渡江、印大妹、邱八、沈兴昌、于一圆等人物非常熟悉，对于他们的故事，我了然于胸。

我正式进入《春光横空》的创作，是在二〇二〇年春节期间。这时已是新冠肺炎疫情造成的恐慌紧张时期。我居住的小区，从二月十日起开始封控，出入小区要凭居民出入通行证，每户只有一张通行证。这张通行证由我妻子使用，我从未用过一次。面对突如其来的疫情，人们恐慌，网上人言汹涌，心不安，坐不定，很焦虑。我却很奇怪，心里竟然特别宁静。还有，由于封控，没有了人流，没有了车流，小区环境特别静谧。我很适应或很需要这种静，足不出小区，不关心户外的焦躁世界，一日三餐吃着妻子做好的可口的现成饭，集中精力，集中思绪，埋头于《春光横空》的创作，花五个多月的时间，完成了四十多万字的初稿；之后，我每年都要集中一段时间进行修改，倾力打磨，并由四十余万字精简到现在的三十万字左右。

我为什么要写《春光横空》这一"旧山乡巨变"？我想，我该说的已在《春光横空》中说明白了，在上文也交代了，就不再赘述。这里，我只想强调的是，《春光横空》中的柏舟、琼玥、柏渡江等人物身上所体现出来的那种强烈的自觉的治穷脱贫的使命担当；那种不畏困难、勇于探索、敢于斗争的革命英雄主义；那种为了大众利益和党的事业大局而不惜牺牲个人利益的阔达胸襟；那种矢志不渝为崇高理想而奋斗的革命理想主义；那种在逆境中"把苦难活出诗意，把薄情活出深情"的

后记

具有革命性的浪漫主义，则永远不会过时，而且是当今时代所必需的。这种使命担当，这种革命的英雄主义、理想主义、浪漫主义，这种豁达胸怀，就像永远充满着青春活力、永远闪烁着光芒，而且雄壮华美的一道春光，横亘在高高的天空中，让我们后人抬头仰望，并遵循着它的导引，前进，前进，勇毅前进，去争取更大的辉煌胜利！

《春光横空》里出现的江阴、西乡、滨江乡、新沟口、桃花港、礼耕圩、中兴圩等地名，不是地理坐标，而是文学坐标。

《春光横空》的故事，纯属虚构。

感谢无锡市文化艺术项目扶持奖励办公室将《春光横空》列为无锡市文艺精品生产扶持立项项目！

感谢《春光横空》的责任编辑乐渭琦先生。他为《春光横空》的顺利出版，鞍前马后地做了好多事，付出了许多辛劳。

感谢北京的赵清海先生，为我拨冗题写书名。

2024 年 1 月 18 日作于藏晖斋

图书在版编目（CIP）数据

春光横空 / 王荣方著 . -- 上海：文汇出版社，
2024.7. -- ISBN 978-7-5496-4279-3

Ⅰ . I247.5

中国国家版本馆 CIP 数据核字第 2024ZP7778 号

春光横空

（本书系无锡市文化艺术立项扶持项目，项目编号：2022-1-03）

著　　者 / 王荣方
责任编辑 / 乐渭琦　周卫民
装帧设计 / 陈益平

书名题字 / 赵清海

出版发行 / **文匯**出版社
　　　　　　上海市威海路755号
　　　　　　（邮政编码200041）
经　　销 / 全国新华书店
照　　排 / 上海歆乐文化传播有限公司
印刷装订 / 上海光扬印务有限公司
版　　次 / 2024年7月第1版
印　　次 / 2024年7月第1次印刷
开　　本 / 720×1000　1/16
字　　数 / 350千
印　　张 / 20.75

书　　号 / ISBN 978-7-5496-4279-3
定　　价 / 65.00元